鲁迅文学奖获奖作家自选集

刘笑伟　主编

报告文学·散文合集

半边月

郭晓晔◎著

中国言实出版社

图书在版编目(CIP)数据

半边月 / 郭晓晔著. -- 北京：中国言实出版社，
2024.6. --（鲁迅文学奖获奖作家自选集 / 刘笑伟主
编）. -- ISBN 978-7-5171-4870-8

Ⅰ. I217.2

中国国家版本馆CIP数据核字第2024ZV1430号

半边月

责任编辑：宫媛媛
责任校对：张国旗

出版发行：中国言实出版社
     地 址：北京市朝阳区北苑路180号加利大厦5号楼105室
     邮 编：100101
     编辑部：北京市海淀区花园北路35号院9号楼302室
     邮 编：100083
     电 话：010-64924853（总编室） 010-64924716（发行部）
     网 址：www.zgyscbs.cn 电子邮箱：zgyscbs@263.net

经 销：新华书店
印 刷：北京铭传印刷有限公司
版 次：2025年4月第1版 2025年4月第1次印刷
规 格：880毫米×1230毫米 1/32 10.5印张
字 数：273千字

定 价：62.00元
书 号：ISBN 978-7-5171-4870-8

总　序

文 / 徐贵祥

　　2023 年八一建军节之际，欣闻中国言实出版社正在组织编纂一套"鲁迅文学奖获奖作家自选集"丛书，而且第一批十一卷本即推出十一位军旅作家的作品，感到十分振奋和欣喜。

　　鲁迅文学奖是体现国家荣誉的重要文学奖之一。中国言实出版社"鲁迅文学奖获奖作家自选集"丛书收录了走上中国文学圣殿作家的获奖作品（节选），以及由作家本人精选的近年来创作的代表作，每一本"鲁迅文学奖获奖作家自选集"既是对现实生活的生动写照，也是对时代精神的赓续和传承，体现了文学的风骨，彰显了中国精神、中国特色和中国气派。我为中国言实出版社的胆识和气魄叫好！据我所知，在第七届、第八届鲁迅文学奖的评选中，中国言实出版社连续两届都有作品荣膺鲁迅文学奖桂冠。这个成绩的取得十分不易，可喜可贺！

尤其令我欣慰与自豪的是，第一批十一卷本以军旅作家为代表，收录了十一位获得鲁迅文学奖的军旅作家的作品。这些作品体现了近年来军事文学取得的突出成绩，展现了新时代强军兴军伟大历史进程中人民军队的精神风貌，是新时代军旅文学的重要果实，是军旅作家们献给建军百年的一份难得而珍贵的文学记忆。

军事文学是社会主义先进文化的重要组成部分，无论在艰苦卓绝的战争年代，还是在意气风发的和平建设时期，军旅作家肩负着光荣使命，弘扬时代的主旋律，倾情书写爱国主义和革命英雄主义精神，在中国文学史上留下了一部又一部难忘的经典，耸起一座又一座艺术的高峰。

新时代以来，随着强军兴军的时代步伐的迈进，人民军队体制一新、结构一新、格局一新、面貌一新，发生了深刻的变化，军事文学也迎来了全新的机遇与挑战。面对强军兴军的崭新实践，军旅作家们深入生活、深入基层、深入官兵，创作出一大批优秀文学作品，捕捉到反映出新时代特质的崭新意象，描绘出一系列新时代官兵的艺术形象，非常值得鼓励和提倡。这套丛书，就是对新时代军事文学的一次检阅。

我想，军旅作家们任何时候都不能缺失责任感和勇气，军旅文学就是要勇于攀登思想与精神的高地。军队作家要进一步"根往下扎，树往上长"，贴近基层、贴近生活、贴近官兵、贴近现实。同时，要把握世界军事格局的新变化、新动态，掌握强军训练出现的一些新特点，这样才能够写出接地气、有温度、有力度的军事文学作品。

"鲁迅文学奖获奖作家自选集"丛书给了军旅作家这样一个展示军旅文学最新成果的平台，善莫大焉。相信这套丛书一定能够得到读者的喜爱！

2023 年 8 月 1 日于京郊

（徐贵祥，中国作家协会副主席、军事文学委员会主任，茅盾文学奖获得者）

目 录
CONTENTS

报告文学

散　文

【报告文学】

美丽的蝴蝶

一

让我们先看看这些孩子的处境——

小玉，9岁，镇江市河家湾小学二年级学生。该生母亲离异后与一位残疾人重组家庭，一家人无工作，靠残疾继父的零星收入勉强度日。

小斐，10岁，镇江市福寿桥小学三年级学生。该生父亲患癌症，母亲种田，收入微薄。

小娟，11岁，镇江市丹徒区谷阳镇三山中心小学六年级学生。该生父亲去世，母亲离家出走，现随爷爷、奶奶生活。爷爷、奶奶年事已高，无经济来源，靠他人资助维持生计。

小燕，9岁，镇江市雩山小学二年级学生。该生父亲残疾，母亲精神不正常、生活不能自理，还有一位年迈的奶奶，家中没有经济来源。

青青，12岁，镇江市桃园中心小学六年级学生。该生父亲去世，母亲残疾，主要经济来源是最低生活保障费。

……

他们中有的一周伙食费只有9元钱！我们不知道9元钱能不能为他们提供维持生命的起码热量，不要说蛋白质和维生素了，更不要说百般诱人的生活滋味了。

他们眼中的世界还是五彩的吗？即将初中毕业的秀秀，60多岁的父亲患有严重的关节炎和腰椎疾患，腰部先后动过三次大手术；母亲右手严重残疾，且有智障，两人都丧失了劳动能力，家境十分贫寒。秀秀不想上学了。她跟老师讲，她想辍学打工挣钱，养活父母。说出这句话之前，她幼小的心灵经历了怎样的惊涛骇浪，在这惊涛骇浪中经历了怎样无助痛苦的挣扎呀。

据不完全统计，从2003年至2008年，这样的孩子在镇江至少有1700多名。也许数字并不惊人，但如果你有能力深入到其中一位孩子的心灵深处，贴着他的内心，在如今到处开放着幸福花朵的生活中走一程，你是否会感受到乌云压顶、临渊孤悬的苍凉和无望？

如果你是一位母亲，或者是一位父亲，你是否会感受到揪心扯肺的痛楚？

这些孩子或许将沿着看似是他们的宿命的命运轨迹惯性下滑。

然而就当他们像幼苗在焦旱中悄悄脱水泛黄时，一双温暖的大手小心翼翼地伸向了他们。他们的天空绵绵密密飘落下爱的雨水。

一点，一滴，一丝，一缕。幼苗渐渐变得饱满，舒展开来。孩子们抗争命运的努力被注入了一股成长的力量。

二

故事要从一位名叫杨路的女孩说起。

2002年底一个寒峭的深夜，一位老奶奶由一位小女孩搀扶着来到镇江市第一人民医院急诊室。她们身无分文，但在小女孩泣不成声的哭诉中得知她们的身世后，医院连夜给老奶奶做了急救手术，术后确诊老奶奶患了结肠癌。

老奶奶叫杨兆英，年至古稀。女孩杨路不是她的孙女，也不是她的女儿，而是17年前她在路边捡的。捡来3天后，襁褓中的女婴才断了脐。从此，孤身一人以拾荒为生的杨兆英向小路倾注了全部的母爱，用爱和清贫养育着杨路。两人相依为命，相拥取暖，杨兆英也从中得到了生活的乐趣和盼头。

祖孙俩的日子过得十分艰难。她们的容身之处是一间2.5平方米的垃圾房。小路读初中后，垃圾房就成了她做功课的地方，杨兆英又在离垃圾房不远处以每月90元的价格租了一间3平方米的车库供两人睡觉。拾荒难以维生，好心的邻居时常周济她们，今天韩大爷端来一碗菜，明天殷师傅扛来一袋米，小路吃的是百家饭。17岁的花季少女还没伸展开枝叶，看上去也就十三四岁，而头上竟生出了斑斑白发。窒闷的生活给了小路一双怯生生的眼睛。记者问她，你想爸爸妈妈吗？她低头良久，只说了一句："我奶奶对我真好。"

奶奶大病不能拾荒，手术还要用钱，小路流露出辍学打工的念头。

救助老人！救助孩子！救助这份人间真情！《京江晚报》抱着炽热的愿望，迅速刊发了《拾荒老太倾情育弃婴　祖孙两人患难陷困境》的长篇通讯。

古道热肠的镇江人心被刺痛了。一时间，人们敞开了大爱情怀，唱响了大爱之歌。工人（包括下岗职工）、警察、法官、银行职员、个体业主、医护人员、新闻记者、学生以至市长，纷纷为小路和奶奶捐款。镇江商业城工会桑主席把 5000 元送到杨兆英手中。大港中学初一（1）班的 3 名学生受全班同学之托也来到医院，送上 168.93 元，沉甸甸的信封里有大小硬币 47 枚，2 角的票子 20 张。少则几毛钱，多至几千元，一个多月时间里，社会各界捐款达到 6 万多元。

四中初二（5）班的朱选同学捐出 50 元零花钱，并附了一封信。信中说："尊敬的杨奶奶，我想对你说，你是一位坚强而伟大的'母亲'……可爱的小路姐姐，我想对你说，你是一个坚强的女孩，虽然你没有享受到快乐的童年，虽然你生活条件现在还很艰辛，但是风雨过后是彩虹，闯过这一关，你将看见一个美丽的新世界。"这就不仅仅是金钱上的捐助。

祖孙俩的故事和捐助盛况闪烁着人性之光。小路所在的二中，不少老师在班上开展了中华民族传统美德的主题教育。这就不仅仅是在捐助祖孙俩。

小路给热心肠的爷爷奶奶、叔叔阿姨、兄弟姐妹写了一封感谢信，一笔一画工工整整写了 6 页。《京江晚报》发表了这封信。小路说，她将来想当一名护士，"假如我真的当上护士，我会对任何病人都像对自己亲人一样，照料他们。"这就不只是在捐助今天。

市妇联的同志惊喜地注视着这一切。她们以职业的眼光透过感动了整个镇江的热泪，看到社会上充蕴奔涌着丰沛的人间大爱和热心助人的中华美德，同时也看到不少背着书包的孩子在学业的边缘惶惶徘徊。于是，一个发动社会力量助学贫困孩子的创意，在弥漫着春天暖流般大爱美德的精神文化气氛中萌发。

市妇联考虑与京江晚报社联手办活动。谁都知道，在今天，媒体的传播力和号召力是巨大的，反之要办一件事如果没有媒体的介入，肯定是事倍功半。京江晚报社经常策划刊稿，为社会扶困济贫牵线搭桥，有着持续的热情和丰富的经验。两家一拍即合。灵光一闪中，产生了"社会妈妈"这个温暖亲切的活动名称。

大年初一，市妇联主席武白萍、副主席树世萍带着杨路走进市广播电台直播室，呼吁全社会都来关心像杨路一样需要救助的弱势儿童群体。

春节刚过，一张张登记表在春风中传递。经过学校摸底，社区公示，征求意见，最终从各校推荐的50名特困生中，选定12名品学兼优而又亟须受助的学生，作为第一批推出。

策划是精心的。2003年3月5日，《京江晚报》在一版刊出市妇联和京江晚报社共同向全社会发出的《贫困女童呼唤"社会妈妈"》倡议，同时登出4名贫困女童名单、照片及其家境，以及结对资助方式。倡议书说，贫困女童呼唤"社会妈妈"，在"向雷锋同志学习"40周年纪念日这个特殊的日子里，倡议全社会积极行动起来，真情扶助幼苗成长。

在此前一天，《京江晚报》刊出了《我要上学，我要妈妈》的通讯，让8岁的孪生小姐妹晶晶、莹莹发出渴求母爱的呼唤。聪明伶俐的晶晶、莹莹刚出生9个月，母亲就病逝，父亲一路艰难地拉扯着小姐妹。几年前，父亲所在的搪瓷厂倒闭，每月收入只有195元，家庭生活陷入极大的困境。

一阵强似一阵的花信风吹到哪里，哪里就绽开"妈妈"那春意融融、草长莺飞的爱心情怀。

市妇联和京江晚报社的热线电话响个不停。市接插件厂退休职工王玉明看到报纸就拿起电话，要求结对资助一个也叫玉明的孩子，她看到学校的评语，就喜欢上了这个品学兼优的女孩。她说她并不富有，但她很想帮助这些孩子。市消防支队政委沈宣东看到报道立马跑到妇联，要求以家庭名义资助晶晶和莹莹。但他们已经迟了一步，红红幼儿园园长曹君已经认下了玉明这个女儿，而孪生姐妹晶晶、莹莹已被活动的组织者京江晚报社原地认助。他们转而选择了别的孩子。沈宣东定下的是一个叫丁惜佳的孩子，他边填表边说："从这孩子的名字就可看出，她也是父母的宝贝啊。"

此后发生的两个欢欢的故事，说明需要帮助的贫困孩子也不少。丹徒区荣炳中学学生凌欢欢列入受助名单后，却不见资助款。钱到哪儿去了呢？市妇联按照诚信操作的承诺一追查，方知有两个凌欢欢，大的上初二，小的上初一。大欢欢3岁母亲就病逝了，做泥瓦匠的父亲身体不好，全家经济陷入困境。学校推荐她为资助对象。小欢欢的父亲腿部严重残疾，更不幸的是，小欢欢出生才28天母亲就弃她而去。所以，资助大欢欢的钱被学校财务人员误发给了小欢欢。事情搞清楚后，同名同命的两个欢欢都得到了"社会妈妈"的特别关爱。

一位热心助学，一再要求不要透露其姓名的先生对笔者讲，同村曾经有个女孩得了白血病，她的外祖父要村里筹款，要我出几百元钱，我说我一分钱也不给。当然他不是不愿帮助病人，"说过此话心里很不是滋味，像做了亏心事。过后我与大家商量，以工厂名义捐了3000元。"

为什么反感？恐怕是看你村里办什么事，办事的理由、目的、方式也很重要，强制性的摊派就不受欢迎。京江晚报社负责社会妈妈活动的时英主任也说，《京江晚报》也时常登些求助社会的报道，比如天灾人祸，但反响相对冷淡，而读者们对孩子失学特别敏感。

怎样对待面临失学的孩子，是水火即辨的灵魂拷问，而对这些孩子的倾情和援手，也是最本真的良知告白。

社会妈妈，一个充满大爱的称呼，一个具有巨大感召力的称呼。

"社会妈妈"志愿者排起了长队，受助孩子名单一出，即被抢认一空。

此后，市妇联和京江晚报社一批批急切而有序地推出孤贫孩子的名单。两个月就推出6批，有74个个人、家庭和社会团体分别当上了93名孩子的"社会妈妈"。到2008年，"社会妈妈"扩大到500多个家庭、个人和团体，认助孩子1700多人，有50万元打入专用账户。全市妇联系统共收到助学善款240万元，有5000多名贫困学童得到资助。

感人的场景和故事实在太多太多。也许用"之最"作为点和线，可以简略勾勒出故事和情感的轮廓。

今年95岁的刘洁如，是最年长的"社会妈妈"。她90岁时得知活动消息后，立即捐助了一名叫小炎的初中学生，当时孩子的父亲病危，不久就去世了。刘奶奶还请人把孩子领到家中嘘寒问暖，叮嘱儿女们也要关心孩子。小炎毕业后，刘奶奶又向从小失去母爱的小学生小迪敞开了温暖的怀抱。

年龄最小的"社会妈妈"是一个刚出生8个月的小宝宝，其父母将亲友给孩子的贺礼，以孩子的名义捐助贫困儿童。

革命资格最老的"社会妈妈"是陈明东、张云仙夫妇。陈明东在抗日战争中负伤，被评为二等乙级残疾军人，两耳听力十分微弱，夫人张云仙是他健全的耳朵。夫妇俩捐助了初中学生小鑫。当孩子上职高后，又拿出2200元作学杂费。后来又相继捐助高中生秀秀，小学生小晖和小静，高中生小贝、小羚等孩子。

捐款最多的"社会妈妈"即上述那位匿名先生。这位军人"妈妈"捐助了小玲、小媛两名小学生。当得知一名外来务工人员的孩子身体大面积烧伤，家庭艰难，他主动联系帮助孩子。他从部队转业后办起了制造厂，创业的艰辛和业务的繁忙丝毫没有削弱他帮助困难学生的热情，还拉着生意伙伴一道做"社会妈妈"。为帮助两位同学，他一次性就捐赠了 11000 多元。几年来他已向孩子家庭和"社会妈妈"账户捐款 30000 多元。

认助孩子最多的"社会妈妈"是袁刚和刘薇夫妇。作为首批"社会妈妈"的这对夫妇，一出手就帮了 9 个孩子。和孩子们结对后的第一个暑假，刘薇夫妇把所有的孩子邀到一起，赠送书包、文具，组织企业文艺团为孩子们演出，请当年的中考状元，也是贫困家庭出身的同学为孩子们讲述成长经历。这批孩子毕业后，他们又结对了一批学童继续资助。

捐助方式最具创意的"社会妈妈"是解红艳。她与失去母爱的小竹芯结对后，常将孩子接到家中，改善伙食，添置新衣和书籍文具。解红艳和丈夫还别出心裁地给孩子家送去 200 棵果树苗，随后又送去 200 只打好防疫针的绿壳鸡，并掏出 2000 元买来饲料，有空就跑到乡下看望，对果树和小鸡的生长作些指导。

筹捐方式最有特色的"社会妈妈"是十三中初二（3）班的一个团小组，他们卖废品筹集了 16 元，第三职高职教中心的 27 名学生会成员义卖报纸所得 127 元，全捐到"社会妈妈"助学基金账户上。"虽然无力帮助一个儿童上学，但是可以为她们买一点文具用品，也算尽一点微薄之力"。

……

每推出一批孩子，人们的心中都会涌起涓涓热流，社会上就会掀起大爱风潮。

这使人想起混沌理论中的蝴蝶效应：一只蝴蝶扇动几下翅膀，产生了微弱气流，而微弱气流又会引起四周空气产生变化，由此引起连锁反应，最终导致更大范围的气象运动。

镇江市妇联和京江晚报社的一个创意、一个举措，就像一只美丽的蝴蝶，在饱含着爱的温度、湿度和压强的气候中扇动起翅膀，一时间镇江的天空绿滚红翻，温暖明亮的阳光雨纷纷飘落，洒向这座江南古城的每一个角落。

三

"社会妈妈"的捐助方式，是把钱汇入专设账户，由妇联转到孩子所在学校。但这种做法并不圆满，并不是组织者理想的情境，也满足不了"社会妈妈"们浓炽的情感。

"我多想见见您呀！自从爸爸患了重病后，家中就像天塌了似的。现在，将来，我该怎么办呢？"2003年4月3日，《京江晚报》登出受助孩子小斐的一封信。信中说，是"社会妈妈"为她继续学习下去提供了条件，让她勇敢地面对一切。

"我多想见到您，只是为了说声谢谢，只是为了深情地喊一声：'妈妈'！"

继而，市妇联和京江晚报社组织了由各界人员参加的大讨论。"精神关怀"成了关键词。大家看到，受助女童有的父母双亡，生活没有依靠；有的是单亲家庭，父亲或母亲重病缠身；有的是组合型家庭，收入低，孩子多；有的父母身体残疾或智障。这些孩子生活在社会最底层，身心受到创伤，难免会自卑、自闭，需要心理疏导、精神关怀、亲情呵护。给孩子们一个温暖的怀抱，一个家的气氛，帮他们建立起生活的信心和希望是更重要的。

萌动在"社会妈妈"心里的愿望又一次被激发和集结起来。

"社会妈妈"送亲情来了。徐和平、洪夕珍夫妇带着同样上小学五年级的女儿，一大早就乘车乘船来到位于江心洲的学校，看望另一个"女儿"小捷，谁知小捷因生病已经几天没上课了。这可急坏了夫妇俩，他们赶紧找到小捷家，掏出200元钱让孩子看病，并邀请小捷暑假时到镇江家里去过上一阵子。返回后还放心不下，又给学校打电话，安排孩子到镇江好好检查一下身体。

广播电视局后勤党支部的"妈妈"知道"女儿"小玉在学习外语，特意带了复读机和大字典看望她，教她学习的方法。小雨曾经被火烧伤，"妈妈"们热心地帮她联系继续治疗。

"社会妈妈"送生日礼物来了。孙兴松、孙萍夫妇把小云的生日记在心上。6月初，孙萍的母亲病危，孙萍与丈夫忙得不可开交，但他们专门上街为小云选购了生日礼物。6月11日小云的生日这一天，也是孙萍母亲去世的第三天，小云收到了"妈妈"寄给她的学习用品、资料和两件漂亮的衣服。

"社会妈妈"送信心来了。市委组织部女职工委员会的"社会妈妈"带着学习用品，到上河边小学看"女儿"小惠来了。"妈妈"们轻声细语地询问了小惠学习和生活情况，鼓励她增强信心，战胜困难，努力成长为社会的有用人才。曾在学校讲故事比赛中获奖的小惠为"妈妈"讲了个《老虎拔牙》的故事，讲着讲着就笑了。

爱，在往深处走，往血液里走。

"社会妈妈"沈宣东与小惜佳结对后，心里就多了一份责任。自从9年前父母离婚，小惜佳就失去了母爱，过了几年，父亲又患胃癌去世，后母把她和同父异母的妹妹丢给了奶奶、叔叔和伯伯。生活的不幸使小惜佳格外懂事，成为品学兼优的三好生，但懂事的孩子对生活的不幸体味得更加深刻。"沈妈妈"很心疼，很牵挂孩子。孩子需要学习用品了吗？就送来铅笔、《十万个为什么》等学习用品与书籍；孩子需要营养，就送来麦片、奶粉等营养品；天冷了，就带着小惜佳和妹妹去买羊毛衫、羽绒服；新学期要开学了，及时送来学费；为给她们解馋，就带她们去吃火锅，上肯德基；过儿童节，不但送来学习用品，细心的"沈妈妈"连扎小辫的橡皮筋、发夹都送来了。当然，每次来看小惜佳，"沈妈妈"总免不了要嘘寒问暖地叮嘱一番。眼看着又要到春节了，农历腊月二十八，沈伯伯又送来了芦柑、苹果、葵花籽、香油、茅山老鹅、宴春早点等年货，还给了她200元压岁钱，让小惜佳过了一个"妈妈"在身边的春节。

王白霞和史美侬是一对较为特殊的"社会妈妈"。他们一下就认助了一男一女两个孩子。女孩上大学后，王白霞就把母爱倾注在了上小学五年级的小涛身上。小涛本有一位疼爱他的妈妈，可她因突发脑出血离开了人世，深受打击的父亲也一下病倒了，家中的生活失去了依靠。当冷到冰点时，王白霞带着母爱来到他身边。

说王白霞两口子特殊，是因为他们的孩子因病去世不久，生活也较困难，前几年穷得准备卖房子，每天吃饭不到10元，买西红柿只买5毛一斤又小又有疤痕的，而大的要1元一斤。过惯了苦日子的王白霞对小涛却不惜花费，缴学费、校服费、织毛衣，去肯德基店，发现孩子生活太俭省，马上掏出200元钱，说："你正长身体，伙食不能省，看你又瘦又黄的，这200元不许干别的，专门用来吃饭。"

精神上的关爱让小涛感触尤深。王妈妈常教他不要向困难低头，要鼓起生活的勇气，好好学习，自强自立。教他不要自卑，说："你并不困难，其实你是幸福的，每天能见到阳光，在街上跑，去上学，和好多同学在一起，以前我的宝宝就不能。听说你学习很刻苦，成绩好，要坚持下去，我支持你直到上大学。"

有一次，在交谈中听说小涛没坐过火车，王妈妈说："快考试了，你争取考个第一名，考完我带你出去玩。"小涛真的考了个第一，夫妻俩带小涛到苏州玩了三四天，还买了新衣服，给奶奶带回了苏州点心。

小涛一直称王白霞和史美侬伯母、伯父。有一天在一起逛商场时，小涛对王白霞脱口喊了一声妈妈。王白霞百感交集，她不敢接受这个称谓。"妈妈这个词多伟大呀，我很想做妈妈，但我没忘记宝宝。"王白霞说："我比你妈妈岁数大，就叫我大妈妈吧。"

在"社会妈妈"的亲情呵护下，在阳光雨露的浸润下，孩子心里的冰冻一点一点融化，阴影一点一点散去。他们渐渐地把身子偎向"妈妈"，渐渐认同了"妈妈"温暖的怀抱。杨路奶奶走的时候，学校老师把"社会妈妈"当作杨路的亲属，连夜给"社会妈妈"报丧。市妇联主席武白萍、副主席树世萍带着花圈来到杨路家，帮助采购丧事用品，布置灵堂，料理后事，尽了其子女的义务。

"社会妈妈"是一项独具创意的社会公益活动，其推出当年即被评为"镇江市年度精神文明建设十佳新事"，2006年又被江苏省文明委评为未成年人思想道德建设工作创新案例一等奖，成为本市和全省的帮困助学品牌。但凡新生事物，其发展都不会是顺风顺水的，都会遇到问题乃至困惑。而正是这些问题和困惑，为改进工作、把活动推向深入提供了契机和动力。

随着进程，"社会妈妈"活动遇到了受助孩子表现及家庭懂不懂得感恩等问题，也就是受助孩子的标准问题，实际涉及活动功能和目的的问题。

市妇联儿童部部长张碧云具体管"社会妈妈"工作，她因此结交了许多"社会妈妈"朋友。她的一对朋友，人很厚道，资助了一个孩子。问他们感觉怎么样，两口子总说蛮好的。一次来交费，张碧云又问，他们又回答说："蛮好的，这不是买了衣服和鞋子准备寄过去嘛？"再问好在什么地方？他们犹豫了一会儿，说："其实还是很困惑的，孩子母亲不在了，家里虽贫困，但孩子生活不知节俭，还总爱涂大红的指甲油。前一段时间说要一套教科书，要我们寄钱去广州买，280元一套买来后，孩子说跟江苏的不配套，让我们重新买。她父亲在广州打工，打电话说他老娘摔跤了，叫我们管一管。过几天又打电话说家里交电话费没钱了，要我们帮他交，更是不可理喻。"

刘薇捐助的叫红红的孩子，家境特别贫寒，进屋是烂泥地，一个锅灶两张床，真正是家徒四壁。8岁的红红，有着一双当年推动希望工程的摄影作品《我要读书》里那样的大眼睛，饱含着忧怯和渴望。刘薇说，红红如果是自己的孩子，不知道该怎么心疼呢。母亲出走，可父亲也不争气。张碧云和瑞京农业科技示范园的农技师去红红家，见红红在小河里摸螺蛳，问她是摸来吃的吗？红红说不是，是卖了钱用来买本子的。她们带去了耐高温的大蒜种让红红父亲种，告诉他这个季节出的蒜一斤能卖六七元，三分多地收入能有几千元，并承诺帮他销售。过了一段时间再去时，他仍没有种大蒜，说是干旱没法种，可到地里一看，他家的地块边就有一个水汪汪的小池子。不但懒，每天还喝老酒，没有商标的劣质白酒瓶子沿墙根摆了一排，实在是抹不上墙的泥呀。

像这样不知感恩、不思自立的是个别的，但也不是仅有的。捐助人的感情旋律中混入了杂音。对这样的孩子或这样家庭中的孩子该怎么办？

"社会妈妈"活动还遇到别的一些问题。比如，开始搞活动时，选的受助对象是品学兼优的孩子，但要把这作为选荐标准并不现实，也不合理。有一次辖市区一位儿童部长反映，她那里的帮困助学活动妇联不再做了，当地要求统一归口到市慈善总会，但发现不少贫困的孩子没有得到帮助。为什么？因为标准不一样，妇联报的是贫困学生，而教育口报的全是三好学生，"结果我们报的他们不管"。基层妇联的帮困助学活动遇到了难题。

活动开展以来，市妇联和京江晚报社多次邀请政府职能机构、学校、受助孩子家长、"社会妈妈"、知名教育学专家、心理学专家座谈和在报上开展讨论，与时俱进研究新情况，探讨深层问题，不断深化内涵、拓展空间、提升境界，让"社会妈妈"活动更富感情，更有脑子，更具强大的生命力。

比如，为了让贫困孩子克服心理困扰，建立健康的心态，组织心理健康测试，请专家进行心理疏导。

比如，为增强受助家庭的"造血"功能，组织暑期农业科普夏令营活动，让农村受助儿童及其家长参观农业示范园，邀请农技师传授新型农业技术，赠送优良种子，并上门指导种植。

比如，捐助对象从女童扩大到男孩，从小学生扩大到中学生，从本地孩子扩大到外来务工人员子女。

比如，2006年9月1日新《中华人民共和国义务教育法》实施后，极大地减轻了贫困家庭孩子上学的经济负担，"社会妈妈"活动及时把受助对象拓展为"成长"和"成才"两种类型："成长型"从小学资助到大学，"成才型"重点资助高中、职业高中学生。

比如，2009年，"社会妈妈"将震区孤残贫儿童列入资助范围，飞到千里之外的四川德阳市，与板桥学校的孩子开展"'社会妈妈'，情牵板桥；心手相连，爱心结对"活动。

选荐孩子的标准也明确为贫困生。"社会妈妈"是要雪中送炭，而不是锦上添花。

对于受助孩子及家庭的表现差强人意，还要不要资助，人们也达成了共识。

对这些孩子，一方面，要加强引导，比如在"社会妈妈"活动开展五周年之际，以"大爱"名义，开展给"妈妈"写封信活动，培养孩子及其家长的感恩意识，明白"爱"的真谛。

另一方面，大家认为，不知感恩不独是贫困家庭，而是当今社会一个普遍现象。经济贫困不是孩子的错，精神贫困也不是孩子的错。每个儿女都是妈妈的心头肉，在妈妈心中，每个儿女都是平等的。春天里的每棵幼苗都有生长的权利，都不能被遗落在阴暗和角落里。匿名先生说，不懂感恩甚至有一点劣迹的孩子，自控能力和成长能力弱，每一天都处于人生的十字路口，更是困难群体里的困难群体，更需要关心呵护。

还有另一个角度，就是他们的自尊心因贫穷而更加敏感易伤，在捍卫自尊时也许会有过度反应，而这背后恰恰是一颗未死的心。

对这样的孩子，如果看着不管，那才是真正的错。

此后的故事就变得让人愉快起来。

有一对自己女儿在国外上学的夫妻，对认助的孩子视为己出，几年来为孩子付出了很多。但孩子考上大学几个月了，一个电话都没打。两口子有点儿郁闷。"本来还想帮她呢。至少告诉我们一声，也让我们高兴高兴吧"。但又觉得孩子挺懂事的，按理不至于这样。后来一了解，果然，这个孩子感到这个家庭对自己特别好，如果知道她上大学，他们还会来帮她。她认为自己大了，困难得由自己解决了。孩子性格特内向，而资助人是非常开朗的一对。这是性格造成的误解。云开雾散后，这对夫妻继续给孩子每年1000元的资助。

不单孩子，"社会妈妈"也玩起了"失踪"。

杨雨平夫妇结对的青青，亲眼看到父亲跳楼自杀，心灵受到巨大创伤。夫妇俩在生活、学习和思想上对小青青的呵护非常尽心，常把青青接到家里，和自己的孩子吃、住在一起。自卑、自闭的青青感受到正常家庭的温暖，渐渐变得开朗、活泼起来，甚至同杨雨平夫妇的女儿疯着、抢着喊杨雨平"爸爸"。"非典"期间，曾有几个星期没把青青接来家，孩子主动打来电话，说"想和妹妹玩一下，想吃虾子了"。小升初时，青青考出数学100分、语文95分的好成绩，夫妇俩为了给她上个好学校，到处为她跑。看到青青上初中后比较怵数学，又专门为她请了辅导教师，"人家孩子有的，我们的这个孩子也要有"。

可后来杨雨平夫妇疏于与市妇联和京江晚报社联系了，后来干脆"失踪"了。为什么？因为他们把孩子真正当成自己的孩子带，不想过多曝光，想让孩子尽可能在平等正常的环境中长大。

四

张碧云喜欢跟人讲一个救助海星的故事。

清晨，当海岸边的潮水退去，许多被遗落在沙滩上的小海星回不去了。一个孩子走过来，他捡起一只小海星，扔进了大海。又捡起一只小海星，扔进大海。他一丝不苟地重复着这个动作。一位好心的路人问他，说谁在乎你把它扔进海里去呢？孩子举起手里的小海星说，这只小海星它在乎。

农村小学老师毛芊就是这个孩子吧？她有一颗金子般善良的心，在近40年的从教生涯和退休16年的平凡生活中，呕心沥血用知识哺育孩子的同时，还尽力在经济上帮助贫困儿童，直到患癌症去世。她默默地做着善事，仅在"春蕾计划"和"社会妈妈"活动中，就长期资助了8名孩子。她去世时，孤儿陈新泣不成声地喊道："毛老师，你怎么离开我了？我还没来得及长大，还没得及报答你……"

毛老师病重时，姚桥中心小学的孩子们含着热泪在她的病床边表演了自编自演的歌舞节目。曾受毛老师接济的徐爱和同学们折了1000只纸鹤，一串串穿好，挂在她的床头；还用纸鹤在床单上摆成了一个大大的"心"字。

毛老师说过："我只有这一点能力，但我拿出这一点，对孩子可能关系到他的一生。"

一点，一滴，一丝，一缕。阳光雨水滋润着，幼苗渐渐变得饱满，舒展开来。

人们欣喜地看到，在"社会妈妈"活动开展一年后的汇报会上，晶晶和莹莹自信地走上舞台，演奏了大提琴。

京江晚报社的时英主任既是组织者之一，又是"社会妈妈"的一员，她代表报社叮嘱孩子要讲普通话，要尊敬师长，要每天坚持写日记，用妈妈的爱温暖、滋养着小姐妹的心灵。知道小姐妹想学大提琴，就张罗着购买了两架，并请老师为她们义务授课。而今，这对孪生小姐妹可以用优美的旋律来抒发她们的成长心路，慰藉妈妈的在天之灵，表达对社会关爱的理解和感恩之情了。

人们欣喜地看到，最早吮吸着"社会妈妈"乳汁成长的杨路，已经走上工作岗位，结婚生子，并且也当上了"社会妈妈"。

2003年奶奶去世，又一次成了孤儿的杨路，在"社会妈妈"的关爱下考入镇江机电高等职业技术学校。此后，学校专门安排老师负责她的生活，同学们争着邀她到家中度节假日。市妇联主席武白萍、副主席树世萍像母亲一样，每学期看她的成绩报告单，了解她的学习和思想情况，同她谈心，指导她看课外书，还在家人团聚的春节陪她过年。为了培养她的爱心和责任感，还有意安排她到福利院给老人服务。

上职高时，杨路明显长得滋润了，头发也转黑了，身体素质也好了，学校开运动会，她还夺得3000米跑的冠军。花季回到她身上，她变得开朗、自信、好学、上进，当上了三好生。在她身上，已找不到那个脸上笼着阴云，自卑、木讷的孤儿的影子。当你与她对视，想起她当初那双胆怯、茫然的眼睛时，你会为它今天透出的真诚、从容和平等而感动。

2006年9月，她第一次领到800元工资，就将受助款剩余的20000元捐给了"社会妈妈"基金，帮助了13名高中学生。她的生活还很困难，但她要当"社会妈妈"，要把爱心传递下去。

人们欣喜地看到，秀秀的成长一路传送着开花的消息，阐释着"社会妈妈"活动的意义，把爱心意愿描绘成美好的现实。

秀秀是句容春城中学初三年级学生，父母都丧失了劳动能力，无经济收入，住的土坯房难以遮风挡雨。秀秀后来回忆说："记得第一次因家中交不起学费而流眼泪是在小学一年级，那时我才 8 岁。以后每次开学，我总是小心地站在父亲的背后，听着父亲像背书一样向老师诉说家中的窘境，以期减免些学杂费。那些日子里，父亲常常会告诉我，他只能供我念完初中。我也想早早挣钱养家，但我不愿像邻家的姐姐们一样，初中毕业就在外打工，20 岁就结婚嫁人。我不想！我的未来不该是那样。"但她似乎只能屈服于严酷的现实，在学校很少与老师和同学沟通，总是低着头独来独往，甚至产生了弃学念头。她对老师说过，自己即使能考上高中，家里也没有条件供她上。

就当中考一天天逼近，即将失学的痛苦啃噬着她的心灵时，"社会妈妈"来了，大港港务总公司的叔叔阿姨们来了，不但为她交了学费，还时常带着衣服、食品、学习用具到学校和家里看望她，鼓励她。"'社会妈妈'的行动就像火种，点燃了我的心房。心好暖，我有学上了！"原本聪明好学的她燃起了对生活的希望，学习成绩从全年级的 70 名左右跃升到前 4 名，以 628 的高分被当地最好的高中句容高级中学录取。

此后，"社会妈妈"——大港港务总公司的叔叔阿姨、匿名先生叔叔、陈明东爷爷、年年送她辅导书的刘晓萍阿姨、在精神上资助她的张碧云阿姨、时英阿姨，大家一直守护在她的身旁，关注着她，悉心呵护着她。

到了高手云集的高中，秀秀很快因发现自己不再是尖子生而陷入苦恼。"当我满怀伤感地将自己的现状告诉他们时，他们的飞快回信让我感动。面对满纸的鼓励、理解和包容，我热泪盈眶。"她在"社会妈妈"帮助下建立起了这样的信心："我虽不是第一名，但我是最优秀的。"

2007 年，秀秀考上南通的一所大学。到大学后，在与张碧云的通信中，秀秀流露出对未来的困惑，对人生的迷茫，对学校条件不如中学也感到不太适应。张碧云感到忧虑。放暑假时，她把秀秀安排到匿名先生开的工厂去打工。在蒸腾着工人们体温的环境里，在做一分工领取一分报酬的实践中，让秀秀体悟脚下现实的道路，校正人生航标，一步步扎扎实实地走向社会和未来。

秀秀在感动中成长，她的生活绽开了笑容。"我觉得你们就像一扇窗，关爱来自这扇窗，让我有种面朝大海、春暖花开的感觉"。

"社会妈妈"让爱和梦想回到孩子的心灵。这不仅是秀秀、杨路、晶晶、莹莹的感觉，这是所有在社会妈妈关爱下转变了命运的孩子们的感觉，是所有在"社会妈妈"关爱下转变了家庭命运的家长们的感觉。

"感动"，是衡量"社会妈妈"活动的意义和价值的一个尺度。那么，仅仅是受助孩子和他们的家长感动了吗？

市妇联副主席树世萍说，我们被凡人大爱的事迹所感动，这成了我们继续做好工作的动力。我们是组织者，又是受益者。

早在 2003 年"社会妈妈"活动启动之初，市委书记就在给市妇联的信中指出，"社会妈妈"活动"是社会主义精神文明建设的好形式。'妈妈'们在参与中感受到社会责任，孩子们在受助中感受到社会关爱，文明和道德在社会上得到弘扬，社会在互助友爱中不断进步"。

我们既要用炽热的情怀拥抱贫困孩子，更应以高度的理性来践行这个活动重大的社会意义。

前不久，世界银行行长佐利克呼吁，全球应对金融危机应更关注弱势群体，并建立"人情味的市场经济"。他说："过去 60 年来，我们看到市场怎样使亿万人摆脱贫困。但是，我们也看到不加约束的贪婪和轻率怎样使这些成就毁于一旦。"认为人际关系的质量是最重要的幸福源泉，必须停止对金钱的顶礼膜拜，创造一个更人道的社会。在这个社会里，"除了生存之外，所能提供的最佳体验，是其他人与你站在一起的感觉"。

不可否认，佐利克的锋利一刀，在中国也感到了痛。正如市委书记指出的，作为"大爱镇江"工程的一部分，"社会妈妈"活动就是要在市场经济大背景下，用凡人大爱来感动自我，感动世人，感动社会，净化人的灵魂，弘扬崇高的社会风尚，促进社会文明和谐的发展，在镇江这方民风淳朴、爱心丰沛的精神水土上，用大爱营造一座城市的软实力——洋溢着爱、善良、理想和信仰的文化生态。

那位救助小海星的孩子在救助小海星的同时，救助的是自己的精神家园。

爱是生命的血液，而对王白霞来讲，爱是分离中重聚的力量。

王白霞的宝宝去世前，要花大笔钱给孩子治病，夫妇俩又双双下岗，生活极度困难，其间得到了社会上许多人的热忱相助。宝宝去世后，他们认助了失去母爱的小涛，把母爱倾注到小涛身上。"我们真心真意将他当儿子一样宝贝，一定要好好教育培养他。"王白霞对笔者说，"我做这件事的时候并不开心，只是尽一点责任，做应该做的。"她现在做导游，同事们常聚在一起唱歌，本来爱唱歌的她从不参加，"我以后也永远不会唱歌"。虽然痛失爱子的她至今还没有从痛苦中解脱出来，但"当'社会妈妈'，我心里要好受一点"。她回到了有意义的生活，她就一定能度过创痛，回到有幸福感的生活。

爱，是一种生命。爱是有历史、成长着的生命。

说起在农村几十年艰辛教学、捐助贫困孩子的理由，毛芊老师说："我小时候上学时条件很艰苦，从小学到句容师范毕业，一直是母亲把我拉扯大，努力供我读书，我知道其中的艰辛和爱。我就是要教和我一样穷苦的孩子学知识、学文化。"她说，给予比获得更快乐。

刘薇也有一位这样的母亲。刘薇的母亲是上海市公安干部，这个从小被裹小脚活生生弄断几根趾骨、迈着小脚参加抗战队伍的女性，常忙到深更半夜"抓坏蛋"，退休后还忙于治安工作。在家里，她用另一个肩膀坚韧地担负着5个儿女的学习、生活、嫁娶的重担。她善良、博爱的美德润物无声地传到了刘薇身上。"而今我有了一个'社会妈妈'的美称，我有更多的孩子，我会像您一样把爱的种子播撒到他们的心田"，把爱的生命延续下去。

而张月捐助贫困孩子的动因则来自社会。张月当社会妈妈时已下岗多年，孩子才10个月，但纯真的爱在她心里顽强地生长着。"十多年前，我父亲生病，单位同事给了我家很多帮助，那真是雪中送炭，我至今记忆犹新。现在，我只是每年少买几件衣服，节约一点能捐助一个孩子读书，这样的爱心活动，我没有理由不参与。"从外地来镇江工作的陈云女士和解红艳女士的理由是，镇江是一座充满爱心的城市，她们从各自的家乡来到此地，深深地感受到了同事和周围人的帮助与关怀，从心底想为这座城市做点什么。

人之为人，就是因为有爱。爱，闪烁着人性的光辉，闪烁着理性的光辉。

江青垣老人从74岁当"社会妈妈"，今年80岁。他第一次冒雨到市妇联捐款时，穿着一件领口磨出了筋的褪色毛衣。他认助小静5年后，又认助了小芳小朋友。此外，东南亚海啸，汶川地震，湖南冻雨发生后，还有红十字会举办"博爱送万家"活动，他都积极捐款。"我们这代人是在雷锋精神照耀下成长的，"他说，"雷锋精神今天仍需发扬，使社会多一些温暖，使人与人的关系多一些爱，这是不会过时的。"

老革命陈明东的血脉里也流动着传统因子。他说，我是一个从农村出来的苦孩子，新旧社会两重天，没有共产党就没有新中国，没有部队的培养就没有我的今天。现在国家还没有达到共同富裕，群众有难处，作为一名共产党员我不能不问，理应为社会多做一分贡献。

大港港务总公司一下捐助了 10 名孩子，一个原因是考虑到团队之魂。总经理黄立平说，他们想通过资助贫困儿童，培养员工的责任感、事业心和团队精神，培养职工良好的社会道德和职业道德。海事局一直要求基层单位在抓自身素质提高、提高执法水平上下功夫。征润州海事处处长傅小平认为："当'社会妈妈'是加强队伍建设、强化服务意识的有力举措。"

镇江法院系统的 8 位女法官认捐了 8 个孩子。女法官陈玉说："'社会妈妈'，多么亲切的称呼。一个法官，尤其是一个党员法官，更要关心社会问题，这样才能把自己对社会的理解融入法律适用中去。"

而那些以孩子的名义认捐的家长和老师更是把目光投向明天。一位家长的话具有代表性，她说，看起来似乎是我们在帮助贫困孩子，其实这是一种互助，我的孩子从小长在蜜罐里，参加'社会妈妈'活动，他受到了很大触动，懂得了要关心他人，也许还获得了饿其体肤、劳其筋骨状态下的清醒。

勿以善小而不为，绝不仅仅是一种选择，而是一种人生态度。

一个善念，和从这个善念开始的善举，捐助的是人心，受助孩子的心，受助家长的心，"社会妈妈"的心，社会的心——天地人心。

我想借用一句世界文豪雨果的名言。我冒昧地把他的名言改为：世界上最辽阔的是大海，比大海更辽阔的是天空，比天空更辽阔的是人的心灵。

每个"社会妈妈"，以至每个人的一个善念、一次善举，都像一只美丽的蝴蝶，她扇动起翅膀，将有可能导致一场辽阔的气象运动。

仍然不可小看了这只蝴蝶。"一只蝴蝶在亚洲拍拍翅膀,有可能引发数月后美洲的一场龙卷风。"这是对蝴蝶效应的经典描述。

烟花三月下扬州。你知道这个花是什么花吗?王白霞告诉我,这个花就是琼花,也叫蝴蝶花。

眼下正是开花季节。她邀请我跟她去看花。

镇江城处处盛开着蝴蝶花。朵朵花团缀满枝丫,洁白如玉。健硕的花瓣簇拥着一团蝴蝶似的花蕊,在微风吹拂下翩翩飞舞。

我看到了质朴素雅的大爱之美。

(原载《人民日报》2009 年 8 月 5 日)

经典是怎样炼成的

　　牛人怎么个牛法？人们通常的印象是，他不认识你，也不屑让你认识他，你跟他说话时，他目光高视游移，哼哼啊啊，每一声都是休止符。阎肃不是牛人，有时你眼睛指着坐在一角的他跟人说，那是不是阎肃呀？哪怕隔老远，他也许都会站起来，用食指点着自己的鼻子尖说，对，就是我。也不乏这样的事，哪位小歌手打电话要歌，经不住三磨两磨，他就当任务接了下来，放下电话才跟自己较劲，你揽这么多事，忙得过来吗？

　　阎肃不牛，重要的是他这么做，不是因为"知"，而是因为"是"，他就这个脾性。这个"是"，种子出自他的天性，后来成长为一种境界。你与他接触不出半个钟头，阎肃是个什么样的人就一览无遗了。他纵谈阔论，情思飞扬，拍巴掌，跺脚，捶打沙发，进而手之舞之，足之蹈之，哈哈哈乐，又猛地刹住，表示话题的严肃性。你可以因此视他为老顽童，但绝对会敬重有加，心想他可真正是个才华横溢、长青不老的艺术大家呀。他家墙上有几幅与几代国家领导人的合影，他指着合影说，我是不是太放肆啦？照片中的他也在开怀大笑呢。

牛人傲视别人，其实是傲视生活。反过来也可以说傲视生活就是傲视别人，这本是一回事。阎肃不牛，实际是与生活平等和谐水乳交融地相处。

阎肃怎么对待生活，生活也怎么对待他。生活也跟他掏心窝子，热情慷慨地把所拥有的捧给他，给他眼界、激情、灵感、才华和机会。他很得意身边的人对他的态度，用他自己的话说，他们都喜欢我。

阎肃至今没出过个人的作品集，无论是戏剧还是歌曲，无论是书还是光盘。他的灿若星河的艺术履历都传贮在人心中，传贮在生活中。

《我爱祖国的蓝天》，今天的外军友人也会唱

1953 年，阎肃胸前戴上了比脸还大的大红花。他在西南军区文工团唱歌，跳舞，演戏，讲相声，打快板，干催场、管汽灯、拉大幕，样样出色，成了全团"一专三会八能"的标兵。两年后调入空政文工团，说是演员，却照样是三头六臂，连踢带打，干啥都带着动静。

突然有一天黄河团长说，你去创作组搞创作吧。

阎肃还有一能，能写。那是 1958 年，阎肃根据中央提出不唯书、不唯洋、不唯古、不唯权威的精神，写了个活报剧《破除迷信》，剧中人物古胜今、崇权威、全凭书、洋越汉四个人，为考证一个物件争个不休，一位红领巾实在看不下去了，说那不就是一台水稻插秧机吗？这出妙趣横生的戏在天安门、中山公园演出时大受

追捧。这之前阎肃已写过不少小戏，个个出彩。领导说，这是块搞创作的料。

正是春风得意呀，每回下部队演出那个火爆，尽撒花抢戏，尤其是讲相声，不返场六七次甭想下台，业余搞创作虽也没少受表扬，但哪有这个过瘾？对改行阎肃想不通，一百个不情愿。但组织决定，不干不行。阎肃心底下给自己做工作，说你演戏也摊不上什么好角，不是敌特、狗腿子，就是智力低下者，咱演不了好人，还写不了好人吗？行，服从组织安排。

团长又说，第一个任务先去部队当兵。阎肃问，当多长时间呀？团长说把家当全带上，老老实实当兵，什么时候回来不用你考虑。

得，一个大转向，阎肃带着情绪下到沙堤机场。到部队头天夜里就紧急集合，他把背包打成个"面包"，跟着一个大个子山东兵跑。跟着跟着跟串了，跑到跑道尽头，就听到一声呵斥，你的队伍在跑道那头！那个狼狈，赶紧背着"面包"往回跑。更糟糕的是当兵也不是正经当兵，而是种菜，等于当菜农。买菜籽，整地育苗，锄草捉虫，泼粪浇水，收了菜大伙吃了，算是一季。完了再种第二季。"蹉跎，蹉跎，三十一了，哥哥，没个头"，心里那个别扭。同时又总想，老这么捏着鼻子当兵不行。于是就常与同去的几位战友商议，时间长了，就悟出一个道理，你不主动扑上去，人家也不会接纳你。要把要我当兵变我要当兵，让阅历变财富，主动变自由。

思想艰难转身，他主动去亲近部队，和官兵交朋友。也主动去擦飞机，拿个小刷子蘸上油，刷缝隙里的灰土，人半蹲着，刷得腰酸背疼。休息时同官兵们侃大山，变魔术，演节目。后来给飞机加油呀，分解轮胎呀，加冷，钻进气道，什么都干，成了一个不错的机械兵。渐渐地大伙都喜欢他了，他也不知道自己是谁了，只知道是他们中的一员。年底文工团来慰问部队，他代表部队上台致欢迎词，搞不清谁是娘家谁是婆家了。

他一个猛子下去，在机场足足扎了一年半。回忆起来，阎肃感慨地说，生活功底就应是这样打下的，你被烧了又化，化了又烧，在熔炉里头滚。

这一年的一个傍晚，看到一位机械员扛着梯子，眼睛直勾勾地看着天，看着天边那点霞光，盼着自己的飞机返航。阎肃一怔，感到机械员和飞行员的心在天上，他们太爱这片蓝天了。"我爱祖国的蓝天"，忽地灵光一闪，一年积累的感受全亮了，很快就写出了歌词《我爱祖国的蓝天》，交给一道当兵的羊鸣谱曲。

精诚所至，金石为开。这首饱含真情、起伏着飞行动感的《我爱祖国的蓝天》，迅速唱遍了大江南北，家喻户晓。盛势一直延续至今。国庆60周年阅兵，战机飞过天安门时，演奏的就是《我爱祖国的蓝天》。在同年举办的空军和平与发展国际论坛期间，一些外军友人说，中国军队的歌曲非常棒，比如《我爱祖国的蓝天》，我们都会唱。

《江姐》，长盛不衰的红色经典

1960年代初，阎肃读到小说《红岩》，读得热血沸腾，他在重庆的生活经历也在里面激荡。这之前，他写了个小歌剧《刘四姐》，讲女游击队长和土匪头子斗争的故事，演出大受欢迎。为了感谢导演、指挥和主要演员，阎肃用所得稿费到东来顺涮了一顿羊肉。席间有人调侃说，接着干啊，啥时再撮上一顿。阎肃当即应承，好，我刚看了《红岩》，里头有个江姐，咱就写一个江姐吧。

随后，阎肃利用探亲假，到爱人部队所在地锦州埋头创作。

阎肃曾在重庆生活10余年，写作的时候，他又深深浸入了那段黎明前的血火经历。当时是青年学子的他目睹了反动派的腐败残暴、物价飞涨、民不聊生的末世情景，以一腔热血毅然参加了学生运动。每次上街游行，特务势力都会扮作迎亲和出殡的队伍，从巷子里冲出来，把学生队伍冲乱，这时装孝子的故意摔倒，新娘大叫脚被踩了，于是包括在四周卖烟卖馄饨的特务一拥而上，抢起棒子就打，棒子上全是钉子，一棒子一大片血。阎肃和进步青年们不畏强暴，继续上街，还在地下党赵晶片老师的安排下排演《黄河大合唱》，自编自演讽刺国民党腐败的活报剧《升官图》，传看共产党办的《新华日报》及鲁迅、巴金、高尔基、季莫洛夫等进步作家的书籍。后来赵老师被特务逮捕杀害，接着又发生了较场口血案，这些经历给阎肃带来了巨大的震撼。新中国成立后他又参加土改和清匪反霸，曾多次去歌乐山、渣滓洞、中美合作所参观。写作的时候，当年的体验以及正反人物形象一下子喷涌而出，遣诸笔端。

"几度墨汁干，木凳欲坐穿。望水想川江，梦里登红岩。"阎肃伏案 18 天完成了《江姐》初稿。拿回团里讨论，许多人感动落泪。刘亚楼司令员极为重视，要求精雕细琢，打造精品。阎肃怀揣剧本，和编导人员几下四川，与江姐原型江竹筠烈士的 20 多名亲属和战友座谈，并多次采访小说《红岩》的作者。修改打磨剧本时，刘亚楼还给他出点子，改歌词，把他关在自己家里写。刘亚楼说，我在莫斯科看歌剧《卡门》，主题歌非常好，《江姐》是不是也写一个？阎肃苦思冥想 20 多天写出了《红梅赞》，"红岩上，红梅开，千里冰霜脚下踩，三九严寒何所惧，一片丹心向阳开"。刘亚楼一拍桌子，"好！就它了！"

经过两年锤炼，1964 年 9 月，七场大型歌剧《江姐》在北京推出，连演 26 场，场场爆满。

《江姐》被各省市剧团争相演出，创造了中国歌剧史上的奇观。当年在上海演出后，宾馆暖瓶都喷上江姐画像，理发店以"本店专理江姐发式"招揽顾客。江姐造型、江姐服装、《红梅赞》歌曲迅速在全国流传。江姐成了一个时代的精神符号。

后来为把《江姐》改成京剧，阎肃还去渣滓洞坐了7天7夜大牢，戴上沉重的脚镣，双手反铐，吃木桶装的菜糊糊，睡发霉的草垫子，坐老虎凳，被拉出去枪毙，体验先烈惨烈的铁窗生活。阎肃说，创作也是一种生活。他出生在河北的一个宗教家庭，4岁受洗，抗战爆发后随家人逃难到重庆，在修道院待了5年，成天穿一件黑长袍念经、唱诗、学拉丁文。上中学和大学时，开始秘密参加共产党的外围组织，参加进步青年学生运动。新中国成立后参军入党，成为一名革命战士。经过创作《江姐》的历练，他更加坚定了人生信仰，今生今世跟党走，大风大浪不回头！

《长城长》，20世纪90年代战士最喜爱的歌

阎肃早年读到赵树理的一篇谈深入生活必须持久的文章，奉为圭臬。他说，我们这代人有个造化，由不得你愿意不愿意，打一开始就被掐着脖子摁到水里头，久而久之，你就如鱼得水，离不开生活了。几十年来，阎肃上高山、下海岛、走边防，几乎走遍了空军的飞行、机务、导弹、雷达等基层部队。到哪儿都是谦恭学习的普通一兵，比如永远是自己拎包。唯一一次例外还闹了笑话，那次一位干事送站非要帮着拎包，拗不过就让他拎了，那位干事跑前跑后忙活，等火车开动了，才一个车上一个车下依依挥手作别，突然阎肃急得喊："哎呀我的包哇！"火车呼哧呼哧开出去了，包还拎在人家手上呢。

与官兵息息相通，抒发他们鲜活的思想感情，是阎肃一贯的艺术自觉和追求。1986年夏天下部队，一到飞行师就同官兵打得火热，我目睹了他与师长、师政委、团长、团政委、连长、指导员直到排长、班长、战士聊了个遍。当时社会观念发生了很大变化，许

多仰视厂长、经理、万元户的眼睛对"当兵的"却是丢斜眼，官兵们说，这不公平，不要说明天就可能去冒死打仗，抢险救灾，只要我们往出一站，谁不是堂堂七尺男子汉？我们放弃了很多机会，凭什么就低人一等？深夜，阎肃难以平静，这些棒小伙子干什么不成呀，但为了祖国和人民的需要扛起了枪，他们有自己的得失观和价值观，当兵要当得心胸坦荡、扬眉吐气！内心的感情激荡奔突，他一把握起笔，写下了《军营男子汉》歌词。作曲家姜春阳看到歌词激情难捺，连夜谱了曲。这首充溢着阳刚之气，充溢着当代军人自豪、自强、自信的歌曲立即引起了广大官兵的共鸣，唱响了万座军营。

　　这首歌写在东北瓦房店，但生活感受还取自他去过的许许多多部队。阎肃说，生活要长期积累，不是立竿见影的事，但生活不会欺骗你，它不定哪天就像陨石擦出火花那样擦出灵感。写《长城长》也是这样。他曾去大漠边关采风，到了嘉峪关、敦煌、第一烽燧。伴着大漠冷月荒城，晚上怎么也睡不着，半夜爬起来，但不知写什么，写当下的情怀？写寂寞？写艰苦？觉得都不够味儿，就搁下了。直到两年后总政策划《长城颂》，蛰伏的感受像电光石火悠然照亮了一种情境，《长城长》的歌词如行云流水般奔涌而出。当然也不仅于此。1952年，他曾随部队到朝鲜慰问参战部队，翻过一座大山时，他一下惊呆了，山冈上的墓碑一座连着一座，一片接着一片，所有的墓碑都朝着祖国的方向。1964年去西藏，坐大卡车在海拔最高四五千米、零下40多摄氏度的雪线上走了18天，夜宿兵站，吃的馒头里面是面粉，外面是糨糊。睡觉垫四床盖五床被子还冻得嗒嗒叩牙。阎肃向一位长年驻守的战士敬个军礼，"你真是英雄！真是英雄！"这些经历都变成血肉，写进了《长城长》，写进了一首又一首作品。

　　"都说长城内外百花香／你知道几经风雪霜／凝聚了千万英雄志

士的血肉／托出万里山河一轮红太阳"。一曲荡气回肠、气势宏大的《长城长》获得了 20 世纪 90 年代"战士最喜爱歌曲"特别奖。还有《我就是天空》《天职》《连队里过大年》《云霄天兵》等一大批优秀军旅歌曲，都汇入了军队精神的天空。

近些年，他血压高，关节疼，还喘得厉害，但仍要坚持下部队。他提出希望能对空军建设了解得更深入一些，得到空军许其亮司令员的赞同。于是他得以到作战室了解战斗部署，登上预警机体验训练气氛。去年，到大漠深处的卫星发射基地，他一路提问。在烈士陵园，他问松树的松枝都是向上长的，这里的松枝为什么都是向下的呢？当听说这里的林木也对这块土地有感情时，他深受感动。"若无梦／何来展翅飞行／何来倚天抽剑／何来跨越彩虹"，一首《梦在长天》直抒胸臆。

《党的女儿》，登上国庆 50 周年的彩车

几年前在山沟里一个部队招待所，晚上 10 点多钟，阎老突然走进我的房间，进门就怒气冲冲发"排炮"，说刚才电视里播的节目是怎么回事？现实生活中有那样的人物吗，有那样的故事吗？简直是荒唐可笑！发了一通火，末了阎老说，没什么事，就是要把心里头的话说出来，否则堵得一夜甭想睡觉。

你能体味到他对艺术要忠实于生活有着一种刻骨的责任和担当。

1991 年，阎肃接到一个紧急任务，为迎接建党 70 周年，在王愿坚小说《党费》的基础上创作歌剧《党的女儿》。在此之前已经枪毙了好几位作者写的 12 稿，阎肃一看，这些初稿有个通病，就是人物和剧情冲突偏离了历史基础和生活逻辑，红军时代，一个偏僻乡村的女党员怎么可能文武双全、神通广大呢？一部戏如果不可

信就失去了价值。

不顾现实，强贴硬造，硬跟现实掰手腕导致创作失败，阎肃有深刻的教训。他曾写过一个剧，主人公是西藏某气象站女站长，为了抬高人物，无来由地把她放到西藏平叛旋涡的中心，强力左右平叛进程，立舞台上一看，哪儿都不对劲，就忙着给它打补丁，费了很大劲，结果穿着华丽的音乐和服装走上台，却满身补丁。反之，成功的作品都源自生活。除了歌剧《江姐》，他还写过多部成功的剧作。创作京剧《红灯照》时，他跑到天津采访了几十个年过九十的义和团团员，并多次走访清史专家，还去了天津市武清区。《红灯照》演出后引起全国大轰动，成了久演不衰的红色经典，获得文化部大奖。

阎肃紧紧把住历史真实的尺度，重新梳理《党的女儿》中人物的性格发展、情感冲突和与敌斗争的格局及命运结局。他讲述了这样一个故事，女共产党员田玉梅在白色恐怖中坚持斗争，重新点燃了七叔公和桂英身上的革命火种，成立了党小组，在极其困难的情况下给游击队送盐，传递情报，除掉叛徒，最后为了拖住敌人被捕，大义凛然地走上刑场。

这是一阕在狂风恶浪中坚守理想信念的颂歌。创作时，适逢东欧和苏联剧变，国际局势乱石穿空，每个共产党员都面临着一场严峻的考验，这种氛围正与剧情契合，阎肃把自己的感受和思考融渗了进去。阎肃说，他一辈子做了6个正确选择：一是离开修道院去南开中学读书；二是在涌动的时代大潮中做进步青年；三是新中国成立后放弃学业投身新民主主义青年团工作；四是服从分配从台前到幕后搞专业创作；五是下部队当兵锻炼；六是"文革"期间有人劝他脱掉军装并委以重任，他坚决回到空军。这所有的选择，最终锤炼成了他对党的忠诚和坚定信仰。他把一生的政治体验也写进了剧本。

由于前面耽误了时间，任务到了他这儿非常紧。他以饱满的政治热情玩命地工作，奇怪的是写得出奇的顺，灵感像持续的闪电频频划过，妙语大珠小珠落玉盘，"你看那天边有颗闪亮星星，关山飞跃一路洒下光明，咱们就跟着他的脚步走，管他道路平不平……走过黑夜是黎明"。该剧作曲王祖皆说，非常神奇，年过花甲，三天一场戏，文学文本按常规起码要创作半年，阎肃只用了18天。

《党的女儿》在乱云飞渡中登上建党70周年舞台，又一次盛况空前，引起轰动。复排到各地巡演，观者一票难求，甚至要在剧场加凳子。这部剧继《红灯照》之后再获文华大奖，被视为民族歌剧发展史上的又一经典。

一台《江姐》，一台《党的女儿》，新中国成立50周年国庆大典三台彩车巡礼剧，有这两台戏。2008年中国歌剧高峰论坛出了一套纪念邮票，中国歌剧80年精选8部歌剧，也有这两台戏。

《雾里看花》，唱出千万人对真善美的诉求

当第一次听说《雾里看花》是阎老写的，我很惊讶。阎老怎么能写出那么青春飞动的歌呢？在一次青歌赛准备会上，面对一帮"80后"选手，满头银发的阎老上来就是一句："我也是'80后'！"要是把这一句硬搬过来作答，我会更加疑惑。

然而更令人惊讶的是，这原本是一首打假题材的歌。当时央视准备举办《商标法》颁布10周年纪念晚会，要一首打假主题歌，没人敢领，就找到阎肃。想起假货泛滥，想起自己在福州买马海毛上当的事，他满口答应。可一上手就感到难，劝人不买假货，买假货会后悔，假货何其多，为什么要买卖假货？苦思冥想两个星期，想了一百多个点子都不对味。老虎咬刺猬，无处下嘴，没辙。谁出的傻主意让我写？阎肃恨得直咬牙。

不急，阎老能处理好这个题材。导演倒是不急了。

阎肃常讲，我始终有危机感，生怕被飞速前进的时代列车甩出去。无论在哪儿，他每天都要读报看电视听广播，把触须伸向身边的人和事，大量获取新信息。他胃口极好，国家大事、国际新闻、社会时尚、坊间趣谈，他都吞到头脑里研磨消化。更可贵的是他勤于贴着时代前沿思考，所以他的作品有很强的时代穿透力。他创作《西游记》主题歌《敢问路在何方》时，是20世纪80年代中期，那时改革开放正摸着石头过河，"你挑着担，我牵着马，迎来日出，送走晚霞，踏平坎坷，成大道，斗罢艰险，又出发，又出发，啦啦……一番番春秋冬夏，一场场酸甜苦辣"，你看他最后两句，"敢问路在何方，路在脚下"，唱得人们荡气回肠，浑身起劲。《京腔京韵自多情》系列也是，《故乡是北京》《前门情思大碗茶》《外国人喝豆汁》《唱脸谱》，听着唱着这些歌，在深深的陶醉中感受到祖国翻天覆地的变化。还有《风雨同舟》，本来是个即兴任务，后来它穿越时空，成了历次赈灾晚会的主题歌。

这打假的歌怎么写？想着想着，过去的积累发酵了，灵光一闪想起川剧《白蛇传》里"待普陀睁开法眼"，演员叫的一个倒踢，在额上踢出一只眼睛。这又叫天眼，慧眼。"借我一双慧眼"，破题！"让我把这纷纷扰扰看得清清楚楚明明白白真真切切"，一拍大腿，成了！无一字打假，却句句打假。打假也已不仅是打假化肥农药鞋子之类，而是对穿越迷茫的诉求，对真善美的诉求。《雾里看花》经那英一唱，立即以巨大魅力震撼歌坛，风靡全国。无论是打假、恋情，还是禅意，无论男女老少，人们都会从中体验到直叩生命密码的心灵悸动。

在那次"青歌赛"准备会上，阎肃自称"80后"，接着一句"我80岁了，是不是'80后'？"他始终抱着乐观开放的人生态度。他原本叫阎志扬，因有人说他不严肃，他就干脆改名"阎肃"，但半个多世纪后得的雅号仍是"老顽童"。他热情拥抱新事物，嘴里常会蹦出"偷菜""雷人"一类的词汇。一次媒体采访，问他喜不喜欢李宇春，他语出惊人，"我也是个'老玉米'！"阎肃为电视剧《十万人家》写主题歌词，作曲家舒南压力大得快崩溃了，阎肃说你为什么不写成周杰伦式的说唱音乐呢？舒南一下子豁然开朗。人们都说阎肃精神不老，越老越红，能写出《雾里看花》，也得益于年轻的心态，得益于充满朝气的艺术感觉。

同时，"老玉米"坚决抵制歌坛刮起的恶俗之风。他说流行的就好吗，流行感冒好吗？理直气壮地批评情调低下的歌曲，指出地沟油、咸鸭蛋里的苏丹红毒害人，文艺作品里的地沟油和苏丹红更可怕，对孩子的毒害更大，艺术家要有良知，要把它看得真真切切，坚决打假。他带头倡议大唱红歌，弘扬真善美。今年江西省办了个红歌会，参加者大部分是业余歌手，阎肃很忙，但再忙也要去当评委。他说，红歌是历史的，又是时代的，将永远是中华民族精神的主旋律。阎肃的艺术之树常青，归根到底是他与人民、与祖国、与时代风雨同行，履行着文艺工作者的神圣职责。

一台台春晚，把欢乐送往千家万户

大型音乐舞蹈史诗《复兴之路》，是献给新中国60华诞的厚礼。阎肃是核心创意组成员，担任文学部主任。阎肃提出，"这部史诗一定要远离司空见惯的晚会表现手法，比如歌伴舞、声光电的烘托，更不能使用花拳绣腿、浮光掠影式的舞台手段"。想想看，弃用这些惯用手段还剩下什么？那将是一个前所未有的舞台呈现，同时也意味着前所未有的创作难度。然而史诗一步一步走向成功。向中央领导汇报时，大家一致推举阎肃去。他声情并茂地阐述，穿插以慷慨激昂的朗诵，使中央领导深受感染。阎肃不负众望，在创作班子里起到了中坚作用。

这部史诗的总指挥陈晓光说，当初这个主任我非让他当。为什么？就在他的大局意识和深厚学养，就在他身怀十八般武艺，这么重大的任务非他莫属。

参与大型晚会策划和撰稿，阎肃已有25年丰富经验。1986年首次参与央视春节晚会，就迭出奇招。他抓住李婉芬能流利说出多种方言的特点，为她量身定做了小品《送礼》，让她一人饰演多角，谐趣横生。又根据当时人们追求快节奏生活的潮流，编创了《马字令》歌曲联唱，集中多位明星演唱精彩的歌曲唱段，此节目开创了联唱的先河，被争相效仿。要想甜，加点盐，此后的一届春晚，阎肃又以戏剧、曲艺和歌舞三队竞赛为构架，你一个节目，我一个节目，互相叫板挑战，其中的戏剧《考红》，又是四个红娘一个老妇人，把越剧、豫剧、京剧和黄梅戏串在一起，使晚会充满矛盾、悬念和喜剧性，引人入胜。

两台晚会的导演黄一鹤说，阎肃就像主心骨，每当大伙无计可施，他就"面壁"，跪在沙发上，看着墙，半天不说话，过一会儿，总能出奇思妙想。

这不是从天上掉下来的。阎肃称自己是个"杂货铺"。这个"杂货铺"他打年青时就经营了。话剧、相声、曲艺，又写又演。四川的川剧、清音、评书、打金板，"太阳出来呀一点红呀"，什么都学，什么都会。大搞爱国卫生，写了个《不要随地吐痰》，到中山公园去演，"啪"的一口痰，演得太像，被扭送到派出所。打下了美国U-2侦察机，就写孙悟空跑到龙宫为小猴子搞武器，龙王说有新式的，U-2飞机，零件和整装的都有，特别"阿凡达"。阎肃说五谷杂粮养人，他是吃嘛嘛香。大剧、小戏、电影、曲艺、交响乐，都不落下。"四书""五经"，诗词歌赋，中外名著，乃至侦探武侠，新潮网络，都津津乐道。"人的一生只有三天——昨天、今天和明天，得抓紧啊！"一抓几十年，"杂货铺"从一专三会八能，一路杂成中国曲协会员、作协会员、剧协副主席、音协副主席。

杂成了百宝囊、智多星，不住地往外掏金点子。自1986年为春晚策划撰稿，一发不可收，参与策划了16届春晚、21届"双拥"晚会，庆祝建党80周年的《红旗颂》，纪念抗日战争胜利的《为了正义与和平》，纪念小平同志百年诞辰的《小平，您好》，等等；他多有画龙点睛的神来之笔，有的节目成了经典，有的模式成了经典。

歌曲、戏剧、晚会节目，每个时代都有阎肃的经典作品。面对鲜花和掌声，阎肃说，一个人要想做成点事，除了天分，更重要的是勤奋、缘分和本分，更重要的是尊重生活，热爱人民，与人民同呼吸共命运。"我的窍门就是认认真真对待交给我的每一项任务"。诚哉斯言，创作《复兴之路》之初，他说"这个作品不写到起鸡皮疙瘩我不会放手"。最后由他写总结，写完让司机送交文化部，车在半道他的电话追了过去，说"躁"字应该是足字旁，他写成了火字旁，得改过来。

阎肃的成功是时代的成功。他那炽热的豪情、深沉的历史感和开阔的视野胸襟始终与蓬勃向上的时代保持着和谐共振的关系。

（原载《解放军报》2010年7月21日）

铁血 167 天

8月1日20时整，接运烈士遗体的专机降落在济南遥墙国际机场。灵柩覆盖着五星红旗，由礼兵护卫着缓缓抬下飞机。

这一刻，一路护送的战友轻声地对仿佛熟睡中的他说："班长，我们回家了。"

他没有离开这个世界。他不会离开这个世界。

他在做梦。他像许多年轻人一样，爱做梦。在夏季一个明净之夜，经过一整天高强度训练的他沉入了梦乡。"我做了一个梦，梦见奔跑，还梦见一棵枣树上结满了果实，红红的枣子，我还摘了两颗吃了，感觉挺甜的，醒来以后浑身有劲，好像依然在奔跑。想想入伍以来，可不是一直在奔跑吗？战士的价值也就在这里了，奔跑向前，永不回头！"

他的梦，是他人生的一面镜子。

2月15日

2015年2月15日，到达索马里首都摩加迪沙的第三天，张楠领受了护卫韦宏添大使前往该国总理府的任务。这是他所期待的，他麻利地穿上防弹衣，携带好枪械，与组长王蓬勃等三人登上了汽车。出发前王蓬勃再次提醒说，据可靠情报，反政府武装青年党近期将发起一系列恐怖行动，大家一定要万分警惕。

三天前，张楠与战友抵达摩加迪沙时，透过飞机舱窗看到蔚蓝的天空与白色基调的城市建筑相辉映，感到这座濒临印度洋西岸的古城很美。大使馆的伙食也不错，他第一次品尝到单峰骆驼肉，还有据说是世界上最甜的香蕉。他很有兴致地给家里报了平安。

他没提到从机场去大使馆沿途的枪声，毁于战火布满烟迹弹痕的断垣残壁。索马里是个什么地方，他早就清楚。20世纪90年代以来，索马里陷入了长期战乱，恐怖袭击和海盗猖獗，发生爆炸、杀戮和绑架事件是常态，空气中弥漫着火药味和死亡气息。正因为他清楚，2014年9月，当总队从特战队员中选拔驻索马里使馆警卫人员时，他第一个写申请报了名。有人劝他三思，他言之凿凿道："血性男儿就是要上战场，索马里越凶险恐怖，我越要争取。"结果，经层层选拔，他以过硬的军事素养和全优成绩从500多名竞选者中脱颖而出。

说起来，能当上特战队员在他也是一个传奇故事。2010年一个火红夏日，临沂支队教导队训练场上，中队长赵永飞正在选拔参加总队特战比武的队员。这才是自己梦想中的战斗生活啊！侦察、刺杀、散打、攀登、爆破、野外生存，多带劲、多刺激呀！身为训犬员的张楠在操场的角落里坐不住了，考核间隙，他找到赵永飞要求参加特战比武。见赵永飞不理会，张楠急了，提出要跟他比试比试。好小子，比什么？就比 400 米障碍吧！见训犬员要跟中队长比试，大伙呼啦围了上来。要知道赵永飞可是全军爱军精武标兵呀！一声哨响，张楠如离弦之箭冲了出去，拼命奔跑，翻越障碍物。虽然最后冲刺阶段张楠以 5 秒落败，却争得了选拔考核的机会，并顺利过关，成了一名特战队员。

到索马里执行任务的机会得之不易，去总理府的路上，他身上充满了战斗激情。途中，随处可见非盟、索马里政府军的军人挟枪巡逻，行人也几乎人人带枪，路口和重要目标附近都有架着重机枪的皮卡车，气氛逼人。

张楠喜欢这种气氛。这证明自己是真正置身于梦寐以求的战场了。他在日记中写道："不管索马里的形势多么严峻、多么凶险、多么恐怖，我都要上一线、打头阵！"

这可不光是用笔写出来的。以往每有任务，设伏堵卡他总是冲锋在前，搜捕行动更是一马当先，按战友的话讲，他就像闻到血腥味的猎豹一样兴奋。2009 年，一个邪教组织头目潜至临沂，串联信徒，阴谋制造极端事件。公安部按照中央主要领导要求，直接督办"雷霆 3 号"抓捕行动。张楠主动请缨，加入了突击小组。短兵相接之时，张楠用身体狠狠撞开防盗门冲进屋子，凶徒瞬时举着斧头迎面劈来，他迅疾侧身躲过，斧头"哐"的一声砍到门框上，没等凶徒缓过劲来，他一枪托砸向凶徒左肋，接着一个跃起侧踹，将其踹翻制伏。另一犯罪嫌疑人见状提起笔记本电脑猛摔，想销毁证据，张楠箭步上前，一个踹腿锁喉将这名犯罪嫌疑人拿下。此役干净利索，缴获了一批作案设备、文件及猎枪、砍刀等凶器。张楠拿下的这名犯罪嫌疑人，正是该组织的二号头目，据其电脑内储存的线索，公安机关顺藤摸瓜，彻底摧毁了这个邪教组织。

处突维稳请缨尖刀，抢险救灾舍我其谁。他曾先后在奥运安保、铲除毒窝、蒙山灭火、维稳、沭河抗洪等急难险重任务中20

多次领衔尖兵，抓捕犯罪嫌疑人 10 多名，救助遇险群众 40 余人，被驻地政府和群众誉为"沂蒙卫士"……

护送大使的车辆好不容易穿过一群挡道的骆驼，到达一个检查站前。检查人员端着 AK47 步枪要车停下。核对证件时，索方的引导车向前窜了一下，检查员咔嚓子弹上膛，迅疾将枪口指过来，大声吼叫："Go back（'后退'的意思）！"一瞬间火药味呛人。张楠下意识地一把将赵团军拉到身后，据枪做好了战斗准备。

这自然是虚惊一场。这个偶发细节，再次说明当地局势多么险恶，食指随时要扣动枪的扳机，随时都可能要用枪说话。

王蓬勃传达的情报没错。几天后，一名妇女在摩加迪沙中央酒店引爆了绑到身上的炸弹，人们乱哄哄地往外跑，其中有不少新选举出来的部长，此时外面的一辆汽车炸弹随即被引爆。索马里官方证实，20 日的恐怖袭击造成 28 人丧生，54 人受伤。

4 月 14 日

警卫任务紧张繁重，8 人小组头一个月出勤达到 600 多人次。从卡位、应急处置，到协同配合，队员虽经严格训练，但担任随身警卫，有时还是会感到措手不及。出勤之余，他们都要反复查找问题，及时整改，常常自行或会同使馆举行防袭击紧急拉动。身为班长，张楠更是积极出谋划策，领着大家研究当地特点和战斗队形运用，以求队伍更加精悍有力。

这些个日日夜夜简直就像在战场上。3 月 11 日刚上岗，张楠就听到巨大的爆炸声，接着是炒豆般的枪响。袭击中地区安全局局长受伤，2 名保镖被炸死。事隔不几天，同一地点再次发生爆炸，敌对双方激战一夜，包括索马里驻瑞典大使在内的 20 多人被打死。次日，恐怖分子又袭击了一家饭店，又有 20 多人死于非命。张楠梦见在碧蓝碧蓝的天空下，被鲜血覆盖的大地上到处都是俯卧流血的尸体。

3月30日早上警卫小组开会时，王蓬勃告诉大家，我大使馆所在的半岛皇宫酒店，还有联合国机构和飞机场，都已被青年党列为近期袭击目标。使馆进入了橙色预警。王蓬勃特别强调要加强一级戒备，严防恐怖分子偷袭、制造爆炸、抢劫。

这就仿佛寒光闪闪的刀锋顶住了脊背和两肋，但张楠表现得十分淡定，他甚至是在渴望战斗。他在3月29日的日记里写道："来吧，快来吧！让你们尝尝我的枪子儿吧！"

不测应声而至。

2015年4月14日12时10分，半岛皇宫酒店北侧两公里处突发炸弹袭击。警卫队员们闻声迅速扑向战位。

张楠扑向窗口，倚窗向爆炸点观察。突然，他感到左胸瞬间刺热，鲜血顿时喷涌而出。疼痛袭来，一阵头晕目眩，他依然持枪屹立，朝队友大喊："我中弹了，你们注意隐蔽！"

战友们急急跑来，将张楠平放到地上，帮他捂住伤口，抬上救护车。

去医院的路上，张楠的呼吸越来越急促。他吃力地对战友赵团军说："团军，如果这次我光荣了，请替我照顾好老人，帮我尽一份孝心。"战友们连声大呼："张班长，不能睡！"张楠的意识渐渐变得模糊。

张楠被送进了手术室。时间一分一秒地过去，战友们个个坐立不安，焦急的眼光都盯着手术室门。终于，3个多小时后，门打开了，张楠被推了出来。那一刻他非常虚弱，因为麻药作用，脸部肿胀得像换了一个人。战友们拥上去，王蓬勃关切地问："兄弟，感觉怎么样？"张楠声音微弱地回答："我没事，大家都放心吧，我能挺得住。"喜悦的泪水刷地流过王蓬勃的脸颊，"兄弟，你的命就是我们的命，好好养伤啊。"话音一落，眼泪从每个战友的脸上悄然滚下。

武警山东总队司令员李苏鸣、副司令员王方玉、参谋长蔡言强等领导当天打来电话，关切地询问张楠的伤势及治疗情况。到吉布提出差的韦大使返回使馆后，立即到医院看望，转达了外交部部长王毅、党委书记张业遂等领导的亲切慰问。

李苏鸣在电话中告诉张楠，总队党委考虑另派队员接替他，让他回国好好治疗。

听了这话，张楠好像受了委屈，情绪变得异常激动，语气坚定地请求道："报告首长，我的伤真的不算什么，我要留在这里！我想继续接受战火的洗礼和考验！"

怎么不算什么？给张楠做手术的医生说，弹头是从左胸射入的，击到肋骨后滑入腹腔，距心脏仅有1厘米，险些就没命了。取弹头时，在他左腰划开一条20厘米长的刀口，如果不是他肌肉很强健、身体很强壮，换成一般人，肯定救不过来了。医生佩服地说："你们中国军人素质就是过硬，真是NO.1（'第一名'的意思）。"

医生说得不错，张楠的军事素质是一流的，身体素质更是一流的。

这来自一流的训练和拼搏精神。张楠曾被总队表彰为"十佳训练标兵"。战友们喜欢称他"铁楠""兵王"。

张楠生在著名杂技之乡江苏省扬州市吴桥镇，自小练武打下了底子。入伍后训练像拼命，死磕排头兵，发誓"要当一块经得起熔炼、受得了敲打、耐得住打磨的好钢，绝不当边角料"。别人跑1趟，他跑3趟；别人背4块砖跑，他背6块砖跑；别人做100个俯卧撑，他做200个。练耐力，身负重装，腿绑沙袋，一跑就是10公里；练力量，肩上扛原木，双手举轮胎，一口气就是上百次；练瞄准，风天迎风不眨眼，雪天卧雪霜挂眉；练据枪定力，立姿枪管吊砖块，卧姿枪身码弹壳；10米软绳攀登，全副武装一练就是十几次，强度超别人数倍。

2011年7月，张楠带领3名特战队员参加总队特战比武。5天时间，每天高强度、超负荷比赛不少于19个小时，更有丛林急行军、公路重装奔袭、山地捕歼等一个个危难课目。张楠凭着枪响靶落、越障如飞、一击绝杀的硬功夫，凭着拼劲和韧劲，带领队伍始终一路领先。在最后10公里的长途奔袭中，感觉腿部麻木得没了知觉，他一把扯下固定号码布的曲别针，掰直了猛刺大腿，一边猛刺一边拼命往前冲。越过终点的那一刻，他一下瘫倒在地，裤子被鲜血浸红了一大片。在这场近乎实战的比赛中，他夺得了"训练标兵"的殊荣。

凭着一股永不服输的劲头，他当然不能被枪伤扳倒。战友们也劝他回国养伤，他非但不从，反而要陪护的战友帮他写请战书。负伤第二晚，他就躺在病床上口述，由赵团军打字，给总队写了请战书。

请战书通过电子邮件发到了山东武警总队党委："目前我想得最多的就是尽快康复，投入执勤工作中去，……我要和警卫小组全体战友生死与共，一起奋斗，完成好党和组织交给我的这项光荣使命。我愿意继续接受战火的洗礼和考验，不管遇到多大危险，我定能坚守岗位，不辱使命！"

手术后头几天，他的体重从150斤骤减到130斤，脸上紧绷的皮肤也显得有些松弛。但手术后第3天，他就坚持要出院。手术后一周，便坚持下床走动。手术后16天，便开始做简单的体能训练，并提出上勤要求。组长王蓬勃不同意，说："你不要命啦？绝对不行！"张楠就每天跟他磨，并故意在他面前夸张地做体能训练动作。张楠说："战士就要上战场。勤务那么紧张，我不能老是拖后腿呀。"

张楠求战心切。王蓬勃深感为难，他了解张楠，如果不答应，张楠肯定会掩饰伤痛，用加大训练量来证明自己，这对身体伤害极大！无奈，他只好妥协。要求：第一周有人陪岗；第二周正式上岗。张楠一声"兄弟"，激动地抱住了王蓬勃。

张楠又做梦了。他在日记中写道："呵呵，昨晚做梦梦见骑着一辆新的山地车，在老家华山道上，后来被朋友带到一个高地，高地上平坦空阔，选了一匹马，跃马扬鞭，驰骋沙场，像一名冲锋的战士。"

手术后第 28 天，伤口未痊愈，张楠就已经荷枪实弹与战友们并肩作战了。

5 月 30 日

5 月 30 日早上起来，张楠特别兴奋，今天他将迎来负伤后的第一次外出执勤任务，而且是警卫小组赴索马里后最重大的任务。

当天，我国外交部中非合作论坛事务特使刘贵今将抵达非洲访问，索马里是第一站。事关重大，且刚刚发生了连环爆炸事件，事前警卫小组对随身警卫作了周密筹划，考虑到张楠的枪伤还没痊愈，准备让他在使馆留守。

张楠不甘，决意求战。他说："这点伤算个啥，我早都好利索了！"

他心中有一个榜样：丁晓兵。这位在战时负伤失去右臂的英雄，从逆境中奋起，继续建功立业，用一条臂膀撑起了血染的军旗。张楠在看过他的事迹报告会后说："这是一个军人自强不息、英勇奋斗的故事，他的精神深深地打动了我，我的心久久不能平静，不管在什么情况下都要严格要求自己，不管有什么样的困难也要努力战胜自己，要懂得军人的价值，就是肯吃苦、能打仗，永远忠于党。"

王蓬勃被张楠的决心所打动，考虑到他担任随身警卫次数多，经验丰富，并已参加训练和使馆警卫执勤，终于同意了他的请求。

按原定计划，刘贵今特使乘坐的航班上午到达，可天公不作美，时间一推再推。

直到晚上，警卫小组才奉命在倾盆大雨中前往机场。途中又说飞机晚点，到达机场后，队员们在防弹车里坐以待命。

终于等来飞机着陆，警卫小组人员从防弹车上下来，蹚过没过作战靴的积水上前护卫刘特使。

返程如临大敌，非索团部队乘坐两辆架着重机枪的皮卡车开道，赵团军和大使秘书乘坐防弹车紧随其后，副组长李杰率张楠、朱随军乘坐第二辆警卫车，组长王蓬勃坐在大使车辆副驾座上贴身警卫。每个人都紧绷着高度戒备的神经。

朱随军后来回忆说："张楠警惕性特别高，每到一处总是提醒我们要注意各个环节的衔接，千万不能在细节上出现闪失。"

朱随军心想，张楠的身体还没恢复，就在这几天，埃及、卡塔尔等国大使都还在关心他的伤情。这么紧张折腾了一整天，怎么丝毫看不出来？

"挺住，你就是强者！"曾经写在张楠日记里的这句话可以作答。

2006年夏日一次考核，在穿越低桩网时，张楠的作训鞋意外脱落，他全然不顾，深一脚浅一脚地飞越高墙，跳下深坑，当他在掌声和欢呼声中百米冲刺冲过终点时，鲜血早已浸红了磨得破破烂烂的袜子，脚底板上扎满了碎石、木刺。还有，在2012年底的一次武器分解结合考核中，随着一声闷响，张楠手上霎时布满鲜血，无名指被血淋淋地撕掉一块指甲盖大小的皮肉。"没事儿。"他头也不抬地继续操作，每当触碰到撕开的伤口，他的眼角会不自觉地跳动一下。血越流越多，以致在重新组装时手上打滑，但他快速流畅地装枪栓、合枪身、拉枪击、击发、关保险，而后迅速起身报告。惊讶的考官看了看他手中染满鲜血的枪，又看看手里的秒表：24秒！问他："为什么受伤后不停下来呢？"张楠回答得很干脆："平时敢流血，战时才敢拼命！"

任务结束后，朱随军才发现张楠身上的西服已经被汗水湿透。他心里一酸，知道张楠是在靠意志强撑到现在。

次日，刘特使先后会见了总理舍马克和代外长哈利德。因活动衔接紧、规格高，张楠先后三次出动执勤。任务结束时，大家问他是否感觉到伤口疼痛，他从容回答说："一直都处于高度警备状态，根本没有顾虑到伤口。只要出现突发情况，我肯定会义无反顾地扑上去。"

6月20日

索马里是第一个与新中国建交的东非国家，是"把新中国抬进联合国"的非洲兄弟。中国大使馆曾因战乱一度撤离，2014年10月，为了友谊，为推动索马里和平进程与战后重建，事隔23年后正式复馆。来到爆炸声和枪声不断的摩加迪沙，张楠深知自己担负着怎样的使命，他在4月30日的日记中写道："能来索马里感到非常光荣……出了国才更加理解什么叫爱国主义，什么叫英雄主义——希望祖国更加强大。"

6月20日，韦宏添大使要代表中国政府向索马里妇女联合会赠送礼品。索马里总统夫人和相关官员与韦大使会见后，一同来到赠送仪式会场。

现场聚集了很多人，气氛相当热烈。当韦大使一行出现时，兴奋的人群蜂拥而上，情不自禁地围着韦大使跳起欢快的舞蹈。

热闹是热闹，但秩序太糟糕了。靠近门口，张楠用鹰一样警惕的眼睛扫描着嘈杂的人群。他知道，恐怖组织已放言，要借这个活动制造轰动事件。

这并非虚张声势，此刻，危险正悄然逼近。

仪式正式开始，奏中华人民共和国国歌。当激越雄壮的旋律掀动热血潮汐，张楠的泪水夺眶而出。

出国前夕，张楠曾在培训期间一个难得的休息日，跑到天安门广场上观看升国旗仪式。一大早广场已是人山人海，他发现身边一个小女孩拽着妈妈的衣角不停地蹦跳、张望，便把小女孩举过了肩头。国歌奏响，五星红旗冉冉升起，他边看边给孩子讲解护旗手、升旗手和升国旗的故事。

有人说，张楠爱讲大道理，离大家有点远。副中队长崔效才也曾有这种感觉。经过3个多月预选培训，张楠以第一的成绩入选驻索马里大使馆警卫小组，崔效才想逗逗他："听说到索马里执勤补助挺高，你小子回来就成大款了。"没想话音刚落，一向谦和的张楠立马生戗戗地说："可能那是你的看法，但我去索马里绝不是为了钱！"崔效才从未见过张楠如此不客气，赶紧说："跟你开玩笑呢。""开玩笑？这是能开玩笑的事吗？"崔效才又遭到张楠的抢白，"一个军人应该跟钱近，还是跟党近？如果只是为了钱，我完全可以不去。但即便这次执勤没有一分钱补助，我也一定会去！"崔效才语塞。

张楠为何会有这样的境界？自然首先应该想到学习。张楠爱学习，他爱学习的程度甚至也被质疑过。刚到驻索马里大使馆报到时，大使馆的一位同志发现他的行李箱是唯一超重的，一了解，里面塞满了《习近平谈治国理政》《雷锋日记》《资治通鉴》《孙子兵法》等几十本书籍，随后又发现大家在休闲娱乐的时候，独他抱着一本书看。大使馆的同志心想这小子还挺能装的，现在的年轻人都喜欢看言情、悬疑、惊悚、穿越之类的东西，有几个像他这样对政治和文史哲感兴趣的？不料有一次，张楠问他"墨菲斯托"是什么意思，他说那是歌德作品《浮士德》中一个魔鬼的名字。随之他反问张楠为什么突然问这个，张楠说这是习近平主席讲话里引用到的一个典故。他接过张楠手里的书一看，只见里面做了许多标记，个人心得写得密密麻麻的。

后来在整理张楠遗物时，发现4本日记，自2006年1月1日至2015年7月25日，共11万4千多字。日记真实记载了他近10年军旅生涯追求梦想、热爱学习、拼搏进取、血性担当的成长铸造历程，真实呈现了他博大的情怀和向上的境界。

崔效才后来理解了，说张楠讲的大道理，是源自他刻在骨子里的信仰，源自信仰的纯粹。

赠送礼品仪式进展到韦大使发言的环节了。

就在这时，张楠凭着经验和直觉，发现一名企图进入会场的非洲中年男子行踪可疑，便上前伸出胳膊将其拦下。

张楠肩宽颈硕，身板壮实，加上一米八的个头，冷面往那儿一站，足以让罪犯胆寒。那男子慌了，语无伦次。这更证实了张楠的判断，他在索方安保人员配合下迅速将这名男子扭住，一搜，竟然从他身上搜出一枚类似录音笔的自制炸弹。

现场波澜不惊。韦大使的发言频频被热烈的掌声和夹杂着尖叫的欢呼声打断。

经查得知，抓获的那名男子是当地恐怖组织成员，他的目的是要混进会场制造爆炸事件，如让他得逞，后果不堪设想。

7月10日

6—7月，大使馆的厨师回国休假，酒店的饭菜大家吃不惯。张楠说自己当过炊事兵，自荐当起了"大厨"。还别说，他一个舞枪弄棒的特战队员，掂起大勺来也一点不含糊。他在 7 月 10 日的日记中写道："这几天张叔天天下厨，利用空闲时间我总会去帮一把，做几个拿手的小菜，纯中国味的，大家吃起来感觉很可口。"

张楠执行任务气冲斗牛，对战友同志倾情相待，早被传为佳话。

2011 年冬天，支队组织特战骨干集训，刘超亨在冰天雪地里跪练了 10 来分钟，实在受不了了，便站起身来搓手跺脚。张楠知道他脾气倔，故意激他："一名狙击手要有超常的耐力，十分钟都蹲不住，你成不了气候。"果然，小刘犯倔了，要同班长比个高低。两人据枪单膝跪在雪地上较开了劲儿。时间一分一秒过去，小刘不时偷瞟一眼，见张楠始终如雕像般纹丝不动。一个小时过去了，小刘一屁股坐到地上。张楠起身对他说："能坚持到现在，你做得已经很不错了。"班长这是陪自己练呀！此后小刘的训练成绩突飞猛进，还当上了新训班长。

警犬是张楠特殊的战友。当训犬员 6 年，他先后训练出查利、笑天、黑豹等 10 多条防暴犬。查利性烈难训，张楠身上曾被它咬出道道很深的伤口，但它敏捷好斗，品质优良。张楠喜欢它，他一边悉心调训，一边钻研相关资料，课余守着犬舍陪查利玩耍，给它喂饭洗澡，还给它按摩、梳毛。查利倒也争气，各项技能突飞猛进，多次出色完成比赛和实战任务，在支队声名鹊起。几年朝夕相处，张楠和查利结下很深的感情，查利病死时，张楠非常伤心，不吃不喝，几天蹲在犬舍旁不愿离去。直到多年后，他还在日记中提起："不知不觉想到了我的爱犬查利，它已经走了 4 年了，很可惜，也很遗憾，希望它在天堂一切都好。"

在大使馆，张楠不仅掂大勺炒菜，还拿起剃刀替大家理发。索马里的老百姓不讲究发型，男人清一色剃光头，四邻八街见不到一个像样的理发店，理发成了一个难题。张楠把这个活也揽下了，理由是理发是个细活，自己是狙击手，针尖能穿大米、水中挑得黄豆，正当其用。上手是在好友王旗头上开的刀，王旗担心把头剪坏了，张楠拍胸脯说绝对没问题。张楠理得很精细，逐个部位剪，逐根头发修。10 分钟后，一个"锅盖头"出炉了，王旗挺满意，夸赞说理得真不孬。此后，张楠给大家理得多了，技术越来越娴熟，成了警卫小组的专职理发师。就在牺牲前三天，他还给大家理了发，觉得给王参赞理得短了，记住下回给他留长点。

真情，展现在平时的点点滴滴中，关键时刻张楠也不惜舍身相助。

在索马里，张楠外出警卫 100 余次，他总是主动要求置身最危险的岗位，在使馆休息的房间他也选在大楼最外端。

2011 年 4 月 29 日，蒙山森林公园突发山林火灾，张楠随机动中队率先出动灭火。通往火区的山路崎岖陡峭，一侧是百米悬崖，他主动跑在前面冒险探路，在危险处一一做上标记。到达火场，一排巨大的火浪当头扑来，大家迅速转身卧倒用毛巾捂住口鼻，只有战士侯建虎没有毛巾。张楠见状毫不犹豫地扑向侯建虎，用手中的毛巾捂住他的脸，自己一把扒开一个土窝，把脸埋了进去。

还有爱情。同所有的年轻人一样，张楠渴望爱情。

2011 年，朋友给他介绍了一位护士。张楠身高体壮，经多年军旅淬炼，浑身透着英武。女孩娴美恬静，也是楚楚动人。两人顿生好感。回到部队，任务紧张繁重，联系机会很少。一个周末，张楠跟女孩通上话，正聊得开心，紧急集合的电铃声骤然响起，他来不及解释，挂了电话就披挂装具紧急出动。他同战友成功处置了一起因情感纠纷持刀劫持女友的事件，回到中队，才发现女孩打来的十几个未接电话，便急忙回去给女孩道歉，但被问起原因，他犯难了，他必须严格遵守保密规定。他又不愿编造理由，不管女孩怎么追问，始终没有回答。最后，女孩默默挂断了电话，一段恋情就这么黄了。

"大爱无疆"。张楠写下过这四个字。何为大爱？战友海贵与女友分手后很痛苦，张楠安慰了他一晚上。可张楠自己都想不通，回到宿舍，他在日记中写道："在部队当兵就该落得分手的下场吗？……是的，我们当兵没有多少闲暇时间陪你们，但我们是尽义务啊，应该支持我们才对啊！"

7月26日

自从警卫小组进驻使馆，就不断接到恐怖袭击警报，身边仿佛被埋下一颗颗定时炸弹，指针嘀嗒嘀嗒地走动，声音仿佛越来越响，炸弹不知何时就会突然爆炸。前几天又接到警报，说斋月结束了，恐怖分子很可能会在近期发起预谋已久的袭击。

7月26日，疯狂的袭击突然而至。

下午，张楠带领赵团军和朱随军在5楼多功能厅训练体能。16时05分，练了一轮的张楠正活动手腕脚腕，赵团军和朱随军在做弓步压腿。突然，轰隆一声巨响，整座大楼猛地一晃，强大的冲击波直接将三人掀翻在地，门窗灯饰和家具碎裂迸飞，玻璃碎片像飞刀一样迸射，天花板砸落，酒店一面墙从一层至五层整个垮塌。靠近门口的朱随军头部被碎物击伤，他不顾伤痛冲了出去，迅速投入战斗状态。张楠和赵团军身处大厅中间，被砸下的天花板钢架压在了下面。

酒店外枪声大作，腾起冲天烟柱。赵团军推开压在身上的重物，看到张楠被压在一米远的废墟里，便急着问："班长，有事没事？"张楠的回答很镇定："我没事。放低重心保护好自己，注意隐蔽！"赵团军压低身子，发现左臂被划开一道10厘米的大口子。这时张楠说："我好像伤到颈动脉了。"赵团军大惊，叮嘱他捂紧伤口，随即大声地喊叫求援。过了不到一分钟，张楠已经气息微弱："团军，我可能不行了。"此时，王蓬勃带领其他几名队员冲进大厅，迅速把张楠从废墟中扒了出来。张楠已成血人，脖子上鲜血突突地往外冒，用光止血带也止不住。

情况万分紧急，组长王蓬勃决定，由他带领李海朋护送张楠去医院。张楠被抬上救护车，大家追着大喊："张班长加油！我们说好一起回国的！你是最棒的，你一定要挺住！"

说来也蹊跷，上回负伤治疗出院的当晚，张楠做过一个梦。"梦里我一个人回老家，走了一条近路，我身边的另一个人越走越快，眼看就没影了，我就追。他形象高大，衣着讲究，气质非凡，大致轮廓能看清。从他身边走过时，他突然叫住我，问我是不是叫张楠，我说是啊，怎么了？他说你知不知道你上光荣榜了？我说不知道。他说等出来了你就知道了……这真是个奇怪的梦！"

这又不奇怪。梦是什么？它是一块屏幕，投映着一个人的所思所想、所爱所恨；投映着他的情怀、向往、信念和意志；投映着他的精神图景、情感画面和直觉影像。

张楠的父亲是一名转业军人，母亲是杂技教练。张楠从小就立志当兵。入伍不久，他就在日记中写道："假如我有一天，能为人民做点好事，即使牺牲了，我也无怨无悔！"

从军路上，他曾有过4次重要选择。2004年17岁时，他已是一名专业杂技演员，事业开门见彩，但他没有醉心眼前的鲜花掌声，走上了从军报国路。第二次是在入伍的第8个年头，凭着两立三等功，具备了提干条件，但由于超龄与提干擦肩而过，父母希望他退伍返乡成家立业，但他坚定选择了留队。第三次是选拔派驻索马里使馆警卫，当时他姐姐刚刚病故，各级领导都劝他放弃这次任务，但他第一个报了名，以过硬的军政素质闯关中选，踏上了远赴索马里的征程。第四次选择就是在索马里负伤后，总队准备安排他回国养伤，但经他再三请求，得以留在索马里继续战斗。

张楠想不想回到家人身边？他爱父母。为了少理几次发省点钱，他总是剪平头，但妈妈神经衰弱，他打听到用银水杯喝水能减轻病症，周末跑到专卖店花了 2000 元买了一只寄回家。父亲心脏不好，打听到每天喝一杯鲜榨的混合果汁对心脏有保健作用，同姐姐一合计，花 3000 多元买了一台最先进的榨汁机。姐姐患了乳腺癌，他心疼姐姐，几次休假都去陪她，听驻地老乡说用蒲公英泡制药水能缓解病痛，特地跑到荒郊野外去采寻。"这可是我唯一的姐姐啊，老天爷，求你不要夺走我的姐姐啊，我愿意拿我 10 年的生命换取姐姐的 5 年阳寿！"

但他内心有一个更高的承诺。2014 年 4 月 3 日，在遍布红色基因的沂蒙大地上，他和战友来到华东革命烈士陵园。他向先烈敬献了花圈，然后热泪盈眶地举手宣誓："我愿接过烈士的钢枪，时刻准备为祖国为人民牺牲一切，乃至生命！"

救护车一路鸣笛驰抵医院。医护人员调动一切手段抢救两个多小时，张楠终因失血过多，再也没有醒来。

张楠，1987 年 12 月出生。他的生命定格在了他人生最辉煌的时刻。

不，他的生命在延续。他的使命、他的爱、他的热血在延续。

护送张楠灵柩回国当晚，赵团军和王旗敲开了张楠父母的家门。

"爸、妈，我俩来看二老了！"房门打开，两位老人的眼泪唰地流了下来。四人紧紧地抱在了一起。

"爸、妈，请不要悲伤，您走了一个儿子，还有七个儿子。"赵团军和王旗展开了全组给张楠父母的一封信，"爸、妈，我们要继承张楠的遗志，在这片淌过他鲜血的热土上继续战斗……待凯旋后，再看望爸爸、妈妈！"

爸爸妈妈含泪点头。

王旗和赵团军站得笔直，向爸爸妈妈敬了一个军礼。

（原载《传记文学》2016 年 11 月号）

她们从天空摘来桂冠

　　每一位漂亮的姑娘都有故事。如果漂亮姑娘从事的恰好又是惊险刺激的职业，她的故事也许就更加浪漫。

　　空军跳伞队的姑娘们拥有漂亮，也拥有惊险刺激的职业，却唯独缺少浪漫。

　　当贴近她们的生活，你会看到真实的月球同在远处看到的月亮完全是两码事。你会看到，她们最初的梦幻情怀怎样破碎而终日跋涉在荒凉、凹凸不平和云雾茫茫的征途上。她们满脸是汗，汗水里掺杂着尘土和泪水。她们中的许多人手腕和脚踝骨折，颈椎、腰椎挫伤，皮肉撕裂以致露出骨骼，鲜血浸染了征衣。她们焦虑如焚，有时感到无助、沮丧、苦闷。她们承受着同龄女孩难以面对的艰难和危险，承受着同龄女孩无法忍受的单调、枯燥和寂寞。

　　她们年轻，自信，身负重荷艰难跋涉。每一步踩下去，都是那样坚定、疼痛，充满意志和力量。她们小小年纪远离父母，加入了另一个温暖而又严苛的家庭。她们在如影随形的生存危机的沉重阴影下，以永不服输的性格和坚韧不拔的努力，不断渡过难关，战胜自我，登上了一个又一个成功的阶梯，获得了一顶又一顶荣誉的桂冠。她们为军旗和国旗增添了光彩，从而为自己和集体争得了生存与发展的权利，实现着自身的人生价值。

伴随着成功的好心情就像节日，是一个结果，而孕育结果的过程却充满了迷茫、辛辣和痛苦，而且漫长

今年 31 岁的肖茜荣，15 年前是湖北荆州幼师的一年级学生。她能进入空军跳伞队，是因为她抓住了一次偶然的机会。

这年冬季的一个上午，校长领着两个穿军装的人走进教室，全班同学随教师的口令站立起来。穿军装的人在课桌间的过道里边转悠边打量身边的学生，经过肖茜荣身边时，刻意地多停留了一下才走过去。肖茜荣忍不住扑哧一笑，悄声对身边的同学说："怎么像是相马的？"

肖茜荣被叫到教室外的走廊上。来人自我介绍是八一跳伞队的教练和医生，是来招收新队员的。肖茜荣被要求做了一些测试。她用左手捏住自己的右耳朵，右手从左臂间穿过伸直，以食指触地为圆心，埋着脑袋旋转了 10 来圈，然后站直身子，往正前方走了 10 来步。她走得稳当、笔直，这说明她的前庭功能良好，否则就会像肢体残疾者加视力残疾者。随后做的几项测试也都令人满意。实际上，她的身材也已目测过关，比如头尖、颈长、肩平、背直、腰短、肢长、臀垂，她都符合条件，当然五官也是端正漂亮的。说到女队员的形貌，肖茜荣说，那是因为跳伞运动除了对抗性，还有一定的演展性，但容貌也只是演出时才用得着的面具。跳伞是综合体能、技能与智能的运动，要求运动员的素质也是综合型的，而身体的协调性、耐力和良好的心理素质这些内在的素质则更为重要。体格过于高大健壮反而是不利条件，招十三四岁的小队员时，要特意了解其父母的身高，父母高大的还不能收。

军人问："你想不想去当兵跳伞？"

肖茜荣望着军人头上的帽徽，似乎是迫不及待地说："我想！当然想啦！"

肖茜荣自小就觉得军人很神气，很豪气，还有点儿崇高，但没有认真地想过自己今后要去当兵，因为这在当时对像她这样普通家庭的所有女孩来说是个奢望。面对突然落到头上的机会，她都感到有点儿不真实。但因为是跳伞的兵，父母开始并不支持。回到家，她故意问父亲，部队若招我当兵去不去，父亲没有当真，说去就去呗。父亲是市工业局的司机，出车回来很累，说完就躺到了床上。肖茜荣说我要去当的兵是跳伞的兵。没想到父亲一下从床上蹦了起来，父亲说跳伞太危险，不能去。湖北跳伞队离他们家只有10分钟路，前两年一名女队员跳偏落到居民区，蹬倒一堵危腐院墙，被砸死了。母亲也不让去，理由是当时社会上挺乱，假冒军人以招兵为幌子诈骗女青年的传闻漫天飞，被骗走钱财算是走运，最惨的是被逼着到地下性交易场所去做皮肉生意，被拐卖到穷得娶不起媳妇的地方给人当媳妇。母亲为父亲帮腔，真正的原因是担心女儿长得瘦弱，经不住天上地下地折腾。

当兵有多美气呀，更不要说当跳伞的兵，那多好玩呀。肖茜荣很任性，认准了的事无论是火攻水渗，都要往前拱到底。她不理解父母为什么老是要和她作对。有一年暑假她到省体校集训队打羽毛球，被视为有潜质的好苗子，体校想让她留下上学，但父母就是不同意，说："你的班主任说你学习成绩好，荒废了学业可惜。""你们干吗老是跟我作对呀，是我当兵还是你们当兵啊？跳伞死人那是事故，是不是假冒军人你可以去问嘛！"她犯倔了，又哭又嚷晚饭不吃，还掼门摔东西地发泄。父母在房间里一直保持着沉默。第二天，肖茜荣自作主张地报名、填表、检查身体。其实，头天晚上父母在房间里窃语，等于是相互做工作，最后一致认为，女儿大了，她的前程还得由她自己拿主意，上体校的事就挺对不住孩子的。与肖茜荣前后脚，父亲也找到招兵点，支持女儿入伍当跳伞运动员。

跳伞队招人必须经过家长的同意，肖茜荣是知道的，所以自报名后，她心里一直在打鼓，怕人家不要。父母一是生气，二是想给女儿一个惊喜，也不揭底。直到临走的那天，姐姐忍不住悄悄告诉了她，说待会儿妈要出去给你买日用品。肖茜荣一下就像从干滩上回到水里的鱼泼剌欢跃起来。她耐不住性子，眉飞色舞地跑去对母亲说："这次走不成就算了，我也挺舍不得离开家的。"母亲说："这话可是你说的。"母亲还有不了解女儿的？一看女儿的样儿就知道女儿心中有底了。女儿就这么个脾性，一张脸比四川的变脸表演来得还要快，一转身一张笑脸，一转身一张仇脸，全凭着风云变幻的情绪。跳伞队大队长冯国斌说："肖茜荣倔强，情绪化，性格鲜明，她的挫折与成功都同她的性格有关，是性格决定命运这种说法的典型例证。"

母亲买回东西跨进家门，肖茜荣直愣愣地对着她笑，笑着笑着就哭了起来。

那年被招到跳伞队的老乡还有左燕妮、吴丽虹和谭俊，全市就四人。肖茜荣很庆幸能把握住这次机会。她后来知道，此前招收人员已到原定地点天津和河北，由于有砍掉女队的动议，招收人员被通知返回。后又确定保留女队，因全队此时正在湖北境内外训，队里临时决定就近在荆州市招。不要说机会落在谁的头上，这次机会本身就是从有变无，又从无变有。用冯队长的话说，这几个队员是捞稻草捞来的。

元旦前一天，全班同学都在早自习时给肖茜荣写贺卡，写了厚厚一摞，平时闹别扭不说话的同学也写了贺卡，让她感动得流泪。离开学校时，全校师生夹道欢送，可谓走得辉煌。

到了空军跳伞队，一切都是新鲜的。大锅饭，同一个屋顶下的大梦，生活细节的差异与融渗，藏在透明中的隐私，责任的重量以及对光荣的向往，一切都是那么的迷人。然而，随着生活的延伸，新鲜感像朝霞一样融化在越来越强烈炙热的阳光里，一切都不再像当初想象的那样抒情、浪漫。伴随着成功的好心情就像节日，是一个结果，而孕育结果的过程却充满了迷茫、辛辣和痛苦，而且漫长。

第一次重大挫折是在1992年。为了备战次年的全国运动会，全队移师河南某基地进行战前封闭训练。不巧的是肖茜荣患鼻炎刚动过手术，空中呼吸不畅，没让去，让她在家带新兵。

队里招她们入队时说得很清楚，就是要让她们参加这届全运会，为女子跳伞项目打翻身仗。为此，肖茜荣埋头苦练，付出的往往比别人更多。地面训练时，由于身体瘦弱，体质不如人，跑步、俯卧撑、拔单杠都落在别人后头，她不服输，在正课训练之外悄悄给自己加码，每晚不做完不睡觉，硬是把成绩一点一点提了上来。空中训练跳伞，别人都陆续换成可控性更强的翼伞，而她跳圆伞总过不了关，在空中动作总是做不对称，不对称就像螺旋桨转着往下坠，急得她吃不香睡不着。她请一位男队员同她一起跳，帮她观察问题究竟出在什么地方。落到地面，男队员问："你看到我了？"她说："没有哇。"男队员说："你刚才眼睛瞪得老大对着我，我还打了你一下，你怎么没反应？你的问题主要是老想做好，精神太过紧张，导致动作变形。"把准了脉，就狠练。由于胆子大不怯阵，还得了一个肖大胆的绰号。安全开伞高度是800米，有一次空中气流大，人在空中翻了几个跟头，一时找不到拉环，直到离地400米伞才打开，大地飞速猛扑过来，她都闻到了浓烈的草腥味。这是惊心一刻，但她落地后平静如初，仔细叠好伞登上了飞机。当然，这是一个事故苗头，她随之被停训一周进行反思。

可不让参加集训和比赛，拿什么证明自己？新队员之间的竞争十分激烈，几年不出成绩，就面临着被淘汰。而今，用几年的生命堆积起来的希望仿佛一下子就灰飞烟灭了，几年含辛茹苦、披星戴月的努力就像一场误会，前程捉摸不定，为军队争荣誉的志向更成了对自己的嘲弄。肖茜荣骂自己的鼻子，骂与自己作对的命运，边骂边哭。一肚子的邪火还排泄不掉，她就迁怒于别人，把火撒在新兵身上。新兵在训练中稍有差池，她就大喊大叫，带着讽刺和挖苦。当时队里正好进行营建，她们每天用半天时间清理施工垃圾、筛土、植草种树。她近乎自虐地拼命干活，也要新兵拼命干，新兵以怠工反抗，她就以更加狂热的激情把他们和自己更紧地绑在一起，干得忘掉吃饭，忘掉天黑收工。

这不是自暴自弃，这是在同别人叫板，在同她认为是阻挡她的力量对抗。她倾听着内心冲动的呼唤。她用自己的所作所为在高喊："我就不信！"她充满了自信。她绝不服输。她不断地往河南打电话，了解训练课目和进度，一点不落地瞄着练。她不信最后测验时自己就不行。

但最终她还是落选了。

全运会没让参加，接下来一路走背字。

1994年备战亚大锦标赛，全体队员分成男队、女队和混合队进行训练。肖茜荣被分在混合队，也就是非主力队。她心里不服，是金子就不怕火炼，她猛加柴加煤加油，她坚信是金子总会发光。选拔赛如期举行，她的成绩跻身于前五名之内，出征参赛每队是五人，她应是五人之一，但她终于还是没能去成，原因是技术不稳定，主要是心态不对。接下来，1995年在意大利举行的第一届世界军人运动会又没让她去，理由还是心态问题，再就是没有大赛经验。当时跳伞队面临生存危机，能否保命，全看这次能否拿到金牌，队里指定状态正健的左燕妮和吴丽虹出征，另从地方请了三名队员加盟，这就使得落到肖茜荣心上的石头格外沉重。1996年参加在斯洛文尼亚举行的单项锦标赛，这回该不成问题了吧，因为有一个强有力的竞争对手准备放弃了，谁知事到临头风云突变，在选拔时，那个队员不留神跳了个第二名，又重萌竞技欲望。队里慎重行事，让她俩再作一争，肖茜荣输了，输得又服又不服，"原本要放弃的人情绪能有多稳定呢，为什么就不能给我一次机会呢？"

失败的情绪像大雾一样笼罩着她。队长和教练找她谈，指出她技术和心态上存在的问题，指出首要的是要战胜自我。她听不进去，她只注意到失败是成功的基石这类的话。晚上，她独自来到停机坪边的草地上。她揪了一把草叶，轻轻地捻着，捻得手指上满是芳香苦涩的汁液。小草依偎着泥土，承接着雨露，生活得多么无忧无虑呀。天上的星星也一样，她们在自己的位置上宁静安详地闪着光芒，没有谁去剥夺她们发光的权利。人的生活中为什么就有那么多的不平事呢？我比别人笨吗？我吃的苦比别人少吗？别人就真的很强吗？她们的技术和心态就真的那么稳定吗？为什么偏偏就是我的付出没有得到应有的回报呢？为什么命运老是要和自己作对呢？她越想越委屈，越想越沮丧。她感到自己的渺小与虚弱，孤独与无助，需要有一个结实的肩膀靠一靠。就这样，一位向她频发感情信息的小伙子正式进入了她的感情视野。

1996年秋，本队的两位队员，肖茜荣的好朋友谭俊同翟四海的好朋友李成结婚了，肖茜荣与翟四海理所当然地参加了婚礼。喝了喜酒，闹了洞房，肖茜荣叫翟四海陪她去小卖部打电话，电话被人占着，他们就闲溜达、瞎聊天，聊着聊着就在一块草地上坐下了。跳伞队就这么大，谁对谁都有所了解，何况1992年在家带新兵参加基建时还同甘共苦过。翟四海办事和思考问题实在，不在乎吃亏，所以有一个绰号叫老五，意思是五大傻，排行在队里另外四个大傻之后。在肖茜荣心目中，老五稳重、宽和，有男子汉的气度和内涵，值得信赖。她也知道老五钟情于自己，但同所有的花季女孩一样，她更愿意把感情投射到远离现实的幻影上去。酒后话多，肖茜荣自然就谈起自己的伤心事，越说越激动，后来差不多是用吵架的嗓门进行发泄和控诉了。而老五则不温不火地说宽心话。老五说："你呀，就是刀子嘴，豆腐心。"说得肖茜荣的眼泪唰地就涌了出来。这情形就像一个点火，一个灭火。在他们后来的共同生活中也多有这种情形，所以老五后来又得了一个"灭火队员"的绰号。机场哨兵发现有动静，就端枪走了过来。这成全了老五，当肖茜荣慌忙地想站起来时，老五当着哨兵从容而自信地一把将肖茜荣拉到了怀里。

此后，肖茜荣一有事就找老五，对老五有了很大的依赖性，但两人的关系并没有定下来。有一次，老五的一个老乡请他和肖茜荣吃饭，要给肖茜荣介绍个飞行员。这顿饭让老五备受煎熬。肖茜荣与那位飞行员来往了几次后，忽一天怒气冲冲地找到老五，说那位飞行员感到跳伞队对他不友好，还把他的自行车脚蹬给卸了，问是不是老五干的。老五的确没干，但听了心里高兴，心想干这事的哥们儿够意思。还有一次，肖茜荣结识了北京一个从事装修的小老板，是北京队一位世界跳伞冠军的弟弟，小老板开着面包车来，车上的反光镜又不知被谁给掰了。肖茜荣又审查老五，老五说："我不知道，就是知道我能告诉你吗？"肖茜荣同机场机关的一个什么人也谈了几天，他们在那儿谈，老五趴在地上帮肖茜荣叠伞，李成在一边大声喊："肖茜荣！你在那儿闲聊，让你爱人在这儿帮你叠伞，你倒是挺会偷懒的。"短短数月时间，肖茜荣东找西谈动作挺大。冯大队长看了着急。他对老五说："阿米尔，上！"又对肖茜荣说："你脾气太暴，老五性子太柔，我看你们俩倒是可以优势互补。"肖茜荣属鼠，老五属狗，所以肖茜荣说："我要他补？那不成了狗拿耗子多管闲事啦？"其实犯不上着急，事情的反常正说明事情进展正常。女孩子表达感情的方式往往是曲折的，她欺骗着你去爱你，抵抗着你去深入了解你。1997年除夕，老五千里单骑闯到了肖家，开始两天滞着个脸不言不语，到了第三天突然云开雾散又说又笑又开怀喝酒。第三天他有资格说这样的话了："我如果不来就打动不了你的心。"

老五更加关心肖茜荣了，主要是在训练中，比如帮着叠伞，观察和纠正技术动作，帮着化解浮躁情绪。肖茜荣在空中开伞前，两腿的间隙比较大，老五发现后对她说："这种姿势虽稳，但空气对身体的阻力小，不利于发挥技术动作。"肖茜荣总也纠正不了，老五就让她用绳子把两腿捆上练。肖茜荣落地时往往两脚同时着地，在比赛中这是不能算成绩的，老五告诉她："人要放松，视野要放开，不能只想着最终要踩的那个点，而是每时每刻都要把精力放在处理技术动作上。"老五是队里的参谋，经常出差在外，每逢出差都是一天一个电话，问训练情况，讲技术要领，还在电话里玩爱情游戏，话费没少付。为能参加1997年的法国公开赛，肖茜荣训练得非常刻苦努力，遇到技术难点，她就白天黑夜地同自己较劲儿，不信就修正不过来。

法国公开赛的参赛人员名单是在饭堂宣布的。肖茜荣想这回轮也该轮到我了。饭堂里静得能听到呼吸声，外面过去一辆汽车，像是滚过了一阵沉雷。冯队长念的名单中，有与她同期入伍的，还有比她晚入伍的，当念完最后一个人的名字，却没有她。肖茜荣的克制达到了极限，她猛地站起冲出了饭堂，满腹的委屈夺眶而出，边走边哭，洒一路泪水跑到宿舍。她感到这次是真的完了，真的要崩溃了，她支撑不住了，也不想挺着了，她心灰意冷了。爱怎么的就怎么的吧，争取了那么多年，能跳出来早跳出来了，跳不出来再怎么拼还是拼不出来。一次又一次发高烧似的拼命，一次又一次被兜头泼下的冷水浇成了落汤鸡，冷冷热热，反反复复。这是疼痛之后的疼痛，受伤之后的受伤。太悲壮了，也太可笑了，十年了，每天一本正经地从天上跳下来，再从天上跳下来，可是这有什么意义吗？真实的生活在哪里呢？真实的自己在哪里呢？她的情绪坏到了极点。

　　队长来了又走了，教练来了又走了。她只见他们的嘴在动，不知他们都说了些什么。老五来了。老五同队里是站在同一条战线上的，一下子做不通的工作，就让老五当二传手。队里是理解肖茜荣的，她意志品质好，进取欲望强，能吃苦善动脑，但她有个很糟糕的脾气，身体里像伏着一头小豹子，说蹿一下子就蹿得老高，跟人开玩笑不知触到了哪根神经，说翻脸就翻脸，有时陪上面来的领导喝酒，她喝了人家没喝，她就再也不搭理人家，再不同人家喝一口酒。为了这个臭脾气，她没少吃亏，往往不为人理解，但从另一个角度讲，因为透明率真，又容易让人理解。其实，就像她长得纤巧而内心刚强一样，刚强背后也有柔弱的一面，她跳伞时叫"肖大胆"，但她不敢独自走夜路，见到地上受伤的小鸟都要捧起来替它伤心。但不管怎么说，这个臭脾气容易引起情绪波动，平时影响训练效果，比赛时影响正常发挥，而它反映出的过于自信，不能正确对待自己的心态，是跳伞的大忌。一个人的痼疾不是不能治愈，但得慢慢地治。

　　见是老五，肖茜荣说："我不干了，我就不信天下没有我吃饭的地方。"老五说："你冷静点，这次不用你不等于以后总不用你。"她说："我就是要干，我要去告他们处事不公。"老五说："要多拿镜子照照自己，我就是你的镜子。"她说："我太不容易了，吃了那么多苦没有回报。"老五说："你攒了那么多资本，将来取出来还不得买一块金牌加一座房子？"肖茜荣泪渍麻花地扑哧一下笑了。老五刚想笑，肖茜荣的脸忽地一变，一脚踹在塑料桶上，说："你穷唠叨个什么呀，打水去！"打来水肖茜荣嫌搁的不是地方，又嚷。老五以沉默相对，就像一泓深潭，再大的石头扔进去都波澜不兴。

性格的逻辑使得一个结局往往是前一个结局的翻版。汹涌的浪潮退去，坚硬的礁石又显露出来。肖茜荣的火气和怨气消了，不服输的倔劲儿又上来了，火气和怨气成了燃料和动力，她又全力投入了训练。不同的是经过多次的打磨，尤其是这一次的冲击，她的心态变得平和从容起来，如同激流从狭窄的河道进入了宽阔的河床。她开始琢磨领导、教练和队友的话，开始注重过程，把每一天的训练和生活看作是实现自身价值的过程，把实现自身价值的过程看作是战胜自我的过程。她说："只要努力了，是你的总会得到，不是你的追求了，该得到的你也能得到。"她的自信里多了一层理性。1998年元旦，她同老五结婚了。婚后老五去上海学习，肖茜荣利用五一节假日去探望，七天时间全都当成欢乐抛洒在了南京路上。十年来，这是她第一次跨出跳伞生涯的狭小空间。

对肖茜荣的变化，大家看了高兴，但并没有放松对她的砥砺。有一次参加国内优秀选手选拔赛，肖茜荣在第五轮没跳好，冯队长帮她找原因，她用纱巾蒙着脸，把腿跷在伞包上，爱搭不理。冯队长说："就凭你这种态度，你出问题是正常的，今后还得出问题，你只强调客观因素，而不从主观上找问题，像这样你永远也别想参加大赛。"当着20多名队员、教练的面，冯队长批得很严厉，把肖茜荣说哭了。婚后老五对肖茜荣百般疼爱，但不宠惯。一天晚上，肖茜荣犯老脾气甩手要走，老五说："我今天非得拧拧你的这个劲。"他把肖茜荣倒剪双手按在床上，从晚上9点按到次日凌晨2点，肖茜荣扯着嗓子直喊："老五疯啦！救命啊！"老五好不容易尝试了一把大男子主义，结果被责成当众向肖茜荣道歉。可事到临头，肖茜荣不忍心了，说："家丑不外扬，冯队长你们就放他一马吧。"

对于跳伞队来说，世纪之交在克罗地亚举行的第二届世界军人运动会又是一个生死存亡的关口，同上届一样，要想保住队伍必须拿一块金牌。为此，队里提出了"为集体求生存，为个人求发展，只有奋斗一条路"的口号，备战训练的每一天都像是比赛，强度大，标准高，艰苦异常。吃苦算不了什么，肖茜荣的意志就像钢牙铁胃，什么样的苦都能嚼碎消化，问题是命运好像专门同她作对，她偏偏在这个节骨眼上患了皮肤过敏症，发了满身的疹子，又大又红，像熟桃似的，表面还有一层薄膜样的水泡，痒起来像猫爪抓心，忍不住去抠去挠，结果弄得又是水又是血又是脓，浑身感染发炎，被强行送到了医院。她边坚持体能训练边治疗，熬到出院，即随队到四川训练。7月的四川盆地，潮湿、闷热，草地屋角到处都是嗡嗡的黑蚊子。一是嫌身上的疤痕难看，二是怕被蚊子咬了再感染，肖茜荣不敢穿短衫短裤，整日捂着不透气的连体拉锁运动服。她换了新伞，这种伞用料和构造都很先进，理论上讲有更强的可操作性。而同时每种伞甚至每幅伞都有自己的伞性，你不熟悉它，它就跟你捣蛋。只有多跳多交流才能摸透这位新对手新朋友的脾性，肖茜荣尽可能地多跳，最多的时候一天跳了18次，这在当时是全国最高纪录。

确定出征人员名单之前，冯队长问肖茜荣："你感到这次有没有把握？"

肖茜荣反问："你要听真话还是要听假话？"

冯队长说："当然要听真话。"

肖茜荣说："我没把握。"

肖茜荣的回答出乎冯队长的意料。这也是自信，不是对于某件事表现出的自信，而是作为一个人的自信。肖茜荣成熟了。

人员定下来了，肖茜荣名列其中。

第二届世界军人运动会在盛夏的克罗地亚首都萨格勒布如期

举行。

第一天比的是空中造型。第二天，中国队死死盯了四年的定点争夺大战打响了。

肖茜荣开始有点紧张，第一跳航线设计不太好，接近地面时已没有调整余地，拉飘着陆，踩了 3 厘米。第二跳也不理想，气流紊乱，没处理好，踩了 4 厘米。

争夺是紧张激烈甚至是残酷的。这是由于来自 42 个国家的 327 名运动员中强手如云。曾代表国家队出征世界大赛的陈莉等人见到了许多熟面孔，原来这些国家队的队员同自己一样，也是军中巾帼。尤其是来自美国、法国、俄罗斯等国的运动员，在许多方面有着强大的优势。他们有当今世界上最先进的伞具，而我们用的伞具最好的也是上一代的产品，尤其是在平日训练，规定用五百次的进口伞我们用了一千二百多次，破了绽了缝补好接着用。他们的飞机好，用直升机训练升空只需五分钟，而我们的运 -5 飞机爬高慢，升空需半小时。他们在训练中采用了高科技手段，用电脑做技术分析，还有像两间房那么大的风洞，底下鼓风把人悬顶在两米高处做动作，而我们基本是用在水中学游泳的办法练动作。外军还有金字塔一样的运动员结构，如法国有四十多个航空俱乐部，美国跳伞的更多，据说在街上问五个人，起码就有一个跳过伞；就连亚洲也是如此，韩国跳伞采用会员制，有十多万会员，泰国单是军队就有二十多支跳伞队，新加坡的特警队队员全都会跳伞，而跳伞在我国还属稀有运动，军队跳伞队只有这独一无二的一支。

当然，我们有我们的优势，否则硬件与软件都不行，我们凭什么同人家比？肖茜荣平心静气地做放松运动，思考技术要领和对策，把精力都倾注到比赛中，凝聚到操纵棒把握、气象变化、心理波动和地面的靶心上。后面的几轮都跳出了水平，就像一只盘旋俯冲的鹰捕捉一只野兔，她的一只脚像锐利的鹰喙一次次准确地啄击着靶心。

她的精彩表演博得热烈的掌声和喝彩声。这不单单是为她个人鼓掌和喝彩。一个队员、一支队伍是代表自己的军队和国家参赛的，她们在赛场上展示的不单是个人的技能，还展示着一支军队和一个国家的精神和形象。

经过激烈的决赛，肖茜荣和姐妹们终于站到了冠军领奖席上。当沉甸甸的金牌挂在她们前胸的时候，当雄壮而急促的《义勇军进行曲》在萨格勒布机场上空回荡的时候，当五星红旗在各国军人的致礼下冉冉升起的时候，姑娘们的血液沸腾了。姑娘们的血液沸腾在奔腾的大江大河里，沸腾在浩渺无垠的大海大洋里。

此后，肖茜荣作为骨干又参加了在斯洛伐克举行的第 28 届世界军事跳伞锦标赛，一举夺得个人定点冠军，并与姐妹们夺得了女子集体定点冠军。

肖茜荣感到自己像张开翅膀的鸟，像春天怒放的花，像水里的鱼，在阳光流溢的辽阔天空中自由自在地飞。

无论什么时候，这疼痛的历史都在创造着新的历史

雁过留声，人过留名，张宏如今早已是空军某研究所的参谋，但目前处于巅峰状态的队员无一例外地都提到了她。"当初她练我们练得特狠，甚至可用冷酷无情来形容，当初我们真受不了，恨她恨得咬牙切齿。"队员们说，"现在我们从内心里感激她，要不是当初她把我们往死里练，我们难说有一天能登上冠军的领奖台。"

张宏常常自嘲地说："我就是吃苦的命。"她曾有过一个绰号，叫"假小子"，意思是在她的性别中有一种男孩子的猴性和男子汉的刚性，闲着就发慌，干起事来就玩命，好像永远要同自己过不去。她跳伞只练了一年，就参加全国比赛，并破两项定点全国纪

录。下队到新单位后，硬是靠自学拿到了英语学士学位，去年美国退役老兵跳伞队来访，她还回队当了一把翻译。而今四十出头了，她每天还要跑到操场上大头朝下地拿大顶。这一切都刻在她饱经风雨的脸上和燃烧着进取欲望的表情中。

张宏是 1990 年从军事体育学院毕业重返教练岗位的。知识给了她智慧和力量，她雄心勃勃，要用全新的理论指导训练，把队员打造成世界冠军。她认为猫做不出老虎的吼、扑、剪，身体素质是技术的物质基础，身体弱技术不可能精，身体疲劳技术也会疲劳。所以在加强空中训练的同时，她特别注重体能训练，对新兵如此，对老兵也是如此。

一般的安排是上午跳伞，早晨和下午进行体能训练。万米跑，俯卧撑，拔单杠，仰卧起坐，兔跳、蛙跳、团身跳，侧身跑、倒跑、鸭子步，一个下午不停地折腾，队员们累得快趴下了，张宏就是不让休息。跑步跑不动了，让男队员脱下外套牵着，你也得像当年红军过雪山似的挣扎着练。拔单杠满手起了厚厚的血泡，后来磨破流出血水，再后来撕开死皮露出嫩肉，你得缠上纱布不停地练。胖队员负担大，训练得加码，大夏天让你穿上棉衣练。练得恶心呕吐，浑身酸痛，双腿肿胀，如厕难以下蹲，你也得坚持练。有的队员出现尿血，到门诊部去检查，没大问题还得接着练。队员最怕的也是强度最大的要算挺凳子，就是用两个巴掌大的凳面撑住腹部，身体和四肢张开挺直，练习在空中的平衡力量和姿势，练得人先流汗，后流泪，再流下一摊鼻涕哈喇子，直到练得眼睛发乌，身体僵硬麻木，一段时间下来，每个人的肚脐周围都磨出了厚厚的老茧。我采访过现在队里的几个小队员，最小的李缓娟刚入队时才十三岁，说起训练的艰苦，她们告诉我一些数据，她们开始只能做七八个俯卧撑、二三十个仰卧起坐，单杠一个也拔不上去，而仅仅训练了一个月，一般俯卧撑能做到一百五十个左右，单杠能拔二十个，而仰卧起坐能从下午一点钟一直做到晚上开饭，中间不带停的。这样的进度包含着怎样的训练强度和艰辛，是可想而知的，回到宿舍有时想在床上先躺会儿，可一躺下就睡着了，连衣服都没脱，等到在哨声中睁开眼睛，第二天的训练又开始了。就是这样，这茬新队员体能训练的强度比起当年张宏执教时还差了一块。

张宏在领着队员锤炼体质、把握技术的同时，无疑还传授着更为重要的东西。

1983年，我军第一次组队参加世界军事跳伞锦标赛。当时不分男女队，只出一支混合队，身为教练兼运动员的张宏参加了竞争。全队20来名男女队员只参赛五人，竞争很激烈，共跳了10轮，张宏是唯一跳入前五名的女队员。落在第六名的男队员不服气，咬破手指写下"血战到底"的血书，并向上级告状说张宏作弊受到包庇。上级派来专门工作组调查，结果澄清了事实。6月25日去北京，25日最后一次训练时意外发生了，她第一跳就摔折了脚踝骨。她听到一声脆响，腿脚立马像灌满了铅。队医走过来问："你怎么了，为什么坐着不起来？"她说脚扭筋了。她咬牙站了起来，背上几十斤重的伞具回到宿舍，把衬衣撕成布条绑住伤脚。到了北京，队医见她脚肿得厉害，怀疑是骨折，让她拍片检查，她死活不从。队医没办法，要向队里负责，就让她从桌子上跳下试试，她当真就若无其事地从桌上跳了下来，她颤抖的心死死扼住剧烈的疼痛，脸上却平静如水。晚上，她在招待所的房间打开布条一看，肿起的腿脚从膝盖到趾甲都是黑色的瘀血。同屋不相识的两个阿姨都哭了，说："孩子你才多大呀，怎么能受得起这么大的罪哇？你的腿都肿成这样了还能参加什么比赛呀？"张宏说："我死也要死在赛场上！"见说不动她，两个好心的阿姨找来绷带帮她重新绑好了伤腿。

她乘飞机昏昏沉沉地飞到了德国。在比赛地巴伐利亚州空降学校，她同除她之外整个赛事唯一的一个女队员同住。这个美国女队员见状请来一个大胡子医生，大胡子检查后把她骨折的伤情告诉了团里。团长傻了，问张宏："你受伤时知道不知道是骨折？"张宏说："知道。"团长说："你知道为什么要占这个名额？"张宏说："我敢来就敢跳！"团长说："你能行吗？"队长在一旁说："她能行。"大胡子医生清理了她腿上的血泡和死皮，抹上防过敏的药，又打上一个很先进的富有弹力的绷带。她以顽强的毅力参加了比赛，她拖着一条伤腿，但没有拖全队的后腿。比了20多天，回国后去医院拍片子，骨刺已长了老大。队长说："这不是个一般的孩子。"

后来，她到解放军体育学院去上学，再后来回八一跳伞队当教练，无论什么时候，这疼痛的历史都在创造着新的历史。这历史也通过她向队员们传递，传递坚强的意志品质，传递吃大苦耐大劳的精神。

但她性子太急，恨不能今天栽树，明天就结果，今天教你，明天你就得拿世界冠军，这使得队员们的承受力达到了极限，她们也许能想到你教练是恪尽职守，甚至可能会想到这最终是对她们好，但她们从本能上却积压着一种反抗的情绪。每天早晨，大家都盼着下雨，好绕过晨练，可老天偏不作美，有一天她们干脆就打开屋外的水龙头，赖在床上能磨蹭一会儿就磨蹭一会儿，当张宏敲开门，她们就指着水龙头说以为是下雨了。这还了得，张宏反其道而行之，罚姑娘们冲坡，她领着她们一次次冲上200米的大斜坡，冲得姑娘们心跳加速、嘴唇发紫、呼吸困难，而她体内像是有一台加足了油的发动机还往上冲，有一个队员累得趴在了地上，她硬逼着她爬上了山坡。还有一次绕着机场跑道跑万米，张宏没有跟跑，姑娘们就趁机钻进一间厕所里喘了会儿气，然后把自来水抹到脸上冒充汗水，当嬉笑着拥出厕所时，她们一下傻了，张宏正推着辆自行车堵在门口呢，这次她罚她们跑了一万四千米。

由于性子急躁，往往说话生硬冷厉，办事简单粗暴，使得张宏跟领导同事的关系时而紧张，同队员之间的关系更像是绷紧的弦索。队员见到她像耗子见到了猫，除了晚上睡觉，与她同住一个宿舍的队员平时老跟她玩捉迷藏，你回宿舍我们就开溜，你出去我们就钻进屋。有的队员在空中跳伞时，忍不住要对着在地面观察的她大声骂上几句出出气。

这种紧张的关系每年都有爆发期。那是在每年都要开的民主生活会上，队员们你一句我一句地争着给她提意见，说她没有人情味，说她训练第一，说她变着法子整人，说她不顾实际情况主观蛮干……别的教练都坦然坐在那里，就她成了靶子，所有的子弹都射向她，一顶顶帽子往她头上扣，民主生活会仿佛开成了对她的批斗会。

太不公了，太刺激了！张宏感到委屈至极，沮丧至极："我安排训练是以运动理论和十几年的跳伞经验为依据的，按不同的生物周期、肌肉类型甚至是血型气质因人施教，运动量也以脉跳次数和血液中的肌乳酸指数为依据实行大中小搭配，从不盲目加量，并结合营养学恢复体力和强健体格，你们中间有谁因运动过量受伤的呢？这能说是主观蛮干吗？我罚起人来是狠，但你们想过罚的目的是什么吗，要是为了整人我为什么从没让你们停训呢？我每天不管有多疲劳，都要坚持写训练日记，及时总结经验，发现问题，也要求你们写，帮你们改，连错别字都一笔一画地帮着改，对你们在技术上出现的问题我费尽心机地纠正，你们之间发生矛盾我苦口婆心地调解，我没有人情味吗？也许我是没有人情味，我脚踝受过伤，第四、第五腰椎曾骨折，达到了三等残废军人的标准，不客气地讲我也算是三等残废军人了，可我却不顾死活跟你们这些半大孩子一道跑、一道跳、一道流汗；我也有家庭有孩子，可外训一弄就是半年不着家，我的孩子生下5个月后我就从来没管过，他第一次叫妈我还是在磁带里听到的，丈夫一个人又当爹又当妈，还有人说我是爹他是妈，要不是他，任何一个男人早就和我劳燕分飞了。我真的感到很累，有时感到心力交瘁浑身不适，说真的，我都以为自己快得癌症了。我干吗这么拼死拼活地干？不就是为了你们尽快出成绩，早日为军队争光，为国家争光吗？我扪心自问对得起你们这些孩子，对得起你们的父母，你们为什么就不理解呢？"

"骂我的队员多，感激我的也多。今天骂我的，明天会感激我。提意见是正常的，不提是不正常的。有意见是暂时的，训练成效是长久的。"张宏说。一次次，张宏在痛苦中最终看到的是希望。一次次从委屈和沮丧中爬起来，她还是那样执着，还是那样玩命，还是那样严格，还是那样急躁，一切都没有改变。她要让时间来证明一切。

一头绵羊能把一群狮子带成一群绵羊，而一头狮子能把一群绵羊带成一群狮子。而今，她的弟子们跨入了世界冠军的行列。她们拎着水果去她现在的单位看望她，谈起她执教的那几年漫长而又短暂的岁月，都感慨万端。她们说，最艰苦的是那段岁月，最充实的是那段岁月，最记恨的是那段岁月，最怀念的是那段岁月，付出最多的是那段岁月，收获最大的也是那段岁月。

怎么上天又怎么回到地面，如同懦夫做破勇敢者之梦，被视为最大的耻辱

采访左燕妮，她的谈话是从备战第二届世界军人运动会切入的。她说："我们当时全都憋足了劲，一定要以自己的实力组队。"她是同外请队员一道参加了上届世界军人运动会的。"那样就是取得成绩也不是真的。"左燕妮说，"而且，外请队员还得像姑奶奶似的供着，抽烟你得供摩尔，要回家你得买好车票，说患有低血糖你得备着巧克力，大赛时说有肺结核病你得每天给她打针，这都是在

骂我们自己是窝囊废。"

左燕妮对外请队员气不过，还因为内心的隐痛。1993年七运会前夕，队里计划由左燕妮等5人出赛，队服、运动鞋和200元的营养费都已发到她们的手里，但宣布名单时，左燕妮被换了下来。主事的教练是从地方队请的，他认为左燕妮在测验时作弊，而让一个与他过从甚密的老乡顶替了她。左燕妮质疑，冯大队长出差回来，让她俩再比一次，谁赢算谁。连比三轮，每轮八跳，左燕妮全胜。冯队长说："你抓紧训练，你赢了就得你去。"可出发前一天，冯队长找到她，说："很遗憾你去不成了，为预防舞弊行为，已报上去的名单一个月内不得更换。"听到这个结果，她一连哭了好几天，感觉是哭了一个世纪。那次队里拿了集体第二名，冯队长回来后左燕妮对他说："我没去真是队里的遗憾，我要是去了一定会拿冠军！"参赛队员每人几千元奖金，为了安慰她，也特地发给她两千元，会上宣布的时候她委屈得哽咽住了。好像是要拿钱撒气，她跑到大栅栏给母亲定做了皮衣，给父亲买了太阳神营养液，把奖金花得精光。左燕妮的性格就像弹簧，怎么按下去的就怎么弹起来。她小的时候，脾气暴躁的父亲打起她来下手很重，有一次她带着妹妹玩到很晚才回家，父亲用皮带抽，还用菜刀吓唬，她憋着劲就是不认错，以至在肚腹上憋出了一个大包，最后是母亲抚着女儿肚腹上的大包劝住了父亲。

备战训练第二届世界军人运动会是在河北山沟里的某机场进行的。为了赶进度，也为了磨炼意志和耐力，以适应出国比赛时差的变化，队里要求把每天的训练都当作比赛。她们早上5点钟就起床，用10分钟洗漱吃饭，接着进场做地面准备，6点开飞，一遍一遍从早上6点一直跳到晚上6点，中间只有半小时吃饭喘气的间隙，晚饭后接着还要用地面练习器练踩点。训练是异常艰苦的。在空中，考虑技术的处理，考虑安全，精神高度紧张；落地后，要抢时间把铺展开来有 30 多平方米的伞具叠好，跳几次就要叠几次；等飞机一落地，又背上重达四五十斤的伞具登上飞机。不仅时间长、强度大，而且空中与地面的温差大，当时是伏暑天，穿着用尼龙布做的不透气的特技服，在地面捂出一身热汗，升空成了一身冷汗，上上下下地苦练，对体力的消耗也非常厉害。此外，在开伞的一瞬间如同急刹车，呈自由落体高速下坠的人体要被狠狠托起，而落地时双腿要猛蹾一下，每一次负荷受力，腰椎和颈椎都会造成微量的破碎，多年的积累，使运动员们都落下了严重的颈椎病和腰椎间盘突出症；叠伞时，手在伞布上使劲地蹭在伞绳上使劲地勒，时间一长掌面都长满了倒肉刺，加上女孩子生理上的特殊情况，因此在训练中她们还要同皮肉肌骨的老伤新痛与不适搏斗。所以，一天下来就感到累，彻里彻外地累，回到宿舍就想往床上躺，连切好了蒙着一层白霜的西瓜都不想吃。三个月下来，几乎每个人都掉了五六斤肉。

　　我在四川训练基地的半个多月，每天都在训练现场全程跟踪采访，我不跳伞、不叠伞，也不需背着几十斤重的伞具登飞机，我只是在上晒下蒸的场地上待得久一些，至多是跟着上飞机在天上转了几圈，就感到神困体乏，晚上一改失眠的老毛病，倒在床上就酣然入睡。这么艰苦的训练，她们能挺下来，是长期磨炼的结果。

　　由于有坚实的底子，尽管备战世界军人运动会的训练密度大、强度高，左燕妮还是有精力感到生活的单调。机场在四面环山的山沟里，生活条件很简陋，最难受的是供水不足，一身汗污常常没法洗澡；再就是收不到电视信号，整天周而复始地跳伞、吃饭、睡觉，生活极其单调乏味。这后一条恐怕更难忍受。于是，左燕妮从黑山口集市上买回两只小兔子，每天训练归来，就用草喂它们，逗它们玩。时间一长，她对兔子有了感情，有人开玩笑说养得这么肥杀了吃算了，她就当真跟人家急；有人说养兔子不如养狗，狗通人性，她说："兔子也通人性，我唤它它就来，你就不行，不信你试试。"两只兔子买来时像小老鼠，养到后来站起来有床那么高。姑娘们想着招来调剂重复单调的训练生活，如在训练中赌点，几个人对某一跳做出预测，预测偏差最大的人要掏钱买饮料请客。夜里的风声和山里的狼嗥，在她们听来也像是音乐。

训练不仅艰苦单调，还时时隐藏着危险，不要说不注意在技术上出闪失，就是百倍小心，也不能保证不会因气象等方面的不确定因素发生危险。在地理条件复杂、低空气流极不稳定的山沟里尤其危险。

一次，左燕妮落到离地还有七八米时，突然遇到一股向下的涡流，就像毫无防备地掉进了陷阱，摔得她躺在地上半天不能动弹。战备动员时，队里一再强调："此时你的身体已不仅仅是属于你个人的了。这时要绝对保证安全，连在地面上带有对抗性质的活动全都取消。"要求得没错，但天空就像大海，宁静躁动温柔粗暴反复无常变幻不定的大海，这里有看不到却摸得着的激流、浪涛、漩涡、暗涌，伞翼不定什么时候就变成了欲倾欲覆漂泊无依的小帆船。几乎每个队员都有过遭遇忽上忽下的冷暖气流被猝不及防托起摔下的经历。肖茜荣就曾因遇到强劲的高空气流，落在了距训练场地几公里的一个山坡坟地上，搭乘一辆摩托车回的营地。过去还曾发生过这么一件事，有一个表演七仙女下凡的队员被强气流推了很远，正好落在一个在地里拔棉花秆的老太太眼前，老太太冷不丁看到一个云鬓高耸彩裙缤纷的古代仕女从天而降，把假仙女当成了真仙女，惊得扑通跪到了地上。英国还发生过一件奇事，一个运动员跳出机舱，伞还没打开，就遇到了一股接着一股强劲上升的暖气流，他像神话中的人物一样越飞越高，以致身上都结满了冰凌。这些都是轻松的故事，事实上，遇到莫测的强气流是极其危险的，队里在20世纪80年代就曾摔死过人，美国跳伞俱乐部每年罹难的人都不下五六十，当然其中有的是因技术故障而发生意外的。不论什么原因，跳伞时时都存在着危险。

　　跳伞历来被称作勇敢者的运动。对女孩子来说，这项运动无疑具有天然的挑战性。左燕妮第一次上飞机实跳时很兴奋，和几个队友叽叽喳喳说个没完，当黄灯闪烁舱门大开时，她迎着猛往里灌的强劲气流愣住了。教练命令她跳，她没动弹，教练再一次发出命令，她横下心眼一闭跳了出去。第二次比第一次还要胆怯，但容不得你不跳，怎么上天又怎么回到地面，如同做破勇敢者之梦的懦夫，被视为最大的耻辱，你一次不跳有第二次，两次不跳你就卷铺盖回家。队里说跳伞第一是要有胆量，否则你就别吃这碗饭，知道人类最早跳伞的是谁吗？是身怀大勇的舜，是秦始皇。据史料记载，人类第一个跳伞者是五帝时的舜，说舜的母亲死后，其父瞽叟听信后妻的谗言要杀舜，逼舜爬到高高的粮仓上，然后纵火焚烧粮仓，情急中舜抓起两顶斗笠从粮仓上跳下逃生。另一人是秦始皇，说万里长城竣工时秦始皇豪兴大发，凭借一顶巨大的丝伞从长城上飞跃而下。

　　那次左燕妮躺在地上动不了，心想坏了，要是摔到哪儿没法参加比赛就坏了。在这方面，她有过两次惨痛的经历。前次是1992年参加全国冠军赛，接近地面时突遇下降冷空气，自3—5米的高度猛地掉了下来，她本能地用双手撑地，造成双腕舟骨骨折。当时她只感到剧烈的疼痛，并不知已骨折，教练问她还能不能比赛，她咬着牙说能比，于是打了两针封闭止住痛，绑上绷带坚持比赛。比赛共10轮，加上气象的原因，赛时拉得很长，等比赛结束到医院拍片检查时，骨折处已错位愈合，医生说如果要纠正，需把骨头敲断重新接拢，她怕疗程长影响训练，没有答应，这造成她的双腕至今活动不灵便，不能干重活，一到阴天就隐隐地疼。后一次是在1997年，她试跳新型的海盗式进口伞，用的伞原是一个男队员的，那个男队员用这具伞摔成了腰脊粉碎性骨折，别人劝她不要用这具伞，她偏要用。跳伞队有很多忌讳，如有人问你有没有用过备份伞，队里有没有出事死过人，都忌讳回答，但左燕妮从不在乎。还真是邪门了，那次跳得好好的，在以每秒五六米的速度接近地面时，操纵绳不知怎么就脱手了，落地时失去了控制，一下扑到粗糙的混凝土跑道上，被伞凭着大速度的惯性拖了七八米，顿时，她的眼眶蹭裂了，鼻梁被风镜磕破了，裤子和鞋子磨烂了，膝盖上的肉被水泥地狠狠咬掉一大块，露出了白花花的骨头，脚趾骨也露眦了出来，浑身上下像个血人。那次在医院疗养了小半年，伤口刚愈合，她又抻直了弹簧重返训练场。

一阵惧怕，左燕妮躺在跑道上哭了起来。队领导、教练、队友呼啦围到了她身边，吴队医东摁摁西捏捏，又帮她弯弯腿曲曲臂，说："不碍事，是摔背了气，没伤到筋骨。"就好像没伤着是队医的功劳，左燕妮的脸一下子由阴转晴，对着队医连声地说"谢谢！谢谢你！"

姑娘们凭着顽强的意志和勇敢精神，把蹒跚的伞翼练成了矫健的鹰翅，把诡谲的天空练成了相知的朋友。河北训练结束，又移师四川，在不同的地理和气候条件下练。世界军人运动会前夕，全队状态极佳，圆满实现了自己组队的愿望。

历史不是一个人创造的，一个人的历史也不是一个人创造的

刚生完孩子，陈莉有些发福。她今年 32 岁，我找到她时她正在北京休产假。在八一队现有的女队员中，她第一个当上了妈妈。

陈莉 1984 年进陕西队。她性格敞亮、粗粝，悟性高，有运动天赋，入队后跳的次数不多，水平却噌噌地上台阶。六运会陕西队

垫底，队员先后离队，她是留下做种子的 4 名骨干之一，由于境况窘迫队里已不具备训练条件，其他 3 人不久全部离队。陈莉坚持不走，她酷爱跳伞。跳伞是人对自然的一种挑战，是人在不断征服自然中去把握和超越自身的一种努力；或者，是大自然母亲承诺儿女们的一种游戏，让他们在游戏中探索存在的秘密，开拓胆略和智慧，增强生存的能力。对于生性富于冒险性和挑战性的人来说，在大实若虚变幻不定的天空冒险闯荡，跳伞有着无穷的魅力，比什么蹦极、过山车、海盗船一类惊险刺激的小玩闹要大气多了。

拳不离手，曲不离口，老不训练人就会退板生锈。陈莉焦虑地对教练说："我要去训练。"跳伞训练不像许多别的运动，有场地和简单的器械就行，跳伞没有飞机不行，而且，就像在岸上学不会游泳一样，只有在空中实际的训练中反复摸索和领会，才能掌握和提高跳伞技能。队里没有条件跳伞，她就千方百计与兄弟队联系，跟在人家后边蹭饭吃。她前胸后背搭着两个包，前面装的是洗涮用具、换洗衣服等日用品，后面背着 50 来斤重的伞具，风风火火奔跑于各省队之间。广东、河南、湖南、四川，这一年她孤身一人来来往往坐了 11 趟火车。有时没买到坐票，车上拥挤，就站在厕所旁的过道上或车厢接合部，一站就是一夜。最难熬的是大夏天，闷热得像桑拿浴室的车厢里，刺鼻的汗泥、脚丫、烟草、酒精、小孩屎尿和垃圾发酵的气味灌满了鼻孔和肺叶，憋得人透不过气来。机会争来不易，训练中她抓得很紧，每一跳都倾心尽力，力求有所收获，成绩自然是出类拔萃。各队教练为她的精神所打动，非但不把她当外人看，还给予特别的照顾。有的教练私下跟她说："要是陕西队不参加七运会，你就到我这里来，代表我们队比赛。"

当陕西决定不参加七运会跳伞项目时，许多队都跑来洽谈借用陈莉，她一时成了抢手的香饽饽。经过慎重考虑，她选择了八一队，但不想被临时借用，要来就入伍穿军装当一名八一队正式队员。她对冯大队长说："八一队氛围好，斗志旺，有前途。"冯队长说："到我们队要吃大苦。"她说："我吃的苦你知道，我不怕吃苦。"冯队长说："好，我给你办。"他们谈得很投缘，她感到心里踏实，认为冯队长是干事业的人。但省体委却想把她借给四川队，好在经济上有所补偿。陈莉就反复找省体委的领导磨，省体委主任被磨恼了，生气地说："不拿 11 万元钱就别想走人。"而进八一队也非易事，也存在无法把握的变数。但办理手续却是要在一切都悬而未决时进行。陈莉陷入了矛盾的旋涡。她又在乎陕西队的培育之恩，又担忧自己的前程；既怕丢了陕西队的饭碗，又怕跨不进八一队的门槛。但如果一个运动员的运动生命停止了，还能有什么报恩之举，还有什么饭碗可捧？思来想去只有一条路可走。她横下心对冯队长说："我铁了心进八一队，如果办不成，我无非是摔了手中的饭碗。"冯队长于是也横下心上下疏通，左右斡旋，最终把事办成了。

　　如同遥遥观月，陈莉对八一队还缺乏了解，对到八一队后的生活心理准备并不充分。她喜欢由着性子自由行事，不愿受管束，在地方队时，自己的时间自己管着，她喜欢吆五喝六地同朋友们扎堆聊天。八一队是连队式的管理，干什么都得统一行动，一天 24 小时连几点铺被子、几点睡觉、几点起床，甚至你心里想些什么都要被管着。队里为强化她的集体意识，让她当班长，这就不仅要管自己，还要管别人，不管还不行。有一次，队里向她了解两个队员吵架的事，她说："我不知道，我当时不在现场。队里说这不行，你要知道她们为什么吵架，你还要负责解决问题。""这叫什么事儿呀，不知道的事怎么知道要去知道？我为什么要知道？"她感到很委屈。在训练中也一样，有些动作她自以为不错，教练说不合理，要她纠正。"我过去就这么跳的，我干吗要听你的？"她不纠正教练就不停地说，跳一次说一次。她在队员中年龄最大，技术也拔尖，感到这样受人管教太栽面子。每天的训练计划也不像地方队那样透明，地方队员按计划该跳几轮就跳几轮，跳完就走人，而这儿的训练量弹性大，多由队里随机而定，队员只有被动接受的份儿。最压抑的是业余时间也被拘着，不像在地方队，爱干什么干什么，想去哪儿就去哪儿，没听说还要请销假的。同队里无处不在的紧张关系，无疑会影响训练质量，她的成绩无可避免地直线下滑。参加七运会她与队友们奋力拼搏，拿了集体定点亚军，但她的个人成绩并不突出。

真正的危机是在1995年，这一年举行的世界军人运动会没让她参加。她起初都不相信这是真的。她在队里资格最老，技术领先，怎么就被打入了另册？更何况还从地方队借了3名队员，真是把人埋汰到家了。仿佛在一夜之间，她从骄傲的公主变成了灰姑娘，从白天鹅沦为丑小鸭。突如其来的打击是最锐利的打击，她自觉自尊心受到了极大伤害。她的内心一下子失去平衡，陷入了迷乱。

管理就像铁箍子把自己勒得透不过气来，既然自己已经没头没脸摔得鼻青脸肿，那就狠狠地摔吧，连同铁箍子一道摔碎它。陈莉心里的不满做到了面上：不按时起床，不按时就寝，逃避集体活动。出征队伍临行前，不满行动做得更加激烈，她和遭遇相同的肖茜荣同气相求，弄了些青菜、蘑菇、豆腐、罐装午餐肉，在宿舍里涮火锅开起了小灶。对此，冯队长异常恼火，责令她们写出深刻检查，并让她们到食堂去帮一段时间厨。冯队长说："回来我再找你们算账！"

陈莉的心情冷到了冰点。看谁谁不顺眼，好像每一个人、整个队都在同自己作对，她感到没意思透了，萌生了下队的念头。她拒绝写检查，对择菜、洗菜、揉面、包饺子一类的厨活倒是有点兴趣。这是一种逃避，而越是想逃避现实，就越是生活在现实中。没过几天，她感到生活得不实在，心里恍惚空落。她同肖茜荣在一起抱怨、发泄，最后一致认为，既然想下队了，何必同队里闹得那么僵呢，写检讨就写检讨吧。

当八一队在世界军人运动会上拿了集体定点冠军，载誉而归时，陈莉找到冯队长。她说："我要求下队，我成绩不稳定，该给人家让位了，而且我年龄也不小了，想要个孩子了。"

这不是赌气话。这次借用的队员中，有一位与她是同期的，在世界军人运动会上拿了个人冠军，对她刺激很大。要孩子的事也不是托词，她于当年三月结婚后，家里就一直在讨论要孩子的事，特别是她母亲总嘀咕，说："你们俩都不小了，再说我和你父亲也老了，趁现在身体还可以，有了孩子还可以给你们带。"但要说她说的全是真话也不确切。对于跳伞，她有很好的潜质，练了那么多年也打下了良好的基础，年龄也正值出成绩的当口，更重要的是她天性酷爱这项运动。而要继续跳伞，她知道，八一队对于任何一个有事业心的运动员也许有着最强的磁力：跳伞在使用飞机、地面保障等方面耗资很大，削减经费后各队在财力上都陷入了困境，有的队已塌了摊子，有的队在苦苦支撑，而八一队却有着雄厚的依托；伙食也是，八一队跳伞队员的标准比飞行员还要高，管理调剂也数一流；训练也是最严格的，地方队每天一般跳 6 次，撑死 8 次，而部队一天最少 8 到 10 次，最多时是地方的两至三倍，这是出成绩的最根本的保证；比赛的机会也是地方队不能比的，军队的、军地的、国内的、国际的，能参加的都不落下；还有团结友爱的气氛，跳伞队就像一个大家庭，大家在一起像是兄弟姐妹，什么事都有人替你想着，如同关心自己一样。还有一点也很关键，就是依她现在的状况，不跳伞能干什么呢？何去何从，她并没有想清楚，她是跟着感受走，而她的感受是混沌的、宿命的。因此，她的话也说得不硬气。

冯队长想了一下，说："你下队不下队，一时定不了，但我可以同意你生孩子，马上就可以给你生育指标。"

陈莉像是被电击似的冲口就说："要孩子的事我并不着急，我才26岁，我不急。"

冯队长克制住冲到嗓子眼的笑意。他知道，生孩子一般要中断两年运动生命。运动员吃的是青春饭，没出成绩时急着出成绩，出了成绩又趁势头盯住更高的目标，成与不成就这么十年八年的工夫。对于许多运动员来说，生孩子对运动生涯是一种毁灭性的冲击。

冯队长说："你要下队？你要生孩子？你认真想过你为什么会走到今天这个地步吗？训练中不服教练管，你是'常有理'，生活中不愿受制度管，喜欢自行其是。没有规矩，不成方圆；没有压力，哪来动力？哪个运动员是从土里钻出来的？我们是军人，听从命令，遵守纪律，是军人的天职，是出战斗力出成绩的法宝。你怎么就特殊，你怎么就有那么大能耐？你的问题是什么，你的问题是心态不对，根本就在于不能摆正自己的位置！"

好好想想吧，冯队长说："想起你当时腻腻歪歪的样儿，真恨不得给你两脚！"

陈莉沉默了，几天都没怎么说话，这在她是少有的。她在思考。实际上，从组队落选后她就在疼痛地思考，她的反抗和消沉，都是在思考，促进她思考的是深深的危机感。人的意识是做两极运动的，有时消极面若不暴露出来，积极面也不会凸显出来。通过失去机会，她懂得了该怎样去珍惜机会。

当然，严格的管理还是令她不舒服，但她找到了一味消解这种不舒服的药，那就是其他一切都不重要，重要的是结果，是拿冠军。她从自己做起，加快了适应和融入跳伞队大家庭的脚步。她学会了尊重和服从，还学会了做别人的工作，她向取得点成绩就翘尾巴的人泼冷水，说"其实没有什么，你只不过是比别人多下了点苦功夫"；为失去参赛资格的人化解心中块垒，说"你平时练得不扎实，你凭什么参加比赛？"在一次比赛中她跳砸了，情绪十分恶劣，为了不影响别的队员，她硬撑着装笑脸。她丈夫是北京跳伞队的教练，两人除了元旦春节同时休假，就是偶尔在比赛场碰面，相聚的日子，无论是买菜、逛街、与朋友聚会，可以说是形影不离地黏在一起，而平时即使同在北京，她也从不违反队规回家。也有同队里拧劲的时候，在备战法国公开赛的一次训练中，眼看就要稳稳当当着陆了，她用朗诵诗的语调说："哇，我是那么的轻。"没想到一股上升气流把伞猛地掀起 2 米多高，然后将她仰面朝天地平拍下来，她由老练从容瞬间变得狼狈不堪，使队友们忍俊不禁。后来发现她胸椎受了伤，队里让她停训治疗，但她不服从，在接受了按摩、拔火罐的简便处理后，又登上了飞机。她练得很投入，1997 年和 1998 年两次不期怀孕，她都不顾老人的反对，毅然做了流产。

摆正了自身的位置，对自身蕴藏潜力的挖掘也就有了准头，良好的潜质被充分地发挥了出来。1997 年到 1999 年的三年中，陈莉在全国、亚洲、世界军人跳伞锦标赛和世界军人运动会等大赛的定点与特技项目中，共夺得 20 多个集体和个人冠军。一块块金牌像成串的金苹果大放异彩。

历史不是一个人创造的，一个人的历史也不是一个人创造的，金苹果挂在她高挑的枝头上，而同时也属于集体的粗壮挺拔的树干。她最难忘 1999 年参加世界杯赛的经历。那年为备战世界杯组成国家集训队时，八一队正在为备战世界军人运动会进行封闭式强化训练，陈莉是国内全能冠军，但如果不参加国家集训队并通过测验，便放弃了出赛世界杯的资格，而国家队也已内定了其他人选。让不让陈莉去国家队呢？如果去，势必会影响本队的通盘规划，而上级已下军令状，此次世界军人运动会是本队的生死存亡之战；不去吧，此次世界杯单项中国只派男女各一名队员，论陈莉目前的实力完全有把握争得机会，不去对她来说无疑将是终身憾事，而且代表国家出征是大局，各队应鼎力支持。队里权衡再三，最后决定，以国家大局为重，从公平对待队员的机会出发，让陈莉去国家集训队！一个运动员梦寐以求的是什么？当冯队长把队里的决定告诉她，泪水一下就模糊了她的眼睛。

世界军人运动会8月底在克罗地亚举行，比赛加路程要10天时间，而在匈牙利举办的世界杯是9月中旬，为了赶时间，队里想法为陈莉破例办了两个护照，保证她如期参加了比赛。她没有白去，在世界杯上，她取得了个人特技第三、个人全能第三和个人定点第五的佳绩。

一个运动员最大的幸福莫过于能充分发挥和施展自己的力量和才能。陈莉说："不是所有的花都能结果，我很幸运，我得到了我可能得到的，这里面有我自己的付出，也有我们队这个温暖的大家庭中每一个人的心血和智慧。"

一个人一辈子只能干好一件事，往往也只能在一种环境里生活而失去在别的环境里生活的机会

如按照所谓的气质类型划分，叶晓莉应属多血质。她反应敏捷，动作灵巧，掌握技术要领快捷准确，所以，在训练中她老是踩点，也就是打靶老是打10环，踢足球总射进门框，姐妹们不无嫉妒地称她"踩点机器"。而这类气质的人注意力不易集中的弱点，在她身上表现得同样也很突出，由于比赛时干扰因素多，她一上赛场就走神，成绩自然大打折扣。屡屡如此，所以她又被说成是训练型运动员，而不是比赛型运动员。

干打雷下不下雨，一比赛就拉稀就什么都不是。1995年没让她参加世界军人运动会，叶晓莉一度怀疑自己是不是跳伞这块料。队里说："你肯定是这块料，还不是杉木泡桐的，而是栎木花梨木的。"

队里说："你的问题是注意力不集中，你有一只有力的拳头，但你不能挓挲着手指，伞一打开，你的五指得攥紧。"叶晓莉好在心态放松，三练两调整，很快就能在该握拳头的时候握紧了拳头。在第二年的泰国国际邀请赛上，她一举夺得个人第二名。此后又在国内国际大赛中连创佳绩，走出了低谷。

就当她调整好姿势和航线，飞向事业的靶心时，一股蒙头扑来的强大气流把她冲得晕头转向。

叶晓莉的姐姐早些年去新加坡学医，后与一个在一家电脑公司当总经理的美国人结了婚。姐姐修完大学课程，谋得一份教书的职业，拿到了在美国定居的绿卡。自己的事安排妥当后，姐姐就张罗着把叶晓莉接到美国去。在许多同龄女孩子心目中，美国是一个充满诱惑的国度，叶晓莉也不能例外，姐姐的邀请在她心中激起了持续的冲动。她把有关自己的资料寄给了姐姐。

跳伞队的生活是极为艰苦、单调的，尤其是对正处花季的女孩子，跳伞生涯删减和限制了许多本应属于她们的东西。女孩子爱美，漂亮的女孩子更爱美，可无论是春夏秋冬，她们的肌肤终日都要受到风吹日晒和汗水的浸渍，她们在脸上蒙上丝帕抹上防晒霜，其实际作用更多的是在心理上得到一点安慰；她们都有漂亮衣裙，可她们整天都穿着膝上、肘上蹭着泥土的训练服，而把漂亮的衣裙压在箱底，她们会在晚上躲在宿舍里一件件拿出来穿上开开心，在队里偶尔举行的时装表演中，她们会为自己的美丽笑出眼泪，但这时的快乐却是一种疼痛的快乐；她们也有女孩子的虚荣，渴望人们尤其是异性把赞许的目光投向自己，可只有在装扮成七仙女从天上飘落时才有机会把自己的美展现在众人的面前，但那些半真半假的掌声是给神话中的人物的，与她们的美基本无关。女孩子要恋爱，可她们的生活限于一个狭小的圈子，肯定就失去了许多机缘，有的把绣球掷给跳伞队的男孩子，但由于一些不言而喻的原因，她和他不能在花前月下相偎相拥、爱语缠绵，而只能像地下工作者靠递纸条子传眼神来交流信息，只能体验到拘谨的爱情。女孩子爱逛街，女孩子爱撒娇，女孩子爱倾诉……在某种程度上，这一切成了她们为跳伞事业付出的必要代价。

从女孩子的天性来讲，到美国去的生活与在跳伞队的生活的巨大反差，使得去美国看起来有着更大的诱惑力。

然而，满足天性是唯一的或是最重要的吗？而且有些诱惑看起来很迷人，充满了浪漫情调，但要让你把一生托付给它，你会因陌生和玄虚而感到心中没底。叶晓莉告诉我，她憧憬外面的世界，但真正要打报告下队，改变人生走向，又感到这不真实，感到跨不出这一步。

面临着艰难的选择，一向开朗活泼甚至有点马大哈的叶晓莉在床上翻来覆去地失眠了。她的精力又分散了，不要说在赛场上，就是在训练和生活中，她也是心浮气躁的。

自己想不清楚，她就向父母讨教。父母是不赞同她去美国的。父亲说："你的专长是跳伞，你姐姐说了，要是你拿过国际大赛的冠军，交3000美元，半年之内就可拿到绿卡，但你也说了，你不是邓亚萍，你取得的成绩还不够上档次。再说，美国社会竞争非常残酷，你姐夫固然有能耐，但他的能耐不是你的能耐，你姐姐月薪2000多美元，她说要负担你在美国的全部费用，你光是上几年学少说也要十万美元，你算算她能不能负担得起？而且就凭你的底子，难说能学出个样来，到时候恐怕连生存都是个问题。我和你妈去美国时，看到你姐姐动不动就发火，性格越来越怪僻，大概就同生活压力太大有关。往好里想，就算她能负担你，你也不会过得舒心，美国看重人的自主性，你不能自立就不会有社会地位。我和你妈想，你还是留国内的好，踏踏实实跳伞，多为军队和国家争光。"

她也常和梁勇谈这件事。梁勇是男队队员，生得浓眉大眼。提起这事，梁勇总是默不作声，急得叶晓莉骂："你怎么这么肉呀？"逼得急了，梁勇磨磨叽叽地说有机会出去闯闯也好，但脸上却满是忧郁伤感的神情。看到梁勇这个蔫瓜样，她心里的矛盾又加重了。她是一到北京就喜欢上梁勇的，那次梁勇到火车站接她，俩人头一眼就都感到对方面善，都感到有点不自在。相处了几年，她感到梁勇为人热情诚恳，干什么事情都很认真，人也很机灵。他们在训练中相互切磋技艺，一颗心与另一颗心越走越近，他们也在训练中争吵，越吵成绩越好。梁勇常帮她干些叠伞之类的力气活，她则通过为他缝扣子这类细小的事来体味生活的温馨。对叶晓莉是否去美国的事，梁勇虽然闷着不说，但他带着忧郁的神情，已经表明了心迹。叶晓莉想如果去了美国，我还能拥有他吗？队里曾有一对相恋的队员，由于男队员通过海外关系去了美国，他们的事最终成了一场悲剧。

　　这事是叶晓莉个人的事，也是队里的事，她与队里自然谈得也多。冯大队长说："从队里的角度讲，我们不希望你去，你是一个有实力的队员，现在处于上升期，我们还指望你出成绩；就你个人而言，我们也不赞成你去，在国内，你有自己热爱的跳伞事业，你全家包括你姐姐对你也抱以厚望，当初就是你姐姐把你送来的，而到了美国你能干什么呢？当然，生活条件会好一些，但这是相对的，你知道'宁为鸡头勿为凤尾'的道理，人活的就是一个心态，如果你连凤尾都不是，而是个边缘人，你能感受到好生活的美好吗？你父母去了一趟美国，对两边的情况都有了解，我跟他们谈了，他们也跟你谈了，我觉得他们的看法是透彻的。"冯队长又说："一个人生活得有劲没劲，主要在于他能不能在事业中汲取动能，而要干好一项事业，他的生活就要受到限制，他就要付出许多必要的牺牲，谁也不能例外，你看你们周教练，为了事业，都40岁的人了还没成家。现在摆在你面前的选择，或者是放弃艰苦的事业到美国去追求优裕的生活，或者是抛掉虚幻的梦想留在队里追求你热爱的事业，两利相权从其重，孰轻孰重，你自己掂量。"

冯队长提到的周教练叫周蜀延，一口四川话，让人一接触就感到他厚道。他做叶晓莉的工作，话不多，也没什么高明之处，但他谈话时的专注劲儿如同他整个生活的缩影，让她感动。正如冯队长说的，他的头发已谢顶，可至今还没成家。他父母着急，他也不是不急，对象也谈过一大把，可谈一个崩一个，究其原因，都与他的职业有关，他的长处就是他的短处。他谈过一个成都姑娘，是公司出纳，两人都购置了电器香烟之类，准备办喜事了，但事到临头起了变故，原因是姑娘来训练地看他，他忙得跟什么似的，同这个姑娘谈跳伞，同那个姑娘谈训练，就是不同人家姑娘谈恋爱，生生把人家挤对跑了，临走丢下一句话，说："我不是要找一个工作狂，而是要找一个懂得爱我的人。"还有一个姑娘，是北京海关的教员，谈得热乎时，她专程跑到他四川的老家，两家老人也挺满意，但最终还是没成，原因是他常年在外地训练，一年难得见上几面。谈崩了就谈崩了，周蜀延的乐观还是周蜀延的乐观，周蜀延的焦虑还是周蜀延的焦虑：叶晓莉比赛时注意力不集中；肖茜荣情绪不稳定；陈莉盯着技术的细节而容易忘了大过程；左燕妮在低空的处理上还欠火候；吴丽虹接受起东西来要慢一些……他心里装着每个队员的问题，在训练中较起真来让姑娘们直掉眼泪，恨得她们暗地里诅咒："凭你的凶相你一辈子也找不到老婆。"周蜀延就是听到了也不生气，他就是这么个性情豁达的人，而且他知道，善良的姑娘们都在为他的事着急，还悄悄地张罗着在杂志上给他登了征婚广告呢。

实际上，从一进跳伞队，准确地讲是自从爱上跳伞，就意味着付出与奉献。小小年纪，不能像同龄的孩子那样在舒适安逸的环境里贪嘴贪玩、撒娇纵性；后来无缘晋学深造，无缘经受清新浪漫的校园气息的熏陶；谈恋爱的季节被推迟，三四十岁成了家、有了孩子，却又不能同家人厮守，在氤氲着人间烟火的生活细节中去享受天伦之乐……付出是全方位的，甚至也是无条件的。他们对跳伞事业的爱是源自血液的爱，他们把自己的命运同跳伞队紧紧地联系在一起。

人是自由的，又是不自由的。一个人一辈子只能干好一件事，也只能在一种环境里生活而失去在别的环境里生活的机会。生活本身的启示是最强有力的。将近一年时间，叶晓莉与姐姐一直保持着电话联系，姐姐固执地要让她去美国。就当姐姐把她去美国的事安排得差不多时，她同梁勇结婚了，也从此了断了姐姐让她去美国的念头。结婚的当天，她给姐姐打了电话，姐姐并不知道她要结婚的事，接到电话很伤心，也很恼火。叶晓莉的心情很复杂，她流着泪说："姐姐，我对不起你，我想你早晚是会理解我的。"

叶晓莉又握拢五指，调整好了飞向事业靶心的姿势和航线。

昨天是今天的昨天，今天是明天的昨天，为昨天负责，也就是为明天负责

空军跳伞队曾是中国跳伞运动的先驱，有过骄人历史。但20世纪80年代末，全队状况跌到了谷底。冯国斌就在这个时候接任了队长。他在就职演讲时发誓说："党交给我这个舞台，我就要当好主角，把一台戏唱响演活，否则我就回老家赶大车去！"

同时，上级还决定结束跳伞队吉卜赛人式的居无定所漂泊游训的历史，让跳伞队定居京郊。初到北京，60多人居住、办公都在一座大棚式的房子里，外面下大雨屋里下小雨，冬天飕飕往里灌风，睡觉时要戴棉帽捂口罩。冯国斌要求队员亲属不要来队，怕来了心疼孩子动摇军心。上级拨发的建设经费迟迟不到，冯国斌一次次跑到有关部门催要。某领导答应给了，可第二天又变卦了。冯国斌几

乎是哀求地说："你可怜可怜我们吧，我们的孩子写信都是跪在地上伏着床板写。"领导慢腾腾地说："我昨天是怎么说的呀？"暴脾气的冯国斌一听火了，把帽子往桌上一掼，"给就给，不给就算，我豁出这个芝麻官不当了，就不信没地方说理去！"大队综合楼终于在1992年竣工，队员住进了带卫生间的新居。

冯国斌善动脑子，每个举措都是对症下药。为了稳定人心，争取亲属的配合，1992年春节前夕，他决定走访队员家庭。火车临开动时，司机还把一位老队员的离队申请书转给了他，他拆开烟盒写了几句话，让那位队员慎重考虑。他走访了石家庄、武汉、荆州、郑州等地的十多个队员家庭，向队员父母介绍了孩子的情况、队里的困难和前景、军事跳伞事业的意义。父母们为真情所动，说："从你们身上看到了部队的好传统，看到了孩子的希望。"队员们随后回家过年，等于去了一趟"加油站"，归队后精神面貌大变，那位老队员也主动收回了离队申请书。

从1989年到1991年，六次全国性比赛队里无一例外地剃了光头，冯国斌把教练招到一块儿，分析本队的优劣之处，认为特技、造型和定点这三个跳伞项目，前两项与各队差距较大，且对队员身体的自然条件如爆发力、协调性要求甚高，我们的队员有先天不足之虞，而定点更多地依赖经验，成绩是用训练次数堆出来的，这点我们有优势——我们动用飞机比地方队便利，还有铁打的纪律和足够的训练时间。经反复论证，他们决定把定点作为主攻方向，锤炼成拳头项目。1992年一年，全队就狠嚼定点，每个队员都跳了七八百次。七运会前夕，又竞标夺得了全国冠军赛和亚洲跳伞邀请赛承办权。这一举措的好处：一是承办者可出两队人马锻炼队伍；二是熟悉场地能增强队员信心。冯国斌还存有一个私心，就是便于引起上级重视，好要点钱完善训练设施。比赛结果是男女队共夺得七项冠军，上级也同意拨款完善训练设施。

经过几年的风雨历练，八一队凋败的羽翼又丰满起来。1993年七运会上，男队荣膺团体冠军，男女获总分亚军，被视为黑马。次年出征西班牙，又获集体定点亚军，这是自1989年后中国军体代表团首征西欧的破冰之旅。全队士气大增，喊响"升国旗，奏国歌，夺金牌，争第一"的口号。

就当此时，国家确立了新的体育战略，一手抓奥运项目，一手抓全民健身，大幅砍削非奥运项目的人员和经费，各支跳伞队伍顿时陷入危机。军队的跳伞队是否保留，要看在即将举行的第一届世界军人运动会上能否拿一块以上金牌。生死在此一举。

冯国斌承受着巨大的压力。他决定采取非常手段，从地方队临时借用几个技术过硬的队员，先过了这个坎。借人并非易事，他得上上下下地磨嘴皮子。他身患糖尿病、肝脾肿大、十二指肠球部溃疡等疾病，他把这些伴着苦酒一股脑儿往肠胃里灌，还得赔笑脸搜肠刮肚往外掏好听的话。他以前说，他最见不得人装孙子，可这回他是拼命装孙子。可队员并不理解，"我们都是吃干饭的呀？我们都死绝了呀？"什么难听的话都有。这使他倍感痛苦。他对教练和队员说："作为队长，我有什么理由不想让自己的队员参赛？为什么要外借队员？为了我们这个队的生存！只要我们队能保留下来，我们大家就都有希望！"这条硬汉子说着说着就哭了。队员、教练也都哭了。事后，他在办公桌上看到一封信，信上说："敬爱的冯队长，我们全体队员都非常理解你，非常感谢你，你为我们受了那么多罪，受了那么多委屈，我们心里都清楚，我们一定好好训练，以自己的实力来争取生存的权利。"

在1995年举行的第一届世界军人运动会上，当中国女队拿到个人定点冠军时，冯国斌立马就瘫了，没有一点兴奋，脑子里唯一的念头，是这个队终于保住了。

新一轮大练兵开始了，目标直逼四年一届的世界军人运动会和每年一届的世界军事锦标赛。要想有地位，就须有作为。冯国斌在全队大会上说："我们队就像个舞台，仗着这个舞台，我们每个人才有可能施展自己的才华，实现自己的价值。现在，这个舞台随时会倒塌，但这个舞台不是钢筋水泥建的，这个舞台就在我们每个人的肩上，它会不会倒塌全在我们自己！"队里请全体吃了一顿黄辣丁，鲜美无比，却辣得人从头到脚冒汗。跳伞队的每个人都贪这一口，反映出这个队的性格特征。

冯国斌信奉以任务带兵，用目标带兵，爬上一个山头，他早已把旗子插上了更高的山头。他奔走在烈日寒风的训练场上，同时奔走在比训练场更广阔的迷宫般七缠八绕的内心领域。队员从天上落下来了，有的困惑，有的沮丧，有的漠然，有的自信。他走了过去说，跳伞不能光是肢体用劲，还要调动风向风力替自己使劲，要多用头脑。他说，跳伞是一门艺术，场面越宏大复杂，越要有表现欲，调动自己的兴奋度，这样才会自信。他说，定点是简单动作、复杂过程，关键要有稳定的心理素质，心态要稳定。他说，一个成功的运动员，最重要的是要看他的综合素质和思想境界，否则就缺乏牢固的基础。他说，每块金牌中凝聚着队里每一个人的汗水，个人目标要以全队的目标为前提。他说，当教练首先要研究人，了解人才能教技术。他对搭档说："我们当领导的，怕的就是搞一团和气或摩擦内耗，看起来是两三个人的事，实际是从根子上坏了全队，我们可以拍屁股走人，但一个队伤了元气就难以恢复了。"

他眼里容不得沙子，性子又急，遇事不是总能冷静对待。一次参加重要庆典活动表演，一位领导要求在场内放靶垫，队里没有照办，当时冯国斌因血糖高正在医院打点滴，得到消息拔掉针头就赶回队里，见到队里的一位负责干部就猛批："你是军人不是？你懂不懂服从命令是军人的天职？军令如火，怎么火上房了你还不着忙？"还有一次在珠海航展上表演，空中放鞭炮的准备工作做得不规范，冯国斌火冒三丈，对负责的教练说："你这么弄出了事怎么办？是你坐牢，还是我坐牢？"在训练中，他不能理解有的队员一个别扭动作怎么老是纠正不过来，弄急了，他说："我给你出个笨办法，你就大声骂自己是窝囊废，你发誓看不起自己，自己和自己较劲比试比试。"不仅是训练，仿佛队里的方方面面都牵连着他的神经，比如小对象吵着要分手，他也极力劝阻。

冯国斌只唱白脸，在队里显得有点儿霸道。

人们都习惯向前看，而冯国斌的人生哲学是向后看。他说："一个人的未来是由他的历史决定的，我不敢怠慢今天，是不能因为今天否定了我的昨天。为昨天负责，也就是为明天负责。"他常在夜深人静时反思刚过去的一天，所以，他对自己的形象是清楚的：大家离不开我，但又不希望我待在身边。这使他矛盾和痛苦。开民主生活会，他真心祈望大家批评他，恨不能乱箭飞来扎得满身是血才叫痛快，大家不开口，他就发给每人一张纸条，硬要每人写上五条意见。有一次吃年夜饭，看着一个个以队为家的小队员，他感到一种莫名的冲动，他站起来说："我这个人话多，言多必有失，有失必伤感情，今天我给大家赔个不是。"一仰脖子，他把一大杯绵阳大曲饮尽。

他生命的中轴是跳伞队，多年来，他日日夜夜都围绕着这个中轴转。妻子生病住院顾不上探望，自己身体有病，早年跳伞还摔成腰椎劈裂，弯腰洗碗就酸胀得直不起身来，也顾不上去治。尤其是近年，精力严重透支，老病旧伤加重，体重从186斤直落到154斤，腰围由三尺缩到二尺六。有时就想，人和人活得不一样，死了都一样，都是一把灰土，人说"宁带千军万马，不带背心裤衩"，我都50岁的人了，还整天没完没了图个什么呀？但这种想法不是他骨子里的东西。他常说："人没有受不了的苦，但有享不了的福，人活的就是一个心态。"每当晨晖透过窗帘，他心里总是充满了对新的一天的热情期待，哪怕是硬撑着从床上爬起来。

在上级的大力支持下，全队上下卧薪尝胆，顽强拼搏，整体素质有了质的飞跃。逢有国内大赛，一些省队反过来向八一队借用队员，在一次全国冠军赛上，全部由八一队队员组成的上海队还夺得了冠军。

第二届世界军人运动会临近了。同上届一样，也是关系到全队命运的生死之战，拿到金牌则存，拿不到金牌则亡。有人示意还可以用上届的方式，外请高水平的队员组队。队里多数人也倾向外借几名队员。冯国斌坚决主张依靠自己的力量组队。压力是巨大的，支持他顶住压力和说服别人的理由有三：一是我们队员的技术已不亚于地方老队员；二是我们的队员是背水一战，只有拼力向前；三是上届我们的队员已受到伤害，如再受此沉重打击，即使保住了队伍，斗志也会垮掉。上级部门的一位领导不放心，对冯国斌说："这个比赛不是锻炼队伍，去就是要拿金牌，关起门来讲，能不能行？"冯国斌说："我们相信自己的实力，但不能打包票，一旦失误我甘愿受罚，但我们会全力去搏。"

出征前的誓师会上，冯国斌领着全队三呼："升国旗，奏国歌，夺金牌，争第一！"冯国斌说："拿了冠军，回来我请大家吃黄辣丁，否则就吃兰州拉面。"

前途不在于路，而在自己的脚下，命运的指向其实正是人对命运的祈望

第二届世界军人运动会于 1999 年盛夏在克罗地亚首都萨格勒布举行。8 月 6 日午夜，中国人民解放军跳伞队抵达这座巴尔干半岛上的城市。下了飞机，姑娘们忙着登记、照相、倒腾行李，直到半夜两点多钟才算安顿下来。

躺在木板床上，吴丽虹怎么也睡不着。她不能回避压力，一是她被指派为女子跳伞项目组组长，她深知肩头担子的分量；二是她在上届军人运动会上发挥不理想，最后一跳偏偏踩了5厘米，失去了几乎到手的一块奖牌，心头的阴影挥之不去。熬到早晨5点，她索性翻身起床。她把姐妹们叫醒，乘车来到某军用机场比赛场地，检查伞降器材，熟悉地理环境和气象条件，研究比赛方案，为第二天就要开始的大赛做最后准备。姐妹们情绪亢奋，频频击掌，发誓要完全依靠自己的力量夺取足赤的金牌。

吴丽虹无论如何也想不到，比赛头一天自己就发生了意外，全队差点没因为她砸了锅！

第一天比的是空中造型，就是由多人在开伞前组合成各种图案的比赛。这个项目不允许运动员落在中心靶垫上，可在任何其他位置着陆。吴丽虹与姐妹们做了一个四瓣花的美丽造型。开伞后，她看准一片开阔的绿草坪徐徐飘落。她落地很稳，当随着降落伞的惯性往前跑时，忽听到一声骨头的脆响，从左脚倏地传来一阵钻心扎肺的刺痛。她的左脚踩进了一个被绿草掩盖着的鼹鼠洞！她坐在地上，试着动动脚，但左脚踝骨以下像是灌满了铅，只有一阵接一阵的胀感，脚踝肿起老高。我的脚踝是不是骨折了？她的感觉就像天塌下来一样："这可是被称为小奥运的世界大赛呀！这次比赛我们可是等了四年呀！我的脚就是断了也绝不放弃比赛！"她想先回帐篷再说。她使劲呼喊跟在她身后着陆的叶晓莉。这时，队长、领队、教练、队员都跑来了，许多外国队员也跑来了，赛场的救护车也开了过来。见冯队长脸上混合着心疼、担心和失意的复杂表情，吴丽虹说："队长我没事儿，左脚崴了，我还有右脚。"冯队长的眼圈一下子红润了。

吴丽虹被抬上了救护车，冯队长让一个略通英语的男队员陪着一块儿上医院。在车上，吴丽虹拼命地责怪自己不争气，怎么偏偏在这个节骨眼上出纰漏，要是因为自己影响了集体拿金牌那就糟了。她知道，接下来的定点比赛是本队势在必得的拳头项目，按照规则，每队参赛人数是五人，每轮取前四名的成绩计分，规则还规定发生骨折等伤情的队员不得再上场，这次女队员就可丁可卯来了五人，如果自己不能上，本队的成绩势必要受到影响。想到这些她心如刀绞。她痛得额上渗出了汗珠，是心痛，而不是脚痛，她已忘掉了脚痛。

实际上，她忘掉的还远远不止是脚痛，就是说在此刻她应该或可能想到更多的事情。

她的运动天赋不算高，掌握技术动作总要比别人来得慢，有时甚至显得很笨，她能穿越漫长而艰苦的训练生涯走到今天，意味着她扛住了别人更多的压力，付出了别人更多的代价。最艰难的是 1992 年，这一年训练科目转换很快，无论她怎么努力，训练进展就像蜗牛爬行那样缓慢，她同其他队员的差距迅速拉大，因成绩最差被列入了淘汰的名单。冯队长欣赏她坚强的意志品质，并认为她学习技术虽慢但一旦掌握了却相当稳，决定把她留下来再看一程，同时为她调整了训练内容，由原来跳特技、定点两项改为主攻定点。这一年她拼命地跳，一共跳了八百次，是全队之最，硬是用次数在自己脚下垒起了一个坚实的新台阶。要说定点成绩是靠次数堆起来的，这在她身上表现得就尤为突出。有一段时间，她一度有一个不易被人察觉的痼癖动作，每回落地踩点时小腿总是下意识地往前蹿一下，这使得踩点率大打折扣，为纠正过来，她每天训练完都要利用踩点器在地面苦练落地踩点，然后借着吊绳的弹力返回跳台，再落地踩点，千百次重复着乏味到极点的动作，直练到深夜眼皮打架。她的腰脊在艰苦的训练中留下了重疾，医生曾不无担忧地对她说："你的脸像十八岁，腰却像四十八岁。"她最难忘的是 1994年，这一年，她年仅四十六岁的父亲突发脑出血去世，她都没能赶上见最后一面。当时全队正在河北备战全国锦标赛，中午她训练回来看到电报，眼前一黑当即晕了过去。父亲是慈爱的，小时候她爬树摘桑葚、下河捉鱼虾，父亲发现了从不责骂，而是站在一旁静静守着；有一次，父亲送给她的一只小鸟飞了，她又哭又闹，父亲一声不响地出去了，天黑回来时，奇迹般地把一只麻雀送到了她眼前；参军时，母亲不想让她走，父亲却用一种期待的眼神看着她，鼓励她自己作决定。父亲怎么没打一声招呼就永远地离开了自己呢？回到家里，父亲的遗体已火化了，她扑到父亲的骨灰盒上放声大哭。不知过了多久，就听到母亲说："你赶紧归队吧，要是比赛取得了好成绩，就是对你父亲最大的安慰。"第二天她就毅然返队，同姐妹们团结奋战，在这届锦标赛上夺得了集体定点铜牌。这年底，她把奖牌带到了父亲的坟前，告慰长眠在九泉之下的父亲。

吴丽虹受伤后，心中痛的不是老天对自己的不公，不是自伤身世的委屈和悲戚，而是集体之痛，是集体的焦虑和担忧。她抱着面对最坏结果的想法进了医院，经拍片检查，她的脚腕软组织严重拉伤，但踝骨没有骨折。这就是说，她有资格继续参赛。她心中的痛一下子消解了，脚上的痛随之凸显了出来，但这是轻松愉快的痛。回到驻地已是深夜，刘领队和冯队长都还没睡，看到她因大面积瘀血变得黑紫肿大的左脚，他们并没有因它没有骨折而松口气。冯队长轻轻按了按她的脚，问她还能不能参加比赛。她说："这算什么呀，就是断了我也没打算放弃比赛。"冯队长找来两袋冰块敷在她脚上，又用被子把她的脚垫高，嘱咐她安安静静地休息。她果然静静地躺了一夜，但她脚痛得睡不着，为了不打扰同房的队友，她硬是一声不吭地咬牙挺了一夜。

第二天，中国队死死盯了四年的定点争夺大战打响了。吴丽虹被队友们背上开往赛场的大巴，又被队友一轮一轮地背上飞机。她把全部精力都倾注到比赛中，凝聚到操纵棒把握、气象变化、心理波动和地面的靶心上。就像一只盘旋俯冲的鹰捕捉一只野兔，她的右脚像锐利的鹰喙一次次准确地啄击着靶心。她用一只脚战斗，她的另一只脚也在战斗，当右脚着地，受重伤的左脚马上跟进支撑住身体。这只脚上不是有一个血泡，而是整只脚就是一个大血泡。她忍住像火烧针扎般从脚部辐射到浑身每一根神经的创痛。她脸颊上滚落的汗水，一半来自进攻和奋力，一半来自防守和忍受。她的每一跳都牵动着全队的心。她每一次落地，队友们都围拥上来，帮她背伞、叠伞，问她痛不痛，安慰她鼓励她。这本身就是一种力量的裂变，源源不绝的力量平分到了每个人的身上。

此外，与欧洲队相比，我们在饮食上也不习惯，顿顿不变的生菜、牛排、咖啡和粗面包，我们的许多队员吃不惯。冯队长看着着急，说："我发明了一种吃法，把面包搅在菜汤里喝下去，又滑爽又有营养。"队员们照此办理，把这叫作吃营养。

当然，某些方面的劣势必定会逼着人寻找和创造别的方面的优势进行补偿。我们有我们的优势，否则硬件与软件都不行，我们凭什么同人家比？顺流而下有顺流而下的惯性，逆流而上也有逆流而上的惯性。我们的姑娘们在艰苦条件下磨砺的意志保持着它的惯性。吴丽虹与姐妹们每天5点钟赶往赛场，一比就是一整天，晚上回到驻地，才能料理一下伤情加重的脚。跳伞队没带医生，冯队长背她去游泳队，请游泳队随队医生帮她按摩，当医生一下一下按着黑紫肿胀的脚时，她痛得浑身发抖，汗水和泪水直流，她紧紧抓住冯队长的手，手指甲深深抠进了他的掌心掌背，抠出一个个小小的弧形血痕。她此时还患有别的疾病，她心跳过速，浑身发紧，回国后不久就查出患有甲状腺功能亢进症。但她一声不吭，队长说："你哭出声来吧，这样可以缓解疼痛。"她就是一声不吭。她和她的队友们就是以这样的意志鏖战在赛场上。

第一天，第二天，第三天……，到了第七天，赛场上的盘局端倪初显，中国队、法国队和俄罗斯队相咬相缠，形成了第一集团。这时意外的干扰出现了。吴丽虹跳到地面，接过队友递过的双拐挂着往场外走时，法国籍的裁判长走了过来。他指着吴丽虹的脚说："你不能再比赛了。"吴丽虹说："为什么？"他说："你要比赛，必须扔掉拐杖，或者出示医生证明。"不知道这位法国佬是不是故意刁难人，不知道他是不是想帮法国队一把，吴丽虹只知道他的妻子当时就在代表法国队比赛。吴丽虹与法国人僵持着站在赛场中心，四周变得很安静，空气仿佛是凝固了。

突然，吴丽虹用力甩掉双拐，步履稳健、面不改色地一步一步走向场外！

赛场四周顿时响起热烈的掌声和喝彩声。这不单单是为吴丽虹个人鼓掌和喝彩。一个队员、一支队伍是代表自己的军队和国家参赛的，他们在赛场上不单展示着个人的技能，还展示着一支军队和一个国家的精神和形象。

当晚，本届军人运动会跳伞竞赛委员会主任、克罗地亚空降旅博登·克劳特上校来到中国队的帐篷里。他问冯国斌："吴，她为什么会这样？"

冯国斌说："因为她身上蕴藏着中国军队的精神，蕴藏着中国人的精神！"

克劳特上校竖起大拇指，连声说："太伟大了！太不可思议了！"

中国队赢得了人们的尊敬。赛场医务主任、克罗地亚的一名中校和妻子带着三个女儿也来了，他把吴丽虹介绍给女儿，让她们合影留念，说："这是一位英雄，你们要像她那样坚强勇敢。"在后来的比赛中，一位克罗地亚军士主动背吴丽虹上飞机，一位西班牙护士把吴丽虹送回帐篷。欧美等各国队员，休息时都跑到中国队的帐篷里聊天，语言不通用手瞎比画，还互赠纪念品，外国队员送的多是香水、葡萄酒之类，中国队员以绣瓶、丝巾、二锅头回赠。外军的随队记者也一窝蜂地拥来，又是采访，又是照相录像。当地的一位记者把麦克风伸到肖茜荣嘴边，问克罗地亚美不美，肖说美，记者又问她愿意嫁过来吗？当吴丽虹落地没站稳倒在靶垫上，那位法国籍裁判长赶紧跑过来，把吴丽虹抱出了场外。这个感人的场面又引发了一阵赞许的掌声。

最后一天的决赛开始了。黄昏时分，前三名中、法、俄队登上了同一架飞机。按比赛章程，成绩最差的俄罗斯队先跳，然后依次是法国队与中国队。真正的对手是后两队，法国队一直紧紧地咬住中国队，前九轮赛完只差中国队两分。在最后时刻，法国又玩了个花招，当飞机进入伞降空域时，该队充分利用章程规定，突然要求复飞一次，等第二次进入空域才跳下去。轮到中国队跳时，太阳已贴近了地平线，这无疑给目测带来了困难，增加了心理压力。这丝毫也没有动摇中国姑娘必胜的信念。五位姑娘鱼贯跳出机舱，哗哗哗地同时打开了伞翼。她们的脑子里只有控制伞速、卡切角度、着陆踩点等动作要领。她们不能有半点差错，否则就真正是一失足而成千古恨了。

恰在此时，地面风速骤然增大到了七至八米每秒，由于丘陵环抱，赛场的低空气流变得相当紊乱。稳定适度的气象能帮你，诡谲多变的气象能毁你，而五米不同风，十米不同雷，气象的瞬息万变是你无法掌握的。这就是为什么说定点比赛有很大的偶然性。然而，必然性就寓于偶然性之中，我们千百次地跳，遇到和战胜过各种偶然的陷阱和坎坷，我们面临的都是我们曾经历的，前途不在于路，而在自己的脚下，命运的指向其实正是人对命运的祈望。冯队长对此很清楚，但看到场上的几个风向带被扯向不同的方向，他还是捏了把汗，他领着几名男队员拼命地抽烟，想用烟缕的飘向给姑娘们以提示。这当然只是一种美好愿望。

在金红色的夕照中，姑娘们沿着预设的航线，像沿着一条透明的旋转滑梯的滑道，曲线优美地盘旋而下。

陈莉稳稳着陆。左燕妮稳稳着陆。叶晓莉稳稳着陆。肖茜荣稳稳着陆。场外响起一阵阵掌声。

跟在最后的是吴丽虹。突然，她失速下坠了五六米。这是一股下降的冷气流，她沉着镇定地左右拉动操纵棒，凭着丰富扎实的经验，迅速找到了一股上升气流。在距地 50 米时，她果断地切入了着陆航线。她拉棒晃动伞翼，不断破坏和削弱这股过于有力的暖气流。嘀嗒——秒针在响。嘀嗒—— 15 米。嘀嗒—— 10 米。嘀嗒—— 5 米。嘀嗒——她大喊一声："点！"

她受重伤的左脚的脚后跟准确地踩在直径为 3 厘米的红色靶心上！

全场爆发出热烈的欢呼声。队长、领队和男队员们激动得冲进了赛场。队长抱住了吴丽虹，又挨个儿拥抱每一个队员。这个钢铁一样的东北汉子哭了，所有的女队员都哭了，他们蹦呀跳呀，领队和男队员们的眼眶全都潮湿了。在场的外军队员和工作人员都伸出食指和中指组成 V 字，向中国队晃动。法国队队长走了过来，伸出大拇指说："中国！"

吴丽虹、肖茜荣、陈莉、左燕妮、叶晓莉站到了冠军领奖席上。当沉甸甸的金牌挂在她们前胸的时候，当雄壮而急促的《义勇军进行曲》在萨格勒布机场上空回荡的时候，当五星红旗在各国军人的致礼下冉冉升起的时候，姑娘们的血液沸腾了。姑娘们的血液沸腾在奔腾的大江大河里，沸腾在浩渺无垠的大海大洋里。

写到这里，我又想起了月亮。金牌一样的月亮，漂亮姑娘一样的月亮，美丽故事一样的月亮。

于是我又想起一个孩子的问话。这个孩子问道："妈妈，月亮在为谁做广告？"

（原载《解放军文艺》2001 年 10 月号）

情怀是可以传递的

　　人们形象地把交通称作现代社会的血脉。随着中国社会春潮奔涌，交通血脉也迅速发育成长，如同充满活力的新鲜血液，而今每年都有2800多万辆新车驶上公路，新增驾驶人3000多万，全国机动车已超过3亿，驾驶人达4亿，接近每4人就拥有一辆车，3个人中间就有一名驾驶人。汽车早已不仅是一种生产运输工具，汽车还参与了生活方式的变革，参与了人们生活时空和精神经纬的扩展和延伸，成为社会文明进程的重要载体、衡量生活幸福度的一个活跃指数。

　　我们的社会已跨入了汽车社会。

　　与汽车社会相关的方方面面也渐成热门话题。

　　由此我结识了与汽车社会息息相关的一个群体——盐城车管所，听到了一个关于他们的故事。

把阳光还给窗口

老杨如愿买了新车，兴冲冲开着去上牌。还没到车管所门口就被一帮人截住，说拿 500 块钱能帮着顺利上牌，还能帮着弄个靓号。老杨知道这帮人是黄牛，但对上牌难早有所闻，就犹豫着掏了钱，跟着一个自称姓韩的黄牛，到大厅门口领了一张写有编号的纸条。

大厅里闹哄哄的，等了好久听到叫号了，黄牛领他交上材料，等了好一会儿，返回的材料多了一堆。车开过去拓印膜，黄牛找了个人在车上捣鼓了一番，填张表格交上，又等了一个多小时，又返回了一堆材料。这个材料那个材料，这个窗口那个窗口，老杨早已晕晕乎乎蒙圈了，凡事都任由黄牛摆布。要保险，他翻了半天找出来，又说不是这张。又要什么表格，这个那个说的那些词他听不懂，黄牛也解释不清，急得老杨头上冒汗。这样又折腾了一个多小时，黄牛又说要身份证复印件，到另一个大厅排了好长的队复印，回头交到窗口，业务员在电脑上一阵捣鼓，让他到外面自助机上选号。

老杨松了口气，对黄牛说："我想要个三个 6 的车牌号。"黄牛说："没问题，我跟人家打过招呼了，你赶紧去。"选号机上的步骤繁多，老杨点来划去，也没看到什么三个 6 的号，抬头问黄牛，黄牛却不见了踪影，急着找工作人员问，方知被骗。东碰西撞地折腾了大半天时间，结果扑通掉坑里了，老杨心头郁火发作，逮住工作人员大吵，责怪车管所流程和标志云里雾里拿群众当猴耍，害得自己上当受骗，高高兴兴来给新车上牌，结果办成了糟心事。

这是 2011 年底的事。

也就是在此时，新所长李建中走马上任。

此时，盐城车管所不仅是被公安部按管理水准评定的三等所，在及格线以下，而且曾在本市机关行风评议中连续三年被评为倒数第一。

这是一个老大难单位，问题多多，该从哪儿入手解索张目？

长时间来，只要提及车管所，人们就会想起黄牛，就会皱眉摇头加叹息。黄牛长期占据毗邻车管所的大道，拦截过往车辆，围堵过往群众，通过代办业务捞钱，更甚者通过欺诈捞钱，卖号牌、驾考代考、验车作假、违章消分，各个环节都有黄牛在搅和，粗算干这种非法勾当的有 500 人之多，形成团伙相互呼应、相互竞争，甚至还衍生出戴庄村这样的黄牛村。它侵害群众利益，扰乱办公秩序，内外勾结滋生腐败，破坏政府公信力，把车管所里里外外搞得乌烟瘴气。然而由于它游走在法规的灰色地带，缺乏有效的打击手段，雨过地皮湿，见怪不怪，虽众人共谴，虽反复整治，但它始终与车管所如影随形，犹如死死扒在车管所身上的牛皮癣。

车管所是为民服务的一大窗口，因为黄牛的存在，多少来验车、考驾照、上牌照的群众乘兴而来，败兴而归，车还未上路，过上新生活的获得感、幸福感就消失了。

群众对此反映强烈。群众反映强烈的问题就是迫在眉睫需要解决的问题。

经过一番调查把脉，李建中下决心拿黄牛开刀，以打黄牛打开突破口，打开工作的新局面。

早晨一上班，人们就看到这位新来的所长出现在大门口。从早到晚，他一直站在那里，接受群众的业务咨询，封堵、监控和驱逐黄牛。时值三九严冬，冷风飕飕。

民警也轮流到大门口值岗。这一举措的目的，在于统一全所意志，在于对内对外昭示打黄牛的决心。与此同时，一系列举措渐次展开、推进。比如对车管业务窗口及二手车市场周边黄牛进行排查梳理，建立档案资料，将黄牛照片编制成册。比如对黄牛区别制之，对危害大的欺诈型黄牛进行密拍取证，依法抓获法办给予重拳打击；将违规有偿代办型黄牛纳入黑名单，及时发现及时处理并通报；对劳务型黄牛重在教育劝离。比如首创自侦自破独立办案机制，第一时间，人证俱实，后被全省和外地车管所学习跟进。再如用电话回访、问卷调查、开座谈会等方式了解群众反映，征集金点子，适时调整战术，确保战术合理有效，起初曾请保安公司派保安来阻止黄牛进场，后发现有的保安非但不起作用，反而为沾亲带故的黄牛打起了掩护，便中止了合作。

大厅里公示了李建中的电话。电话响了，电话里质问道："你是所长吗？你是不是所长？你不要糟践了你身旁的这块金字招牌！"李建中接到过不少嘲讽、挖苦，甚至是恐吓威胁的电话。

也真有敢付诸行动的。那段时间，所里班车的制冷压缩机烧了，修好又烧了，一查，是机油里兑入了白糖所致，再查，竟是班车司机自己搞的鬼。这名司机用黑科技在电脑考试设备上作弊，长期对考试的车主收钱包过，听说所里查实后要开除他，便图以报复。

还有耍赖的，抱腿的，搞恶作剧宣泄的。一天下班路上，李建中察觉周围气氛诡异，立即凭第六感做出判断，走到拐角处猛一转身，把跟在他身后张牙舞爪的一个家伙惊得一愣神。他一眼认出这个墨镜男是个欺诈型黄牛，交警出身的他就势一个擒拿将其制服。墨镜黄牛川剧变脸，惹得四周一阵哄笑，恶作剧瞬间变成喜剧。

远近的黄牛都知道了，这个行止沉稳、不温不火的大叔原也是个血性汉子。

铁腕打黄牛得到各级领导的支持。市公安局局长深入现场明察暗访，多次从全局角度做出指示。支队长调派特警参加行动，协调与派出所的联手警务，有时哪怕在赴会途中，也要特意绕道来鼓舞士气。

群众也真心支持。他们向值岗民警点头示意，伸拇指，反映情况，出点子。但也有人不以为然，抱怨办事程序太啰唆，不如找黄牛省心。也有开豪华车脖子上挂大金链子的要另类满足感，站在黄牛一边与民警争吵。

李建中的爱人也积极配合。当看到《报刊文摘》载文描述打黄牛的复杂和艰巨，知道打黄牛是容易得罪人的事，也不免担心。

李建中说，只要办事公正，对谁都一样，就不得罪人。

其实怎么可能不得罪人？黄牛自不必说。打黄牛首先要刀口向内，在内部立规，立下五不准，不弄权，不擅权，对收钱办事的民警辅警严肃批评，屡犯者坚决调出或开除。立规须带头守规，考试高抬贵手，上牌挑个靓号，验车走个形式，领导叫行个方便的，不办，亲戚朋友请托的，不办。以前能办为何现在不能办？别人能办为何到你这里就不能办？这就断了许多人情往来。

对此大家都深有感触。考试中队民警李俊的舅舅是个颇为成功的老板，想弄个好牌号，李俊说他自己的也是一个普通号，舅舅侧目，亲友聚会时故意跑过来从他的车前牌看到车尾牌。中学老师考驾照要求关照，他说他家属也是考了两次才过的，师生再聚会时，老师的眼光都没在他身上停留过。

但就是这么轴。铁腕打黄牛就得这么自律。

一个战役下来，廓清了车管所周边环境，黄牛纷纷转入地下。

又一个战役，追迫挤压黄牛的生存空间，使得专业黄牛渐成零散流寇。

黄牛作案越来越隐蔽，打黄牛的手段也愈加犀利，始终保持高压态势。

为稳准狠地打击驾考黄牛，加大了对考生的身份核查力度，密网过筛，密而不漏。比如一次在理论考场核对考生成绩单时，发现一名考生的面貌与照片不符，遂将该考生的档案扣留，经查实，这位王姓考生因连续三次考试均不及格，便被曾经多次替人代考的黄牛潘某钻了空子，收钱代考，以往他多次得手，殊不知这回出手被逮个正着。

卖分黄牛与买分者各有所图，因此格外隐蔽。监督中队运用数据分析，梳理所有被扣满12分司机的违法行为，据此研判出有卖分嫌疑的驾驶人，并主动出击，提前与处罚单位沟通联系，做好取证工作。在传唤、询问黄牛时，中队长张显荣一面与黄牛斗智斗勇，拿下口供，一面主动向大队办案民警学习办案流程，完善卷宗手续，一举成功行政拘留5人，并曝光宣传，形成了强大的震慑力。

对已经蒙混过关的也绝不放过。在监管研判中发现，有几辆经过年审的重型厢式货车长相酷似，即调取现场监控录像进行分析，怀疑是嫌疑车辆使用了一辆同类型的"标准车"套牌替检，并锁定了违法嫌疑人黄某与外检员臧某。经传唤询问得知，黄某与臧某内外勾结，以每辆500元的好处费，先后将7辆超长货车换上"标准车"的车牌替检，伪造合格的检验报告通过年审。但他们终没逃过车管民警的火眼金睛。

打内鬼更是严查深究，对收钱办事，与黄牛勾结，在办理业务中徇私舞弊的民警、辅警及工作人员，发现一个查办一个，该开除的开除，该调离的调离，先后处理了几批，绝不手软。对相关业务单位也严加监管，在暗访中，发现从事中介服务的利通公司有人与黄牛勾结，新车上牌非法收取"服务费"，即责令其撤离车管所服务大厅。黄牛黯然叹喟，如今是拎着猪头都没地方烧香了。

露头就打，发现就打，地上打，地下打，经过锲而不舍的铁腕打击，常年顽据车管所的这块牛皮癣得到有效整治，堆积在窗口的污垢病菌得到清理，把阳光还给窗口，还给群众，还群众一个神清气爽的好心情。

2014年7月，中央媒体采访报道了他们整治黄牛的事迹。此后公安部有关部门经暗访，对其周边黄牛从横行肆虐到几无踪影给予高度肯定。

让数据传送温度

黄牛何以能存在？为什么非但屡打不绝反倒成了顽疾牛皮癣？

黄牛并非车管所的"专利"，诸如看病挂号、买车票、入学升学等，只要有利可图，都是黄牛追逐的热点。

涉足车管何以有利可图？根子在于车管所的服务远不能满足群众的需要。汽车进入千家万户，原有业务平台已不堪重负，原本复杂烦琐的流程更加剧了这个矛盾。就说牌证窗口，涉及机动车和驾驶人的业务就有59项近百种资料，来办事的群众大多一生就来这么一回，面对迷宫游戏般的流程，就是再精明也难免碰壁抓瞎。人们耗不起这个精力和时间。人们要保持当上有车一族的好心情，惧怕落得一个坏心情。这就使得黄牛有空子可钻，甚至拉关系走门道内外勾结形成利益链，把车管业务弄成个每个环节都可拿来贩卖的乱哄哄的大黑市。

打黄牛不是目的，不是为打而打。李建中干过十多年的交警，他说，交警重在执法，车管重在服务。打黄牛的目的，是以此倒逼改革，标本兼治，内外双修，打造科学高效，透明公正，让群众满意，让群众心情舒畅，让群众的获得感幸福感得以延伸的服务窗口。

当务之急是优化流程，融合科技手段，以创新驱动服务效率和质量提升，尽快把服务搞上去。

李建中话不多，他说，要将心比心，视群众如父母。他说，管理是什么？管理就是服务。他说，你成就单位，单位成就你。他更多的是用行动、用制度说话：讲评制度，考核制度，奖惩制度，人员调剂制度。首问责任制不再是摆设。

一切为了群众的需要。人同此心，心同此理，前任所长曾说过："车管所并不像外界所传那样是一个大染缸，善良、正直、勤奋、敬业是这支队伍的主流，公平、正义、效率、形象仍然是大多数民警内心的追求。"混日子，态度生冷，手脚不干净的毕竟是少数。

全所上下拧成了一股劲。

简明、优化流程，一是把绕来绕去的线路理顺拉直；二是砍去诸如证明"你妈是你妈"的不必要的枝蔓。为了让群众知道哪个窗口办理什么业务，他们在窗口贴上写有提示的字条，在大厅里设置提示板。并把专业术语都翻成通俗易懂的词汇，还请来家属验证效果，让群众一眼就能看明白。但如果排了长长的队，排错了窗口，等看到字条已经晚了。于是设置了导办台，集排队取号、交费、咨询于一体，并将档案审查等程序前置。

为了让群众办理上牌、验车顺畅，在大厅外建了一排简易板房，按流程顺序设置窗口，进行一条龙服务的实验。这讲起来容易，做起来却不简单。你能把一根麻捋顺，要将缠绕打结的一团乱麻理顺却绝非易事。

与此同时，他们挑战自我，创新作为，提出打造"智慧车管"的理念，积极探索和运用互联网、云计算、大数据、人工智能等信息技术，建设信息化服务窗口。他们清楚，这是提高服务效率和质量的根本途径。

他们群策群力，攻坚克难，一边开拓，一边学习，还请进来，走出去，向上海、苏州、无锡等地的同行取经问路，邀请一流公司的专家参与设计。

创新重在谋划。李建中重谋划，善谋划，带领大家开动脑筋，以工匠精神，绣花功夫，精心谋划每一件事，对每一个项目、每一个环节、每一个细节都反复论证，反复推敲，决意向科技要效率，要服务质量，变群众跑为数据跑。

起初连别的车管所早已采用的排队叫号系统都没有，这如同在莽原上垦荒，靠着钻劲和韧劲，一步一步往前推进。

2012年，研发出自助取号系统，自刷身份证即可取号，通过人脸识别身份认证，弹出业务流程和所需材料。

2013年，推出微信车管所。

2013年，创设"一键按"通道式查验专区，新车查验、审核、制证、制牌、安装一条龙服务，并不断升级。

2014年，创设互联网"五位一体"办理中心，即网上、微信、电话、流动、邮政一体，可办理除需检车和抵押登记外的所有业务，通过电话、网络、微信申办，经外网传递内网审核，最后由邮政上门收取资料、送牌送证。

2016年，升级"一窗办"服务，自主研发了智能导办系统，申请表格全部系统打印，后台数据与保险、税务等部门互联互通，缴费电子支付。

此外，还研发启用了考试智能化评判系统、掌上查验终端（PDA）、远程检验监管中心、互联网网约考试，等等。

这一切都贴着群众的心思，这一切都为了简明、快捷、公平、公正、安全、可靠，甚至让群众足不出户就能享受到优质服务。

事隔5年，那位曾为上牌大吵一通的老杨又来了。他卖了旧车，新买了辆大众迈腾。

虽说前次上牌吃过亏，但不找黄牛自己办恐怕要折腾两天至一个星期，掂量再三，老杨还是决定找黄牛。他琢磨着，这次要先办事，后付钱。

出乎意料的是，车子都开进车管所了，却始终没见到黄牛的影子。他按照路口的指示牌把车直接开到查验区，工作人员迎上来，指点他拿出证件在卡口一扫，就进了查验通道，随之对车型、发动机号和车辆识别代号等进行确认，少顷，告诉他查验结束。他惊讶办得如此简明快捷。他按指点带着材料到大厅，还没坐稳就听到叫他的号，窗口工作人员把材料和他本人作了核实，让他在电脑上自行选好车牌号，把制好的证件交给他，指点他到隔壁工间制作和免费安装号牌。他不敢相信，这次从查验、审核、制证、制牌到安装，竟然只用了20分钟！

不可思议！这同5年前那次上牌的心情有着晴雨之别。

他只觉得风清气爽，阳光明澈，心情那个舒坦呀，当即就决定这个周末带着全家去市郊的滩涂湿地看丹顶鹤。

许多办理了车管业务的群众都像老杨一样，为享受到了贴心、高效的服务发出由衷的赞叹。

王某的驾驶证遗失，需补办，听说在网上就能直接办理，他还不信。几年前他的驾驶证过期，骑着电动车来换证，一进大厅就蒙了，这么多窗口，该去哪个窗口办啊？等问清楚了，排了一个多小时长队排到窗口了，却说换证需体检、拍照，于是又跑到体检、拍照的窗口排队，半个小时后办完体检、拍照，再次到换证窗口办理，整整耗费了一个上午。想想几年前补证那个难，他将信将疑地上网申请了补证业务，谁知不到1分钟就成了，隔天快递员就将补好的证送到了他手中。

盐城技师学院的邓老师，平日上课，没有时间跑到车管所办理驾驶证业务，听朋友讲，只要在微信上关注"盐城车管"，绑定机动车和驾驶证信息，投票申请通过审核，流动车管所就会把服务送到身边，就抱着试试看的态度，关注了"盐城车管"微信，在"私人定制"一档，和同事一起发起申请，没想到当天就接到车管所的电话，谈妥了服务时间，之后不久便如愿办好了驾驶证。

流动车管所把服务窗口送到了医院、社区、商场、机关、学校，把办理简易违章处理、免检车辆核发合格标志、补证、换证、补领号牌等业务送上门。

为让群众办事便捷，车管所还创设了警邮合作、警保合作、警银合作等模式，将新车上牌、转移登记等业务下放到代办网点，窗口延伸意味着责任延伸，方便群众意味着难为自己。有个"一个人的考场"的故事让人津津乐道。那次驾考民警董玉到响水县组织车驾理论考试，临结束时一个年轻人心急火燎地闯进了考场。他是从苏州赶来的，因照顾生病的妈妈来晚了。已是下午5点多了，返程的班车6点发车。董玉毫不犹豫地决定专门给他安排一场考试，一场一个人的考试。谁知考毕差一分没过。这位考生请求再考一场。县车管所的同志不同意。这有些过分了，他本已迟到，而且已专门给他安排了一场，现在已6点半，已耽误回程了。董玉见过错过考试情绪崩溃满地打滚的，他将心比心，说人家这一辈子也许就考这一次，我们自己就克服一下吧。这次这位考生顺利通过了考试。

顺顺当当拿到了驾驶证，轻轻松松上了牌照，开开心心地开着新车上路，在幸福的阳光下，车管所的窗口没有雾霾。

没有只开不关的窗口。群众的幸福感在这个窗口延伸，许多人却没注意到这个窗口的另一面，同样关系到千家万户的福祉。

据全国发生交通事故情况看，其中一部分就是车管把关不严出的问题。2014年震惊全国的沪昆高速"7·19"特大交通事故即是一例，在这次事故中，一辆运载乙醇的货车与一辆大客车相撞，造成乙醇泄漏燃烧，导致5辆车被毁，58人死亡。发生事故的原因之一，就是查验不规范。

交通事故造成的死亡是所有死亡里面最惨烈的。保证车辆和驾驶员合格合规上路，阻截驾驶"二把刀"、问题驾驶人和问题车辆，消除危及交通安全的隐患，从源头上保证人民生命财产的安全，是交通安全的基石，也是车管所肩负的重任。

他们在这个窗口同样尽心尽力，追求尽善尽美。

在办理驾证中，使用假结婚证、假军官证、假身份证、假境外驾驶证的情况屡见不鲜，其中还有被列入追逃名单的罪犯，但都没有逃过"一号窗口"的明镜。一次，发现一名客户的境外护照有异，经仔细甄别，确认是假护照，即移交给相关部门，顺藤摸瓜捣毁了一个特大伪造证件犯罪团伙。原来持证人通过机场盖戳后，又以偷渡的方式折回内地，如果他从犯罪团伙那里购买的假境外驾驶证通过审核，只需参加科目一考试就能直接换取国内驾驶证，成为潜在的马路杀手。

考场的作弊手段也花样百出，夹带纸条、携带微型耳麦、针孔摄像头，企图蒙混过关。在一个数十人的考场，考官董玉发现一个男子神色慌张，好像在跟身边的考生说话，不停地摆弄鼠标，却又不看电脑显示屏。走过去一打量，见他衣领口的一枚黑色纽扣不对劲，伸手一摸，这枚"纽扣"牵出了一截线。这是一个微型无线话筒。将该男子带出考场后，又从他的右耳中发现了一个微型耳麦。原来这是一次里应外合的作弊。

来查验的车里面也有企图蒙混过关的。新近的一次，来了一辆二手白色轿车，要提取车辆档案。这辆车的产品标牌和部分标志看上去有异常，张洋用工具拆下座椅，找到车架号，仅5分钟就发现了猫腻。原来这是一辆已经报废车辆的车架号，被犯罪嫌疑人用一块铁板复制粘贴在原车架号处，企图张冠李戴，不想被当场识破。因该车手续不全、有被盗抢嫌疑，交警依法将其暂扣。像这样为盗抢和走私车漂白的、冒用报废车牌照借尸还魂的、私自改装的，都纷纷露出原形。

经过全所上下同心同德、艰苦努力，盐城车管所实现了华丽蜕变，跨入先进行列，由 2012 年的三等车管所；2014 年升为二等车管所；2016 年升为一等车管所，两年一个台阶，实现了跨越发展；还被评为省级文明单位、全省优秀公安基层所队，荣立集体三等功、二等功。

宁夏银川、山东济宁、陕西榆林、安徽宣城及镇江、淮安等省内外数十家同行纷纷慕名前来考察学习。

2018 年 10 月 24 日，一队着装整肃的警官走进了盐城市车管所。他们是参加全国交警大队干部素质提升现场会的代表。

当来到新车上牌服务大厅，他们看到，当班女民警都站立于窗口旁，伸出双手接过群众递来的证件材料。交毕材料的群众在等候区找个位子坐下，不一会儿就听到叫号，起身到窗口办结业务。

这批警官还观摩了查验通道、监管中心、综合服务大厅，听了有关介绍。

上个月，为交管服务更加便民，公安部新推深化"放管服"改革 20 条便民措施。

盐城车管所已然走在了前列。

向明天张开双臂

初春的一天，暮色已浓，杨佳佳与同事已锁上大门上了班车。这时年轻的上班族于某急急跑来上牌，他是手机预约的，因公事耽误了，如果今天上不了牌，购车贷款将会被取消。其实下班时间早就过了，她们早已实行一年 365 天每周"5+2"延时办结服务，群众不离开不下班，杨佳佳与同事今天照例加了班，但她一口应承，下车开门打开电脑，麻利地为这位客户办理了业务。

急客户所急的故事很多。比如刘某某驾考的故事。刘某某在上海上学，利用暑假到大丰县驾校学开车，返校后接通知赶过来考试，但因身份证号少了一位数，材料不完备，办不了手续。此时是周六，驾驶证办理负责人成人接手此事后，秉持"宁愿自己万般苦，不让群众一时难，宁让自己多流汗，不让群众留遗憾"的理念，周六周日与大丰方面同步加班，为刘某某重新办理了手续，让他在周日下午按计划完成了考试。

盐城车管人知道自己的作为对来办事的群众意味着什么。

20世纪90年代初，国际货币基金组织前总裁康德苏接待来访的克林顿，他问这位新任美国总统，您最近思考最多的问题是什么？克林顿想了一下说："我想是中国，如果中国实现城市化和轿车进入家庭，中国和世界会发生怎样的变化？"记得与他们发生对话的同期，在我的视野里只见过两辆私人轿车，一是空军大院有一辆刚好能扣住俩人的龟壳菲亚特，一是空政歌舞团的当红歌星买了一辆天津夏利，当时我对此毫无感觉，连酸葡萄的味儿都没有，因为我从未奢望拥有自己的轿车。而今让克林顿纠结的问题早已成为现实，全国如此，盐城也如此，盐城的生产总值从1980年改革开放之初的40亿元，跃升至2018年的5481亿元，人们的生活品质今非昔比，拥有私家车是梦也是寻常事，汽车普及高歌猛进，当地年产峰值达70万辆的东风悦达起亚轿车也起到推波助澜作用，而今在盐城这块丰饶的四色（生态绿、盐产白、黄海蓝、老区红）大平原上，有120万辆机动车在奔跑，而且这个数字每时每刻都在发生变化，全市平均每天新车上牌达到400辆。

"好雨知时节，当春乃发生。"盐城车管人心贴群众需求，以身体前倾伸出双手的姿态为群众服务，要让人们的幸福感、获得感在自己的手中延伸。

暖心的故事几乎每天都在更新。

说起这样的故事，戴某依然很激动，称民警是群众的贴心人。戴某来自海河农村，当校车司机，老婆做服装，父母健在，儿子明年大学毕业，一家人蛮幸福的，却因驾驶证存在问题丢了工作，断了全家的经济来源。他万分焦急地到一号窗口求助。倪警官了解到，问题出在当年派出所给他发放身份证发生了差错，他是用错误的身份证考的驾照。一号窗口当即与有关派出所联系。经调查，当年将戴某弟弟的身份证信息错发给了兄弟俩同时使用，两人用同一身份证号码分别取得驾驶证，现交通管理信息系统升级，使得两人都无法办理任何驾驶证业务。事情弄清楚后，倪警官一边安抚他，一面抓紧收集材料，报省总队审核，并先予更正驾驶证号码，省总队审批后办理其他的程序，顺利为其调换身份证信息。戴某办好驾驶证的第二天就开上校车了。

每逢谈起给新车上牌的经历，周先生心里总是暖暖的。周先生实现了多年的愿望，买了一辆福特车，喜气洋洋地来给新车上牌。谁知查验后，张洋对他说："如果车没在你手上出过事故，那就是你买到问题车了。"见周先生一脸愕然难以接受。张洋说："你看，这辆车发动机舱左侧的螺丝有油漆掉落的痕迹，而且车身左右焊接点不一样，说明这辆车左侧是维修处理过的，新车根本不应该出现这种状况。我建议你向经销商依法维权，如果你怕说不清，我来跟他说。"周先生将信将疑地联系了经销商，经销商起先拒绝承认，但经张洋据实沟通，终于承认这辆车之前发生过交通事故。张洋还告诉周先生，对于这类欺诈行为，根据相关法律法规，经销商应做出1赔3的赔偿。最终，周先生得以更换了新车，并得到相应的赔偿。

在采访中，当听到这些暖心的故事，我多次与刘建中探讨，我们的车管人何以能这么做？

我知道教育和制度的作用，知道规范行为抓落实，知道建立一级抓一级的责任体系，知道请礼仪专家帮助培训礼仪，知道请兄弟单位来暗访挑毛病，知道用一机双屏测评装置加强群众监督。

我们探讨的是，我们的车管人在素质养成后，他们贴心服务群众的自觉出自何处？

李建中说："我们的团队是一个有情怀的团队。"

在采访中我注意到，市公安局局长王巧全、分管副局长王炜都强调过这个词：情怀。

我还注意到，接受采访的车管人几乎都这样表述他们的工作信条：换位思考，将心比心。

将心比心，赠人玫瑰，携手共同营造幸福生活，这是一种情怀。

这是一种以美好感情拥抱你、拥抱他、拥抱社会的情怀。一种通过传递温暖、传递和谐、传递美丽、传递幸福去实现人生价值的情怀。一种春暖花开、仰望星空、追梦美丽中国的情怀。

这是属于我们这个时代的大情怀。

我没见到 70 岁的驾考学员，但我能理解他为什么激动得要将考官朱同抱起来。老先生考了四次都没过，在朱同的鼓励下再来，他有些发怵，说："孩子们都笑话我，不让我来，要是这次再考不过，我在家里就彻底没威信了。"朱同心生一计，说："你有没有自信？我想把你隆重推荐给所有学员。"老先生精神头上来了。朱同来了个双动员，拉着老先生对全体学员说："年轻人能做到的老年人也能做到，老年人能做到的我们年轻人也没有理由做不到，我提议为这位老先生鼓掌，让他第一个考！"在热烈的掌声中，老先生甚至是跳跃着跨进驾驶室。但第一把还是考挂了。朱同请他到办公室，端给他一杯水，说："你是经过风浪的人，这小沟小坎算什么？"与他击掌预祝成功。这次他一举考了个一百分。下来后教练笑着竖拇指，老先生那个激动啊，他不顾满身汗水，一个熊抱将朱同抱了个双脚离地。

还有一位孕妇学员，也要还朱同以拥抱。她挺着大肚子，很紧张，连安全带都系不上，但如果不考，生了孩子就来不了了。朱同幽默地开导她，说："你要当妈妈了，要当伟大的母亲了，你不是一个人考，是和孩子一起考，一起放飞心情，这是旁人享受不到的乐趣。"朱同还鼓励她不要紧张，只要把平时练的操作出来，自然会水到渠成。周围的学员都为她鼓掌加油。她的眼睛潮湿了。她一把考过，下来后也向朱同张开了双臂。

还有周某家人的感动。身患重病的周某躺在病床上，家人急需把他名下的车辆卖掉给他治病，但车辆的登记证书遗失，无法交易，而补领登记证书必须车主本人到场办，这可急坏了周某的家人。为民解忧，杨佳佳到病床边现场办公，在他去世前一天把登记证书交到了他的手中。还有梅某的感动。梅某考试时手足无措，被判不及格，谁知她瞬间脸白唇紫，一头栽到方向盘上。中队长毕宁等赶紧把她抬到候考大厅，给她服速效救心丸，打扇降温，随即送往附近医院，垫付医药费做CT、心电图，实施急救。梅某晕倒系高度紧张导致癔症复发所致，由于抢救及时，没有发生意外。还有陈某的感动。8月炎热的正午，陈某突然晕倒在大厅门口的台阶上。民警张文岳和辅警李巍巍赶紧上前将他扶起，撑起遮阳伞，喂他喝水，半个多小时后，陈某清醒过来。原来他一早从无锡赶回来考试，突接妻子被车撞伤入院的电话，天热心焦加紧张疲劳，眼前一黑就什么都不知道了。张文岳当即向所领导汇报，启动应急程序，在确保陈某身体无恙情况下第一时间安排其考试，考完后又将他送至车站乘车。三天后，陈某捧着一面锦旗前来感谢。

锦旗上写着：真心为百姓，人民好警察。

一面面锦旗，一封封感谢信，还有网上评语，微信点赞，夸他们是群众的贴心人，夸他们是最美警察。

金杯银杯，不如咱老百姓的口碑。

盐城车管人看重这份褒奖，珍惜这份荣誉，享受这份感情。

他们喜欢军队歌唱家王宏伟唱的这首《口碑》。

别问我为谁吃苦，别问我为谁受累，别问我为谁洒下这么多的汗水。我也渴望收获，我也期待安慰，可我知道什么在我心中最宝贵。

听着这首歌，杨佳佳流泪了。她时常感到对不起孩子。宝宝还在哺乳期时，她就丢下宝宝一头扎进工作，有一次跟随工作组到外地执行任务，等回到家才得知宝宝已经生病两天了。

他们也有苦衷，也有烦恼和纠结，也有对家人的内疚和自责。

行车有起点，服务无止境。在此背后，是加倍的艰辛和付出。

牌证窗口每天一上班就忙个不停，无暇喝水，连上厕所都是一路小跑。查验车辆从早到晚屁股不沾椅凳，冬天在寒风中作业，夏天发动机灼烫，一不留神就被撕去一层皮，作业区足有60多摄氏度，一天下来要换三四件被汗湿的衣裳。驾考岗位同样是在酷暑严寒中摔打，还要耐心为考生做心理疏导，一场大雪浪漫至极，可他们凌晨四点就起床去场地撒盐铲雪。

"识别大神"张洋，7年查验机动车7万余辆无差错零投诉，在公安部高级查验员考核中夺得第3名；张显荣开创道路驾驶考试"五盲"派工模式，总结出"查、比、锁、擒"窗口追逃法，荣膺"执法示范岗"称号，是因为他们付出了更多的心血、精力和汗水。

在采访中，我曾问他们："在你们的心目中，李所长是个什么样的人？"

回答是他整天笑眯眯的，同大伙谈得来，爱较真，有时还有点愣，像一位可敬的邻里大哥。

我也曾问李建中："你怎么看你的部下？"

李建中说："他们有情怀，有责任心。"又说，"其实他们同我一样，就是一群在各自岗位上尽心尽力的普通人。"

多么好。普通人。

想来想去，我总感到，比之把他们看作光环加身的出众人物，我更愿意把他们看作是普普通通的一群人。

平凡的岗位。普普通通的一群人。以美好情怀向他人、向社会、向明天热情地张开双臂的普通人。

有你，有我，有他，人人都以美好情怀向他人、向社会、向明天热情地张开双臂，这便是我们走向美好未来的底气和信心所在。

（原载 2019 年 11 月江苏人民出版社出版的报告文学集《幸福的花儿如此开》）

锐利与钝重

——中国首个盗版集团大案侦破纪实

引　子

2000 年 5 月 18 日上午，在广州市珠江北岸，8 台绿色的粉碎机一阵抖动和咆哮，五百万张盗版 VCD 光盘顷刻间被绞轧得粉身碎骨。销毁现场四周有荷枪实弹的军警戒备，气球悬挂着"盗版就是抢劫！盗版扼杀创新！盗版必受制裁"一类措辞激烈的巨幅标语。巧的是天空突然转暗，洒下一阵碎雨，原本已冷峻的气氛中又楔入了几分杀气。此前，5 月 16 日，在中缅交界的边城瑞丽也以类似的方式销毁了二十五万张盗版光盘。

这次行动是"打盗版——中国 2000 年大行动"的前奏。其下手之狠，决心之大，标志着中国政府对盗版的打击再度升级！

然而形势并不容乐观。不要说此后美国大片《U—571》和《角斗士》等刚登陆中国即有盗版光盘出笼；不要说票房被看好的国产新片《一声叹息》防不胜防被盗版光盘吃掉了一大块预期中的市场，心气很盛的导演冯小刚徒有一声叹息，就是在大行动的刃口刀尖上，广州音像市场依然是阳光夹雨混沌一片。就在5月18日当天下午，我到因盗版音像制品交易活跃而远近闻名的机场路兴发广场，看到摊档上照样摆着盗版光盘。我问零售摊主："今天这个时候你还敢卖水货？"摊主并不惊慌。"怎么啦？你要买的话，我会更加便宜卖给你。"摊主还说，"这种时候，我经得多了。"

　　摊主的话在我并不感到吃惊，甚至都没感到意外。

　　实际上，这种这边狠打那边泛滥的怪现象恰是扫黄打非斗争整个情势的缩影。自1994年伴随VCD机大量进入中国家庭而出现盗版光盘以来，中国政府每年都要开展声势浩大的旨在打击盗版光盘等非法出版物的集中行动，加上平时的收缴，几年来共查获盗版光盘生产线上百条，以致百姓对"扫黄""打非"早已是耳熟能详，《北京晚报》调查表明，"扫黄""打非"已成为社会上使用频率最高的十个词汇之一。而与此同时，盗版光盘也在顽强的抵抗中近乎疯狂地扩张，在近几年VCD机产销速增的同时，盗版光盘在国内光盘市场的覆盖率已令人吃惊地达到了90%以上，甚至形成了像"金华纳""金龙影业"这样的盗版品牌。可以毫不夸张地讲，盗版光盘以及它所携带的精神鸦片和文化梅毒，已经成为危及我国音像产业和人民精神文化生活的顽症痼疾，已经成为中国社会最大和最具破坏性的一大公害！

　　一边狠打猛扫、一边肆意泛滥的怪现象，使许多人对遏制狂滔滚滚的盗版几近丧失信心。有人反讽道："扫黄扫黄，越扫越黄；打非打非，不打不非。"我们甚至听到了这样忧心而无奈的质问："有关部门是真打还是假打？"

咀嚼着这样的质问，扫黄人艰难地笑了。你不能笼统地说这种反讽和质问以偏概全，但它确实是失之于片面，忽视了扫黄打非斗争所取得的巨大成果和对制黄贩黄的强大遏制作用；你不能说它客观理智，但它确实是表达了国人应有的焦虑和激情，因而也勾起了扫黄人郁积于心的苦恼与不平。

一

陈家鲲把线人的呼机号交到了杨锦燕的手中。可以说，从这一刻起，噩运就开始向那些敢于刀口舔血的饕餮之徒悄悄逼近了。相应地，危险也开始面对面地与杨锦燕对峙。此后，杨锦燕照例在一种神秘的氛围中格外地忙碌起来。过了一个多星期，6月12日，在广东省扫黄打非办公室一间简陋的屋子里，陈家鲲、杨锦燕，还有应约而来的省公安厅三处副科长戴志平，开了一个事关重大的小会。

2000年7月27日，也就是在销毁光盘大行动后两个多月，广东省公安厅和省扫黄办根据他们提供的线索，联手查获地下生产线8条，一举捣毁了迄今为止全国破获的最大一宗盗版光盘犯罪集团。这是一个历史性的战果！它使查获地下生产线的总数达到了整整100条。最为重要的是第一回抓获了犯罪集团的头目，给犯罪集团以毁灭性的打击。这个消息令海内外震惊。事后，我即随全国扫黄打非办公室调研组赶往广州，采访了杨忠发、陈家鲲、张广、戴志平、陈磊、李剑先等有功人员。他们中的有些人我在5月份已作过采访。这次也是第二轮采访省文化稽查总队副总队长杨锦燕后，我感到这个中年汉子身上透射出一种由坚韧定力和冲腾激情混合而成的类似圣徒的气质。

杨锦燕拿到呼机号，当即就呼了线人。他24小时开着手机，但两天过去了，却迟迟不见动静。对此杨锦燕非常能够理解。何谓线人？线人就是通常所指的举报人。利用线人破案是广州市扫黄办的一大创新。1996年，非法光盘生产线从地上转到了地下，而挖地下黑线迟迟不见进展。以足智多谋著称的广州市扫黄办主任老叶认为，一条生产线值1000万—2000万元，而投入生产后，每3秒—5秒生产一张光盘，日生产能力通常在1.5万—3万张，无异于一台印钞机，这无疑就是老板的命根子，他们必定会为隐蔽生产线穷尽伎俩，非合伙人和参与者很难知情，挖地下黑线要想突破，除非拿出点绝招。由此，他提出了悬赏举报的建议，而且有效举报一条生产线的赏金是令人咋舌的30万元。老叶的建议引起了争议，老叶解释说，舍不得孩子打不了狼，那些参与地下生产的人想的是钱，如果奖金的热度不能点燃他的血，他是不会提着脑袋玩赌的；再者，30万元同一两千万元相比，同挖掉一条黄源毒源相比，你说值不值？他的建议得到了市委书记高杞仁的首肯，300万元重奖专项基金很快到位。这一招果然奏效，在媒体公布此办法的第二天，举报电话就响了，并由此在番禺市挖出第一条地下生产线。挖黑线斗争由此打开了局面，在广东掀起了一个高潮。全国扫黄办及时总结经验，以法规的方式在全国推广了这个办法。几年来挖出的上百条黑线，可以说都得益于这个办法。但事情也并非那么简单，举报人知道，如果老板知道他告密，他的小命就难保，看似得来全不费功夫的30万元是用身家性命作赌注的，所以他们在举报时总是百般小心，总要和你玩一把地下党接头一样的游戏。其实出于工作需要，杨锦燕们对线人像对大熊猫一样，采取的是一级保护措施，所以他接到任务后就切断了所有不必要的联系。他这次同线人周旋的经过，同市文化稽查队队长胡炳广接到第一个举报电话后遇到的情形如出一辙。

线人终于回话了。线人只问一件事，就是举报一条生产线奖金是否真是三十万，举报的数量与奖金数量是否成正比，能否兑现，在得到答复后就把电话挂断了。过了两天又来电话，这次杨锦燕同线人约定在某酒店的咖啡厅碰头。晚上9点，杨锦燕和司机走进酒店，但入座的并不是约好的台席，动黑线老板的命根子，杨锦燕也须留个心眼。曾发生过这样的事，同线人约定了地点，但没等来线人，而是等来了恐吓电话，对方说："我们已经知道你是谁了，我们也会知道你老婆小孩是谁，你当心点，你要不给面子，也别怪我手下无情。"这也并非全是玩虚的，广东、福建、安徽、甘肃等地都曾发生过暴力抗法和打击报复的血案。曾有人放话要用五百万买杨锦燕的人头，杨不屑一顾，说："我一不犯组织纪律，二不贪财，三不搞女人，死了不臭！"但危及家人，匿名电话没头没脑地说："你的女儿很乖呀，有二十岁了吧？"这就刺痛了杨锦燕。威胁是无孔不入的。有一次胡炳广同妻子、儿子到北京路逛商店，冷不防从摆档后面窜出一个人来，狠声恶气地说："好哇，今天我认住了你的独生儿子，要是把我惹急了，我就要买你个仔！"陈家鲲兄弟住在父亲家，其弟曾发现有可疑的人在周围转悠。有的家里的窗户被砸，有的汽车被拖走，留下个条子说："对不起，你的车子被拖到某处。危险是时时存在的。"他们所有的同事几乎都编着理由不和家人上街，就是上街，也是一前一后，拉着很大的距离，像一对尴尬人，闹得家属们个个都感到委屈，憋了一肚子的意见。杨锦燕的女儿抱怨父亲说："到底他是坏人还是你是坏人，到底谁怕谁呀！"这就是他们在某些情况下也不能不像个地下工作者，破了大案回避媒体尤其是电视记者采访的原因。在咖啡厅，杨锦燕点燃一支烟，暗中观察着四周的动静。过了一会儿，杨锦燕的手机响了，一个人径直朝他走来。这是他们约定的接头方式。

　　杨锦燕为来人要了杯咖啡。来人一坐下，提出的第一个问题是："你能不能动他。"很明白，要是举报后动不了他，举报人就惨了，非但拿不到三十万奖金，还将落入恐怖陷阱。杨锦燕说："你可以相信我，也可以不相信我，不相信我你可以什么也不说。"还说："社会上确实有腐败现象，但你不能就因此不相信政府，不相信执法部门。"来来回回费了两个多小时口舌，就是为了打消线人的顾虑。杨锦燕最后让对方先回去，考虑考虑再说。线人边考虑边增强信心，后来又主动约谈了三次，事情渐渐呈现出轮廓。这个线人并不直接接触地下生产线，不知道厂址，他掌握的是生产光盘的原料仓库、原料每天进出情况。他还提供了一些有关人名、电话、车型与车号。杨锦燕把情况向省扫黄办主任陈家鲲作了汇报。据线人提供的情报，每日往生产地运原料五吨左右，根据他们的经验，一吨原料可生产五万张光盘，由此可判断每天运料量起码可供五条生产线使用。他们又对线人提供情况时的种种细节进行分析，认为可信度很大。

省扫黄办迅速将这一重大情报通报了省公安厅。戴志平奉命到扫黄办，与陈家鲲、杨锦燕对情报作进一步研究。此后，戴志平与杨锦燕又几番约见线人，询问和核实了一些重要环节和细节。他们断定，如果这个案子成立，他们面对的将是一个罕见的特大盗版集团，是一个张灵甫的七十四师那样的对手。全国扫黄办主任桂晓风多次指出："要多消灭敌人的有生力量，打掉他几个七十四师，使敌我力量对比来一个根本性的转变。"

二

戴志平把详情向处里作了汇报，之后向厅里提交了《关于似对一宗特大非法光盘犯罪集团案进行侦查的报告》。

省公安厅副厅长罗娟看了报告，第一反应就是觉得案情重大。42岁的罗娟思维敏锐，作风泼辣，办事果断。她把戴志平找来，又详细了解了情况，当即拍板立案，定名"6·20"专案，要求抽调精干力量成立专案组，专设办公地点和经费，并要求相关部门全力支持。她定下的指导思想是，要把此案作为刑事大案办理，既要打掉黑线，又要打掉老板，斩草除根，一网打尽！

专案组由罗娟亲任组长，处长杨忠发和副处长张广任副组长，下面成员由省公安厅和扫黄办各派四人组成。两边抽调的都是精兵强将，他们富于经验和智慧，勇敢和勤奋，都有强烈的责任感和求战欲望。杨锦燕和戴志平都作为骨干名列其中。

按照任务划分，"扫黄"有两块：一块是扫荡卖淫嫖娼丑恶行为的"扫黄"，另一块是扫除淫秽色情出版物的"扫黄"。前者由公安部门负责，后者加上打击非法出版活动的"打非"，则由各级扫黄打非机构主管。用扫黄办的通俗说法就是："公安管干的，我们管看的。"

而事实上，"管干的"和"管看的"是相对而言，每破大要案，公安都是一线主要力量。陈家鲲说，广东扫黄打非近几年取得这么大的成绩，挖出那么多地下生产线，公安部门当是首功。广州市扫黄办的老叶也说，搞打击行动时还要靠司法部门，要蹲窝点，爬墙头，钻窗子，单靠你那几个人能干得了吗？的确，制黄贩黄、侵权盗版等非法出版活动是综合性犯罪活动，需要运用法律、行政、经济、舆论等手段，依靠公安、文化、海关、广电、工商、出版等部门去齐抓共管，扫黄办的职能就是从中发挥"组织策划，督促检查，协调服务"的作用，把各方力量拧到一起，因此，"扫黄人"既指扫黄办，又泛指上述各口的参与办案人员。扫黄打非的这种机制，应该是现行体制下最切实际的整合，必然有其合理的效能。但凡事都并非那么简单，作为全国"扫黄""打非"工作小组办事机构的全国扫黄办，设在新闻出版署门下，对相关部门没有行政权力，让它来协调十几个部委，实在有"小马拉大车"之窘；同时由于各相关部门都有各自的工作重心和繁难事务，工作程序和技术上也存在差异，所以协调起来并不总是那么顺当，难免会出现拖延、耽搁、相互推诿和扯皮的情况，有人因此戏称这是"三国演义"式的机制。正因为如此，各方力量有时难以像预想的那样形成有力、强大的拳头。就拿公安来讲，具体介入扫黄打非的是治安这一块，不说别的，就是属于这一块管的嫖、赌、毒、拐卖妇女儿童、封建迷信、黑社会、制黄贩黄等社会"七害"，也只能摊上制黄贩黄这一项。而且，公安通常是根据涉案经济价值和被侵害程度来判断案情轻重和是否立案的，一般的"黄""非"案经济估值相对较小，侵害程度通常也不像杀人放火那样暴烈，充其量也只是一把温柔的刀子，在你看来是个西瓜大案，到他那儿可能就成了不起眼的芝麻小案，有时查了黑线端了黑窝，当场就把嫌疑人放了。由于种种原因，一些省市包括扫黄办在内的有关部门就误解了协同的性质，扫黄办去公安搬兵感到是在求爷爷告奶奶，还要请吃饭，心中很是不平，意见大的，干脆就不找公安，自己能干成什么样就干成什么样。

就是在扫黄办内部，往往也是上下不顺，政令难通的。省市一级的扫黄办，一般都是临时机构，有的设在文化部门，有的设在广电部门，有的设在出版部门，等等，多是与所在部门两块牌子，一套人马，所以往往是职能混淆，重心模糊，扫黄打非很可能被挤到不起眼的犄角旮旯。有人说扫黄办是"把腿伸在别人的裤筒里"，等于高位截瘫。我曾在一个会上听到某市扫黄办的负责人说，她那里的领导甚至都不清楚扫黄办究竟是干什么的，像夫妻吵架，老婆举报老公嫖娼之类，一律批转扫黄办处理，成为笑资。也有说扫黄办人员素质不济的，往往是矮子挑大梁。这话要掰开来说，确实有闲人老人尴尬人被硬塞进来寄生混饭的，但这里更是汇聚了金子般的人才，这里有高比例的本科生、硕士生，有的在 20 世纪 80 年代

30 岁时就在国家机关任处长，有的体院毕业后出国留学拿过国际性摔跤冠军，他们有能力，能承受。

扫黄打非机制这种横竖不畅的状况，已远不能适应扫黄打非斗争的需要。有关部门强烈呼吁及早改革现行机制，重点在于：一是加强职能机构及队伍建设，提升权威性，理顺上下左右关系；二是合理调整职能，赋予扫黄办相应的执法权力。这种呼声已引起中央的高度重视。中央宣传思想工作领导小组副组长王茂林，也是全国"扫黄""打非"工作组组长，他与多位省长谈起机制问题，他的方式挺幽默，他说看来扫黄办临时挂在一个单位不行，干脆撤了算了，找一个部门去干。但没有一个省长同意，都说扫黄办的工作既专又繁，哪个部门都担不起。王茂林说，既然这样，为什么不把扫黄办弄成常设机构呢？他的意见得到了省长们的认同。至于赋予扫黄办相应的执法权，已经有了样本，上海扫黄办先走了一步，上海扫黄办主任邵敏华同时又是稽查总队队长，他的队伍被上海市政府授予了执法权。邵敏华不无得意地说，扫黄打非，一"扫"一"打"都是动词，你没一点动的权力怎么行！据信，有关扫黄打非机制改革的一些重大举措正在紧锣密鼓地酝酿中，有的已接近成熟，即将出炉。同目前我国各项事业一样，扫黄打非也在探索和困难中坚定地前进。

由于特殊的地理、经济环境，广东早已占据了国内音像经销的霸主地位，销售网络由此强力辐射到全国各地。据知情人透露，广东最大的 20 名批销商的销售额占全国的 60%—80%，无论本地产还是外地产，也无论正版还是盗版，都要拿到这里来寻找销路。广东因此也是打击光盘盗版斗争最激烈的主战场。广东省委、省政府对此极为重视，省扫黄办与公安部门的配合也十分默契，不像一些地方有那么多扯皮的事。省委书记对打黑线的态度非常坚决，要求：一是要深挖地下生产线，重点是深挖地下生产线的头头；二是要加强基层工作，铲除地下生产线赖以存在的土壤。罗娟的思路，实际是来自于省委书记。

7月5日，在省公安厅十四层一间宽大的办公室里，"6·20"专案组开始了紧张的工作。

第一次开会，戴志平和杨锦燕先介绍已经掌握的线索，据此提出行动的方案。他们都非常兴奋，一是为了压在肩头的重担和面对强悍的对手；二是为了能与相知相慕的战友再次合作。在采访他俩时，他们都不情愿谈自己，而一谈起对方，钦服之情就溢于言表。杨锦燕说："我和戴志平多次合作，他身上有一种刚正不阿的正气，认准的理一楔子下去，纹丝不动；他个子不大，但有一股不要命的劲头，有一次抓犯罪嫌疑人，膀大腰圆的对手比他大一圈，他扑上去一把抱住，穷凶极恶的对手把他抡起来又甩又打，拖出了十几米，他就是死不松手，还没头没脸地下嘴乱咬。犯罪嫌疑人硬是被他这股不要命的劲头吓得泄了气。"戴志平说，杨锦燕有一种执着的敬业精神，他因讲原则得罪了不少人，在个人待遇等方面吃了不少亏；他在查案中摔过跤，翻过车，腰骨和颈骨都留下病痛，还因劳累过度得过脑血栓，但他就像有一副铁打的"胃"，什么样的苦难统统都能消化。戴志平特别提到了杨锦燕的鼻子，这只鼻子能透过重重掩饰准确抓住生产光盘的 PC 原料的气味，因而远近闻名。省公安厅的一位副厅长曾幽默地说："他要替杨锦燕的鼻子上五十万元保险。"

在会上，副组长张广再次强调要执行人、线俱获的办案方针。此外还强调两点：一是对手反侦意识强，在侦查过程中要采取宁丢线勿暴露的策略，以免打草惊蛇破坏整体计划；二是对手社交广泛，要实行铁一样的保密制度。

专案办公室与走廊间的玻璃隔板被用报纸严严实实地遮了起来。专案组成员的行动显得忙碌而又神秘，公安厅的人包括一些处长都感到奇怪，有人忍不住好奇地打听，得到的回答是"搞黄的"，便就此打住。

也就在专案组成员进入角色的时候，利欲熏心的罪犯还在坐大，又由香港把两条走私来的DVD生产线偷渡内地，运到地下工厂，扩大生产规模。

两股隐秘对进的力量，一个要火中取栗——盗版，一个要釜底抽薪——挖线，不可避免地要展开一场斗智斗狠的搏杀。

三

当盗版光盘像潮水一样涌向市场，已成灾象之时，处于风口浪尖上的广州市扫黄办提出了"关水龙头"的思路，也就是挖盗版生产线的思路。他们作了一个统计，1995年至1996年，全国共收缴获非法光盘七百余万张，在此期间广东收缴总数是二百余万张，还不及一条生产线年产量的一半。"你想，他在那里开足马力玩命地生产，而你在这里一个摊位一个摊位地收缴，甚至是在抱着孩子的农村妇女的裤腰带上一盘一盘地收缴，这不等于在被他要弄吗？"老叶进而比喻说："这就像在哗哗开着的水龙头下拖地板，永远也拖不干净。"

从1996年起，在全国扫黄办的全力推动下，以广东为中心，掀起了全国性打击盗版生产线的风暴，打掉了一批合法企业生产盗版光盘生产线，又从地上追到地下穷追猛打，破获了地下生产线的捷报"像雪片一样飞来"。非法之徒被打得心惊胆战，望而怯之，望而避之逃之，被迫把光盘盗版生产基地由境内转移到了境外。

然而，境内经济田野上五谷丰登的景象太诱人了，方兴未艾的VCD市场太诱人了，那些靠盗版一夜暴富的神话太诱人了。1993年底，安徽万燕公司研制出世界上第一台家用VCD机，而韩国三星公司却抢先形成了规模市场，中国 VCD 机制造商迅猛跟进，在中国掀起了 VCD 机消费热。人们大概都记得 1997 年前后 VCD 机广告在中央电视台实施集群轰炸的情形，单是 1997 年就有一千万台 VCD 机进入百姓家。由于 VCD 机的普及是爆炸式的，又由于正版光盘生产在投资、版权、片源及产品价格等方面存在的问题，光盘供应势必难以与机子的普及匹配，势必会造成有马无鞍的局面。然而，中国市场上从来就没紧缺过光盘，不法之徒先走私，而后非法生产，使盗版光盘从一开始就"繁荣"着市场，甚至刺激了 VCD 机的消费。生产盗版光盘，成本每张一元，有的只要几角钱，出厂价两元左右（前几年更高），就是说每张净赚一倍以上，这样算下来，一条生产线只要生产一年，就可获利上千万元。这简直是只有梦中才有的暴富机会，而梦想成真的也大有人在。广州有俩兄弟，号称盗版专业户，是穿着拖鞋来混世的，靠做盗版光盘生意，不出两年，就从穷光蛋摇身变成了拥有四栋别墅、两辆奔驰、两亿多资产的新贵。这种暴发效应，又使多少财迷心窍的人两眼发绿，垂涎三尺？古希腊哲人郎加纳斯说："对金钱和享乐的贪求，促使人们成为它们的奴隶。"马克思曾深刻描述过金钱奴隶的贪婪和疯狂，说他有百分之二十的利润就活跃起来，有百分之五十的利润就铤而走险，为了百分之百的利润就敢践踏一切人间法律，而有了百分之三百的利润，就敢犯任何罪行，甚至冒绞首的危险。人之本性中这种固有的残缺，加上盗版暴发户的坏榜样，使得不法之徒掺着犯罪心理的发财梦极度发酵，哪怕是在雨点般的刀棍之下，也要玩命赌一把，一拨一拨的饕餮狂徒被打下去，一拨一拨的饕餮狂徒踏着他们的尸体照样往前冲。

　　周健文和他的同伙就是这样一群狂徒。此人原籍汕头，1981 年去了香港，1995 年之前与舅舅王继承、妹妹的情夫苏楚武合伙开一家叫美之杰的公司，专干制售盗版光盘的营生。1995 年后，香港警方加大打击盗版的力度，美之杰的一间工厂被海关扫荡，美之杰至此衰败。之后，他们又成立数码公司和新时代公司，两家公司同在位于香港大顺街的一座楼里，前者生产空白光盘，后者买卖 PC 料，为前者供货。从 1998 年 7 月开始，周健文依托数码公司非法倒卖生产线，共倒卖了 40 多条，这中间的一部分就顶风而上进行走私。他与不法分子勾结，在清远和湛江设了两个地下工厂，几个月后，考虑到盗版制品主要是在广州销售，也考虑到打一枪换一个地方，又把厂址迁到了广州市郊。

　　开设地下生产线，有运输、选点、装机、调试、招工、生产、包装、销售及原料和片源供应等诸多环节，这一切又是在严厉打击的高压之下进行的，所以是难上加难。但周健文是什么人？他能从武警某医院的领导手里搞到士兵证；他被抓到后，能在双手被铐的情况下从公安的眼皮底下偷走手铐钥匙藏进鞋子里；他有好几个名字，其一为"董建中"，这个化名加上他的长相和刻意模仿的发型，使人很容易想到他同某领导有什么胞亲关系。另外，他倒卖生产线还有过被查封的痛苦经历和思考。智慧、胆量、经验、金钱、贪婪和邪恶的激情，他都有了，所以，尽管很难，但他却干得干净利索。

　　周健文的作案手段异常狡猾、诡诈，具有很强的反侦性。他选取的两处厂址，都是城乡接合部的废弃厂区，地盘大旧房多，外观不起眼，疏于管理，且毗邻养鸡场、屠宰场和石灰厂，借以掩饰 PC 料加热时散发出的带有刺激性的异味；车间设在夹墙式的密室里，内墙装有隔音海绵，进出口全封闭，内设中央空调，用柴油机自行发电，过去容易暴露的外部特征，如 200 千瓦以上的变压器、空调器冷却塔，在外部都看不到痕迹；车间和厂区内外都安装了监视器探头，还构筑了从密室通往野外的地道，一有点什么动静就能立即发现、逃走。运输采取的是分段接力式，一个司机开一段，相互之间不知底细。团伙成员相互间单线联络，对工人封闭式管理，吃喝拉撒睡包括洗衣理发都在那一块囚室般的小天地里，市话也被切断。

团伙所用骨干，与周健文几个老板都沾亲带故。这是因为他们顾念亲情让大家跟着一起沾光发财吗？在团伙中的另一个头目周胜裕被抓受审时，侦查员询问道："你明知道盗版违法，为什么还把你的两个侄子招来？"周胜裕按照自己的思路回答："我知道是违法的，怕泄露出去被公安抓，所以才尽量用自己的人。"这恰恰证明了他们本性的自私和阴险。

正是由于罪犯设置了重重障碍，使得侦破工作从一开始就异常艰难。

四

早晨五点，天色还不汤不水黏糊糊的。在南海市的一个水果市场，杨锦燕和戴志平坐在一辆切诺基里，两眼盯着进出这里的每一辆车。线人提供了运料车的车牌号和地下工厂的大致方位。他们要通过跟踪运料车找到地下工厂。两间工厂的大致方位，一个在广州市白云区，一个在南海市。

七点多钟，目标还没出现。石井那边通报运料车早已发出，石井距南海仅二十公里左右，按理早该到了。各种可能都是存在的。是不是没留神让它在眼前猫过去了呢？要是线人在就好了，他认得车的特征，一眼就能辨出，但线人找理由推脱了，他们也没勉强，他们知道线人真正的原因是怕，有一次到番禺挖线让线人带路，线人在车上尿了一裤裆。不要说是跟踪挖线，就是领奖金也抖抖呵呵的，有一次一个线人千里迢迢跑到北京，领完奖金后堂堂国家出版总署的大门不敢出，硬是从早已封闭不用的后门爬了出去，让人啼笑皆非。杨锦燕和戴志平一边就着矿泉水嚼方便面，一边谈论，认为还是车子故意在路上绕道、耽搁、打时间差的可能性大。

当目标进入视野，戴志平抬腕看看表时，已是中午11点了。目标是一辆五吨大货，在停车场停下后，大约有一支烟的工夫，司机才下车，径直走进了水果市场。又过了一支烟的工夫，一个人从水果市场的另一端走过来，打开车门上了车，此人已不是先前那个司机，用的车钥匙显然也不是同一把。切诺基跟着五吨大货开出了水果市场，还没出一公里，五吨大货就停下来，司机拿着个扳手下了车。切诺基超了过去，拐过一个弯，戴志平下车换了一辆早已停放在那儿的摩托车，绕回到大货后面继续跟踪。大货这次开出去老远，到红绿灯路口转圈又开了回来。戴志平知道，再跟下去就会暴露，这次跟踪只能到此为止。但他们仍在蹲守，直到货车返回。他们根据返回车辆轮胎的吃重情况，断定返回的是空车。

杨锦燕说，在破案的整个过程中，最辛苦、最乏味的就是跟踪踩点。此后的十几天，专案组八人就这样艰难地与对手玩着考验耐心和意志的斗智游戏。他们把专案组的三辆车和临时借用的车子在两个方向上交换使用，分段跟踪，一点一点地往前推进，缩小着范围。为了不让对手起疑，有时干脆不用车子，在敏感地段蹲草窝、爬大树、上房顶，不顾风吹日晒雨淋虫咬，不挪窝地一守就是几个小时、十几个小时。对有重大嫌疑的地点，就装扮成不同身份的人主动出击，杨锦燕同扫黄办的一位女同志韩丽娟曾装成情人，戴志平曾装成民工，省公安厅的另一位科长陈磊穿件满身是兜的马甲装成偷猎者，冒着危险贴近侦查。其中吃的苦，不身临其境是体会不到的，如爬到树上蹲守，不大工夫就会招来一团一团的小咬，这种芝麻粒大小的昆虫看起来不起眼，被咬后皮肤上立即会起成片的肿块，奇痒无比，用手一抓就淌黄水，我过去在南方部队时曾领教过它的厉害。吃饭也没准点，常是一顿当几顿吃，都说自己有一个神仙的肚子，不在乎。就这么十几天下来，专案组成员无一例外地黑了，瘦了，杨锦燕更是从165斤直落到149斤，足足掉了16斤肉！

实际上，这样的苦战在扫黄打非战线是司空见惯的。我曾多次被采访中听到的情境所打动，我发感慨说："要是国家机关和各行各业都有你们这样的一种精神，那工作效率和在老百姓心目中的形象就远不会像现在这样。"如果要以人和事为例，你也许会说哪儿找不出几例呀，那就不说远的，就说全国扫黄办的两位副主任，他们的敬业精神就深为我钦佩。其一叫张慧光，一位不到40岁的女同志，接受采访时，谈起工作来神采飞扬，透出一种执着的激情，但我总感到她眼睑虚垂，步履滞重，显出因体力和精力透支才有的疲惫，一问果不其然，她为协调一个案子几乎又是一夜未睡。见我感叹，她说："这算什么，这对我们来说是家常便饭，还有更惨的呢，1996年底筹备中央召开的重点省区领导约谈会，几天几夜连轴转，加在一起也就打了几个小时的盹儿，开完会一照镜子，我的妈呀，差不多变成个老太婆了！心里发酸，但嘴上还挺乐观，我半真半假地对桂主任说：'扫黄扫黄，我是红脸扫黄，黄脸扫绿，你得赔我青春。'"我看过她的记事本，有一个下午竟干了22件事，足见其工作的繁重。就是这样，她还苦心研写了一本很有深度的论著，我从中了解到扫黄打非的方方面面。另一位副主任叫刘建国，一干起工作来就兴奋成个拼命三郎，他烟瘾很大，但忙起来竟能一个上午忘了吸烟。他是个急性子，听见下面有了疑难大案，连家都不回，直接从办公室上机场、车站，直奔战斗第一线指导督办。1999年办非法出版大案时，更是白天黑夜混沌不分，胃病发作痛得痉挛也顾不上去看，硬是干得脸色发灰，像杨锦燕一样猛地累瘦了16斤。我说："你真是好脾气，我每次来都看到你在忙着一大堆事，但你脸上总是挂着笑。"他说："你是不了解我，我不怕忙，就怕乱，手乱心就乱。"他还告诉我，有一次加了一个通宵的班，当他推着自行车往家走时天已放亮了，天正降着大雪，看着自己在白色的雪地上留下的第一道车辙，心头不禁泛起一种复杂的酸楚。"那次给我的印象特别深，"他说，"有时想干我们这一行一年到头忙得跟孙子似的干的什么劲呀，但你不干谁干，总得有人干吧？如果非得问这么干凭的是什么，这么说吧，党性，良心，缺一不可。"

扫黄打非的工作确实很特殊，由于人少面宽事杂，突击性任务多，加上有关法规尚在建立和完善过程中，所以不仅繁重，往往还紧迫、棘手。长期奋战在这条战线上，如果没有一种精神作支撑，没有对工作的意义的透彻认识是不行的。这种精神的内核，就是党性，就是天地良心。这项工作的意义是什么呢？人们大概还记得1995年12月18日在《人民日报》和《光明日报》同时刊出的《一位母亲的呼吁》吧，这篇血泪文章原是一封痛诉不法厂家生产黄色淫秽 VCD 侵蚀毒害青少年的举报信。在苏州市委书记的严令督办下，案件迅速告破，涉案人员被收审。全国扫黄办主任桂晓风看到协助办案人员带回北京的这封举报信，"心情久久不能平静，由此进一步想到共产党人和政府部门的责任，想到开展冬季扫黄打非集中行动乃至长期不懈地进行扫黄打非的重要性"，也敏锐地感到了这封信巨大的情感力量和宣传作用。经他的运筹和协调，这封信以"近年来少有的大力度"在两报刊出。

这位母亲在给苏州市委书记的信中写道：

我是一位普通的中年妇女，原本有一个幸福的家庭。可近来，我每每以泪洗面，夜不能寐。思前想后，我下决心给您写这封信，因为我相信我们的党、我们的国家、我们的政府。

我和丈夫都在企业中工作，生活条件比较差，但我们认为这没什么，我们有我们的骄傲——我们的儿子。儿子很聪明，读书成绩一直不错，我和丈夫把所有希望、所有的一切都倾注在他身上。我们希望他能争气，能成才。可是最近发生的一件事，却彻底打碎了我们的梦想。

事情还要从年初说起，儿子从去年开始自学电脑，而且学得不错。丈夫和我商量了半年，终于咬咬牙花了八千多元钱给他买了一台电脑。我的家庭经济并不富裕，不怕您笑话，家里的电视机还是黑白的，可是我们认为值得，谁能想到，事就出在这电脑上。

近两个月来，我发现儿子一直神神秘秘，经常把自己锁在自己房间里，当时也没觉得怎样。可后来发现他近来几次考试成绩直线下降，好几门功课竟只有六十几分。问他原因，他一直说粗心，未答好试题。有一天，班主任打电话给我，说我儿子几个月来上课一直不认真，神情恍惚，最近几个下午竟没来上课。我接了电话，气得不行，马上请了假冲回家，打开儿子的房门，发现儿子正和他的两个同学在看电脑放的电影（后来才知道叫VCD）。可待我仔细一看，天啊！那是什么镜头啊？我当时气得手脚冰凉，呆呆站了十几分钟不知该怎么办。

晚上，我丈夫回来了，他一生第三次，也是最狠的一次打了儿子。他问儿子这些黄色VCD是哪来的，儿子说是托人从苏州宝碟激光电子有限公司买的，很便宜，而且就是这家公司生产的……

我想问一下，中外合资企业难道可以为所欲为生产这种黄色的东西吗？！这难道不是违反国法吗？！

当然，出了这件事，我们做父母的有不可推卸的责任，但我想，我们共产党领导的社会主义中国也绝不允许有这样的企业。我的儿子只有十六岁呀！如果没有好的社会环境，他该怎样走完他的人生啊！

这位母亲痛彻肺腑的担忧击穿了一个残酷的事实：黄色淫秽光盘犹如剧毒的鸦片和杀人不见血的软刀子，它温柔而又极其残暴地荼毒着我们民族的灵魂，侵害着我们的下一代，它有钢刀的锋利，而更多了一层险阻！英国作家奥尔德斯·赫胥黎说过："人是受他的器官奴役的智慧生物。"堕落往往是从感官开始的。1997年第5期《中国青年》曾披露了这样一起特大少年轮奸团伙案：川东某化工子弟学校的四名十三四岁的初中生躲在职工宿舍看了黄色录像后，其中三人禁不住强烈刺激，轮奸了本班一名十三岁的女生。过了几天，那名没参与的男孩也禁不住诱惑，四人再次轮奸了那名女生。再后来，竟发展到把受害少女当作礼物招待小哥们儿。不出四个月，轮奸团伙发展到十余人，并且又把另一位十三岁的少女推下了深渊。案发后查明，这个团伙涉案十二人，其中十三岁四人，十四岁六人，十七岁和十八岁各一人。成都近期发生过这样一件事，一个十八岁的高中生看黄碟，因受到母亲的严厉指责，竟灭绝人性地用围裙勒死母亲，又用菜刀砍伤了父亲。也是在最近，北京的一对男女中学生从看了淫秽光盘的那天发生了性关系，女生怀孕生下一女婴，结果，女婴被十七岁的母亲从窗口扔到楼下，结束了几乎是还没开始的生命。然而，像他们这样人性被扭曲，走上犯罪道路的青少年并非个别现象，我从一份调查材料中看到，浙江省少管所关押的少年犯，几乎百分之百是受黄色书刊、音像的影响诱发犯罪；山西榆次市少管所的数百名少年犯，其中性犯罪者百分之百为黄毒所害！精神毒品的渗透性和破坏力是剧烈的，不要说青少年难以免疫，就是成年人也多有被击垮者，有一个四十多岁的农民，被淫秽音像刺激得浑身蹿火，竟不顾一切地强奸了一位七十多岁的老妇，就是很能说明问题的案例。剧毒的音像制品不光把动物哲学，它还把颓废、冷漠、自私、悲观厌世的人生观和价值观，把血腥暴力、荒诞离奇的社会阴暗面等精神文化垃圾一股脑地兜头泼向善良的人们，在人们的精神领域腐沤霉烂，汪集黑水，散发恶臭，滋生熊熊欲火和幽暗的情绪。而承载着剧毒的音像制品，几乎全都是非法生产的。而非法生产行为本身就是个蒙面大盗，抢合法的厂子，抢知识产权拥有者，抢消费者，把被抢的人变成抢人的人，加剧社会腐败现象。非法出版从头到脚浑身是毒，是戴着笑面的穷凶极恶的杀手和强盗。

《一个母亲的呼吁》像强台风，造成大地的呼啸，声讨黄毒和非法出版物的声音充斥各种媒体，形成了浩大声势。在次年初的全国宣传部长会议上，江泽民同志专门提到这封信，他说，报上登了苏州市一位母亲的信，反映了广大群众的心声。对那些毒害群众、毒化社会空气的精神垃圾，要坚决取缔，绝不能手软，要坚持扫黄打非，加强对文化市场的管理，促进文化市场繁荣健康发展。这从一个侧面反映了党和政府对扫黄打非的重视。实际上，早在改革开放之初，打击黄毒就已成为精神文明建设的重要内容。邓小平同志曾将黄色淫秽的东西比作瘟疫，多次提出要坚决查禁，否则将导致社会风气败坏、精神堕落。随着形势发展，扫黄打非斗争日趋尖锐和复杂，人们已经意识到要从改革开放大局，从中华民族前途命运的高度来认识扫黄打非的重要性和紧迫性。这是一个功在当代、福及子孙的大事业。广东省市领导春节期间专门看望稽查队，不能不说是特殊的关照。

一种职业的重量，本身就含有激发机制。陈家鲲说，扫黄战线人手少，人员缺口是存在的，但又往往不存在，扫黄人一个顶俩地拼，在某种程度上填补了这个缺口。

专案组艰难地向目标推进，导火索在缩短。在八名成员中，要数戴志平的担子最重，他不但要参与跟踪守候，还要琢磨行动计划，与上下左右各方协调，他不断地奔波于广州、佛山、南海等城市之间，与那里的公安机关保持24小时联系，最要紧的时候，一个晚上要跑几百公里。8人24小时轮番上阵，家成了他们临时打盹的堡垒。杨锦燕妻子见丈夫消瘦得厉害，怕他再犯脑血栓，哭了，说："看见狗的时候比看见你的时候多，你不求当官，不多拿钱，拼的哪一份呀？"杨锦燕收下大票，找回零头，说："你想让我当官啊，我现在死累，当了官还不累死呀？"杨锦燕的老母亲也被动员上阵，说："你不愁吃，不愁穿的，图个什么呀？"杨锦燕知道老母亲的意思，他家是华侨，海内外都有财源，吃苦只能是自找的。杨锦燕知道老母亲吃斋信佛，崇尚行善祛恶，小使技巧就把老母亲变成了支持派。杨锦燕拿出盗版光盘的淫秽封面让老母亲看，说："你不是有个孙女？有很多孩子就是坏在不健康的光盘上，我查的就是这个。"老母亲说："儿啊，你干吧，干这积德的事对得起天地良心！"

老母亲说得好。一个人唯其有良心，才可能具有大胸怀、高境界，才可能超越世俗接近神性，因而具有高度的社会责任感和使命感，具有爱、同情、怜悯、仇恨的倾向和能力，并由此生发出战斗的激情。

通过跟踪运料车，后来加上跟踪购买柴油和往外送成品的货车，到25日，专案组终于确定了两个地下厂址所在具体位置，一为南海市罗村镇，一为广州市白云区钟落潭镇。还查明了广州市广园西路瑶台商贸大厦窝点，石井镇凰岗的PC料仓库，花都成品仓库和涉案人员在东方明珠小区的居住点多个位置。此间，新从台湾走私，经香港、深圳龙岗工业区运抵罗村的两条DVD生产线也已侦知。更为重要的是，这个团伙成员的关系网和活动规律已在把握之中，主要犯罪嫌疑人之一周胜裕也进入了侦查视线。为侦查主要犯罪嫌疑人，公安运用了特殊手段。犯罪分子自诩"白天是神，夜间是仙"，这恰当地为专案组的战绩做了注脚。

破案时机似已成熟，大伙纷纷要求拔锅毁灶。但戴志平认为尚欠火候，四个主要犯罪嫌疑人，只有一人在可实施执法范围内。他还有一个理由，就是即使对手察觉了，也无法一下子把生产线转移。他的意见被采纳。

然而，就在 25 日有了行动的动议之时，情况发生了突变。

五

26 日，有情报表明，犯罪团伙头目已发现专案组的行动，指令手下想办法把监控罗村地下工厂的侦查员干掉！

后据厂房业主吕细妹交代，也就在 26 日晚，罗村地下工厂的工头王庆延（吕只知他的化名张小明）约他去金都山庄，王庆延一坐上他的车，就厉声质问他是不是告发了生产线，说他从监视器里看到厂子四周有许多便衣警察。王庆延威胁道："大老板说了，如果出了事，不是你死就是他死，他现在知道你的儿女在何处。"

事实上，近日监控人员并没增加，不同的是端生产线已进入倒计时。恰恰是在这个节骨眼上，犯罪团伙是怎么突然得知他们已被发现的？

一种说法来自犯罪嫌疑人后来的交代，说是地下厂的守门人吕锡最先发现的。说吕锡有个亲戚在地下厂右前方几百米处新盖一座三层小楼，尚未住人，那天晚上吕锡的亲戚去小楼时，看到楼顶上有许多丢弃的烟头、一次性饭盒，便把此事告诉了吕锡。吕锡又发现有几个人上楼顶用望远镜向地下厂区内瞭望，便告诉了一个犯罪嫌疑人。

这个说法很自然，然而却有破绽。吕锡是吕细妹的姐夫，由吕细妹派作门卫并直接发给一千五百元月工资，无论是感情上，还是从属关系上，他首先会向吕细妹负责，在还有观察的时间的情况下，他怎么会告诉别的人而吕细妹全不知晓，并受到工头的威胁呢？

第二种说法，是有迹象表明公安内部有人走漏了风声。这种说法同样未被最终证实，但要否定也同样没有根据。

两种说法不管是哪一种，都说明地下生产线这条毒藤在一处落地生根，必定有适于它生存的土壤。要是吕细妹和供销社不把场地租给犯罪团伙，要是基层组织不睁一只眼闭一只眼当局外人，要是吕锡或公安内部的某些人不通风报信，地下生产线恐怕连一天都生存不下去。所以王茂林在听取案情汇报时严肃地说，地下生产线在广东省高压态势下仍敢到处布点，除了暴利驱动外，少数基层人员包括执法人员充当保护伞，为非法活动提供方便与服务，也是一个重要原因。非法活动必定和腐败联系在一起，打击目标不能光盯着生产线，还要盯住它的背后，打掉它的保护伞和黑后台！

获悉犯罪团伙察觉自己已暴露，专案组的气氛一下子紧张起来。

在紧急情况下，戴志平和杨锦燕首先想到的是，这次的作战方针是既要打掉黑线，又要打掉老板，如果立即动手，作战计划就要打折扣，因为当时只有一名境内主要犯罪嫌疑人在控制范围内；而如果不立即采取行动，有关涉案人员将会潜逃，对于是否会迁移、破坏生产线设备，销毁有关的书证、物证也无法作出判断。他们还琢磨着另一个问题，即犯罪团伙对我方的内情究竟知道多少？戴志平把紧急情况和他们的想法及时报告厅、处领导，要求召开紧急会议，研究对策。

会议在深夜进行。经分析研究，决定加强对主要犯罪嫌疑人周胜裕的监控，同时继续密切注视罗村地下厂的动静，以进一步摸清犯罪团伙的意图。

已是临战状态。会议结束后，专案组成员谁也没有走。专案组办公室成了战地指挥所，他们每时每刻都在注视着敌情变化。不知不觉中天已大亮。

27日清晨，几乎同时传来两条消息：一是罗村地下生产点的工人乘坐一辆货车撤离；二是另一个主要犯罪嫌疑人周健文正往汕头方向运动。

时机已到！罗娟副厅长当机立断，定下先抓周胜裕、后动生产线，同时全力抓捕周健文的行动方案。罗娟发出立即行动的命令。

六

27日上午11时，张广副处长向各行动小组及广州、佛山市公安局下达了行动命令，要求各路人马于中午1点30分到达指定地点集结待命。并给汕头巡警支队打电话，要求他们立即出动，在汕头至深圳、揭阳等地的要口设卡，查堵周健文。

此前，考虑到该案涉案人员多，6个涉案地点相距较远，为确保统一行动迅速有力，张广建议调用广州、佛山两市巡警支队的警力参加战斗。在征得厅、处领导同意后，他即召集两市主管巡警的局长到专案组开会，布置任务，要求调集精干警力和破门、攀登工具，进入待命状态。

接到行动命令后，六路人马三百多警员迅速到达罗村、钟落潭、瑶台、凰岗、花都、东方明珠小区的涉案点附近。箭在弦上，一触即发。

现在的问题是周胜裕具体在何处？刚到内地的周健文具体在何处？几部电话响个不停，张广埋在腾腾烟雾中，紧张地收集、分析着来自各方的信息。

戴志平和杨锦燕所在的中心组到罗村地下厂附近待命。时逢燠暑，他们车上的空调不巧坏了，汗水不住地往外涌，前胸和后背的衣裳全都湿透。三百余警员和十余名扫黄打非专职人员严阵以待。

下午3点，张广根据有关情报，判断周胜裕极有可能在广园西路瑶台商贸大厦的窝点内，提出马上动手。经罗娟同意后，他对瑶台行动小组下达了搜捕周胜裕的命令。凭着多年的经验，他强调由便衣先上，抓获周后再控制整个大厦。考虑到大厦楼层和房间多，他又紧急通知广州市局增派20名巡警驰援。

15钟后，前线传来了成功抓获周胜裕的捷报。当时周胜裕同一伙涉案人员搓麻将赌钱正在瘾头上，还没来得及反应，就被冲进房间的便衣警察擒获。同时抓获绰号叫肥龙、胖仔、马仔、木头、沙煲的涉案人员二十余名，查扣涉案汽车五辆、摩托车两辆及其他物证一批。在保险柜里，还查缴了160张光盘母盘。

接到报告，张广即命令各行动小组出击。

戴志平、杨锦燕率中心组七十余人闻声而动，直扑罗村地下工厂。戴志平让40人在厂外四周戒备，他和杨锦燕带领30人以迅猛的动作打开铁栅门，控制住守门人吕锡等3名犯罪嫌疑人和3只狂吠猛扑的大狼狗，突入厂区。

对于搜查严密隐蔽的地下生产线，杨锦燕有丰富的经验。1996年底查的一条生产线设在一座有30个足球场那么大的海藻厂内，厂房四面封闭，只有一个抽风口设在弥漫着浓烈海腥味的废水处理池上方。杨锦燕硬是凭着对气味敏锐的辨别能力准确找到生产线厂房的位置，又从一堆废铁中找到一扇一米见方的铁门。当杨锦燕用消防钢斧砸开铁门进入厂房，借助打火机微弱的光亮看到里面杂陈着货架、机床和大堆编织袋，而不见生产线，他循着气味仔细搜寻，发现天花板上有一个被盖住的方口，不远处还有一架活动木梯，他搬来梯子爬上二层，终于发现了生产线，此时在360℃高温下熔化的PC料正像烛油一样往下滴。当时厂房内的电源全被切断，在黑暗中随时有遭到暗算和袭击的危险，这就不仅需要经验，还要有胆量。勇敢无畏，也是闪耀在杨锦燕身上的光芒。1996年查一个窝点，不法分子把大量盗版光盘藏在一位过世老人的灵堂里，老人的孙子手拿铁锹横在门口，说谁敢冲奶奶的灵堂就同谁拼命，而且这座村子建得像一座围城，住着同姓同宗的大家族，一有动静能一呼百应。为避免发生不必要的冲突，杨锦燕独闯围城，毫无惧色地巧与周旋，最后从灵堂的布幔下起获了盗版光盘和全部账本。陈家鲲说："那天可把我紧张坏了，我每隔两分钟给他打一个电话，生怕出什么意外，过后在头上抹下一把冷汗。"

在杨锦燕的指导下，戴志平领着警员们在厂区内展开搜查。该厂原属泰昌实业公司，因公司老板欠吕细妹100万元无法偿还，便把厂区转让给了吕细妹。吕细妹于今年2月份以27000元的月租金承租给周健文，一租3年。厂区很大，有3000平方米，堆放着塑料垃圾、废轮胎、装修下脚料和铁柜钢架的厂房，抽屉打开着、散了一地纸张和工作证的办公室，筐里装着南瓜茄子、蒸笼里残留着馒头的食堂，自来水龙头没拧紧还在哗哗流水的洗澡间，还有苍蝇嗡鸣的厕所，厂区的各个角落都搜遍了，但始终没有发现生产线的踪影。再梳篦一遍，还是如此。

是侦查有误，中了犯罪团伙声东击西的诡计？是犯罪团伙神通广大，不声不响把生产线悄悄转移了？还是犯罪团伙图报复，故意搞的恶作剧？杨锦燕想起1996年底那次根据假情报去挖线扑空的经历，几百名警察忙活了一个晚上，结果无功而返。要是那样就糟了，不但白费了那么多的人力物力，白吃了那么多苦，而且还会被传为笑话，使扫黄打非的严肃性蒙受污辱，使他们多年建立起来的声望扫地！

到底是怎么回事？几十名警察茫然无措，杨锦燕和戴志平更是头上冒汗，心里发虚，有那么一刻，身上什么滋味都没有了，只剩下了凉白开。

与此同时，查抄钟落潭涉案点的人马也陷入了僵局。这路人马由公安厅陈磊科长和省扫黄办副主任李剑先带队，是一色配备79式微型冲锋枪、身着黑色作战服的特警防暴突击队员。由于防暴队装备和行动猛悍，老百姓称之为"飞虎队"。

这个点对外是一个小鸡孵化场，属供销社所有，也是周健文亲自选定，以每月16000元租下的。进了大门，左侧是一排车库和堆放杂物的工房，右侧是孵化小鸡的工棚，工棚前方是停车场，背后是一座四层的楼式厂房。行动小组冲进场内，用清障车携带的电锯打开楼房封闭的铁门，从1层搜到4层，皆是空荡荡的闲置车间，也没有搬过东西的迹象。而2层和3层车间一侧小屋里的电视、空调还开着，杯子里的茶水还冒着热气，但人已不知去向。另一部分人对楼下车库和孵鸡棚的搜查也毫无所获。这个点同样有3名犯罪嫌疑人和3只又扑又咬的大狼狗，行动小组一进去就将其制服关了起来。陈磊用手机把情况汇报给了中心组戴志平。

此外，前往东方明珠小区抄查周胜裕住宅的小组也遇到了麻烦。

周胜裕住宅明光楼702室用的是辽宁××牌防盗门，不能不夸奖这种门的质量，韩晓春、韩丽娟等人用消防斧砍、用撬杠撬，愣是弄不开，有人提议还不如把墙砸开来得便利呢，果然，只几锤就把墙壁砸了个大洞。正在这时，一个半老妇女又哭又喊地冲上来撒泼。在楼下，小区的保安叫她快回家，说有人要闯进她家抢劫。

七

张广下达了行动命令，即接到周健文驾车行驶于揭阳至汕尾的高速公路的线索。周健文企图出逃！张广赶紧与汕尾市公安局长和巡警支队领导联系，要求火速在深汕高速公路汕尾路段两处收费站拦截。

周健文是 26 日入境的。他有两辆车：一辆凌志，一辆奔驰，都挂着出入境方便的中港两地车牌。27 日 11 时，他大概嗅到了危险的气息，中饭没吃就往香港赶，途中在普宁的一个路边店吃了碗汤粉，买了两张带有独立号码的手机卡又匆匆上路。他接到一个电话，没待对方讲完就火急火燎地说："那你们就走开！不要打电话给我，我关机啦。"过了一会儿，他又用同车吴勇铮的手机装上新卡拨打，但没有打通。吴问怎么了，他气急败坏地说："出事啦。"据周健文后来交代，此次来内地是专送女儿到汕头的亲戚家度假的，与旁事无干。是不是这样只有他自己知道，但他在受审时的交代被证实充满了谎言。

周健文说，他不想交代，因为罗村和钟落潭的地下生产线股东是苏楚武，他自己是修理工，只是协助苏楚武制作盗版光盘，苏楚武常派他安装机器，修理设备，如更换六角螺丝、气筒、热水管、弹弓、吸嘴、胶卷等，要是交代怕人报复。周健文说他在香港由公司出资倒卖生产线，从没往内地倒卖过，但一些公司从他那里买后倒往内地，苏楚武在内地的生产线也是委托专门走私的公司弄到内地的。至于是哪些公司，他说不清楚。

果真是这样，他甚至都不应该被抓起来。一是按我国现行法律，走私罪是按走私物品偷逃税的数额量刑定罪的，不是他的东西，自然就没有给他判罪的根据；二是他敢交代说明你抓不到他什么把柄；三是搞盗版须以牟利为目的方可治罪，此项他似乎也摊不上。

同案犯罪嫌疑人说周健文的脑子特别毒，其意思不会不包括精明、狡猾。但这不能保证他没有冒泡的时候。他的话稍加琢磨就觉荒诞：他把生产线倒卖给了本公司，让专门走私的公司帮着弄到内地，所以他从没往内地倒卖过生产线；他把生产线倒卖给本公司，然后被本公司指派过来当修理工，所以他怕被人报复不想交代。真是难得的荒唐。有些聪明人为什么一时或者一生又显得那么愚蠢呢？他说的话、干的事为什么让人感到像荒诞剧呢？那是因为他的欲望驾驭了他的聪明，他用欲望思考，所以他的逻辑像断线的珠子四处乱蹦。

事实是怎样的呢？同案犯罪嫌疑人吴勇铮交代，香港数码公司股东是周健文、王继承和苏楚武三人，公司主要生产空白电脑光盘，王是总经理，管全面，苏管销售，周不管生产上的事，只是在做一些盗版生产线，这些生产线多是没经过报关非法走私进来的。吴勇铮的供词没有说到公司与盗版生产线的关系，由于复杂的原因，公安部门至今还没有足够的证据做出认定，但据周健文等犯罪嫌疑人的供词，从该公司的前身专营盗版、苏楚武等人直接参与生产线走私到内地生产盗版光盘、走私生产线在公司内贮存中转、几个老板都很有钱等可看出，该公司无疑是走私生产线和生产盗版光盘的后台和黑窝，也就是说，周健文的行为是一个集团性的行为。而不管是一号也好，二号、三号也好，周健文无疑都是该团伙的主要犯罪嫌疑人之一。

靠谎言是混不过去的。已经查明的事实是，地下厂的选址、生产线的运输和拆装、原料供给、盗版生产和销售的安排都是周健文一手操办的，几个点的头目周胜裕、张庆延、曹强烈都是他"慧识"和一手任用的，只对他负责，听他使唤，所谓工资也由他开。周胜裕干盗版之前在宁夏打油井，是周健文于1998年想办法把他调来的。

在受审时，周健文尽管谎言连篇，但也不是没有真话。当侦查员问他："你说买生产线是用作公司做光碟，后来这些生产线却在内地搞盗版，怎么解释？"周健文答道："香港对盗版打击严厉，不好销，内地管制没有香港那么严厉，销路也好，所以都想办法将盗版生产线转移到内地。"

香港地盘小，关键是有关法律健全，有一支四百七十人、配枪棍和对讲机专管盗版光盘的执法队伍，打击盗版确实比内地得力，这些姑且不论。周健文的话中道出的一个严重的事实是，音像盗版是一个跨区域的严重问题。

不仅中国和周边国家及地区，也不仅是亚洲，欧洲、美洲等地都有盗版。在美国，盗版光盘占其市场的 25% 以上，有一些人专门到电影院录制母带，翻录成光盘牟利。迪斯尼动画片《狮子王》刚刚上市，100 万盗版就涌进了市场。还有盗版电影拷贝的，纽约警署抓获的最大的盗版工厂竟能在 2 小时内生产 501 个拷贝。美国电影协会总裁威廉·贝克说，盗版甚至采用最新技术，在网上用解密技术传播电影录像，因特网就干过这样的事。他说，盗版使美国经济蒙受了巨大损失。同样，盗版也使中国蒙受了巨大损失。不说其他形式的盗版，只说光盘盗版，不说周边国家和地区针对中国生产并走私进来的盗版光盘，只说国内地下生产线这一块，据专家测算，光是挖出的 100 条生产线，日生产能力可达两三百万张，以每年 300 个生产日计算，一年可生产 6 亿—9 亿张，如果流向社会，将挤占数十亿元正版音像制品的市场，使国家税收大量流失，其中相当大一部分流到境外，这将严重阻碍音像市场发展，窒息影视艺术和相关技术的创新能力。正版音像制品 20 世纪 90 年代初每个品种印量为 5000 盘，现在已萎缩到 500 盘，就是明证。

中国盗版的相关设备、技术、原料、资金和绝大部分节目源都来自境外，据统计，已查获的 104 条非法生产线（紧接此案又于 8 月 7 日在福建泉州破获 4 条），除 5 条是利用国内设备自行组装的外，其余均为美国、德国、荷兰和瑞典货。这些生产线多以中国香港为跳板，由新加坡、马来西亚等国家和地区的不法商人与犯罪分子勾结，以进口"注塑机""空白可记录光盘（CDR）生产线"等名义骗关走私进口的，而且大部分都由原厂家派人偷偷地来安装调试，传授技术。掺杂着色情、淫秽、暴力、阴暗等毒素，承载着西方价值观和生活方式的节目源同样大多来自西方，尤其是美国。苏联克格勃首脑著书说，苏联大量盗版美国的精神文化产品曾得到美国政府的暗地支持。我们也不能不怀疑盗版节目源涌进中国也得到了某种默许和纵容，是其实现思想文化霸权战略而付出的必要代价。这种技术、霸权和贪婪欲望结成的盗版同盟，使中国不但在经济上，而且在文化上、政治上受到了巨大侵害，并给中国扫黄打非造成了极大困难。

中国是彻头彻尾的最大的盗版受害国！然而，美国却指责中国纵容盗版、侵犯知识产权，在加入世贸组织和所谓最惠国待遇谈判中卡中国的脖子。但中国打击盗版的决心和态势，使这种攻击最终只能瓦解。时任美国贸易代表巴舍夫斯基说："在我们于1995年签订了双边知识产权保护协定之后，中国采取了重要的措施以减少盗版行为。"时任美国电影协会亚太区主任助理何伟雄说："世界上没有哪个国家像中国这样发动声势浩大的全国性打击盗版集中行动。"在美国，举报拥有100台翻录设备的工厂复制盗版产品，电影协会只奖励2500美元，原因是"一次喂得过饱，举报人以后就不举报了"，听说中国悬赏30万元，美国电影协会高级副总裁哈斯齐感到吃惊，说美国也可以学习中国的这种做法。1996年杨锦燕参与查获了一条地下生产线，消息传到北京，正在参加中美知识产权谈判的美国贸易部某官员不得不承认中国保护知识产权取得了巨大成就。可以说，杨锦燕砸开地下厂铁门的那一斧头，惊动了太平洋彼岸！

盗版犯罪就像附在国家肌体上吸血的毒蚊子，一边吸血，一边排毒，一边把喊打的巴掌吸引到国家身上。周健文一伙就是毒蚊子，仅据他自己交代，短短几个月，就获暴利2600万元。

慑于罪与罚的悬顶利剑，周健文敛气锁眉，把车开得飞快，在阳光反射的高速路上逃得恓恓惶惶。

八

将罗村和钟落潭都搜了一通，均未发现生产线，气氛很压抑。中心组组长戴志平一并向张广报告，张广要求再仔细搜。怎么个仔细法？佛山市公安局刘局长提议坐下来分析一下。几位负责人聚到一起，杨锦燕说厂内肯定有密室的出入口，用铁棒沿着墙壁和地板敲，在出入口处会发出空洞的声音。他回忆了侦查中发现的种种迹象，认为生产线肯定是存在的，而且是7条左右，只不过是掩藏得更严密而已。

戴志平就让每人找一根铁棒，按杨锦燕说的办法进行第二轮搜查。

厂区里铁棒敲击砖石声和对讲机应答声响成一片。

这么响了20分钟的样子，一位巡警大呼有情况，分散在车间、办公室、通道里的人呼地聚拢过去。

这是工厂最底层一排厂房西侧的一间，它的后墙看上去像是兼作工厂围墙的底墙。靠墙放着一个高2米多、宽5米的白铁皮柜，里面堆满成捆的废布条。戴志平用铁棒敲敲，又在旁边的地方敲敲，果然一空一实。他命人挪开铁皮柜，一个门洞敞开了！进入门洞是个乱糟糟的大房间，堆满杂物，像是仓库，拐出右边的门是安装着一溜冷却塔的天井，上面还有网式伪装，穿过天井的另一座大房子，就是密室车间。这里共有4条生产线，其中VCD生产线2条，DVD生产线2条，均为德国产。DVD生产线目前在国际上是最先进的，价值1700多万元一条，犯罪团伙7月7日深夜刚偷运来，投产仅18天即告破。查获DVD生产线，在中国尚属首次！在车间里还查获成品光盘 64000 张，PC 料 12 吨。

杨锦燕和戴志平前后看了几遭，弄清了密室不易发现的门道。原来，工厂最后一排厂房的后墙并不是兼作厂区围墙的底墙，它与围墙之间有 30 米宽的夹层，密室车间就建在夹层内。由于厂区大，厂房后墙又砌在同一条线上，不对围墙和厂区深度分别丈量，凭直观是看不出名堂来的。加上自行发电，隔音，相邻石灰厂浓烈的气味，全封闭的建筑，一切容易暴露的东西都被最大限度地排除或掩饰了起来。你非但不易发现他，他还能及早发现你。搜到的涉案器材里有监视器，又在厂区、大门和厂外电线杆等处搜到了指甲盖大小的探头，只要一有异常，他马上就会发现，采取应对措施，万不得已就弃机走人。密室的饭桌上还残留着盛到碗里只吃了一半的稀饭、打翻的咸菜和切开的西瓜。据现场侦查，涉案工人是 26 日晚饭时仓促逃跑的。有迹象表明他们是得到了来自秘密渠道的消息，这说明他们还有提前发现你的更重要的手段！

查到生产线，戴志平把情况迅速报到总指挥部。张广激动得大声喊好。张广把在此之前一刻钟落潭告捷的喜讯一并通报给戴志平。几个小时，他一直不停地接来自各处的电话，发指令，嗓子都喊哑了。

在钟落潭，陈磊指挥防暴突击队员从一楼查到四楼无所斩获。是走漏风声转移了吗？但为什么有迹象表明人刚逃走？他又带领大家往回搜查。在二层车间的一个角落有两扇小门，门推不开，但磨得油光锃亮的手柄应该是常用的。陈磊几脚踢开门，原来这是两间相通的洗手间，而洗手间两端有两条通往楼下的密道，狭窄密道里一溜昏暗的长明灯还亮着。陈磊一阵兴奋，命一队往右侧密道搜，他带另一队直下左侧的密道。

陈磊带人沿三四十米的密道下到底，见是一个天井，厕所旁边的墙上有个小洞。他猫腰钻进洞，谜底一下子揭开了。在这糖葫芦串般的几间厂房里，依次发现了发电机、冷却塔和 VCD 生产线。生产线有 3 条，还在运转。经过搜索，从里往外也发现一个像罗村那样用铁皮柜挡住的出入口，出去的厂房里码着一大堆满包的鸡饲料袋，再一细查，其中的部分饲料袋里装的是 PC 料，共六吨多。搜查中还缴获了母盘三百二十五张，刚生产出来的成品光盘六万余张，并缴获一支子弹已上膛的来复枪！搜查过程中，往右侧密道搜寻的突击队员跑回来报告，那是条专供逃跑的密道，出去是长满灌木和野草的撂荒地。现场情况表明，涉案人员在行动开始时还在生产，通过监视器发现情况后连机器都顾不上关，就从右侧的密道仓皇逃走。

查获罗村和钟落潭两处非法生产线后，戴志平和陈磊即组织对犯罪嫌疑人进行讯问，制作《讯问笔录》和《犯罪嫌疑人登记表》，在杨锦燕和李剑先等人的指导下清点现场赃物赃证。更重要的是做好现场保护工作。犯罪团伙都有黑社会背景，过去曾多次企图抢线或炸线，因为防范严密，才无奈作罢。

在此前后，其他几个行动点也纷纷奏捷。

在东方明珠小区周胜裕住处，行动小组最先碰上的是周胜裕情人廖艳芳的母亲，她开始又哭又闹地撒泼，行动小组告知她此处与犯罪团伙有关并出示搜查证后，她老实了，胆怯了。这是一处有 160 平方米的复式公寓，豪华的装修看上去至少花了 100 多万元。看来周胜裕很有钱，春节没发完的 500 元一封的红包在衣柜和抽屉里扔得到处都是，在这里还起获了两本香港南洋银行的空白支票。未几，廖艳芳回来，一见阵势就打了个对眼，呆愣在那里。

周健文情人甘媚的住处及一辆小车也被查获。中心组拿下罗村，即分遣部分人员直奔顺德碧桂园山庄甘媚住的别墅。甘媚原在珠海当坐台小姐，与周健文勾搭上后，被周健文置房包作二奶，但她并不知周健文的真名。当办案人员出示周健文的照片时，她暗吃一惊，继而把真不知和假不知掺到一块儿，说不认识周健文。他们四岁的女儿天真无邪，指着照片说，这就是她爸爸董建中！

甘媚还不知道，周健文比这还缺德，她住的别墅是用70万元买的，周健文出50万元，另20万元是她当坐台小姐挣的，但周健文却背着她拿房产证到银行抵押贷款，把钱撤空。

另两个点，凰岗原料仓库和花都成品仓库也一举拿下，缴获PC料35吨、盗版光盘及物证一批。

抓到周健文是下午4点多钟。周健文开车逃窜至汕尾收费站时，见站前有许多巡警在挨个儿查车，沮丧地叹道："完啦，他们是冲着我来的！"

等待他的下场，也许就如他戴上手铐时说的："我死定了，我死定了，这回我死定了。"

九

打掉了2处黑厂共7条生产线，抓住了主要犯罪嫌疑人周健文和周胜裕，"6·20"案一役人赃俱获，可谓完胜。

然而，周健文和周胜裕的罪行如何证实，该如何判罚？两厂的工头王庆庭和曹强烈现在何处？香港老板苏楚武和王继承是否涉罪？生产线和PC料是怎么进入内地的？不法收入是怎么弄出去的？成品是通过什么样的网络销售的？此团伙还有没有没挖出的非法生产线？此案与以前所破各案有无关系？犯罪团伙是否与腐败分子有勾结？等等，都还在遮蔽之中。另外，通过此案发现什么问题，对扫黄打非工作有哪些启示，都还有待梳理。更艰巨更繁重的任务还在后头。专案组决定以讯问犯罪嫌疑人为突破口，穷追猛打，深挖扩线。就像副省长黄丽满在表彰会上讲的，这个会与其说是表彰会，不如说是动员会；初胜不是结束，而是开始！

讯问犯罪嫌疑人是又一场艰苦的较量。两个主要犯罪嫌疑人都是老奸巨猾的家伙，都知道他们的罪行有多大、后半生乃至身家性命的下场如何，玄机就在自己的嘴上，而不在别的。他们实行攻守同盟，用谎言筑垒，层层防御，节节抵抗，非到被炸翻打烂的地步不会弃守。但他们的本性决定了他们谁也不会真正相信这种同盟，就像他们之间自私暧昧的关系：周健文的妹妹是苏楚武的情人，苏楚武的妹妹是周胜裕的妻子，而周胜裕的情人的老公，是供给他们PC料的商人。他们之间的纽带是不忠、投机，相互利用又相互伤害。

周健文左推右挡，把干系一股脑地全推到别人身上。就如前面写到的，他说罗村和钟落潭的生产线是苏楚武的，而生产出来的光盘是由周胜裕负责销售的，他自己仅是个无辜修理工。这在他恐怕不会仅是策略，而是出卖他人，保全自己。因为自1998年起，粤港澳形成会晤制度，三地联手打击光盘盗版和走私已成共识并付诸行动；再者，香港已回归，罪犯也不可能像过去那样得到殖民统治者的庇护，苏楚武有罪是不能逍遥法外的。至于周胜裕管销售，那是事实。瑶台窝点是个没有执照没有名称的黑公司，周胜裕任"经理"，对外接订货单、对内下任务单，购买原料和出售成品，都由他总管。周健文交代出来一石二鸟，一是开脱了自己，二是显得坦诚以便更彻底地开脱自己。此外，他也不会相信周裕胜自己就不交代。

周健文能为保自己交代别人，别人也就能为保自己而交代他。周胜裕和吴勇铮等都有根有据地说生产线的老板就是周健文，还具体交代了他在整个作案过程中起的作用。周胜裕先是要滑拒不交代，但办案人员略施小计，夹着周健文的皮包走进讯问室时，周胜裕就动摇了，暗示起作用了，就他们的关系和他对周健文的了解，他能相信周健文不会这边把他当枪使，那边把他当废铁卖吗？与其这样，倒不如先把周健文坦白了，抢个头功，好争取从宽处理。周胜裕不但交代周健文的罪行，还供出在瑶台商贸大厦里还藏匿着一条母盘生产线！专案组果然起获了这条生产线。这条生产线设在四楼尽头全封闭的密室里，密室的门则是置于5楼的一大立柜的活动底板。至此，此役共查获黑线8条。

在讯问中，周健文不只是抵抗性地扯谎、抵赖、狡辩，还以攻为守地进攻。

周健文说："盗版对每个在粗放型经济时代的社会都是不可避免的。我们进行地下生产也是不得已的事，原先也想合法生产，但办许可证没找对人，要打通关节需花上千万元的钱，机器已买来了，只得进行地下生产。我盗版的光盘只三至五块一张，正版光盘要几十块一张，我是在给老百姓做好事。"

应该说，周健文的反击是有力的。试想，如果这些话不是犯罪嫌疑人说出来的，我们会怎么看？会不会认同这种说法？

看来，打击盗版还有很长很长的路要走，这不是哪一个人必须走的路，也不是哪一个政府部门必须走的路，更不是哪条战线必须走的路，而是我们的国家和民族必须走的路！

一位曾负责扫黄打非工作的领导断言，扫黄打非要搞一百年。广东扫黄打非办公室主任陈家鲲退休后说："11年前我刚搞这个工作时抱着短跑运动员的心态，现在是马拉松运动员的心态。"杨锦燕把长镜头聚焦到自己的脚下，他说："现今广东的地下生产线估计还有30条到50条！"

八月十五日，结束对杨锦燕的采访，已近子夜。过后他没有回家，而是直接去二百公里外的一座城市。因得到地下生产线的新线索，他要刻不容缓地去侦查、踩点。

（原载《时代文学》2003年2月号）

《东方大审判》选章

第四章　先锋之死

"九·一八"事变和黄金梦

秋季的夜晚，美丽的港城旅顺被清爽的寒气笼罩，港口闪烁的灯火汇入夜空的星光，在深深的寂静中微微颤悸。

一阵尖厉的电话铃声撕碎了这深深的寂静，惊醒了醉梦中的关东军司令部参谋片仓大尉。他敏捷地跳下床，一把抓起电话听筒。电话里传来惊天动地的消息：

今晚10点半钟左右，暴戾的中国军队在奉天（沈阳）北大营西侧破坏了南满铁路，袭击我守备队，同赶赴现场的独立守备第二营发生激战。

事关重大，片仓立即通知石原、竹下、新井、中野等参谋到三宅参谋长官邸集合。他顾不上还穿着和服，匆忙扎上一条裤裙便跑向三宅官邸。

三宅急急地看了电报，立即给本庄繁司令官挂电话，接电话的副官并不惊讶，不紧不慢地说："本庄司令官巡视辽阳刚刚回来，正在洗澡。"三宅请求本庄司令官速往司令部，令参谋们也速往。

参谋们走出三宅的官邸。片仓和武元在官邸前的柳树下停住脚步，并叫住了走在前面的中野和新井。

"喂！"新井首先挑起了话题，"我认为这件事有些可疑，你们怎么看？"四个参谋都是刚出茅庐的年轻人，数新井少佐的资格老一点。他一挑起话题，几个人就议论开了。

"前几天花谷喝醉了酒，曾向我夸口说：'如果发生什么事件，可以在两天内占领南满洲让你们看看'。莫非就是指的这件事？"片仓所指的花谷是在奉天的日本特务机关成员。

"板垣和石原很可疑。板垣以建川少将来满为理由，昨天急忙从辽阳返回奉天。石原呢，刚才那样紧张的时刻，我们几个都穿着和服，只有他一个人严严整整地穿着军装。"

中野和武田谈了对疑问的感触，认为"他们是想背着我们抢头功"。

"要打就打嘛，为什么事前不告诉我们？上回炸死张作霖，板垣和石原也是这样偷偷摸摸的！"

他们陷入了沉默，向漆黑山峦前的一栋砖瓦结构的两层楼房走去。

事隔十五年后，在东京国际军事法庭上，头发梳得干净整洁，戴着眼镜，看上去年轻精干的中国检察官倪征燠，用高亢的英语向坐在被告席上的板垣征四郎发问："你可承认爆发'九·一八'事变之前曾持有作战计划？"

板垣征四郎："所谓的作战计划，有必要向您说明一下。"

中国检察官倪征燠："我不想听说明，我只要你回答'是'或'不是'！"

板垣："作战计划由作战主任负责，是根据参谋本部的指令制订的，就是说在理解上级意图的情况下编制的。我没有直接参与。"

中国检察官："但是你的供词中说在没有中央的承诺下编制成了这一作战计划，而现在却说是根据中央的训令制订成。难道你不感到矛盾吗？"

板垣："我想熟读供词就会明白了。在此再说明一下，在供词中提到关东军尽管多次向中央要求增加兵力、提供新式武器，但都没有被采纳，于是关东军方面只好以现有的兵力和装备制订出自己的计划。这就是供词的正确理解。"

板垣不能自圆其说，便以蛮横的态度反驳中国检察官的质问。倪征燠怒火中烧，当场出示了币原外相于 1938 年 9 月发给日本驻满总领事的电报：

> 最近关东军板垣大佐等，在贵地拥有相当可观的资金、操纵"国粹会"和其他中国浪人进行种种策动，据言'发本月中旬为期限，断然实行具体行动'云云。需部署取缔其一伙浪人的策动。

读完电文，问其有无此事，板垣只好使出耍横搅赖的无招之招："其电报内容实属无稽之谈。据我回忆那是在沈阳事件之后的事情，参谋长三宅少将给我看过了，按他的话来说不值得一提，只是去总领事处开开玩笑而已……"身材矮小的板垣站在被告席上不断地搓手，托眼镜，青白的脸微微涨红，显得烦躁不安。

事情正如片仓参谋他们在那天晚上猜测的那样，法庭掌握了大量的证据，表明板垣一手策划了震惊中外的"九·一八"事变。

1928年，日本军国主义分子阴谋炸死了张作霖，企图吞并东北，但心怀杀父之仇的张学良却挂起了南京政府的国旗，使日本的图谋受挫，日本军国主义分子便开始了新的阴谋。1929年7月至1931年7月，时任关东军高级参谋的板垣伙同另一个高级参谋石原莞尔，先后组织了四次"参谋旅行"，秘密到长春、哈尔滨、海拉尔、山海关和锦州等地侦察地形，刺探军事情报，暗中研究制定侵占东北的作战方案。板垣估计，当时张学良约有25万东北军，其中约有2万精锐在沈阳附近，并拥有飞机、战车和军工厂。而关东军仅有1.09万人在沈阳附近。板垣与石原等人于是密谋以突然袭击的手段先占领沈阳，进而占领"满蒙"。为此板垣在东北和日本积极进行军事准备和宣传煽动的活动，悄悄布置兵力，占据了东北军营区对面的所有战略要地。根据侦察到的情况，板垣认为攻击沈阳必须用大炮，便与陆军中央机构商议，从日本国内调运来两门口径24cm的榴弹炮。大炮用客船从神户起运，到大连上岸时，为掩人耳目，参加搬运的关东军士兵都装扮成当地的码头工人，说装炮身的木箱是一个什么大官的棺材。为了安装和隐藏大炮，事先挖了一个直径约5米的深坑，说是挖游泳池；还制作了一间10米见方、高7米的马口铁棚屋，工程于午夜12点至凌晨3点秘密进行，限三天完工，由于任务繁重和时值酷暑，不少人得了夜盲症。

1931年6月中旬，日军参谋本部秘密制定了《解决满蒙问题方策大纲》，确定了以武力侵占中国东北的原则。板垣和石原在7月组织的最后一次"参谋旅行"中，与日本驻沈阳的特务机关密商了具体方案，决定于9月28日在柳条湖附近炸毁一段"南满"铁路，诬称为中国军队所炸，以此为借口突袭张学良的部队。正当准备就绪即将行动时，消息走漏传到东京，日本军部考虑到国内外形势尚不成熟，要板垣等人"再隐忍一年"，并派参谋本部焦点部部长建川美次前往沈阳制止关东军擅自行动。板垣得知后，决定提前动手。

17日，板垣随本庄司令官到辽阳巡视。18日下午，本庄回旅顺关东军司令部，板垣于早晨到沈阳。他再一次周密检查了炸柳条湖铁路的准备工作，然后前往本溪湖迎接建川。在一同回沈阳的途中，建川有足够的时间与板垣交谈，但他并没有制止肇事的意思，实际上他在暗中怂恿板垣行动，对事件能够成功深信不疑。

到沈阳后，板垣把建川领到日本人开的"菊文"酒馆，找来艺伎陪他饮酒取乐。板垣和建川默契配合，把沈阳和东京这两个齿轮的啮合错开，让沈阳转快一个齿。板垣没有参加酒宴，他连忙赶往策划阴谋的沈阳特务机关坐镇指挥。

当晚10时18分左右，关东军岛本大队工兵中尉河本末守等人，用一枚骑兵用的小型炸弹在距东北军兵营约800米处炸毁了一段铁轨，又在现场摆了三具身穿中国士兵服的尸体。几乎与此同时，24厘米榴弹炮巨大的轰击声震撼了沈阳全城。

日本领事馆代理总领事森岛守人赶到特务机关，板垣对他说："中国正规军的军人炸毁了南满铁路，严重侵犯了日本权利，日本应采取坚决措施，动用军队，为此已向军队下了命令。"森岛试图说服板垣不要匆忙行事。

板垣平素青白色的脸此刻变得像一块生铁。他握着军刀的刀把，大声地申斥道："不要干涉统率权！"

特务花谷有恃无恐，刷地拔出军刀，把刀尖顶着森岛的衣领狂吼："谁敢干涉就杀了他！"

板垣以关东军司令官本庄繁的名义，命令早已在暗中做好准备的关东军向东北军猛攻，迅速占领了东北军的北大营。同时猛烈炮击兵工厂、空军司令部、飞机场及大学等处。次日晨日军攻占了整个沈阳市。

"九·一八"事变就这样爆发了。

蒋介石下令"绝对不许抵抗"，东北军忍辱含悲撤往关内。"军官流涕，士兵痛哭，悲号之声，闻于遐迩"，东北大地飘摇下沉，红高粱的黑土地燃烧着散发出浓甜灼烫的血腥气息。

不出四个月，东三省沦陷。

面对大量的事实材料，板垣尽管有时流露出迷茫的表情，但他不是能言善辩地对抗质问，就是以略带日本东北的口音说"不知道"，蛮横地予以否认，态度极为顽固。当他的律师山田提出的13件文字证据都被驳回时，他依然不动声色地书写记录，悄悄地递给他的律师。他的一个证人对此评价道："这也是一种方式，即所谓作为一个军人想到的就是死。"

讯问板垣时，先后有15个律师和证人为他出庭辩护。他的第一个证人是"九·一八"事变发生的当晚指挥日军的联队长岛本。他说，那天晚上他在朋友家喝酒喝得醉醺醺的，回到家后才得到事变发生的报告。我方检察官当即打断他的话说："你既然声称自己喝醉了，那么，一个当时的糊涂酒鬼能证明什么？又怎么能出庭作证人呢？"一下子把岛本轰了下去。板垣的辩护班子虽然准备了大量的材料，但都没有真凭实据，站不住脚，这个下马威更打击了他们的信心，而后他们未上场先气馁了三分。

事实和罪证像铁一样确凿坚定，问题在于板垣坚持反动立场和不肯服罪的决心。1946年9月18日，他在巢鸭监狱第一次度过事变纪念日时写下了这样的日记：

在监狱里度过满洲事变 15 周年，真乃感慨无量。昭和六年已变为二十一年；老身 47 岁已变成 62 岁，深感身心老矣。

回顾往事，除处理日常工作外，并无惊慌恐惧之事。当初日本各界不予谅解，我等虽处于四面楚歌之中，然仍在默默地完成应当完成的重任……

策划"九·一八"事变成功后，板垣征四郎马上伙同沈阳特务机关长土肥原贤二，提出建立一个以清朝废帝溥仪为首甘受他们摆布的傀儡政权，并积极地从事阴谋活动。1931 年 9 月 30 日，板垣派日本特务上角利一前往天津，在海光寺日本兵营会见了住在天津协昌里"静园"的溥仪，巧令口舌诱骗他到东北去"复辟大清"。胆小多虑的溥仪心里没底，说要回去考虑一下再作答复。此后素有"东方劳伦斯"之称的土肥原贤二又专程到天津，以恫吓与利诱兼之的手段，于 11 月 18 日秘密地把溥仪挟持到旅顺。

但此时还不能把溥仪推出来。因为在"九·一八"事变发生时，正值国际联盟召开第十二届年会，在国民党政府的请求下，国际联盟出面"调停"，做出了"停止一切冲突，双方撤退军队"的决定。板垣遂又图谋在上海挑起新的事端，以绕开国联的干涉。他向日本驻上海公使馆武官田中隆吉打了一个电报："外国的目光很讨厌，在上海搞出一些事来。"并拨给田中隆吉两万日元活动经费。田中隆吉在上海驱使自己的爪牙四处寻衅滋事，于 1932 年挑起了"一·二八"事件。在东京国际军事法庭上，田中隆吉作为证人，与法官有过一段对话：

问：当时的目的就是想个办法，在日本和中国之间引起纠纷，把外国的注意力引到那方面去，而使满洲国能够独立吗？

答：是这样。

问：结果是办成功了……

答：是的。后来在三月建立了满洲国。关东军的板垣大佐写来了非常恳挚的感谢信。

问：是说干得好吗？

答：是的。说幸亏你这么一来，满洲独立成功了。他把我称赞了一番。

把溥仪挟持到旅顺后，板垣一边窥测风云寻找时机，一边上蹿下跳，加紧了成立伪"满洲国"的筹备活动。1932年1月，板垣带着关东军司令官的指示，回国向内阁汇报情况，破例受到天皇的召见和嘉奖。根据板垣的汇报，陆军省、海军省和外务省共同制定的一个《满洲问题处理方针纲要》，确定在东北建立一个受日本控制的"独立国家"。他先后两次跑到旅顺会晤溥仪。第二次晤面时，他将成熟的计划拿了出来。他对溥仪说："这个新国家的名号叫'满洲国'，国都设在长春，因此长春改名为新京。"说着，又从皮包里掏出《满洲人民宣言书》和五色"满洲国国旗"，放在溥仪面前的茶几上："当然，这不是大清帝国的复辟，这是一个新国家，阁下被推戴为新国家的元首，就是'执政'。"溥仪一直指望恢复帝制，重新当皇帝，听板垣这么一说，大为不满，便向板垣陈述了12条必须恢复帝制的理由。板垣自然不同意。溥仪坚持说："没有皇帝的称谓，我溥仪名不正则言不顺，言不顺则事不成。满洲人心必失。皇帝的称谓是列祖列宗留下的，我若把它取消了，便是不忠不孝。"在争执中，板垣青白的脸上浮着神秘莫测的微笑，不温不火，只是两只手不停地搓动。临了他阴着声音说："阁下再考虑考虑，明天再谈。"

溥仪拒绝了板垣后，他身边的臣属郑孝胥提醒他，无论如何不能和日本军方伤感情，否则张作霖的下场就是殷鉴。当晚，板垣举行酒宴，他召来一大批日本妓女，给每个宴客配上一位，侑酒取乐。他把斯文抛得一干二净，左拥右抱，举杯豪饮，脸色越来越青，与地狱里的厉鬼无异。溥仪一直捏着汗偷窥着这张阴森可怖的面孔，想分辨出自己是在阳世还是在阴间。他只看到了风花雪月，烟酒饮食。

溥仪翻转悬吊了一夜。第二天早晨，板垣把郑孝胥等人召到他下榻的大和旅馆，要他们转告溥仪："军部的要求再不能有所更改。如果不接受，只能被看成是敌对态度，只有用对待敌人的手段作答复。这是军部最后的话！"被自己煎熬了一夜的溥仪听到这个话，腿一软跌坐在沙发上，半晌说不出话来。

在板垣的威逼利诱下，溥仪于1932年3月9日穿上西式大礼服，在日本关东军的膝下举行了就职典礼。宣誓，祝词，升旗，照相，举宴，伪"满洲国"就这么正儿八经地成立了。

远东军事法庭揭露，板垣征四郎早在1930年5月就对人说过，他对解决"满洲问题"已有了一个"明确的想法"，主张以武力驱逐张学良，在东北建立一个"新国家"。判决书指明：板垣"自1931年起，以大佐地位在关东军参谋部参加了当时以武力占领满洲为直接目的的阴谋，他进行了支持这种目的的煽动，他协助制造引起所谓'满洲事变'的口实，他压制了若干防止这项军事行动的企图，他同意和指导了这项军事行动。嗣后，他在鼓动'满洲独立'的欺骗运动中以及树立傀儡伪'满洲国'的阴谋中，都承担了主要的任务。"

板垣因阴谋侵吞中国东北"功勋卓著"，平步青云。1932年8月破格晋升为少将，1936年升中将，后又升为陆军大将，官至陆军大臣，历任关东军参谋长、陆军第五师团师团长、中国派遣军总参谋长、驻朝鲜军司令官、第七方面军司令官等职。从"九·一八"事变后至日本投降，他又染指内蒙古，致力于建立内蒙古和华北的伪政权；"七·七"事变爆发后率兵侵入华北，指挥部队烧杀淫掠；在今中蒙边境诺门坎地区挑起同苏联的大规模武装冲突；策动建立汪精卫傀儡政府；在朝鲜和东南亚诸国任司令官期间，屠杀人民，奴役、虐待俘虏和劳工，因克扣他们的粮食，致使他们到了生食死人肉以果腹的地步。这个狠毒的法西斯军人还把他的儿子送到"神风"特攻队，割下自己身上的血肉侍奉天皇。

中国检察官倪征燠等对板垣进行了历时三天的讯问，并特意传讯当时被羁押在苏联伯力的溥仪到庭作证，在如山的铁证面前，冥顽不化的板垣不得不承认了自己犯下的罪行。远东军事法庭判定他犯有破坏和平罪："进行了对中国、美国、英联邦、荷兰及苏联发动侵略战争的阴谋。"还判定他犯有"违反战争惯例和违反人道罪，应对南洋群岛数千人的死亡与痛苦负责"。据此，远东国际军事法庭宣判对板垣征四郎处以绞刑。

板垣1885年出生于一个军人世家，祖父与父亲都狂热尚武，是愚顽的神道教徒。入狱受审之后，板垣便埋头静研佛教的法华宗，攻读了20余册经卷。他读得极其认真，由于对古印度巴利语经卷中关于释迦牟尼的最后一句存疑，他请人找到一位京都大学的巴利语学者，写信向他求教。与他在法庭上的表现相对照，不能说他这是在寻找通向忏悔和人性回归的道路，而只能反映出他内心的顽固、衰弱和无奈。

11月12日判决之后，死囚与外界完全隔绝，唯独东京大学文学系教授花山信胜例外，因为他肩负着"教诲"的任务。在供教诲用的狱房里，花山信胜点燃了佛像前的蜡烛和供香，坐在了椅子上。板垣跟随一名军官走进来，先于佛像前合掌叩拜。他腕上挂着的佛珠微微地晃荡。随后，他们隔着3米多的距离开始了谈话。

板垣：我被判处绞刑，像我这样的粪土之人能变为黄金之人，我实感幸福。

花山：你在单人牢房里的生活……

板垣：没有义齿，也没有眼镜，实在不方便，尽管如此，因为饮食方面都是美式食品，还没有影响吃饭。从昨天开始，又允许两人为伴散步了。

花山：那么你写了点什么没有？

板垣：我写了一封信。我想这也许是我的最后一封信了，首先写了关于生命永存的问题。第一，即便我死去也能相传于子孙后代；第二，躯体死了将和大自然融合在一起，死去的烦恼的丑骸也会变成神或佛，这也是永恒的真理；第三，历史必然要复苏，所以我相信生命是永恒的。回顾起我的一生实在惭愧不已，我一生埋头于满洲与中国问题，然而中国的现状正如在今天的新闻里所说的那种情景，中国人民解放军已逼近南京，我们不能不感到一生的努力尚未达到目的。所以我想自己成为护国之亡灵，继承先辈，继续做完我活着的时候未能完成的事业。

花山：你对后事有什么要求吗？

板垣：麻烦你，如我死了马上在盛冈的法华寺办佛事，我曾受到明治天皇的恩德，所以在桃山也为皇室办一下佛事，然后在灵鹫山会见日莲上人，介绍到释迦牟尼那里。这是仅向先生说的。

……

一阵强似一阵的花信风吹到哪里，哪里就绽开妈妈那春意

融融、草长莺飞的爱心情怀。

——《美丽的蝴蝶》

（根据作品情节 AI 生图）

书到读时方恨少，船到江心补漏迟

历来成大事，创大业者一定是
读万卷书，行万里路之人

加油

谈话结束后，板垣恭恭敬敬地在佛像前行了礼，向花山告别。花山大声说："祝你一路平安。"板垣转出门去，消失在他通向死亡隧道的最后的日子里，从粪土走向粪土。

假面杀手"东方劳伦斯"

在前陆军省华丽的大厅里，讯问继续进行。倪检察官盘问的话锋明亮而锐利，一路剥开和直逼，使板垣疲于招架。当涉及土肥原贤二时，板垣总是显得格外紧张和狡诈，满口谎言。

倪检察官："'九·一八'事变过后，土肥原即上任沈阳市市长，你数次派他去天津，是否与挟持溥仪有关？"

板垣："土肥原虽出任市长，但一切都托付给满洲人处理，他只是挂名而已，所以除了收集情报之外别无他事。他去天津也是为了收集情报，弄清溥仪是否真的愿意离开天津来满洲只是附带的任务。"

倪检察官拿出一份林总领事1931年11月12日发给币原外相的电报，念道："有关宣统皇帝来满一事，12日向军司令官探听时，司令官答曰未闻任何情况。目前皇帝来满，时机尚未成熟，勿急于从事，应令板垣参谋通报给天津军，暂缓办理为宜……"

倪检察官："政府特意选任土肥原到中国，是因为土肥原在过去已有建立新政府的经验，不是这样吗？"

板垣："不是。"

被激怒的检察官呼地站了起来，指着坐在被告席一角的土肥原大声斥陈道："那就是土肥原！就是他挟持溥仪到长春，制造'满洲国'傀儡政权；他还策划'中村事件'、'九·一八'事变；策划华北自治，搞冀东伪政权；煽动内蒙古独立；怂恿吴唐合作；扶植南京伪政府；策动特务组织进行阴谋暗杀活动。这些都是那个坐在被告席上的土肥原干的！"

法官、检察官、书记官、证人、被告、宪兵、旁听者，大厅内所有人的目光都迅速地集中在一个焦点上。土肥原被重重地击中，被凸显了出来。

土肥原在日本人中算是个大块头，身体肥胖，有着宽阔前额和蘑菇大耳的肥硕脑袋栽在又宽又厚的肩上。沉重的蒜头鼻子在两颊和上唇的结合部压出两道深深的弧沟，双眉向额角挑起，深陷在鼻子和眉毛里的眼睛，像藏于袖口的暗箭，时而吐露出阴气逼人的冷焰。但土肥原是一个老练的假面演员，他不仅善于把自己的阴谋隐藏好，还能把自己的表情相貌遮蔽起来。

自从坐在被告席上，土肥原看着审判席上的中国人、印度人、新西兰人和菲律宾人，心里就一直有一个讥诮的念头："侏儒在决定巨人的命运。"但他毫不费劲地保持着大理石般的冷静，同往常一样，脸上始终挂着温和恭顺的笑意，加上眼睛附近松弛的肌肉和鼻子底下那撮幽默的人丹胡子，给人一种稳重可靠的印象。

1931年10月的某天夜里，土肥原就是戴着这副假面闯进了溥仪的"静园"。

"九·一八"事变之后，这个意志顽强、勤勉能干的阴谋家就绞尽脑汁地谋划建立一个傀儡政权。经过苦苦思索和奔忙，一个阴谋又在他那脑满肠肥的身体里孕育成形了。9月23日上午，关东军参谋长办公室里的一个四人会议正在进行，与会者们为今后怎样奴役和控制满洲意见不一，争吵不休。土肥原并不急于发言，他手捧一只洁白的细瓷杯，面向窗外，慢条斯理地品着浓茶。等会议的气氛趋于冷却的时候，他拿出一个建立由日本控制、脱离中国本土的"满蒙王族共和国"方案。方案之周密令板垣等人不得不服。日本中央军事机构根据这一方案制定了《满洲问题处理方针纲要》。土肥原根据他老辣的经验和敏锐的嗅觉，把溥仪作为对象人物，并由他潜入天津实施这个阴谋。

那天夜里，土肥原戴着他那副温和恭顺的假面，以貌似十二分的诚恳对溥仪说："张学良把'满洲'闹得民不聊生，日本人的权益和生命财产得不到任何保证，日本因此而出兵。"土肥原紧紧抓住溥仪朝思暮想重当清帝的心理，把假面弄得更假一点，接着说："关东军绝无领土野心，诚心诚意地要帮助'满洲'人民建立自己的新国家，国不能无主，你不要错过这个机会，尽快回到祖先的发祥地领导这个国家。"

土肥原特别强调说："这是个独立自主的，由宣统帝完全做主的国家。"

溥仪需要更明确的承诺，问道："我要知道这个国家是共和还是帝制，是不是帝国？"

"这些问题到了沈阳就可以解决。"

"不，"溥仪咬住实质性的问题不放，"如果是复辟，我就去，不然的话我是不会去的。"

土肥原的假面又微笑了，声调不变地说："当然是帝国，这是没有问题的。"

溥仪不知是真的以为梦想就要成真，还是迫于土肥原的压力，当即表示同意。土肥原催他及早动身。但由于日本军部和内阁对于起用溥仪及时机问题的认识仍未统一，为此溥仪身边的遗老遗少发生了争执，使得溥仪也陷入了混乱，犹豫不定。土肥原见状，便指使手下的特务采取流氓手段进行恫吓。溥仪一会儿收到陌生人送到家门口的炸弹，一会儿收到措辞恐怖的黑信，一会儿接到威胁电话，还发现一些身藏短刀的人在附近转悠，弄得胆小的溥仪心惊胆战坐卧不宁。在土肥原的推动下，日本人豢养的匪徒、流氓、吸毒犯发动了汉奸便衣队武装暴乱，日租界和就近的中国管区宣布戒严，酿成了"天津事件"。日军的装甲车以"保护"的名义开到了"静园"门口，是保护还是威慑，溥仪心里非常明白。1931年11月8日晚，溥仪终于按照土肥原的精心安排潜出家门，经舟车辗转秘密到达旅顺，婉容皇后也被女谍金璧辉诱骗到长春。

在远东国际军事法庭上，除了胡搅蛮缠的日本和美国律师外，还有一班证人，他们本身就是受到指控或逃避了指控的战犯，他们相互勾结，颠倒黑白，制造伪证，给讯问带来许多麻烦。对于土肥原的上述罪行，在有当事人溥仪出庭作证、事实昭明的情况下，不仅板垣为其掩饰，日本当年驻天津的总领事桑岛主计在出庭作证时，也为其狡赖。土肥原到天津进行挟持溥仪的阴谋活动时，桑岛曾屡次劝阻，并用电报告知日本外务省，最后又发长电给币原外相，详细叙述了土肥原如何不听劝告，煽动天津保安队闹事，将溥仪装入箱内秘密送走的经过。这些电报被我方检察官从外务省秘密档案中查获，并引入证词。而桑岛在法庭上竟然说这些是当时听信了流言写出来的，不足为信。检察官当即诘问："电报中关于你和土肥原的几次谈话，是不是外边的流言呢？"桑岛倒噎了一口气，讪讪地退下。

受到指控的初始，坐在被告席上的土肥原极为紧张焦虑，他不知道一个致命的证据是否落到了公诉方的手里。1943年12月27日，于东部防卫司令部，土肥原在8张粗糙的陆军省格纸上亲笔写下了罪恶的记录。他写道："我于中途才参加满洲事变的计划。石原和板垣有意接溥仪回满洲。我任奉天市长一个半月后就被派到天津，目的是要在天津闹事，准备在华北闹得天翻地覆，并乘着慌乱把溥仪带走。我以前就认识溥仪，向他劝说时他提出各种条件，我说：'就是接受了你的条件，由于情势会不断变化也没有把握，故要紧的还是胆量。'当时天津驻屯军只有一个大队左右，因此我们也动员了警察。我们乘警戒溥仪公馆的警察因天津事件出去时，把溥仪带出来送上了'淡路丸'。"土肥原还写道："那时，币原外相曾训令说，如果溥仪想逃跑，可以把他杀掉。溥仪逃出天津，中国人也出力不小。"

但是这份弥足珍贵的证据当时并没有落到法庭手中，而是在一个负责保管它的日本人手里。这个日本人为了避免被国际军事法庭发觉，志愿去由中国大陆撤退日本人的船上工作。他把材料也带上了船，万一遇到什么情况，也可就手把它扔到海里。当1977年这个日本人把材料公之于众时，仍不愿透露自己的名字。

土肥原见法庭并没有掌握这个证据，收紧的身体渐渐地松开了，甚至露出满不在乎的神情。他大概由此还认为他所犯下的罪行都包藏在幕后，法庭抓不住什么东西。这个富于心计的赌徒没有全错，对他的罪行的索证确实很困难。国民党政府军政部、司法部都拿不出什么有力的证据，倪征燠在赴东京前，特意找到在押的伪满洲国议院议长赵欣伯，让他提供土肥原和板垣制造满洲国傀儡政权的罪证，赵应承并写了一部分，但第二次找他时，他却变了卦，把已写出的一部分扔进煤炉烧成了灰烬，并拒绝再动笔。

但最坚硬、最有力量的，毕竟是事实。随着讯问工作的步步深入，我方以越来越充分的证据，一层层地剥开紧紧包裹着他的黑幕和假象，把他阴影一样的原形暴露在阳光之下。

土肥原有一洋一土两个别号，一个取自英国名声广播的间谍劳伦斯，叫作"东方劳伦斯"；另一个取自他本名的汉话谐音，叫作"土匪原"。这两个别号恰到好处地暴露出他阴险诡诈和残暴毒辣的双重性格。这两个别号也包含着他罪恶的荣耀和历史。

土肥原完全是靠在中国从事间谍阴谋活动起家的日本法西斯军人。1883年8月8日，他降生在冈山县的一个军人家庭。1912年以优异成绩于陆军大学毕业。次年被派到日本陆军在北京的间谍窝

"坂西公馆"，担任特务头目坂西利八郎的副官。到北京不久，他就能操一口流利的京腔，加上那副"敦厚诚实，乐天善谈"、给人以"温雅可近"印象的假面，他很快就结交了许多中国人，其中不乏各界的头面人物。他的家中常常宾客云集，中国的山珍海味和日本的茶道，交替组织着热气腾腾的场面。就在这人声鼎沸的时候，他总是静静地站在一边，竖起警觉的耳朵。他就这样隐蔽着开始施展他阴晦的才华。1924年第二次直奉战争爆发时，他竭力帮助亲日的奉系军阀张作霖与英美扶植的直系军阀作战，并暗中策划用停止银行兑换等手段，导致直系军阀发行的纸币作废，从而加速了直系军阀的垮台。当奉系军阀头目张作霖的势力从东北扩展到北京，依仗自己的实力，急欲摆脱日本人的控制时，这个傀儡反而成了障碍，土肥原又参与密谋，于1928年6月3日在沈阳郊区的皇姑屯炸翻了张作霖乘坐的花车，张作霖当场毙命。土肥原由此奠定了他的名声和地位。

其实在此之前，土肥原就有过令人侧目的"杰作"。1920年，他奉命前往民港调查中国炮舰事件，从锅炉房的耗煤记录中发现炮击那天耗煤量超常，进而确证炮舰有过活动。还曾利用与山西军阀阎锡山的同学关系，到山西各地去旅行，悄悄地对那里进行了详密的侦察。"七·七"事变爆发后，当日军侵犯山西时，国民党军队仗着雁门关是天险而疏于守备，不料日军比国民党军队还要熟悉地形，从铁甲岭附近毫不费力地越过雁门关。这完全要归功于土肥原。

"九·一八"事变和挟溥仪称帝，使土肥原的事业达到了顶峰。随着日军势力的南侵，这个"东方劳伦斯"的活动舞台也不停地扩大，他认为飞黄腾达的时机到了，他的野心和胃口也急剧膨胀，于是他放开手脚，创造出一个又一个"辉煌的业绩"。

1935 年 6 月 5 日，察哈尔境内的中国军队扣留了四名日本特务，正在策动"华北自治运动"的土肥原以此为借口，迫使国民党政府签订了《秦德纯土肥原协定》，规定中国军队从该地区撤出，使日军在察哈尔站稳了脚跟。接着，他便向汉奸殷汝耕展开了攻势，1935 年 11 月，殷汝耕成立了"冀东防共自治政府"，在这里重演了五代残唐时石敬瑭割让幽云十六州的闹剧。仿佛有狂魔在身，精力旺盛的土肥原立即又向平津卫戍司令兼河北省主席宋哲元抛出了诱饵，许下种种诺言，呕心沥血地劝说宋哲元与殷汝耕合作。宋哲元自有难处，没有立即就范，于 12 月初称病离开北平去西山别墅。但终未能抗住土肥原的威逼利诱，不久便宣告在北平成立"冀察政务委员会"，以适应日本"华北政权特殊化"的侵略要求。正如 20 世纪 30 年代英国驻日本大使罗伯特·克雷吉所说：土肥原"搞这一套的功夫是炉火纯青了，他在中国的各社会阶层中制造纠纷，一般是无往不胜的，借此而为侵略者铺平道路"。

　　"七·七"事变之后，随着中国人民抗日运动的全面展开，日本侵略者在中国战场上已是"泥足深陷"。同时，日本国内的政治、经济危机也进一步加深。日本当局感到区域性的傀儡政权已不足以使它摆脱困境，急于把几个区域性的傀儡政权联合为一个"统一的中央政府"。1938 年 7 月，日本五相会议正式批准"建立一个新的中国中央政府"，在五相会议之下成立"对华特别委员会"，由足智多谋的土肥原出任负责人，所以又称"土肥原机关"，办事处设在上海的重光堂。

　　"对华特别委员会"的首要任务，是物色一个能充当政府首脑的"中国第一流的人物"。经过一番试探，土肥原把靳云鹏、唐绍仪和吴佩孚作为争取对象，于八九月间展开了阴谋活动。靳云鹏原系段祺瑞政府的陆军部长和内阁总理，1921 年下台后弃政从商，不久又出家为僧，在天津隐栖。他对土肥原的劝说坚辞不就。9 月，土肥原亲自到上海与唐绍仪密谈。唐绍仪系北洋军阀时期的大政客，在政界颇有影响，且有浓厚的亲日倾向。他对土肥原的计划一拍即合。但可惜的是，正当土肥原兴高采烈地筹措"新中央政府"时，唐在他的家中被国民党的军统特务杀死。

折了两人，土肥原并不灰心，他把全部的赌注都押在了吴佩孚身上。吴佩孚是直系军阀的首领，野心勃勃地要与蒋介石争夺天下，下野后仍打着"孚威上将吴"的旗号。但吴佩孚不愿出山，他要的是自己的军队和自己的政府，他要做的是实实在在的王。何况，唐绍仪的鬼影还不时地从他眼前掠过。为了摆脱被动局面，土肥原亲自出马与吴佩孚谈判。溥仪说，土肥原干起这种勾当来甚至不需要劳伦斯的诡诈和心机，只要有他那副赌案上一样率真的面孔就够了。也许真的是这样，事态似乎有了转机。于是，按照土肥原的布置，1939年1月31日，在吴佩孚的寓所举行了一个中外记者招待会。土肥原踌躇满志，他已拟好了"答记者问"等书面谈话文件，只待吴佩孚一念，他的又一杰作就将呱呱坠地。然而，这个斗智天才这回却让土军阀给涮了一把。会议开始后，吴佩孚把日方拟就的文稿扔在一边，而大谈自己的出山条件："一要有实地，以便训练人马；二要有实权，以便指挥裕如；三要有实力，以便推施政策。"这一通劈头盖脸的三"石"，把个土肥原砸得晕头转向，七窍冒烟。但土肥原是坚定而有耐心的，当受到日本军方的指责时，他仍然冷静地辩解道："现在立即中止吴佩孚工作未免太着急了一点，目前华北事变已陷入无底之泥沼，为尽快解决日华事变，只有建立新的中央政权，只有树立吴佩孚，别无他法。"

正当"吴佩孚工作"僵持之际，受土肥原的派遣和指导，以影佐祯昭为首的"梅机关"所开展的"渡边工作"即争取汪精卫的工作获得了成功。汪精卫甘当驯服的走狗，答应了日本提出的所有条件。土肥原在主攻方向受挫，但他依靠自己的侧翼攻克了堡垒。

说起这位斗智天才的失招，这已不是头一回了。比如在他拉拢下叛国的马占山，后来又反正抗日。1934年夏天，一位杰出的苏联谍报人员左格尔在他的眼皮下施障眼术，在斗智的意义上战胜了他。事隔三年，土肥原又被左格尔的战友、女谍报员安娜·克劳津迷住心窍，竟然被她虎口拔牙，窃走了情报。

话说回来，吴佩孚虽使土肥原的诡计受挫，但最终却未能逃脱他的魔掌。1939年底，吴佩孚左下牙染疾，日本医生给他拔除一颗牙后，引起高烧。受土肥原指使的日本医生寺田等人，不顾吴佩孚亲属的阻止，强行给他施行手术，终使他血流如注，一叫而气绝。

作为假面杀手，上述行径远非他罪恶的全部。在任奉天市长时，他下令废除有关鸦片的禁令，建立鸦片专卖机构，推行鸦片种植。中国检察官向哲濬在起诉发言中愤怒地指出："这是日本征服中国计划的一部分。目的有两个，一是瓦解中国人民的坚韧精神和抵抗意志，一是获取利润作为侵略的经费。"日本曾签署了禁止麻醉品的国际公约，土肥原充当了撕毁公约之手。

土肥原有两句自我膨胀的话。一句是"百战百胜不如不战而胜"；另一句是"华北的老百姓一听到我的名字就谈虎色变"。这第二句是他为自己邀功请赏时说的，暴露了假面后边"土匪原"那张狰狞的面孔。"七·七"事变前后，当日本要以武装进攻代替骚乱暴动、扶植傀儡的时候，土肥原脱下白手套，撕去假面，拿起了指挥刀，以师团长、军团长、方面军总司令的身份，统率日军在中国大陆和东南亚进行屠杀和掠夺。

1937年8月，作为师团长的土肥原高举明晃晃的战刀，率领他的"野州健儿"从大阪港乘船直抵塘沽，登陆后乘火车至北平，在西直门外宋哲元的旧兵营稍事休整，即投入华北战场。由于蒋介石的不抵抗政策，土肥原的部队强渡永定河、拒马河与大清河，攻取保定，沿石家庄、邢台、邯郸、安阳、新乡一线疾进，一举控制了黄河渡口。所经之处滚过冷刀烈火，焦土裹地，血气蔽日。日本报界大肆吹捧土肥原的锋利和凶猛，他成了华北战场上的一颗"明星"，在黑云如铁的天空闪耀。

土肥原在担任战地指挥官时，粗暴地践踏进行战争的法规和惯例，疯狂屠杀手无寸铁的人民，惨无人道地虐待俘虏，所犯罪行均受到指控，被写在判决书里。

从"九·一八"事变起不过10余年的工夫，他就踏着尸骨和血泊，由大佐擢升为大将，双肩戴上了带穗肩章，这极罕见的晋升速度是与他的罪恶相称的。他的胸前发出叮叮当当的声响，金光闪闪的"瑞宝""猛虎""金鵄""旭日双辉"勋章，显示着他骇人听闻的功勋。

就是这样一个遭万笞也不能平冤，死百回也不足以抵罪的战犯，当初在讨论战犯名单时，西方的某些检察官不知出于何种考虑，竟不主张将其列入甲级战犯，理由是他的罪行"缺乏确凿有力的证据"。这使中国的检察官愤怒和吃惊。他们据理力争，保证在审讯期间提供必要的人证与物证，以证明他是"九·一八"事变和伪满洲国的幕后策划人和具体执行者，同时郑重声明，如不将其列入甲级战犯，中国检察官势难继续工作。

事过两年半，《判决书》对土肥原做出了公正的评价："在'九·一八'事变之前，他已在中国度过了18年，被视为陆军部内的中国通。他对于在满洲所进行的对华侵略战争的发动和发展，以及嗣后受日本支配的伪满洲国之设立，均有直接关系。日本军事集团对中国其他地区所采取的侵略政策，土肥原借着政治诡计、强行威胁和武力手段，在促使事态的进展上起到了巨大的作用。"

在两年多的时间里，审判大厅里只有一次响起土肥原的声音，他斩钉截铁地说了两个字："没有！"此后他就躲在这象征性的两个字的背后保持沉默。他时常与邻座的被告及他的律师低声交谈，但对法庭始终保持沉默。他并不孤单，在25个被告中有8人与他结成了沉默的战线。他的律师和证人却用黑色幽默一样的谎言，竭力把审判降低为一场游戏。

土肥原的第一个证人爱泽城原是他手下的一名特务。他在出庭作证时说，土肥原为人忠厚坦白，他掌管的沈阳特务机关只是收集情报，并无其他秘密活动。我检察官当即引用该特务机关向日本政府邀功请赏的材料予以反驳，这份材料的首页盖着土肥原的印章，里面记载了在中国许多城市的大量阴谋活动。其中一页写道：老百姓"一闻土肥原、板垣之名，有谈虎色变之状"。我检察官指出，这是他们两人残害中国人民的真实写照。美国律师却别有用心地说："这是在谈老虎，与本案无关。"我检察官又驳。围绕老虎的舌战引起一阵阵哄堂大笑，气氛极为不庄。

土肥原由于参加准备、发动和进行侵略战争，由于破坏进行战争的法规和惯例，被判处绞刑。在远东国际军事法庭审判的25个战犯中，他和板垣是被判定犯罪条款最多的两人，都犯了七条"破坏和平罪"，其中最重的一条是"命令准许违约行为"。在接到判决通知后，这个斗智天才又挑起了一场风波。

土肥原别出心裁地向美国最高法院递交了上诉书。而美国最高法院竟以5票对4票的多数受理上诉。对于这样一个荒唐的局面，中国首席法官梅汝璈正词严地指出："如果代表11个国家的国际法庭作出的判决要受一个国家的国内法院重审，那么就有理由担心，任何一个国际性的决定和行为都可遭到某一国的推翻和改变。"中国《大公报》1948年12月8日发表题为《愿两事正告美国》的社评，强烈谴责美国最高法院的行径，指出这种行径是对"远东各国抗战死难平民的侮辱"，日本战犯的暴行"铁案如山，天下皆曰可杀，死罪万难饶恕"。在各国法官及世界进步舆论的强大压力下，美国最高法院不得不又以 6 票对 1 票的多数否决了重审的决定。

临上绞架仍然是那副假脸和它包裹着的罪恶灵魂。天皇应该祭缅他的这位忠义将领，土肥原作为他的鹰犬，辛劳奔波了一辈子，甚至全然不顾弃家之苦。美军到他家搜查时，以为一定会有许多中国的金银珠玉古玩之类，孰料在他租用的两间小屋里，竟然一贫如洗。他图的是什么？杜威在他的《人性与行动》一书中写道："希望得到新的值得炫耀的东西、对故土的热爱、胆量、忠诚、出名的机会、金钱或者职业、爱慕、对祖先和神灵的虔诚——所有这些组成了战争的力量。"土肥原欠下了滔滔血债，他只偿还了一滴。

群凶殊途同归

9 月 18 日深夜，旅顺关东军司令部的作战室像即将爆炸的定时炸弹，指针以金属般的果断走向一个重大的决定。本庄繁司令官像禅宗入定一样闭着双眼，阴森森地坐在办公桌前，几盏蓝幽幽的烛火在他的脸上摇曳，使他的脸像粗糙的玻璃，透出它后面的思维活动。刚才，三宅参谋长向他报告了沈阳特务机关发来的第一封电报。他的耳边一遍遍地回响着石原莞尔参谋的声音："赶快向全军下达攻击的命令吧！"

石原莞尔根本不用着急。从 9 月 7 日开始，本庄繁便逐次巡视了驻扎在鞍山、铁岭、公主岭、长春、辽阳等地的日军，督促各部队做好发动侵略战争的准备。他在 17 日最后视察预定担负进攻沈阳任务的第二师团时，对师团长训示道："满蒙形势日益紧张，不许有一日偷安。万一发生事端，各部队务必采取积极行动。"他取消了参观沈阳郊区日俄旧战场的安排，与板垣、石原对侵略计划又作了一番周密的审议，于 18 日下午乘火车回到旅顺。他要装作与事无干。

19 日零时 28 分，板垣从沈阳打来第二份电报：

> 北大营之敌炸毁了南满铁路，其兵力为 3—4 个连队。
> 虎石台连队在 11 时许和五六百敌军交战中，占领了北大营
> 一角。敌军正在增援机枪和步兵炮部队，我正在苦战。

本庄繁站了起来，决心以重大的责任感，挑起这场战争。他不慌不忙地说："好！由本职负完全责任。"接着向全军发布了作战命令。

凌晨 3 时半，他率部登上列车，向沈阳进发。但他并不急于往东京发电报，他要让这个历史性的事件在他的手里成为既定事实。

上午 11 点多钟，列车抵达沈阳车站。脸色青白的板垣笔挺地站着，率领众多佩着绶带的军官列队迎接。

站台上还聚集着数百日本侨民，他们挥动日章旗激励自己的军队。

本庄繁气宇轩昂，颔首致意。石原莞尔紧随其后。

当天下午，他们进驻铁路广场前的东拓大楼。大楼正门上方悬挂着一块白底黑字的牌子，"关东军司令部"赫然醒目。以此为中心，关东军向东三省全线进军，仅用一周时间，就侵占了辽宁和吉林的 30 座城市。

1945 年 9 月 19 日，本庄繁接到了盟军总部发出的逮捕令，他被限令于 23 日之前到巢鸭监狱报到。在他生命的最后一段日子里，"九·一八"事变及在东北犯下的罪行，就像一枚巨大的钉子，他被这枚钉子牢牢地钉在血泊和哭喊声中，钉在黑色的十字架上，他拼命地挣扎，但他感到自己就像一股烟一样疲惫无力。

1907 年，本庄繁从日本陆军大学毕业后，便开始为侵略中国

作准备，以驻华使馆副武官的身份，频繁活动于北京、上海、天津、南京等各大城市，收集和掌握中国的内情。1918 年升为陆军大佐，回国任参谋本部中国课课长。1919 年再次被派到中国，任第 11 联队联队长。1921 年任奉系军阀张作霖的顾问，次年升为陆军少将。1926 年 3 月，在他任日本驻华武官期间，为了帮助张作霖同冯玉祥率领的国民军作战，他请求日军派遣军舰，联合张作霖的军舰驶抵天津大沽口，炮击国民军阵地。被击溃后，日本政府以国民军击伤日本军舰为借口，纠合美、英等八国列强，向中国北洋军阀执政政府提出撤除大沽口国防设备等无理要求。本庄繁一手制造了"大沽口事件"。他由此受到军部首脑的赏识，很快升为中将。"九·一八"事变之后，本庄繁作为事变的组织实施者和领导者，实现了日本侵吞东北的梦想，受到天皇的格外器重。为此，天皇亲手授予他一级"金鵄"勋章和一等"旭日"大绶章各一枚。1933 年 4 月，裕仁天皇钦命他为侍从武官长，同年 6 月他晋升为大将。后天皇又授予他"端云"勋章，赐他为贵族，位尊男爵。

每一级官阶、每一枚勋章，而今都成了通往绞刑架的梯级。他那衰老的心脏和身体支撑不住了。他用颤抖的笔触写下了遗书：

> 余任军中要职多年，如今国家遭此罕见之悲惨结局，余即便退役犹不胜惶恐，实感罪该万死。
>
> 满洲事变之起因乃系排日达至顶点之炸毁铁路行为所导致者，关东军出于自卫不得不尔。并非政府及最高军部所授意，其全部责任当由彼时之军司令官之本人肩负。于兹引咎与世长辞，衷心祝愿圣寿万岁，国体永存，国家复兴。

1945 年 11 月 20 日上午 10 时左右，他步履蹒跚地走进位于赤坂一号街的陆军大学，在职业辅导会的一间空屋里坐下，按武士道的方式，用一把钢刀剖开了自己的腹部。一名美军士兵听到了他说出的最后一句话："我是天皇陛下的侍从武官长……"

事后人们又发现了他的另一份遗书。在叙述了沈阳特务机关的电报内容后写道："接到上述急报，我来不及等待中央的指令，便立即向各地所属部队发布了必要的命令……"

这后一份遗书暴露了事情的真相。而两份遗书合在一起，就更为深刻地揭示了日本帝国主义的本质。

本庄繁意在以一死报答皇恩，逃避国际军事法庭对他的惩罚。已经说过，这种方式并不能帮助战犯逃避公正的裁决。他死于历史和人民的冷静之剑。

"九·一八"事变的发动完全是有预谋的，而且不仅仅限于本庄繁以下的关东军。事变发生前不久，本庄繁曾给当时的陆相南次郎写过一封亲笔密信，信中露骨地写道："本庄繁熟察帝国存在及充实一等国地位，势非乘此世界金融凋落，苏联五年计划未成，支那统一未达之机，确实占领我 30 年经营之满蒙……则我帝国之基，即能巩固于当今之世界。"

在东京国际军事法庭上，当法官问及"九·一八"事变是否预先策划好的这一问题时，公诉方的证人田中隆吉简练而明确地回答："是。"他进一步证实，陆相南次郎也积极参与了阴谋活动，在关东军中还有石原莞尔。田中表示，他了解这些内幕，是由于他在参谋本部专门跟踪研究满蒙事态时，掌握了大量材料，而且不止一个当事人曾亲口向他说起过详情。

田中隆吉将军战时在陆军省任职，负责领导军务局，该局负责督查部队的士气与表现，它掌管的档案里记录渗透着日军的大量罪行。关键还在于他勇于揭露事实真相。对于被告人和辩护人来说，他是一个极其危险的人物。于是，律师们对田中展开了攻击。当然，他们没有事实作为武器，只能施展诋毁证人人格的手段。日籍律师早志和美籍律师沃沦说，田中干过不可告人的勾当，他怕落入被告席，他在巴结法官。

律师的诋毁也许是好事。田中继续作证说："南次郎将军在'九·一八'事变时同外相币原男爵'个人交恶'，就是因为币原在满洲奉行'消极政策'，而南次郎则竭力推行'积极政策'。"

法官传唤币原作证。

公诉方代表把日本驻沈阳总领事馆林总领事给币原的几份电报放在审判席上。这些电报告诉外相：关东军正准备占领满洲。"九·一八"事变是关东军军官一手制造的。日军正在这里谋建傀儡政权，土肥原在加紧活动。

法官问道："你当时都做了些什么？"

币原回答："我及时把林的电报复制本转呈给首相、陆相和海相。"

"那么，陆相南次郎都做了些什么？"

"内阁决定制止关东军非法妄为的行动。南次郎为贯彻这项决定已竭尽了全力。但可惜，他在满洲的各部队没有执行命令。"昔日的政敌而今成了落在一个陷阱里的困兽。

公诉方当即利用经南次郎授意、由参谋副总长 1931 年 9 月 20 日发给关东军的电报，揭穿了币原在律师支持下编造的谎言。电文充满了强暴和杀气："驻满洲日本外交部门的某些官员发来关于军队行动的报告，我想它没有根据。我们要努力查清其缘由，并竭尽全力制止这类不爱国的行为。我认为，如果这类不爱国的行为继续下去，军队就应该宣布自己坚定的决心。"

南次郎紧挨着东条英机、坐在被告席的第一排。他紧张坐立的姿势让人感到他很累，他长着白色长胡子的松垂的脸颊不停地弹跳抽搐。听到这里，他的上下眼睑紧紧地咬在了一起，额头上鼓起了大颗的汗珠。

自从开庭审讯以来，南次郎所犯的罪行就像一只大手，它正在他的上方慢慢地向他收紧，它的五根手指投到他四周的阴影还很稀疏，他悄悄地冷静地寻找着机会，想抽冷子从阴影的缝隙间钻出去。现在，它猝然抓住了他，冰冷铁硬的指甲勒进了他的胸骨，使他喘不过气来。

1931 年 9 月中旬，关东军酝酿的大动作让若槻礼次郎首相察知，他认为时机尚不成熟，尚需隐忍一年，但自己又无力制止，便向天皇禀奏了这一消息。9 月 14 日，天皇召见了南次郎，向他追问此事。南次郎当然不会如实禀报，否则他几个月的心血就可能泡汤。实际上他非但知情，还是一个有力的参与者。他不断地同本庄繁保持着联系，并且在两个月前按板垣的攻城计划，批准给关东军运去两门 24 厘米口径的榴弹炮。在 6 月上任之初，他便借助"中村事件"在日本内阁煽动战争情绪。所谓"中村事件"，即中村震太郎等日本特务在兴安岭、索伦山一带进行间谍活动时，被中国东北邹作华的屯垦军抓获并处死一事。

见南次郎并不知情，天皇命令他立即制止关东军擅自行动。南次郎阳奉阴违，一边推脱说关东军属参谋本部调遣，应由参谋本部处理；一边把天皇的旨意泄露给参谋本部，以便谋划对策。果然，板垣征四郎和石原莞尔接连接到参谋本部俄国班班长桥本欣五郎的三封密电，内称"事机已露，请在建川到达前行动"。原定 9 月 28 日进行的行动遂提前于 18 日进行。

事变发生的第二天，南次郎与关东军口径一致，颠倒歪曲了事实真相，在内阁为关东军的侵略行动进行辩护，说这是"行使正当的自卫权利"。不日后，他未经内阁批准，擅自向日本驻朝鲜军发出命令，派兵急渡鸭绿江奔援关东军。若槻礼次郎首相无力掌握局面，于当年12月宣布内阁总辞职。此后他积极参与成立伪"满洲国"的阴谋活动，为傀儡政权的建立立下了汗马功劳。

1934年12月，南次郎出任关东军司令官兼日本驻伪满洲国大使后，变本加厉地镇压当地人民的抗日斗争，并竭力地向内蒙古和华北五省渗透。为了在华北的内蒙古扶植伪政府，他不惜唆使、利诱、欺骗、恫吓，用尽各种手段，甚至调动坦克和机动部队威压。他的努力没有白费，宋哲元的半傀儡政权"冀察政务委员会"和德王的伪政权"蒙古军政府"相继成立。

判决书依据充分的事实指出："早在'九·一八'事变之前，他就与倡导军国主义，主张对外扩张、满洲是'日本的生命线'的阴谋者有着密切的关系。他事前就知道会发生这个事件。""在内阁会议中，他曾支持陆军所采取的步骤。""他倡导日本应该保卫满洲和蒙古。他早就倡导必须在满洲建立新的国家……"

此外，在1935年他任驻"满洲国"大使期间，国民党政府在英国的支持下实行币制改革，规定几家大银行才有发行货币权，并宣布加入英镑集团。他即以驻"满洲国"大使的身份向广田首相提出建议，声称国民党的币制改革，有从根本上破坏日本独霸中国的危险，必须"予以彻底阻止"，"利用这个机会一举"策划华北各省"独立"。并声称这是"时不再来的绝妙机会"，要日本政府"上下合作，打成一片，同心协力，坚决努力"。足见其侵华的野心急切而膨胀。

还有一件事能具体地反映出南次郎残酷的性格。他在1942年任朝鲜总督期间，特意要求把在马来亚俘虏的千名英国军人押到朝鲜。他让战俘穿过釜山的闹市区游街示众，任围观的日本人和朝鲜人唾骂和凌辱，使他们感到自己直接参加了大东亚战争，以此奴化人们的精神，炫耀日军的"武威"。这批英军战俘被送到铁路、码头、煤矿去服苦役，许多人由于不堪非人的折磨而惨死。

国际军事法庭判定了他的多项犯罪事实，1948 年 11 月 12 日，判处他以无期徒刑。

受审日本战犯中的许多人，在他们被指控的诸多罪状中，都有参与或支持"九·一八"事变这一阴谋。他们受到了应有的惩罚。但策动事变的主犯之一，板垣的铁肩挚友石原莞尔却逃脱了法网。他该当何罪，又是怎样逃脱的呢？

石原和板垣均为仙台陆军幼年学校出身，石原是隔 5 年的晚辈，但两人意气相投，交往很深。1929 年 6 月，阴谋炸死张作霖的关东军高级参谋河本大作被调任后，板垣由石原推荐接替了他的职位。此后，被日军称为足智多谋的思想家的石原，与被称为气度宏大的战略家的板垣，便在关东军司令部里，像一个脑袋上的眼睛和耳朵那样紧密配合，致全力于对中国东北的侵略。

石原是日莲宗的佛教徒，有一副"智者如水"般宁静的面孔。这是一种条件，是密室的四堵墙，是朦胧夜色，阴谋活动就在这夜色的掩护下进行。自 1929 年起，从旨在侦察兵要地理的"参谋旅行"，到为侵占沈阳调运 24 厘米大炮，都是在石原与板垣的密切合作下进行的。1931 年 3 月，石原拿出了他酝酿已久的《为解决满蒙问题之作战计划大纲》，提出了侵占沈阳及东北的具体思路。7 月，他与板垣将此物带回国，经过一番游说与鼓吹，博得了军部大多数高级将领的支持。回到关东军后，经本庄繁司令官同意，他们照此蓝本加紧准备，并确定于 9 月 28 日起事。

9 月中旬，他们连续接到桥本欣五郎的三封密电，得知了天皇的干预。17 日夜，石原与板垣在辽阳的白塔旅馆经过紧张密商，决定提前行动，由石原回旅顺关东军司令部作部署策应，板垣抵沈阳坐镇指挥。18 日下午，石原陪同本庄繁回旅顺。当天夜里沈阳一动手，石原就军容严整地出现在关东军司令部，敦促本庄繁下达了作战命令。"九·一八"事变之后，石原即衔功晋升为关东军司令部作战课课长。

不仅在"九·一八"事变中是中坚骨干，1937年日本发动全面侵华战争，也有石原重重的一笔。"七·七"事变爆发时，石原作为参谋本部作战部部长，立即抛出作战纲要，主张"增兵华北，将中国军队驱逐出平津"。并积极布置和调遣兵力，指导作战，借助关键的部门扩大了自己的罪行。

"智者如水"，不单是对石原的神情的形容，也是崇拜他的日军官兵对他的一个抽象认定。1927年以后，石原把日本军国主义精神、欧洲的现代军事思想及佛教要义熔于一炉，经过搅拌加工，抛出一系列理论文章，被称为"石原构想"。这个构想主要是散布末世情绪和鼓动战争，同大川周明的理论一样古怪。它以一副铁青的巫师面孔跟人们说：发源于中亚的人类文明分为东西两支，经过几千年的发展进步，而今已形成隔着太平洋相互对峙的两种文明。它们只有通过战争才能走向统一，进入"黄金时代"的文明。这个将要来临的人类最后的大战争，是以"日美为中心而进行的世界大战争，也是日莲和尚在《撰时抄》中所指出的，为了实现人类信仰的统一，必将于阎浮提（人世间）发生的前所未闻的大战争"。当人们堕入灰云残雾的恐怖气氛中时，他才说出他要说的话：为了支持这场持久的大决战，单靠日本的资源是不行的，所以必须首先占领中国的东北，把那里开发为战略资源的供应基地。"石原构想"像一个幽灵，潜伏在军国主义分子的身上，使他们笔直地走向中国战场和太平洋战场。

日本一投降，他在人们眼中无疑成了一个战争嫌疑犯。为了逃避审判，他便真戏假做，把自己装扮成受东条英机迫害的"和平战士"。1937年，石原担任了关东军参谋长东条英机的副手，两个热衷于权势的狂人撞到一起，很快就产生了势不两立的矛盾，石原讥诮东条是"亲爱的傻瓜"，东条则处处压制打击他。东条得势后，石原被迫退出军界闲居在家。这种狼与狼的争斗竟使其中的一只狼变成了"羊"，这只"羊"竟然越来越像羊了。他玩起了超级智力游戏，接二连三地发表"和平"文章，还向麦克阿瑟提出在日本实行"超阶级政治"的设想。麦克阿瑟终于没有逮捕他。

石原果然是甘心放下屠刀，将功赎罪了吗？他掩饰得再好也有他掩饰不住或不愿掩饰的地方，仅以两件事为例。

一是板垣的内弟也是他的个人辩护律师大越兼二，为了替板垣开脱，特意委托自己的亲信前往山形县鹤冈，把歪曲事实的辩护要点送给石原看，以便达成默契，并让他称病躲过法庭的追究。当时石原正在那里的家中种地。信使一走，他立即躺在了床上称病不起。二是在1947年5月，山形县酒井市临时法庭传石原提供证词。他回答检察官关于"九·一八"事变的盘问时说："正如我多次陈述的，当时中国军队的行动是非常积极的，我们实在无可奈何，对方的冲击使我们产生了恐惧感。或许我误解了检察官的审讯，您是否认为所谓的武力冲突是由日本军队挑起的？在我关东军方面以前曾发生过河本大作事件，为此河本大作受到了处罚，使关东军引以为戒，不再发生类似事件；如果是对方挑起的，我们绝不能逃避军人的责任。"

天网恢恢，石原莞尔终未能逃脱天罚，于1949年8月15日日本战败周年日病死家中，比东条英机的死晚了不足一年。

板垣提到的"炸死张作霖"事件，作为"九·一八"事变的序曲，其主谋河本大作受到什么样的处罚呢？

1928年4月初，蒋介石指挥北伐军挥师第二次北伐。张作霖的奉系军阀由于李景林部倒戈，万福麟部哗变，元气大衰，在与北伐军的作战中连连失利。日本关东军见时机已到，预谋当张作霖的军队败退到东北时，以战乱波及满洲、必须保护日本人的生命财产为由，一举解除张作霖军队的武装，使他成为光杆司令，然后胁迫他当傀儡。但由于大举侵略的准备与时机都不成熟，天皇迟迟不下敕命。6月前后，大量奉军撤至东北。身为关东军高级参谋的河本大作被迫放弃原计划，开始策划暗杀张作霖的阴谋。

经过一番绞尽脑汁的运思，他设计了一个万全的谋杀方案。他把守备皇姑屯地段铁路的关东军独立守备第四中队队长东宫铁男中尉等叫到自己的宿舍，向东宫交代了任务，亲手交给他 1000 元行动经费。1928 年 6 月 1 日夜，北京车站空荡无人，张大帅与他的日本军事顾问松井七夫、坂西特务机关副官土肥原贤二道别后，登上了他的专列花车。4 日拂晓，河本大作登上沈阳铁路广场旁的东拓大楼的瞭望台。5 时 30 分，张作霖的花车在皇姑屯车站附近被炸起火，颠覆在铁轨旁。浓烟散去，现场竟然躺着三具穿着北伐军士兵服的尸体。身负重伤的张作霖被送到沈阳督军府，"凶手抓到了没……"他想抬起留着大胡子的军阀的面孔，但是死神已经降临。

日本参谋本部为谋略研究所用，于 1942 年 12 月 1 日留下了河本大作的手记。他在有 25 页格纸的手记中写道："当时的满洲已不是从前的满洲了。与张作霖谈判，当谈到与他不利之处，他便称牙痛而溜掉，因而未解决的问题堆积如山。张作霖的排日气焰比华北的军阀更为浓烈。所以我觉得我们应该有所作为。

"1928 年 5 月下旬，七千关东军从旅顺移到奉天，而张作霖有三十万军队，要解决问题只有采取非常手段。我认为中国军是头目与喽啰的关系，只要干掉头目，喽啰便会一哄而散。我们同时还得出这样的结论：要实行这个计划，唯有在满铁线和京奉线的交叉点才安全。为保万无一失，我们在铁轨上装设了三个脱轨器，爆炸不成就令其脱轨，以便拔刀队来解决。当时中国方面常常偷盗满铁的器材，为防止盗用，我方在路边构筑了沙袋。我们便以火药代替沙土充于袋内等待着机会。

"我们得悉张作霖于6月1日从北京出发，便做好了准备。张作霖乘的是蔚蓝色的钢铁车，夜间很难辨认，我们特意在预定地点装了电灯。他乘的专车在北京至天津间开得很快，而在天津至锦州间降了速度，并在锦州停了半天，所以迟至4日上午5时23分过后才抵达预定地点。适时我们躲在监视偷货物的瞭望塔里，用电钮点爆了火药。"河本大作不愧为搞阴谋的专家，把火药量、时间等都计算得如此精确。

河本大作还写道："这个事件过后，我要石原莞尔来关东军帮我。那时我已开始计划'九·一八'事变的方策了。"

这是凶手的亲笔记录，它不仅披露了"炸死张作霖"的真相，而且从事情的性质上证明，"九·一八"事变实际上已经发生了。可惜这个材料一直被密藏着，迟至20世纪70年代才被发现，如果当时就被国际军事法庭掌握，对一些问题的认识和推断会更加准确有力，一些重大的历史结论及某些战犯的命运将被改写。

"皇姑屯事件"轰动了全世界，日本国内要求调查事件真相的呼声也很高。但足足压了一年多，直到1929年7月，迫于国内外的巨大压力，河本大作才被停职。一年后他出任"东京中日实业公司"顾问，换瓶不换酒，继续从事侵略中国的阴谋勾当。

"九·一八"事变前夕，河本大作受参谋本部之托，携带5万日元的机密费，专程到沈阳交给了土肥原特务机关，作为炸柳条湖铁路的经费。河本大作、板垣征四郎、土肥原贤二、石原莞尔，几个热昏的阴谋脑袋又在一家日本酒馆的酒桌上凑到了一起。板垣等人介绍了他们的行动计划，河本大作不断地往里兑酒，阴谋又一次发酵膨胀。在回国途中，河本大作不负老朋友们的重托，经过一番游说，得到了"满铁"和驻朝鲜日军的承诺：一旦关东军行动，他们将给予全力支持。

1932 年至 1945 年，河本大作先后任"满铁"理事、"满洲炭矿株式会社"理事长、"山西产业株式会社"社长等职，从事对中国的经济侵略活动。在东北期间，他倚仗关东军的力量，巧取豪夺，逐步霸占了那里全部的煤炭资源，每年掠夺的煤炭高达 1000 余万吨。"山西产业株式会社"在他的经营下，工厂从 36 个增至 42 个，资金由 3000 万日元增加到 8000 万日元，生产大量的钢铁、煤炭、棉布、皮革，除直接供应驻山西的日军外，还把大批物资源源不断地运送回国。为了最大程度地实行掠夺，支持日本的侵略战争，他强征劳工，不顾他们的死活，用刺刀和皮鞭逼着他们进行长时间的封闭劳动。矿工们吃冷窝头，喝煤沟里的黑水，加上每天超强度地干活，不断有人病死、累死。而井下条件同样恶劣，冒顶、片帮、瓦斯爆炸等恶性事故时有发生。抚顺煤矿仅在 1939 年就伤亡矿工 10190 人，平均每掠走八百吨煤，就遗下一具中国矿工的尸体。在日本人统治期间，山西大同煤矿被迫害死的中国矿工达到 6 万余人。

日本投降后，河本大作投靠了山西军阀阎锡山，后又伙同伪山西省日本顾问城野宏等人发起所谓"在晋日人残留运动"，加入国民党太原绥靖公署暂编独立第十总队，与共产党的军队作战，对中国人民犯下了新的罪行。1949 年 4 月，暂编独立第十总队在牛佗寨被中国人民解放军全歼。太原解放后，这个"双料"战犯被公安机关逮捕，但还未及审判，便因病在太原战犯监狱一命呜呼。

第六章　屠城血证

观音不度屠城元凶

在月辉和夜色中，金朝年间修建的卢沟桥像一帧古老的剪影。

桥栏杆上蹲着工艺化的小狮子，桥头立着乾隆皇帝御笔亲题"卢沟晓月"石碑，桥下流动着胭脂粉河水。这是一种典型的中国文化氛围，宁静、温馨。就是在这里，1937年7月7日深夜11时40分，几记刺耳的枪响打碎了这梦一样的氛围，日本蓄谋已久的全面侵华战争爆发了。北平和天津相继沦陷。

8月13日，日本海军在上海燃起战火。钦命上海派遣军司令官松井石根率军直赴战场。激战空前。10月20日，日军在杭州湾登陆成功，大肆杀戮平民。天皇赏赐前线将士每人一杯御酒，十支香烟，以表彰"使皇威扬于世界"。裕仁天皇的叔父朝香宫鸠彦亲王飞抵前线，密令"杀掉全部俘虏"。密令像瘟疫一样在口头传播。日军训示部下："在华北尤其是上海方面的战场，一般支那老百姓，纵令是老人、女人或者小孩，很多从事敌人的间谍，或告知敌人以日军的位置，或诱敌袭击日军，或害于日军的单兵，等等，故不能掉以轻心，需要特别注意。尤以后方部队为然。如发现这些行为，不得宽恕，应采取断然处置。"12月13日，日军攻陷南京，松井"降魔的利剑现在已经出鞘，正将发挥它的神威"，他命令日军继续"发扬日本武威慑服中国"。

南京发生了惨绝人寰的大屠杀。

日军在攻打上海时死伤5万多人，他们带着复仇的决心和爆炸的兽欲冲进南京，他们已不是人，而是刺刀、烈火和畜生。他们杀死了30多万人，强奸了两万多名女性，城内73%的房屋遭抢劫，89%的房屋被破坏，损失财富总价值达2.46亿元。大火持续呼啸了一个多月。

这令人难以置信的野蛮罪行，杀伤了每一个有良知的人的神经。国际军事法庭把此案列为专项，审讯整整用了三个星期。

检察官莫罗上校在起诉发言时异常激动和愤慨。法庭为了表现出司法的客观性，几次打断了他的话。但要让他有所克制是困难的，因为恐怖、残忍的兽行在烧灼着他。他继续激愤地说道："南京是世界人口最稠密的地区之一，它在一场违反国际法和几个世纪以来形成的全部战争法规的不宣而战的军事侵略中沦陷了，被洗劫、炸毁和烧光了。中国战俘成群地被绑起来，然后进行大屠杀。"他说，这一古城的居民深陷在极大的痛苦和暴行之中，他们无端地惨遭抢劫和杀戮。

首席检察官基南认为，坐在这里的20多名被告同希特勒之流携起手来，对民主主义国家计划、准备并发动了大规模的侵略战争，结果使几百万人丧失生命，资源遭到破坏。他有充分的理由和足够的证据断言："南京陷落后，紧接着是对数以万计的俘虏、和平居民和妇女儿童的杀戮、欺凌、摧残以及对毫无军事意义的众多房屋的破坏。这些事件被称为现代战争史上独一无二的南京大屠杀。"

被告席上，指挥实施南京大屠杀的日军统帅松井石根满脸懊丧、忏悔和可怜的神情，像个断顿的大烟鬼。他为自己所作的辩护，与他的脸色一样枯晦，他使出了三招：第一招是矢口否认；第二招是装聋作哑；第三招是推卸责任。

"西方帝国主义侵略东亚的战争同日本进行的日清、日俄战争是本质完全不同的两种战争……东洋日本与中国之抗争，一方面应视为两国人民自然发展之冲突，同时亦可视为两国国民思想之角逐。盖中国国民之思想，最近半世纪间明显受欧美民主思想与苏联共产思想之感化，致东洋固有的儒教、佛教思想发生显著变化，中国国内变化招致各种思想之混乱与纷争，乃至形成同日本民族纷争之原因。"这是什么意思？是说日本的侵略是出于善意？并非野蛮，并非带有掠夺的目的？还是想利用法官们价值观念的不同引起他们之间的隔膜与对立？总之，松井全盘否定了南京大屠杀的暴行。他说："基南检察官所云对俘虏、一般人、妇女施以有组织且残忍之屠杀奸淫等，则纯系诬蔑。而超过军事上需要破坏房屋财产等指责亦全为谎言。"

松井的狡赖不足为怪，直到今天，我们仍然能经常看到如出一辙的论调。1995 年 2 月 3 日，一群干瘪的老兵、说话温柔的学者和气势汹汹的右派恶棍聚集在东京，他们向日皇像鞠躬，他们攥紧拳头叫嚷。一个 26 岁的神道教女教士拨开人群，对着 3000 名狂徒说："我们大家都毫无疑问地坚信，打那场大东亚战争的目的，是要把所有亚洲人从白人优越论者手中解救出来。"活动的组织者、道教大学的英语教授中村说："日军 1937 年在南京屠杀了 30 万中国人的事件，是历史的最大谎言。"1973 年，铃木明出版过一本名叫《"南京大屠杀"的幻影》，他把南京大屠杀说成是虚构的"幻影"。这本书充当着否定南京大屠杀的有力武器。

到底是谁在虚构？1946 年的法庭里一片黑暗，一束强烈的光柱打到白色的银幕上，历史真实出现了：一阵枪响。一片杂陈的尸体。刀光内过，滚落一颗带血的头颅。浑身血伤的中国难民在战栗。锋利的刺刀扎进婴儿……

在人们的怒骂和哭泣声中，法庭又出示了一个极其重要的文件，它来自法西斯阵营内部，是纳粹德国驻南京大使馆打给德国外交部的一份密电。电报描述了日军在南京杀人如麻以及强奸、放火、抢劫的情状，最终的结语是："犯罪的不是这个日本人，或者那个日本人，而是整个的日本皇军……它是一架正在开动的野兽机器。"

干瘦的松井低下了骷髅一样的头颅。他的嘴里在嗫嚅着什么。他抬起头来说："当时我正在养病，对发生了什么全然不知。"此为第二招。

法庭以足够的证据驳回了他的谎言。12 月 17 日那天，日军举行了狂热的入城式和慰灵祭。时任华中方面军司令官的松井石根乘车来到城东满目疮痍的中山门，在那里换骑上一匹栗色的高头大马，他要让士兵们看清楚他们的统帅。他耀武扬威地进了城，成千上万的日军官兵在街道两旁列队欢呼，他戴着白手套的手在空中得意地挥动。他捋了捋小胡子。他嗅到了人肉烧焦的气味，看到十几处高高窜起的大火像胜利的战旗一样迎接他。战马迈着悠闲的步子，把他送到城北面的首都饭店。

1995年中国导演吴子牛导演的影片《南京大屠杀》，再现了当年一幕幕真实的情形：

——十多个日本兵押着几百名中国警察。几个日本军官在女警察跟前站住，用刀挑去她们的帽子，强行拉走了几个。警察们骚动起来，日本兵挺枪恫吓。两名半裸的女警察冲出，被光着上身的日本军官开枪打死。日本兵抬来几筐米饭。一个日本兵说："干脆处理了吧。"军官一挥手，机枪响了，警察们倒在血泊之中。

一个军官向松井石根报告说，已抓到了十多万名中国军人，每日伙食供应成了大问题。松井略一沉吟，说："我考虑我们的力量不足。如果我们有太多的仁慈，我们就会遇上麻烦。那就消灭了吧。"

江风怒号的草鞋峡，悲愤的俘虏被赶上土坡。军官下令开枪，机枪手略一犹豫，军官抽刀劈杀了他。枪炮齐鸣，俘虏群像江涛一样翻滚。

这与曾被日军俘虏的上尉军医梁廷芳的证词完全一致。

——几所大学建立的难民安全保护区。英、美、法等国的国旗徐徐飘拂，各种帐篷和木屋拥挤在操场上。五六辆载着日军的卡车驶到安全区门口停下，几百名发情的畜生扑向大门。救委会主席雷伯挡在门口："这是国际安全区，是得到你们的最高司令批准的，你们不能进来。"他遭到了日本兵的暴打。魏特琳女士手中的美国国旗被日本兵夺去扔到地上。

就像恶狼扑向羊群，日本兵扑倒了一个又一个妇女。惨叫声。皮靴和飞舞的皮鞭。几位少女含辱跳楼。柔弱女子脸上的血和身上的血……

这直接就是许传音博士出庭作证时说出的那一幕。他当时在安全区担任红十字会副会长。

……

在法庭证人席上,站出了一个又一个南京大屠杀的幸存者。金陵大学医院外科主任、美国医生威尔逊述说了他目睹的被日军杀伤的中国军民的惨状。在那些恐怖的日日夜夜,威尔逊把目睹到的事实写进了日记,日记内容于1995年译成中文后,首先在南京引起了巨大的震动。

"昨夜金陵大学一位中国员工的住所被捣毁,他的亲属、两个妇女被强奸。在一所难民营里,两个大约16岁的女孩被轮奸致死。上午我花了一个半小时为一个8岁男孩做了缝补手术,他有5处刺刀伤,胃被刺穿,一部分大网膜流出了肚子外。

"今天我处理了一个有3处子弹孔的男人。他与其余80人是从'安全区'的两幢房子内被带出来,在西藏路西边的山坡上被残杀的。80人中只有少数几个是退伍军人,其他都是平民百姓。他是唯一的幸存者。

"每个商业区都被放了火。昨天晚餐前我数了一下,共有12处起火,今天同一时候有8处,有些地方整幢建筑被烧毁。

"一个40岁左右的妇女住进了医院。她被日本人从难民营中带走,名义上是给日本军官洗衣服,日本人一共带走了6个妇女。她们白天为日军洗衣服,晚上则被日本人强奸,她们中有5个人一晚上要受到10至20次的强暴,而另一个由于年轻漂亮,每晚要受到大约40次奸污。第三天两个日本兵把她带到一个偏僻的地方,想砍掉她的头,其中一个砍了她4刀,但只削掉了她的颈背部到脊柱的全部肌肉,另外她的背部、面部和前臂还有6处刀伤……"

梅奇牧师是国际红十字会南京委员会的主席,他从人道的立场，控诉了日军杀人、强奸和抢劫的事实：

"日军占领南京后，就有组织地进行屠杀。南京市内到处是中国人的尸体。日本兵把抓到的中国人用机枪、步枪打死，用刺刀刺死。

"强奸到处都有发生，许多妇女和孩子遭到杀害。如果妇女拒绝或反抗，就被捅死。我拍了照片和电影，从这些资料上可以看到妇女被砍头或刺得体无完肤的情形。如果妇女的丈夫想救自己的妻子，他也会被杀死……"

梅奇牧师滔滔不绝地列数了一百多件罪行，件件冷得让人见血见泪，令人发梢生寒。他回答了萨顿检察官的讯问，又接过松井石根的辩护律师布鲁克斯扔过来的白手套。在整个审判过程中，被告们的美国律师异常卖力，为了开脱被告罪责及拖延审判的进程，他们盘问、攻击检方提供的证人证件，驳辩、非难检方的论证主张，可谓无孔不入，无隙不乘，态度张狂而龌龊。布鲁克斯一出剑，就可看出他是一个有经验的对手。

布鲁克斯："你看到过强奸的现行犯吗？如果有，那么是几个？"

梅奇："我看到过一个日军在实际进行这种行为，还看到过两个日本士兵把一个15岁的女孩按在床上。"

"一个是现行犯，另一件未遂，是这样吗？"

"他们两人把女孩压在床上。"

"你看到抢劫或者你本身被强盗抢过的事件有几回？"

"我见过偷电冰箱的日军。另外……"

梅奇停了一下，他在考虑战斗的严肃性。但这种事对日本人来说委实是十分难堪的。没容他考虑成熟，布鲁克斯就催促了。于是便有了下面的一段话，由于细节的生动及与法庭庄重气氛的不和谐，而给人们留下了深刻的印象。梅奇说："一天夜里，一个日本兵竟三次闯进我的住宅。他的目的是想强奸藏在我家里的一个小女孩，另外就是偷一点东西。他进来一次，我就大声斥责一次，但每次他都要偷点东西走。为了满足他的欲望，最后一次，我故意让他在衣服口袋中掏去了仅有的 60 元纸币。他得到了这笔钱后，便满足和感谢了我，然后一溜烟似的从我家的后门窜出去了。"

二十天里唯一的一次，审判席上的法官和旁听席上的群众哄堂大笑起来。如同一个小丑在一出小小的正剧里掉了出来，演出了一幕滑稽戏。连被告席上的战犯们也失声笑了出来。但他们张开的嘴巴里像被塞进了一撮猪毛，随着哧哧的笑声往里走。这是魔鬼的笑，像哭。

检察方面的证人证词和各种材料堆起来有一尺多高。广播电台每晚穿插着音乐，向日本人民播送关于南京暴行的《这就是真相》的专题。中外证人的口头证言及检察与被告双方的对质辩难常常达到白热化的程度。法官席在认真倾听。旁听席的上千人屏住呼吸聆听。被告席也在阴郁的气氛中仔细地听着。

英国人罗伦斯和中国证人尚德义、伍长德、陈福宝……站到了证人席上。他们庄严地向法庭宣誓，他们陈述的都是事实。被称为"日本通"的金陵大学美籍教授贝德士站到了证人席上，陈述着他目击的凄惨情景：

"日军进城后的几天间，我家附近的马路上被他们射杀了无数平民，尸体比比皆是。

"一大群中国士兵在城外就投降了，被解除了武装，三天后被日军的机枪扫射死了。

"我的朋友亲眼见到一个中国妇女被 17 个日本兵轮奸，9 岁的女孩和 70 多岁的老太太也被强奸了……"

松井石根不得不供认道："余于 1937 年 11 月被任命为华中方面军司令官。攻击南京时不意若干青年军人竟于占领南京时有残暴行为，实属遗憾。"但他并不服罪。他想避重就轻，推卸责任。于是他使出第三招。

松井石根大言不惭："我始终坚信，日中之间的斗争是亚洲大家庭中兄弟间的争吵，日本不可避免地要动用武力，以拯救旅居中国的日本侨民，保护我们的权益，这同哥哥经长期忍耐后赶走不听话的弟弟没什么两样，目的仅仅是促使中国回心转意。驱使这一行动的动机并非仇恨而是爱怜。"

他说："由于我多年夙愿乃是使日中共存共荣，因此在占领南京时采取种种预防措施，以避免这一战争给全体中国人民带来苦难。"

松井石根的辩护人、曾驻南京的第九师团第 36 纵队长胁坂次郎大佐在宣誓证词中说："松井大将常常训示部属要严守军纪风纪，宣抚爱护居民。"

难以置信的是，松井石根怎么竟能承受住事实与谎言之间如此巨大的反向力量。在暴行达到顶峰时，国际安全区的负责人竭力对兽军进行劝阻，同他们讨价还价地谈条件，通过新闻记者向世界舆论揭露兽军的暴行，同时将暴行整理成备忘录，两次通过外交途径向兽军当局提出强烈抗议。

检察官诺兰并没有受到干扰，他讯问道："国际委员会送交的日军暴行备忘录，你看到过吗？"

松井石根回答："见到过。"

"那么你采取的究竟是些什么措施呢？"

"我出过一张整饬军纪的布告，贴在一座寺庙的门口。"

"你以为在浩大的南京城内，日军杀人如麻，每天有成千上万的男女被屠杀和强奸，你的一张布告会有什么效力吗？"

松井语塞。他想了想，说："我还派了宪兵维持秩序。"

"多少宪兵？"

"记不清了，大约有几十名。"

"你以为在几万日军到处疯狂地杀人、放火、强奸、抢劫的情况下，这样少数的宪兵能起到制止的作用吗？"

松井又想了想，说："我想能够。"

当证人证实当时南京只有 17 名宪兵，这些宪兵本身也参加了暴行时，松井烟鬼般的脸上又重重地刷上了一层死灰色。

松井企图逃脱罪责的努力落空了。

早于开庭审判前的调查讯问期间，松井就力图推卸自己的责任。面对莫罗法官的讯问，他说要把日军在战场上的行为同作战外的不法行为区分开来，犯罪分子当时已被处置。他强调说，他并非要谴责朝香宫，但南京暴行确实是朝香宫任司令官的部队干的。为了表明自己是个虔诚的佛教徒，具有积德行善的情怀，他告诉莫罗，他从南京回国后，即在热海市附近的伊豆山上修建了一座神殿，塑了一尊观音菩萨的全身像，并将从长江盆地运来的染血的泥土撒在基座上。他曾昼夜不息地在这神像前为两国军人的亡灵得以安息，为世界和平得以实现而祈祷。

这在无意当中透露出日本政府对南京大屠杀的态度。迫于世界各国舆论的压力，松井石根及其部下 80 名将校被召回国内，但没有受到任何处罚。松井回国后被任命为内阁参议。由于在战争中的"功劳"，日本政府还于 1940 年给他授勋。他对人说，他回国不是因为他的军队在南京犯了暴行，而是他的任务到了南京业已终结。

夫人矶部文子陪着他到伊豆的山淙淙园静养。陶瓷观音像落成后，他写了一篇《兴亚观音缘起》的文章刻在它的基石上。文章写道：

> 中国事变，友邻相争，扫灭众多生命，实乃千古之惨事也。余拜大命，转战江南之野，所亡生灵无数，诚不堪痛惜之至。兹为吊慰此等亡灵，特采江南各地战场染彼鲜血之土，建此"施无畏者慈眼视众生观音菩萨"像，以此

功德，普度人生……

抑或松井石根真的要立地成佛了？臂戴"MP"标志的国际宪兵在巢鸭监狱宽大的走廊里来回走动，粗重的皮靴踏下去，传出响亮的震感。松井感到不安了？感到恐惧了？生反悔之心了？他用血腥气犹烈的手，在牢房的墙上挂了一幅观音画像，每天早晚在像前合十礼拜，诵读《般若波罗蜜多心经》和《观音经》。他在等待着最后的命运。

因南京大屠杀而作为甲级战犯同时受审的，还有华中方面军副参谋长武藤章。

武藤章协助松井指挥日军攻陷南京后，奉命安排日军宿地。他借口"城外的宿地不足""由于缺水而不敷使用"，命令城外的日军可随意在南京城内选择宿营地。堤坝开了，亢奋的洪水撞击着，嘶喊着，带着巨大的破坏力昼夜不停地在大街小巷奔流，给市民带来了灭顶之灾。12月17日，日军举行盛大的"入城式"，他陪同松井石根穿过中山门，进入血雨腥风的南京城，分享着兽兵们对统帅的欢呼。第二天，他又陪同松井参加了"慰灵祭"。对于发生在他身边的烧、杀、奸、掠，他只是狞笑，狞笑。他给了狂兽们更大的勇气和更野蛮的欲望。

残暴是他的性格。1945年初，武藤章任驻菲律宾的日本第十四方面军参谋长，指挥日军同美军作战。美军到达之前，他的部下在马尼拉市抢劫、强奸、屠杀，制造了骇人听闻的马尼拉惨案。

在马尼拉惨案中，最为残忍的是日军在圣保罗大学一次杀害800多名菲律宾儿童。兽兵们在大学餐厅里摆放了一些点心，把800名孩子哄骗进来。正当孩子们吃点心的时候，一个兽兵拉动了藏在灯架内的集束手榴弹，悬挂在儿童头顶的五盏枝型吊灯轰然一声巨响，屋顶掀开了，孩子们被炸得血肉横飞，没死的在奔跑中倒在了机枪的火舌下。多么残酷的游戏，只有灭绝人性的疯兽才能干出这样的勾当。还有，日军士兵强迫一名美国俘虏把自己手背上的皮剥下来吃掉。一批平民像圈羊般被赶到一起，四周堆满浇上汽油的木器，一把大火点燃，烧干了人血。日军在光天化日之下恣意奸淫年轻姑娘。反抗者被斩首，颅腔里往外喷着热血的尸体也遭到奸淫。可怜的姑娘，他们连一个干净的尸体都不留给她！值得提出的是，日军制造"马尼拉惨案"，是在指挥官的命令和准许下进行的。美军缴获到一份这样的日军命令："杀死菲律宾人时，尽量集中在一个地方，采用节省弹药和人力的方式进行，尸体的处理很麻烦，应把尸体塞进预定烧掉或炸毁的房屋里，或扔进河里。"

"二战"期间发生的"三大惨案"，即南京大屠杀、菲律宾大屠杀和泰缅铁路战俘事件，武藤章主谋参与的就有两个。

1948年4月，旷日持久的庭审终于结束了。法庭进入起草判决书的阶段。经过梅汝璈的争取，由中国法官负责起草有关日本侵略中国的部分。在起草过程中，中国法官们经受着持续的震惊和痛苦，泪雨连绵。在一次法官会议上，梅汝璈慷慨陈词："由法庭掌握的大量证据可以看出，日军在南京的暴行，比德国在奥斯威辛集中营单纯用毒气屠杀，更加惨绝人寰。砍头、劈脑、切腹、挖心、水溺、火烧、砍去四肢、割生殖器、刺穿阴户或肛门等，举凡一个杀人狂所能想象出的残酷方法，日军都使用了。南京的许多妇女遭强奸后又被杀掉，日军还将她们的尸体斩断，对此种人类文明史上罕见之暴行，我建议，在《判决书》中应该单设一章予以说明。"

梅汝璈说完刚刚落座，又站起来用压低的嗓门说："我的这个请求，务请各位同仁予以理解、赞同。"

法庭庭长韦伯同意了，其余九位法官也同意了。

松井石根捧着《观音经》，在他的所谓生死由天的境界中等来了对他的宣判。

在两名高大宪兵的监押下，他摘下眼镜，笔直地站在了审判席上。

远东国际军事法庭根据大量的人证、物证，确认南京大屠杀是现代战史上破天荒之残暴纪录。在长达 1218 页的《判决书》中，用两个专章，作了题为"攻击南京"和"南京大屠杀"的判词。

《判决书》认定了松井在侵占南京中的作用：

> 松井被任命为上海派遣军司令官离东京赴战地时，他已经想好了在预定占领上海后就进兵南京。他在离东京前，要求给上海派遣军 5 个师团。因为他早就对上海和南京附近的地形做过调查，所以他对进攻南京做了实际的准备。

松井和武藤纵容暴行：

> 1937 年 12 月初，当松井所指挥的华中方面军接近南京市的时候，百万居民的半数以上及全体中立国的国民——其中除少数留下来以便组织国际安全区外——都逃出了南京。……因为中国军队差不多已全部从南京市撤退，或已弃去武器和军服到国际安全区中避难。所以，1937 年 12 月 13 日早晨的占领完全没有遭到抵抗。日本兵云集在市内并且犯下了种种暴行。……日军在占领南京后，至少有六个礼拜，包括松井和武藤入城后的至少四个礼拜，一直不断地在大规模地进行着大屠杀。

暴行惊天地，泣鬼神：

中国人像兔子似的被猎取着。

全城中无论是年轻的少女或老年的妇人，多数都奸污了。并且在这种强奸中，还有许多变态的和淫虐狂行为的事例。许多妇女在遭强暴后被杀，躯体被斩断。

日军仅于占领南京后最初的六个星期内，不算大量抛江焚毁的尸体，即屠杀了平民和俘虏 20 万人以上。

武藤与松井完全知道所发生的种种暴行：

南京安全区委员会干事史密斯说："在最初的六个礼拜中，（我）曾每天提出两次抗议……"无论是武藤和松井都曾承认，南京失陷后，他们还在后方地区的司令部时，就已听到过在南京所犯的暴行。松井承认，他曾听说过许多外国政府已对这类暴行提出了抗议。

松井是指挥南京大屠杀的罪魁祸首，其大罪不容抵赖：

松井在 1935 年退役，在 1937 年因指挥上海派遣军而复返现役。接着，被任命为包括上海派遣军和第十军的华中方面军司令官。他率领这些军队，在 1937 年 12 月 13 日占领了南京市。中国军队在南京陷落前就撤退了，因此所占领的是无抵抗的都市。接着发生的是日本陆军对无力的市民施行了长期持续的最恐怖的暴行。日本军人进行了大批屠杀、杀害个人、强奸、抢劫及放火……当这些恐怖的突发事件达到最高潮时，即 12 月 17 日，松井进南京城并曾停留了 5 至 7 天。根据他本身的观察和参谋的报告，他理应知道发生了什么事情。他自己承认曾从宪兵队和使领馆人员处听说过他的军队有某种程度的非法行为。在南京的日本外交代表每天收到关于此类暴行的报告，他们并将这些事报告给东京。本法庭认为有充分证据证明松井知道发生了什么样的事情。对于这些恐怖行为，他置若罔闻，或没有采取有效办法来缓和它。

没有根据证实松井由于生病而无法实施制止暴行的愿望：

> 他的疾病既没有阻碍他指挥在他指导下的作战行动，又没有阻碍他在发生这类暴行时访问该市区达数日之久。而对于这类暴行具有责任的军队又是属他指挥的。他是知道这类暴行的。他既有义务也有权利统治自己的军队和保护南京的不幸市民。由于他怠忽这些义务的履行，不能不认为他负有犯罪责任。

法庭庄严宣告："被告松井石根根据起诉书中判决为有罪的罪状，远东国际军事法庭处你以绞刑。"

武藤章被认定犯有参与策划发动侵略战争、制造南京大屠杀和马尼拉惨案等多项罪行，亦被判处绞刑。

绝望过后便是决心，便是本相。1948年12月21日，武藤章接到两天后执行死刑的通知。他坐在稻草垫上，就着刺眼的灯光，写了一节含着悲绝之情的俳句："霜夜时，横下铁心，出门去！"

被告与证人均缺席

朝香宫鸠彦毕恭毕敬地走进明治宫殿二层的政务室，天皇还没到。像往常一样，天皇宽大的办公桌上放着砚台盒、印色盒、笔洗、自来水笔的贮墨管，还有圆形钟表和台灯。此外，天皇不离手边的生物学笔记和分类卡片也放于台案上。桌子的后面放着一张深咖啡色的皮转椅。椅子右后方的墙角有一个装饰架，上层是林肯的胸像，下层是达尔文的像。

天皇走了进来。如果是去绫绮殿，他是要穿黄栌染御袍的。而来这里，他通常身穿陆军大元帅军服，戴着大勋位的副章，腰际挎着元帅佩刀。"七·七"事变以后，他停止了一切娱乐，全神贯注于战争全局。

朝香宫深深地垂头敬礼，天皇也轻轻点了下头。

天皇看了他的这位叔父一眼："华中方面的战事，你怎么看？"

朝香宫有所预料："最近的局势很乐观。"

"有必胜的把握吗？"

"皇军无敌。"

"是这样吗？"天皇紧接着说，"听说松井石根大将近来身体不好。我想派你担任上海派遣军司令官，协助他会攻南京，逼迫蒋介石投降。"

朝香宫胸部一挺，提高声量说："臣有信心发扬日本武威使中国屈服！"

天皇点点头。朝香宫多次煽动少壮军人闹事，他对这位不安分的叔父是不满意的。这回好像是要给他一次将功补过的机会。

受命后尚未出发，朝香宫就迫不及待地把天皇的决心电告前线部队："切望攻占南京。"12月5日，他带着加盖了国玺的绝密敕令飞离东京，7日到达华中前线，敕令里写道："华中方面军司令官当与海军协同进攻敌国首都南京。"弧光一闪，朝香宫拔出雪亮的指挥刀。

部队接到了亲王的密令："杀死全部俘虏。"

英国哲学家罗素说："任何组织所唤起的忠诚都不能与民族国家

所唤起的忠诚比拟。而这种国家的主要活动是进行大屠杀准备。正是对这种杀人的组织的忠诚，使得人们容忍极权国家，并宁肯冒毁灭家庭和儿童乃至整个文明的危险……"

日军官兵完全疯了，他们完全变成了丧尽人性的兽。带着皇气的朝香宫与松井石根联手，指挥兽兵们把南京推进了血海。中国人的鲜血溅上古城墙根，染红浩浩长江。

1月30日，朝香宫奉电召回东京，向天皇陈情邀功。天皇满意他们的表现，称朝香宫、松井石根和柳川平助为"攻占南京三元勋"。2月26日，天皇在他举行登基仪式的叶山行宫接见三名刽子手，盛宴除尘。宴毕赐每人一对雕有皇室神圣徽记菊文章的银质花瓶，亲手为他们挂上多枚勋章。这是最高的殊荣。

然而，朝香宫却没有被送上国际军事法庭的被告席！

在巢鸭监狱的秘密讯问室里，除了松井石根强调了朝香宫对南京大屠杀应负的责任外，田中隆吉也指出：朝香宫鸠彦的上海派遣军在南京事件中的表现是恶劣的。但这些被掩盖了。追究皇亲的战争责任直接威胁到天皇，这不符合美国的利益。罪恶累累的陆军元帅、皇亲梨木宫守正被作为战争嫌疑犯抓了起来，几个月后又被麦克阿瑟释放。而对朝香宫更是秋毫无犯。

审判大厅里进行着旷日持久的唇枪舌剑。法官们，被告们，律师们，证人们，似乎谁都忽略了朝香宫的存在。被告席没有他的位置，甚至没有被作为证人带上法庭。他被遗忘了。在他的身后是天皇。

不——

他们就在被告席上！我们分明看到他们站在被告席上。他们在恐惧地颤抖，垂下的头上冒出黄豆大的汗珠。我们，在南京大屠杀中屈死的鬼魂，我们要控告他们，审判他们，惩罚他们！

我叫唐鹤程，原是教导总队营长的警卫员，在草鞋峡大屠杀中遇的难。我证实日本鬼子用机枪扫、刺刀戳、汽油烧，极为残暴地杀死了 57418 名中国军民。

兵溃如山倒。军民被硝烟和尸臭味裹着，在夜色中拼命奔逃。天蒙蒙亮时我们被鬼子抓住了，被关进幕府山用铁丝网围起来的场地里。这里有难民和散兵，男女老幼，还有几十个女警察。几天中没吃没喝，鬼子持着粗大的木棍和刺刀在人群里走来走去，一有个不顺眼就砸就戳，每天都往外面的壕沟扔被奸死的妇女。被抓到的人仍源源不断地向这里汇聚。

人们不甘心坐着等死。第四天夜里，一个四川兵放火点燃了用芦草盖的大棚，烈焰借着风势腾空而起，人们乘势往外冲。日本兵的军号和机关枪响了起来，逃跑的人被打死几千。

过了一夜天还没亮，开来几辆载着整匹白洋布的卡车。鬼子用刺刀把白洋布撕成布条，把我们膀子靠膀子绑了起来。人群离开了幕府山，被鬼子用刺刀押往草鞋峡。天黑时到达了那里。

"坐下！统统地坐下休息。"鬼子一边喊一边后撤。江滩上黑压压地坐满了人，我们预感到鬼子要下毒手了，便互相用牙齿咬开了绳结，想伺机与鬼子拼个鱼死网破。这时江边两艘小艇上的探照灯射向了人群。路边浇上汽油的柴草也点着了，江边混乱起来，我们向来不及后撤的鬼子扑上去。鬼子的重机枪从四面向我们扫来，人群在震耳欲聋的枪声中像被割的稻子一样成片地倒伏下去。一股发烫的血柱喷到我的脸上，几乎是在同时，我感到自己的脑门一亮，灌进了一股凉风。我死了。另一个人的尸体重重地压住了我。

枪声停了，鬼子端着刺刀在尸丛中来回地寻找戳刺伤者，最后搬来稻草和汽油焚烧。我听到了人肉人骨燃烧的声音，听到未死者的叫骂和鬼子的狞笑。我闻到了人肉烧焦后浓烈的气味，看到婴儿化作了黑烟！

伤天害理的鬼子，你不要以为焚尸灭迹就能逍遥法外了。我要钻到你们的脑壳里去刮大风，每天每天刮！

我不是人呀——我是个王八蛋！皇军，都他妈的是狗娘养的畜生！

王小六目光呆痴，蓬头垢面，光赤着双脚站在荒坟野草中。

我不是人。我原名叫王少山，曾在东京的一所医学院留学，和龟田是同班同学。南京一沦陷，龟田要介绍我去日军司令部当翻译，我就昧着良心当了汉奸。哪晓得，大祸就要临头了。

我经常带着一大帮兽兵闯进安全区抢漂亮姑娘。龟田这个龟孙子却盯上了我的老婆。我老婆年轻的时候是邻里间有名的大美人，四十岁的年纪了模样仍然不减当年。我上有年近七旬的老父，下有一对双胞胎女儿，造孽哇。

我真是糊涂。龟田不久接到了调防的命令，当天晚上，他找个借口把我支走，带着15个鬼子闯进我家，一进门就把我老婆按在床上行奸。我老父要阻止，就被捆住吊起来，他一边挣扎一边大骂，鬼子就铲来大便糊他的嘴。别的鬼子在一旁轮奸我那两个可怜的女儿。鬼子淫笑着，一刺刀扎死了两条命。

第二天早上一回家，我的两眼突然发黑，过了好半天才看清眼前的情形。全家人一丝不挂。老父冰凉的脸上凝结着极度的痛苦和仇恨，两个女儿被奸死。老婆张了张嘴，我赶紧凑过去，她只说出"龟田"两个字就断了气。

我返身跑出家门，跌跌撞撞跑到司令部找龟田质问。他狠抽了我几记耳光，把我拖出司令部扔在臭水沟里。我爬起来尖叫一声，破口大骂。龟田叫来一群宪兵，向我做了一个砍劈的手势，几把刺刀同时扎进了我的胸膛。他们用绳子捆住我的脖子，把绳子的另一端拴在摩托车的后座上，加大马力狂开一气，马路上留下一道血迹和东一块西一块的烂肉碎布。

天打五雷轰的小鬼子造孽啊，我要捏住你们的心，用刀子割。瞧，这团漆黑的东西就是他们的心。

我不是我，我是永远站在那棵槐树下的那个女人的灵魂，她名叫静缘，她疯了。所以，我不是我。

那时我13岁，在庵观当尼姑。1937年12月14日，畜生日本鬼子放火烧了庵观，我师父被畜生强奸后痛不欲生，跳入火中自焚。我侥幸逃了出来，全城都燃烧着大火，往哪儿躲啊？我只得躲在一棵大槐树下。我惊惧地藏了一夜，第二天早晨还是被6个畜生逮住了。他们中间的4个人轮流在我身上发泄兽欲，疯狂地摧残我。我昏死过去，被好心的中国人抬到了医院。我的爹娘啊，女儿对不住了。

畜生日本鬼子说他们笃信佛教，敬畏神灵，呸！全是骗人的鬼话。当时不少人跑到寺庙庵观避灾，结果呢？不要说市民百姓，就是和尚尼姑也照样被杀被奸。南京一带有名的和尚隆敬、隆慧，尼姑真行、灯高、灯元都是在畜生进城第一天在庙庵中被杀掉的。畜生日本兵还常以辱杀僧人取乐，他们于强奸轮奸少女后，抓来僧人令其向受害者行奸，有敢违者即割去生殖器致死。这些浑身长毛的畜生！

在医院醒过来，我木瞪瞪地看着围护我的人们，安格尔护士流着泪说我疯了。我没疯，疯了的是静缘。她是我的壳，我是她的灵魂，我找到了仇人，我每天唾骂、控诉他们，叫他们永远不得安宁。

17岁的潘秀英从泥土里走了出来。她的短发几乎是竖了起来，蓝士林褂子上挂满血迹。她的一双大眼睛像凝结了千年的火焰。

我要控诉鬼子，是鬼子毁了我的家，毁了中国人无数好端端的家！

鬼子打进南京时，我才结婚几个月，怀上了孩子。在白下路德昌机器厂做工的丈夫带着婆婆和我进了难民区。一看人太多，我丈夫说自家门口有可藏身的防空洞，就返了回来。听说他师傅被鬼子打中 7 枪死了，他急忙去中华门外埋师傅。

他回到家同我没说几句话，鬼子就叽里哇啦地来了。我和婆婆赶紧钻进地洞，丈夫在上面盖了些杂物，躲到了后院。鬼子进门后用刺刀乱捅乱翻，很快发现了地洞，枪栓拉得哗哗响，我和婆婆被逼着爬出了洞口。婆婆的脚跟还没站稳，白光一闪，头就飞了出去，滚出一丈多远。接着我的脖子也挨了一刀，刀锋碰到了我的喉咙。我昏死过去。

鬼子走后，丈夫跑到前院，一见这个光景，他的身子一抽，全身发出折断的闷声。他跪在我身边，抱着我又晃又喊，用泪洗我的脸。迷迷糊糊看到了他的脸，我说："世金，世金，我不行了。"我的脖子还像被刀子一下一下地割。他把婆婆的头捧起来放进蒲包，找来几个邻居帮忙，把我抬到鼓楼医院。

他得回去给婆婆收殓，不想路上被鬼子抓了夫。8 天后回到医院，我已不能说话了，我死了。在此之前我流产了，我们 3 个月的血淋淋的骨肉放在我身边盆子里。我的家被毁了，我的丈夫空了。

现在，我们在集会，我同成千上万被鬼子残害的姐妹在一起，同 30 万被残害的骨肉同胞在一起，我们在怒吼，在控诉杀人狂。这里是灵魂的法庭，是历史。是谁紧紧地闭着眼睛躲避我们！我们像黑夜一样牢牢地抓住他，惩罚他。

幼女小丁姑娘被 13 个兽兵轮奸，在凄厉的呼喊声中被割去小腹致死。

姚家隆的妻子在斩龙桥被奸杀，她8岁的幼儿和3岁的幼女在一旁号泣，被兽兵用枪尖挑着肛门扔进燃烧的大火。

年近古稀的老妇谢善真在东岳庙被奸后，还被兽兵用刀刺杀。

民妇陶汤氏遭轮奸后，又被剖腹断肢，逐块投入火中焚烧。

她们在控诉！

雨花台2万多受难者的冤魂在控诉！

中山码头2.5万受难者的冤魂在控诉！

鱼雷营9000受难者的冤魂在控诉！

燕子矶5万多受难者的冤魂在控诉！

光华门，汉中门，紫金山，安全区……

34万亡魂汇聚成黑色的大火，熊熊燃烧。

朝香宫们被历史永远地钉在了被告席上。然而，他们却逃脱了东京国际军事法庭的审判。这除了日本政客与美军头领在东京进行的肮脏交易外，起码还有两个因素，一是日军在内部封口，一是日本对国民党政府的影响。

1939年2月，日军军部下发了一个《限制自支返日言论》的密令，举凡"作战军队，经侦查后，无一不犯杀人、强盗或强奸罪""强奸后，或者给予金钱遣去，或者于事后杀之以灭口""我等有时将中国战俘排列成行，然后用机枪扫射之，以测验军火之效力"，等等，对于这些，归国士兵都严禁谈论。

在日本司法省密档中有一份叫作《散布谣言事件一览》的文件，为1938年度思想特别研究员西谷彻检察官所写，记载了因违反密令而受处罚的事例。比如，一个尉官说："我们在南京时，有五六个中国女学生替我们做饭，烧完饭要离开时，我们把她们全杀了。有个走投无路的8岁男孩在哭泣，我的部下把他抱起来，因为小孩反抗，其他士兵就把他刺死……"这个尉官被判监禁3个月；一个老兵说："在战地，日本士兵三四个人一组到中国老百姓家抢猪抢鸡，或强奸女人，把俘虏五六个人排成一列，用刺刀刺杀。"他因而被判监禁4个月；另有一个士兵说："日军真乱来，最近从大陆回来的士兵说，日本士兵由于没尝过杀人的滋味，想杀杀看，就大杀被俘中国士兵和农民。"他被判监禁8个月。

皇亲自然在最严密的保护层中。

其二，日本投降后，以当时日本政府及军部意志混乱、怕军队对天皇诏书生疑为由，朝香宫于8月17日亲抵他曾经的嗜血之地，与中国派遣军司令官冈村宁次密谈，从后来战犯庇护自己罪行的手段和事实来看，他不会不为自己的罪恶进行清扫。冈村宁次与包括蒋介石在内的国民党诸多高官关系甚密，后来连他本人这个侵华一号战犯也得以逃脱审判。而对朝香宫这样一个罪恶昭彰的大战犯，国民政府在给国际军事法庭的战犯名单上从未提起。死难者的血债被埋得更深，死难者再一次受难。

朝香宫终未被送上法庭。另外的几名屠城主犯，日军第十军军长柳川平昭1944年病死；会攻南京的第十六师团长中岛于1945年10月死亡，他们真的死了吗？第十八师团长牛岛与第一一四师师长末松下落不明，他们是战死了？是自杀了？还是藏匿起来了？成了历史之谜。

他们中的两个，第十军参谋长田边盛武被印尼爪哇军事法庭处决；第六师团长谷寿夫在巢鸭监狱被关押半年后，被作为乙级战犯，于1946年8月引渡到中国受审。在中国政府提出要求之时，美国有关人员同中国法官还有一段莫名其妙的交涉。盟军总部法务处处长卡本德忽然跑到东京帝国饭店的中国法官住处，问梅汝璈对此事有什么个人意见。他似乎很严谨，对梅汝璈说："我担心中国法庭能否给谷寿夫一个'公正审判'，至少做出一个'公正审判'的样子。"

"你放心，"梅汝璈明白了卡本德的来意，直感到受难国人的血浪在胸口激溅，他义正词严地对卡本德说，"根据一般国际法原则和远东委员会处理日本战犯的决议，对于乙、丙级战犯，如直接受害国引渡，盟军总部是不能拒绝的。"

亚述魔王留下指甲

1月份的南京，天空晦暗，郊外雨花台荒丘凹里的野草在飕飕的阴风中抖瑟。渗透着鲜血的冻土被铁锹和镐头一下一下刨开，渐渐露出了森森白骨。这些尸骨有的反绑双手，有的一劈两半，有的身首异处，有的紧紧抱在一起，弹洞、锐器砍杀的痕迹……望着这惨烈的景象，在场的人们都哭出了声。国防部军事法庭庭长石美瑜也哭了。

1945年11月6日，作为处理战犯的最高权力机构，国民党政府成立了以秦德纯为主任委员的战争罪犯处理委员会。12月中旬以后，分别在南京、北平、汉口、广州、沈阳、徐州、济南、太原、台北等10处成立了审判战争罪犯军事法庭，分别审理各地区的战犯。1946年2月，国防部直属的南京审判战争罪犯军事法庭成立，由在民国二十一年司法考试中名列榜首的福州才子石美瑜任庭长，审判官有叶在增、宋书同等人，检察官有陈光虞等人。

经过紧张而仓促的准备工作，1946年10月19日开始侦讯谷寿夫。

谷寿夫于1946年2月2日应中国政府请求在东京被捕，关押在巢鸭监狱；8月1日盟军总部用专机将他押解到上海，关押于上海战犯拘留所。战犯处理委员会认为：谷寿夫是侵华最力之重要战犯，且尤为南京大屠杀之要犯，为便利侦讯起见，决议"移本部军事法庭审判"，10月由上海押解南京，关进国防部小营战犯拘留所。

谷寿夫的模样，如同后来的电影描绘日本旧军人最常见的那种：一撮生硬的仁丹胡，堆着骄横肉疙瘩的嘴脸，身材矮粗结实。

即使此时脱去了军装，穿一件呢子大衣，还硬充斯文地顶着灰色礼帽，照样遮不住一副嘴里叼着刀斧、皮围裙上沾满了血腥的屠夫相。在讯问中，当问及他的侵华路线时，他对答如流，但否认在南京犯下过大屠杀的罪行，说在南京的街上连死人也没有看见过。

他写了一份《陈述书》为自己狡辩："南京大屠杀的重点在城内中央部以北，下关扬子江沿岸，以及紫金山方向……与我第六师团无关。""我师团于入城后未几，即行调转，故没有任何关系。"

他的脸上写着十二分的诚恳，也写着十二分的泼赖。

"七·七"事变爆发后，他率部从日本熊本县出发，入侵中国华北。他的部下大都来自九州岛的熊本和大分两县，素以彪悍残暴闻名。侵占保定和石家庄后，他又乘船南下，在淞沪战役中率先于杭州湾登陆，旋经松江、昆山、太湖，一路漂进，从中华门首先攻破南京城。

一位西方军事评论员以传说中魔法无边的恶神来描述他，说他"以亚述魔王般的疯狂暴怒，在大雾中向四面八方飞驰冲击"。

兽军一路烧、杀、奸、掠，沿途三百里到处是焦烟的残骸，劈成两半的幼童，砍掉四肢的汉子……一位英国记者记录下了松江镇遭劫后的惨状："几乎见不到一座没被焚毁的建筑物，仍在燃烧的房屋废墟和杳无人迹的街道呈现出一幅令人恐怖的景象。唯一活着的就是那些靠吃死尸而变得臃肿肥胖的野狗。在一个偌大的曾经稠密居住着约10万人口的松江镇，我只见到5个中国老人，他们老泪纵横，躲藏在法国教会的院子里。"

进了南京城，谷寿夫当即宣布解除军纪3天。于是血雨喷洒，火光冲天，女人惨遭双重的虐杀。

第二次侦审，第三次侦审，人证、物证……事实！事实！事实！一束束白炽的光汇聚在一起，照亮了已沉入过去之暗雾的一切。

石美瑜、叶在增、陈光虞等带人到花神庙、中山码头、草鞋峡、燕子矶、斩龙桥、东岳庙等日军大屠杀场地搜集证据，在雨花台周围挖掘出 6 处万人坑。

法庭在南京 12 个区公所遍贴布告，号召各界民众揭发谷寿夫的罪行。惨痛的记忆点燃了，刻骨入髓的仇恨点燃了！人们拥向区公所。这一天飘起了大雪，大团的雪花像漫天的纸钱。从早到晚，中华门外雨花路第 11 区公所更是挤满了人，挤满了滚烫的眼泪。这眼泪一半是祭死去的亲人，一半是咒杀人魔王的下场。他们留下证言，发了誓，按指印，画十字。

审判官：宋书同　　书记官：丁象庵

中华民国三十六年 1 月 28 日上午

命引陈同氏入庭

问：姓名、年龄、籍贯、住址？

答：陈周氏，女，61 岁，泰州人，住雨花台 55 号。

问：南京沦陷时你家有人被害吗？

答：我丈夫陈德银在（民国）二十六年冬月 12 日在邓府山地洞内，因为日本人要强奸我丈夫的小老婆，我丈夫哀求他，连 1 个孩子共 3 个人都被刺死了。

问：你丈夫的小老婆叫什么名字，多大岁数？

答：陈谢氏，那时 27 岁。

问：强奸的时候你看见的吗？

答：我看见的，也是我收的尸。

问：当时是什么情形？

答：先打死我丈夫、后强奸陈谢氏，奸后又打死了，

小孩哭了

也被打死了。

问：这小孩叫什么名字？

答：小孩叫洪根。

问：当时有几个日本人？

答：有4个日本人轮流奸的。

问；是什么人打死陈谢氏的？你知道他的名字吗？

答：是第一个奸的人打死的，名字不知道。

问：你说的是实话吗？

答：是的。

命引刘德才入庭

问：姓名、年龄、籍贯、住址、职业？

答：刘德才，男，72岁，山东登州荣城人，住养虎巷一号，从前开雨花茶社。

问：你家有些什么人？

答：我儿子在兵工厂做事，随政府入川的，孙子同我在一起。

问：南京沦陷时你知道有什么人被害吗？

答：我家后面有避难室，有10个人被日本人烧死了。

问：是什么时候？

答：是日本人进城的第二天或第三天。

问：日本兵驻在南门外什么地方？

答：我家旁边都驻的日本兵。

问：你知道还有别的人被害吗？

答：养虎巷有两个地洞，共死了34个人。一个地洞在我家内，一个在我邻居家。

问：在地洞内的人是怎么死的？

答：烧死的。

问：你当时看见的吗？

答：我看见的。

问：这些人的尸首也烧了吗？

答：尸首是我埋的，埋在东边山上。

问：都是烧死的吗？

答：有一个是上来时被刺刀刺死的。

问：还剩没有死的人吗？

答：只有一个姓王的同姓李的没有死。

问：来了多少日本兵到你家内？

答：有十几个日本兵。

问：地洞内当时有多少人？

答：一个洞内 10 个，一个洞内 22 个。

问：这些尸首是你一个人埋的？

答：还有个姓戈的人同我一起埋的。

问：是什么部队？

答：都是从南门进城的部队。

问：你说的都是实话吗？

答：实在的。

张陈氏：我儿子张进元被日本人拉夫拉去至今生死不明。我媳妇张孟氏生产才几天被日本人强奸，没几天就死了。小孩也死了。我门口地洞里打死 3 个人……

萧潘氏：我大儿子萧宗良，当时 31 岁，在冬月 11 日，日本兵进城，我家有几十个人。我儿子正在吃中饭，听说日本人来了，就躲进地洞里。以后我听到枪声出去看，死了 7 个人，我儿子也在内，我儿媳被日本兵强奸了……

陆夏氏：我的公公、婆婆、丈夫、小叔子 4 口被害。公公名陆荣龙，婆婆名陆李氏，丈夫陆锦春，叔叔三代子，于（民国）

二十六年冬月 11 日晚上因房子被火烧了，我们躲在乱坟上，来了许多日本兵，碰到我公公，说是中央军，就开了枪打死了。我叔叔去看，也打死。我的丈夫因为头上有帽痕，也被说成中央军，用刀砍死。我的婆婆去看，也被砍死了……

周顺生：我妻子周丁氏那时 20 岁，（民国）二十六年冬月 14 日在土板桥白下村仓库被日本人强奸不遂，日本人拉出去就开枪，打了肚子一下，四五天就死了……

马毛弟：我父马民山在凤台巷于（民国）二十六年冬月 13 日被日本人拖出去一枪打死了……

人们痛陈着，他们说出的每一个字都是心底的硬伤，他们只有一个愿望：把谷寿夫推上断头台，以慰亲属和同胞的九泉之灵，以雪国之耻辱。

法官们前后开了 20 多次调查会，传讯了 1000 多名证人，获取了大量证词、书信、日记、照片和影片等罪证资料。在这些资料中，有一本 5 厘米 ×10 厘米大小的长方形相册，封皮上画着一颗深红色的心和一把白刃刀，刀上滴着鲜血，画的右侧是一个重重的"耻"字。相册内剪贴着 16 幅日军行凶作恶的现场照片。这本相册的经历有一段曲折的故事。

1938 年 1 月，原在南京中山东路"上海照相馆"当学徒的罗瑾躲过死劫，回到家中，到新开的"华东照相馆"做事。一天，来了一个鬼子少尉军官，要冲洗两个 120"樱花"胶卷。罗瑾在冲洗照片时惊呆了：其中有几张日军砍杀中国人的现场照片！他怀着激愤的心情偷偷地多印了几张。此后，他格外留心，从日军送来的胶卷里加印了 30 多张这样的照片，集中在自制的相册里。1940 年，18 岁的罗瑾参加了汪伪交通电讯集训队，住进了毗庐寺大殿，就把相册带去藏在床板下。这天隔壁的汪伪宪兵二团传来严刑拷打声，据说汪精卫要去那里出席毕业典礼，不料在检查内务时发现了一颗手榴弹，汪精卫闻知吓得没敢来。宪兵队加紧了搜查和控制。罗瑾心情紧缩，在茅房的砖墙上掏空一个洞，将相册塞进去，糊上泥巴。岂料一周后相册不翼而飞，罗瑾大惊失色。

相册转到了另一个学员吴旋的手里。那天早晨他走进禅院低矮的茅房，看见砖墙下的茅草丛中有一样灰蒙蒙的东西，捡起一看，直感到热血冲顶脑门，赶紧将它塞进怀中。此前相册已被不少人传看，汪伪的政训员和日本教官都进行过逼胁追查。为了保住这难得的罪证，吴旋冒着生命危险，把它藏在他们住的殿堂里一尊菩萨的底座下。毕业后，他把相册带回家，藏在自己的小皮箱的最底层。

吴旋把相册送到了南京市临时参议会。

罪行擢发难数！检察官以极大的民族义愤，正式起诉谷寿夫。《起诉书》历陈谷寿夫纵属所犯的累累罪行，并请对其处以极刑。

1947年2月6日下午，中山东路励志社的门楼上打出白底黑字的醒目横幅："国防部审判战犯军事法庭。"法庭里拉出了有线大喇叭。四周中被群众围得水泄不通。作为审判大厅的礼堂里座无虚席，站立的旁听者挤满了通道。全副武装的宪兵分布肃立。

谷寿夫被押上被告席。他的脸色灰白，浑身战栗。显然，他在用全部的精力支撑着自己。

石美瑜庭长问过了姓名、年龄、籍贯、住址后，检察官陈光虞站了起来，宣读《起诉书》："被告谷寿夫，男，66岁，日本东京都中野区人，系陆军中将师团长……"宣读完《起诉书》，法庭宣布指定律师替他辩护，他断然拒绝："我比律师先生更了解事实。"

法官："你对检察官指控你在南京大肆屠杀无辜百姓的犯罪事实，还有什么话说？"

谷寿夫："军人以服从命令为天职，我奉天皇之命与中国作战，交战双方都要死人，我深表遗憾。至于说我率领部下屠杀南京人民，则是没有的事。有伤亡的话，也是难免。"

他称他的部队都是有文化的军人，不会擅杀百姓，至于百姓的伤亡，可能是别的部队士兵干的。他上推天皇，下推邻军。

法官请《陷都血泪录》的作者郭岐营长出庭作证。

郭岐："我要问谷寿夫，日军攻陷南京时，你的部队驻在何处？"

谷寿夫："我部驻在中华门。"

郭岐："《陷都血泪录》所列惨案，都是我亲眼所见，都是发生在中华门，它正是你部残酷屠杀中国百姓的铁证！"

谷寿夫仍要狡辩："我部进驻中华门时，该地居民已迁徙一空，根本没有屠杀对象。我的部队一向严守纪律，不乱杀一人。"

这也是一种强暴！无耻无赖的谷寿夫当面称谎，歪曲事实，激起了人们的新仇旧恨。整个审判大厅里有如山呼海啸，怒骂声、狂呼声、诅咒声、号啕大哭声激撞在一起，有人眦目切齿地挥舞着拳头，不顾一切地向谷寿夫冲去。这是石头城的暴怒，是滔滔长江的暴怒，是整整一个中华民族的暴怒！

枯萎的谷寿夫，多么渺小，多么卑微！

石美瑜庭长也激怒了，他大呼一声："把被害同胞的头颅骨搬上来！"

像夜晚突然关闭了所有的灯，变得没有一丝光亮一样，法庭里陡然变得寂静无声。人们把力量全部集中在眼睛上。

宪兵抬出一个又一个麻袋，一个又一个头骨从袋中滚动而出。一张又一张血肉模糊的面孔，皮肉化去了，变成一个又一个白色的头骨，在静静地滚动。黑洞洞的眼眶和口腔，白森森头骨，无声地堆满了长长的案台。

他们在指控，在咆哮，全大厅的人都感到了巨大的震波，克制不住身体的抖动。

"这是从中华门外的万人坑里挖掘出的一部分，刀砍的切痕清晰可辨。"石庭长说。

"红十字会所埋尸骨及中华门外屠杀之军民，大部为刀砍及铁器所击，伤痕可以证实。"法医潘英才说。

复仇的大地在刽子手的脚下熊熊燃烧。但他拒不认罪。也许罪犯的逻辑是同样的。在巴黎格雷夫广场，曾有一个杀人犯将受到砍头的处罚，他在临刑前对广场上拥挤的观众只说了一句话："我的朋友们，主要的是对任何事情一概不要承认！"

红十字会副会长许传音详述了他目击的惨状，他说红十字会的埋尸统计为4万多具，实际数字远远超过，因为日军不准正式统计。英国《曼彻斯特卫报》记者田伯烈，金陵大学美籍教授贝德士和斯迈思出庭，站在公理和人道的立场上，用目睹的事实揭露和证实日军的暴行。

遭日军强奸的陈二姑娘鼓起勇气走上了法庭，她不死就是为了今天，她抽泣着说："两个日本兵用枪对着我，我没有办法，他们一个一个地侮辱我。"哭吧姑娘，是的他们手里有枪，委屈你了，姑娘，用你的泪水来洗刷我们民族蒙受的耻辱吧。还有你，悲惨的姚家隆，当时你的手中为什么没有枪？日军杀死了你的妻子及子女，现在你被枪击的后颈还在疼痛。控诉吧我的同胞。

谷寿夫还在顽固狡赖。

光柱打上了银幕，谷寿夫在日军自己拍摄的影片里出现了。他看到"罪恶之花"怎样在死亡与毁坏中开放，看到自己在大屠杀的中心得意地狞笑，他的指挥刀上流着血污。

仿佛闻到了刺鼻的血腥气，他低下头，抬手触了触鼻子。

擢发难数的罪行！7日和8日继续传证和辩论。80多位南京市民走上法庭。还有大量的物证。还有罗瑾和吴旋提供的照片：

定格：兽兵劈下的屠刀距一名中国人的头部仅差 10 厘米；

定格：少女忍辱撩起上衣，持枪的兽兵扯下她的裤子，扭过脸来淫笑；

定格：瘦弱的青年被蒙住双眼绑在木柱上，练枪刺的兽兵刺中他的左胸；

定格：母亲捧着女儿的一条腿悲痛欲绝，她的女儿被兽兵撕成了两半；

定格：右手持亮晃晃的军刀，左手拧着一颗人头，一个兽兵站在横七竖八的无头尸丛间怪笑；

定格：一排头颅整齐地摆放在土槽里，他们的尸身不知在何处；

定格：几名中国人在土坑里将被活埋，坑沿上站满了看热闹的兽兵；

定格：70 多岁的老太太坐在地上哭天抢地，她裸着下身和干瘪的乳房。

杀了他！整个审判大厅里的气氛就是这三个字。
1947 年 3 月 10 日，法庭庄严判决：

被告因战犯案件，经本庭检察官起诉，本庭判决如下，谷寿夫在作战期间，共同纵兵屠杀俘虏及非战斗人员，并强奸、抢劫、破坏财产，处死刑。

被告谷寿夫，于民国二十六年，由日本率军来华，参与侵略战争，与中岛、末松各部队，会攻南京——始于是年 12 月 12 日傍晚，由中华门用绳梯攀垣而入，翌晨率大队进城，留住一旬，于同月 21 日，移师进攻芜湖，已经供认不讳——及其陷城后，与各会攻部队，分窜京市各区，展开大规模屠杀，计我被俘军民，在中华门、花神庙、石观音、小心桥、扫帚巷、正觉寺、方家山、宝塔桥、下关草鞋峡等处，惨遭集体杀戮及焚烧灭迹者，达19万人以上。在中华门下码头、东岳庙、堆草巷、斩龙桥等处，被零星残杀，尸骨经慈善团体掩埋者，达15万人以上，被害总数共30余万人——查被告在作战期间，以凶残手段，纵兵屠杀俘虏及非战斗人员，并肆施强暴、抢劫、破坏财产等暴行，率违反海牙陆战规例及战时俘虏待遇公约各规定，应构成战争罪及违反人道罪。其间有方法结果关系，应从一重处断。又其接连肆虐之行为，系基于概括之犯意，应依连续犯之例论处。按被告与各会攻将领，率部陷我首都后，共同纵兵地肆虐，遭戮者达数十万众，更以剖腹、枭首、轮奸、活焚之残酷行为，加诸徒手民众与夫无辜妇孺，穷凶极恶，手段之毒辣，贻害之惨烈，亦属无可矜全，应予判处极刑，以昭炯戒。

旁听席上的人们全部站了起来，每个人都像打赢了一场战争的统帅，脸上露出满足、喜悦、高昂的矫情。

死囚不服，申请复审。1947年4月25日，南京国民政府防字第1053号卯有代电称："查谷寿夫在作战期间，共同纵兵屠杀俘虏及非战斗人员，并强奸、抢劫、破坏财产，既据讯证明确，原判依法从重处以死刑，尚无不当，应予照准。至被告申请复审之理由，核与《陆海空军审判法》第45条之规定不合，应予驳回，希即遵照执行。"

接到指令后，法官们兴奋不已。他们怕延时生变，当晚就贴出布告，通知新闻单位，决定第二天就执行。

1947 年 4 月 26 日上午，古城南京万人空巷，从中山路到中华门的 20 里长街，市民如堵如潮，他们要更贴近地感受刽子手的末日。

谷寿夫戴着礼帽和白手套，身穿日本军服，被从小营战犯拘留所提出。法庭验明正身，宣读执行令，问他还有什么最后陈述。谷寿夫摇摇头，戴着铁铐的手颤颤地伸进衣袋，掏出一只白绸缝制的小口袋，递给检察官，低声说："袋子里装着我的头发和指甲，请先生转给我家人。让我的身体发肤回归故土。"又掏出他写的一首诗，内容大意是：在樱花盛开的季节，我服罪在异国，希望我的死，能消弭一点中国人民的仇恨。说完，他在死刑执行书上签下颤抖的名字。两名宪兵将他五花大绑，在他的颈后挂上一块"战犯谷寿夫"的木质斩标，押上了红色的刑车。

来了！来了！鸣着尖厉警笛声的红色刑车开过来了。它本应像一道闪电疾驰而过，但它不得不开得缓慢。扶老携幼的市民盼着谷寿夫早死，但他们不得不像决堤的潮水一样涌过去，绊住了刑车的脚步。人们痛苦地欢呼，幸福地悲泣，他们的脸上奔涌着悲喜交织的泪水。红色刑车开过来了，这刺激着人们的回忆的红色，点燃了昨天的鲜血与火焰，灼痛了他们心头的伤。开过来了，刑车内囚着罪人和仇人，它的两侧挂着罗瑾和吴旋保存的照片，这是昨天的现实，是今天的噩梦和悲剧。人们在观看用他们的血泪经历编织的悲剧，一出深刻的悲剧。人们大幅度地投入进去，把它推向高潮和结局。

刑车终于到达雨花台刑场。刽子手谷寿夫被两名行刑宪兵架下刑车时，吓得全身瘫软，面无人色。他几乎是被拖进了行刑地，刚一站定，紧随其后的行刑手即扣动扳机。枪响，架着他的两名宪兵撒手，子弹贯穿后脑自嘴里出来，几乎同时完成。谷寿夫往后一仰，重重地摔倒在地。一摊污血，何以能祭奠成千上万受难者的亡灵？

鞭炮喧闹，数不清的纸钱、素烛、线香默默燃烧。酒水酽滔滔，南京城有了微红的醉意。

而在鼓楼西侧一座木结构的洋房里，日军总联络部班长、前日军中国派遣军司令官冈村宁次却在为谷寿夫鸣冤叫屈，他在日记中写道："几乎无罪的谷中将代人受过，处以极刑，不胜慨叹。"继而又写道："我被任命为第十一军司令官负有攻占武汉的任务，于1938年7月在上海登陆后，曾闻先遣参谋等人谈及南京暴行真相，且悉与暴行有关的大部队将用以进攻武汉，于是我煞费苦心充分做好精神准备，所幸攻占汉口时，未发生一件残暴行为。"

冈村宁次开始调整心理，编造记忆。他为自己的命运而担忧。

三把鬼头刀回到地狱

一把称作"助广"的波浪纹军刀，刀身坚挺，刃口闪闪发光。在铸造它的时候，铸剑师一定曾把黏土和砂子抹在它烧红的刃上，放入冷水中，将它淬成了"高碳钢"。它一定锋利得能削铁如泥。"嚓"，一颗人头便会"咚"的一声掉在地上，滚出去老远，滚成一个血淋淋的肉坨。快感像电击般通过手臂，攥住了田中军吉的心脏。这是多么神勇而甜蜜的感受啊。他又用刀在一个中国人的后颈根上轻敲一下，当中国人吃惊地挺硬了脖子，他猛然将刀狠狠地劈下……

"这照片上叫作'助广'的刀是你的吗？"审判长石美瑜晃晃照片，又重复问了一句。

田中军吉猛地回过神来：这里并不是阳光下横溢着鲜红血流的金黄土地，而是阴气萧萧的中国人的法庭。他克制住一个惊战。

这个粗壮得像头野猪的家伙嗡嗡地答道："是我的刀。"

石美瑜："作战时佩戴的吗？在南京作战时也佩戴了吗？"

田中军吉："是的。"

"就是用它杀过三百个人吗？"

"没有。"

石美瑜把案头的一本叫《皇兵》的书拿起来，书中登载着被告的军刀照片，并配以"曾斩三百人之队长爱刀助广"的说明词。

石美瑜："没有杀过人就这样写了吗？"

田中军吉："这是山中丰太郎的创作，是为了宣传才这么写的。"

而被告在他写的辩言中的说法却与此相左，他写道："《皇兵》因为是士兵真实的写照，没有夸张和虚构，字里行间溢满着前线将士的心情，而被视为前线部队最初的完全的现地报告，所以在出版前就引起广泛的注意。"他炫耀说此书受到冈村宁次等军界头领的举荐，外相松冈洋右更是认为此书值得向国外推荐，而亲自题写了书名。写到这里，他有些忘乎所以了，竟然以陶醉的情调写道："'皇兵'这两个字是一种至上的名誉，松冈的挥毫也是很难得的。"

石美瑜接着问："在南京大屠杀时你杀过三百个人，是吗？"

田中军吉并不松口："没杀过。"

"你别的还杀过多少人呢？"

"在通城杀过一个人，杀300人是没有的事。"

"就是这张照片上的吗？"石美瑜又亮出一张照片。这张照片记录了田中军吉挥刀砍杀中国人的情景，并附称赞他勇敢的文字，刊登在东京的一家报纸上。

"是的。"

"那为什么说这把刀杀过300人呢？"

"是为了形容作战时表现勇敢。"

石美瑜机智进击："你是在哪次作战中杀人的呢？"

田中军吉露出破绽："我以前在前线部队杀过一些人，不是300

个人，那是山中自己写的，是没有的事。"

"在什么地方杀的呢？"

"正定、广济、金山以及南京的西南方一带都杀过。"

"在南京杀过多少？"

"我们是攻的一条小路，我到的时候未见到中国兵，所以未杀过。"

"你刚才还说杀过。"

"我刚才说是打仗的。"

"你不是说在正定、广济、金山及南京的西南方都杀过人吗？"

"也没杀过。"

田中军吉蛮横地扭过头去。他的供词颠三倒四，出尔反尔，不能自圆其说。法官问既然没杀人为什么盟军要逮捕他，他说告他的人企图敲诈他，他没有钱那人就诬告他。法官问他照片上被杀的人是谁，他说是一个破坏电线的人，平时肆意放火、抢劫，当地老百姓对他恨之入骨，把他抓到了日本军队。法官问照片是不是在南京拍的，他说攻南京时是冬季，照片上他穿的是夏装。但这恰好描画出他杀人时的疯狂，以至在寒冷的冬天燥热得脱去了外衣。尽管他百般狡辩，但大量的证据表明，谷寿夫手下的这个狂兽在南京大屠杀及历次屠杀中，用他的"助广"军刀像劈柴割草，杀害了300名中国军民。在确凿的证据面前，由不得他不低头认罪。

继田中军吉之后，被当时的日本报纸誉为"勇壮"的第十六师团富山大队副官野田岩和炮兵小队长向井敏明，在中国军事法庭的要求下被盟军逮捕，于1947年9月前后分别引渡到中国。

野田岩是日本鹿儿岛人，向井敏明是山口县人。他们都于1937年9月随日军入侵天津、塘沽，同年12月入侵南京。在进攻南京时，这两个人间恶魔制造了举世震惊的"杀人比赛"。他们以比谁杀的人多为竞赛和娱乐方式，不择老幼，逢人便砍，白色的利刃下血肉翻飞。

1937 年 12 月 13 日《东京日日新闻》报载：

片桐部队的勇士向井敏明及野田岩两少尉进入南京城
在紫金山下作最珍贵的"斩杀百人竞赛"，现达到 105 对 106
的纪录。这两个少尉在 10 日正午会面时这样说——

野田："喂，我是 105 人，你呢？"

向井："我是 106 人！"

两人哈哈大笑。

因不知道哪一个在什么时候先杀满 100 人，所以两人
决定比赛要重新开始，改为杀 150 个人的目标。

向井："我们在不知不觉中，已经斩杀了超过 100 人，
多么愉快啊！等战争结束，我将这把刀赠给报社。昨天下
午在紫金山战斗的枪林弹雨中，我挥舞这把刀，没有一发
子弹打中我！"

他们把目标定为 150 人！

据报道，这两个人间恶魔于南京郊区的句容就开始疯狂屠杀
无辜平民，向井杀了 89 人，野田杀了 78 人。12 月 11 日，他们又
在紫金山下开始了"杀人比赛"，又各杀害我 100 多名同胞。次日
中午相聚时，两人的刀口都已缺损。向井说，这是因为他从一个中
国人的钢盔顶上劈下，连同身躯劈成两半！"这完全是玩意儿。"
他说。

1947 年 12 月 9 日，审判战犯军事法庭对他们分别进行了侦讯。

野田岩在被侦讯的时候摇头否认有过"杀人比赛"。

审判官龙钟煜出示了那张《东京日日新闻》，报纸以"超纪录
的百人斩"的醒目标题刊载了那则"杀人比赛"的新闻，还配以大

幅照片。

野田岩仍在抵赖："报纸上的记载是记者的想象。"

"难道这张照片也是想象吗？"

照片上两个恶魔的脸上充溢着狂妄和满足的神色。他们肩并着肩手握带鞘的军刀刀把，黄军服，黑皮靴，一字胡，神气十足。

野田岩不得不供认："照片是记者给我们两人合拍的。"

而面对这张记录着他们罪恶事实的报纸，向井敏明的狡辩更是荒诞不经。

向井敏明说："为了博取日本女青年的羡慕，回国好找老婆，所以叫记者虚构了这条颂扬武功的消息。"说得过于从容了。然而倒也不乏几分真实，当初他们确实是抱着日本武士的英雄激情和理想，为了"发扬日本的武威"，而向中国人下刀的。

迷茫的追求，被邪恶驱赶着的命运，使人想起一首日本民歌：

> 我是河里的枯芒草，
> 你也是枯芒草。
> 我们俩生活在这个世界上，
> 永远是不会开花的枯芒草。

没有思想的芦苇，宿命的芦苇。没有思想而又杀人，杀人就是他的思想。

他们是杀人的芦苇。

1947 年 12 月 18 日，审判战犯军事法庭公审田中军吉、野田岩和向井敏明这三个人间恶魔。《判决书》指出：

> 被告等连续屠杀俘虏及非战斗人员，系违反海牙陆战规例及战时俘虏待遇公约，应构成战争罪及违反人道罪。

其以屠戮平民认为武功，并以杀人作竞赛娱乐，可谓穷凶极恶，蛮悍无与伦比，实为人类蟊贼，文明公敌，非予依法严惩，将何以肃纪纲而维正义？

宣判"各处极刑，立即执行"。法庭内外，一片同贺之声，有人喜极而悲。

三声枪响，黑血激溅。全城欢心摇撼。

是日为草鞋峡集体屠杀5万多受难军民十周年祭。

第八章　上天入地

一号战犯摇身变为功臣

击毙酒井隆的子弹，仿佛也穿过了冈村宁次的头颅，使他一向阴郁刻板的面孔禁不住地一阵痉挛。

1928年5月1日，蒋介石的北伐军开进济南。日军以保护日侨利益为借口，枪杀了北伐军的运输队长，强行解除了北伐军一部7000余人的武装。蒋介石装孙子，命令各师"约束士兵，不准开枪还击"。5月4日，北伐军处死了13名走私鸦片的日本毒贩。日军当即以猛烈的炮火轰炸北伐军阵地和居民稠密地区；晚上一群日军闯入国民党山东省交涉公署，先用刀剜掉负责人蔡公时的耳、鼻、舌、眼，再将他连同17名职员用机枪扫死。后来的一些日子，纷乱的战刀像朔风寒雪在济南城内飞舞，6000余名中国军民卧尸街头。

这就是震惊中外的"济南惨案"。时任驻济南领事馆武官的酒井隆与时任步兵第六联队长的冈村宁次，都是制造这次惨案的主凶之一。

冈村宁次在混沌的回忆中挣扎了片刻，渐渐恢复了平静。酒井隆是酒井隆，冈村宁次是冈村宁次。他把抚额的手展在眼前，上面没有血，只有黏涩的汗液。他不是滋味地嗅了嗅鼻子。

他派人从战犯拘留所取回酒井隆的遗物。晚上，他在联络班的一间空房里设置了灵堂，领着联络班的全体人员在酒井隆的灵位前守夜，忽明忽暗的烛火像一阵阴风，送走了远行的厉鬼。

日军投降后，中国派遣军最后一任总司令冈村宁次一下跌到了战俘的境地。延安公布了战犯名单，冈村宁次被列为一号战犯。东京国际军事法庭也将他同松井石根等人一起列入了战犯名单，要求引渡到东京审判。舆论界不断地掀动风云。冈村以双肘撑着秃脑袋，哀叹逃不脱命运的裁决："自忖不仅被判为战犯且死刑也在所难免。"

然而他不甘心束手待毙，他要制造骗局，在混乱中为自己捞取资本。他十万火急地致电蒋介石：苏蒙军队已进抵张家口，呈向平津挺进态势；华北解放军已由天津西站附近攻入天津，攻势极其猛烈；日军集中炮兵密集轰击，挫败了中国人民解放军的攻势，使其遗尸400具；此乃中国人民解放军在苏蒙军队支持下发动大规模进攻的前奏。冈村称：如果仅是华北中国人民解放军进攻，他可以按蒋介石的命令坚决抵抗，但如果苏蒙军队参与联合进攻，他的军队只能撤退。冈村宁次的报告引起了蒋介石的恐慌，也刺激了麦克阿瑟。在蒋介石的请求下，为了避免平津及渤海港埠落入中国人民解放军之手，麦克阿瑟断然下令美国海军陆战队第三军团在天津附近港口登陆。

冈村宁次见此招颇灵，进而向蒋介石建议："中国最大的内患，是中国人民解放军的实力庞大，不可小视。现华中长江与黄河之间尚有 30 万日军，建议暂不缴械，由我本人率领，在贵军的统一指挥下帮助剿灭中国人民解放军。贵方只需负责供应给养，其他武器、弹药、医务方面概由我们自己解决。"

蒋介石以大人物的风度，抖落黑大氅，登上一座小山头，展示了他宏大的眼界："中日两国应根据我国国父孙文先生之遗志，加强协作，长期共荣。目前看来，实为重要。"其实，正在积极准备打内战的蒋介石心里发虚，他需要冈村宁次的帮助。

但国际与国内的风声日紧。解放区战犯调查委员会主任委员吴玉章发表谈话指出："日本军国主义者横行霸道东洋数十年，其野蛮暴行，中国人民首当其冲。在'九·一八'以来的侵略战争中，应当惩办的战犯何止千万，而自盟军占领日本三个多月来所捕大小战犯不过三百一十八人。这个数目实在微乎其微，并且尚未加以审讯惩办。而更令人愤恨者，至今还有许多重要战犯仍然盘踞要津，继续从事威胁远东和平阴谋活动。如与中国人民不共戴天之仇的冈村宁次现仍安居南京，指挥着武装的日军，维持秩序……"

为了把这个大战犯掩藏好，蒋介石拿出他在上海滩上练就的看家本领，施展了障人眼目的幻术。他要在阳光下藏住黑影。

冈村宁次于 1945 年 12 月至 1947 年 10 月，担任"日本官兵善后总联络班长"，名目是处理日俘日侨遣返事宜。

在这段时期，冈村宁次不能像过去那样打网球、骑马、打猎、钓鱼了。但照常可以坐禅静养、下棋消闲，喝绍兴酒、散步、洗澡、听留声机。养足了精神就竖起耳朵打探情报，刻意琢磨两件事：一是拉关系巴结蒋介石。他隔三岔五地与何应钦、汤恩伯、白崇禧、陈诚们走动，设顿丰宴，送派克笔和咖啡具，对起袖口过小九九，盘算国民党军队怎样才能避免挨共产党的打。二是走门子替战犯鸣不平。今天是徐州战犯拘留所给战犯戴手铐脚镣，十分残酷，因此向国防部提出抗议；明天又说田中久一中将替人受过，枪毙了实在冤屈；再就是说广州军事法庭一次判死刑者达40人太过分，恳切要求重新审理。矾谷廉介判得蹊跷，斋藤弥州判得荒唐。他有一张马粪纸做的面具，时常拿出来戴在脸上作生气状，这非但不会惹起朋友们的不快，相反会因其戏剧性的合作而使彼此间的纽带显得更有必要。这段时期也有些别的事干，比如联络班的人喝醉酒出门与中国人打架斗殴，伤了对方，要费些口舌调解；也有时生个病，让汤恩伯们拎着甜酒来探慰。蒋介石对他优渥有加。

冈村宁次逍遥自在，他在日记中多次写道："班内我是最有闲的人，因此能细心收听东京电台广播，并作好记录，隔一天向班员传达一次。""我为消磨时光，开始自学中国话。"嗜血成性的暴徒品嚼着寡淡的时光也感到无滋无味。

到了1947年的10月，联络班的人因无事可做都回国了。冈村宁次一个人支撑着空荡荡的联络班。其实，不如说联络班在支撑着空空荡荡的冈村宁次。

为什么还不审判冈村宁次？民众和舆论界越来越急迫地发出质询与抗议。

1948年3月29日深夜，冈村宁次爬上一辆被篷布蒙得严严实实的重型卡车，终于离开了他长居的南京。次日上午到达上海，他头戴大檐礼帽，架着深色墨镜，裹着风衣，一头钻进黄渡路王文成宅邸。在这座深宅大院里，内有日本医生中山高志给他治疗肺结核病，外有穿黑衣的便衣保镖为他提枪警戒。

冈村宁次的转移是隐秘的。新闻界像一群追捕逃兽的猎人，他们发现逃兽的足印失踪了。冈村宁次是被解往上海战犯监狱了？是中国政府顶不住国际军事法庭的压力，被遣返回国了？还是藏在一个秘密的洞穴养伤？抑或是肺结核病致使其口吐污血暴亡了？新闻媒介猜测着，把住山林的每一处津道隘口，举着刀叉与火把大声呐喊，要把冈村宁次轰出来。

躲在王文成宅院中的困兽竖着惊恐的耳朵挨时度日，又像是在等待着厄运的来临。

何应钦派人给他送来了法庭庭长石美瑜的训令副本，上面写道："冈村宁次病已痊愈，应立即开始审理。"

果然，国防部审判战犯军事法庭送来了传票，命令他于 7 月 12 日上午 10 时到庭受审。冈村宁次感到他在急速下沉，耳边响着嗖嗖的风声。整整一夜，他都在清理纷乱的思绪。虽然心中有谱，但毕竟是人家的俎上之肉，刀口刀背毕竟在一刹那的翻转之间。

然而这只是一次走过场的预审。倒是狡猾的冈村宁次利用了这次预审，在法庭上为应该怎样处置自己定了调子。他说："我的部下犯罪纵属事实，但也仅是下层发生的零星不法行为而已，这与军司令官、方面军司令官、总司令官无关，不属于共同责任犯罪问题。虽然如此，我仍应承担道义上的责任。"

旁听席哗然。

一小时后，冈村宁次退庭。庭长石美瑜与施检察官、刘翻译之间展开了一场激烈的争论。争论的焦点是应否将冈村宁次关进战犯监狱。

石美瑜认为，冈村宁次是地地道道的战犯，且健康状况良好，应依法立即将其移往战犯监狱临押。刘翻译官则坚持冈村宁次身患肺结核病，应慈善为怀考虑给予监外治疗，且现在寓所为国防部指定，任何人无权擅自更动。

恃才倨傲的石庭长愤怒地拍击着桌面说："我以法律的名义声明，任何人无权亵渎神圣的法典！"

有恃无恐的刘翻译发出一声冷笑："请庭长先生自重，法律是公理，而不是你的歇斯底里！"

气氛达到白热化，施检察官的调解无异于往白炽的金属上泼凉水，使之定型。无奈，石美瑜只好来到何应钦的公馆，以求公允。

听了石美瑜的来意，何应钦以平静的语气公断道："石庭长依法从事，早已仰情。然冈村宁次虽系战犯，但在投降以来再无新罪，而且对我国民政府唯命是从，多献良策。故而对其处置，似以宽容为妥。"

石美瑜明白了，此路亦不通。最后法庭与国防部协商的结果，准予申请保释。但法庭请来的京沪医院朱院长经过诊断，拒绝以病由为冈村宁次担保。于是由冈村宁次的辩护律师钱龙生出具担保。

一直拖到8月9日，石美瑜提出的"冈村应扣押于战犯监狱，于该处就医"的申请，才得到国防部的批准。在8月14日对冈村宁次又一次预审后，将他送入了上海高镜庙战犯监狱。

9月14日的预审更为神速，前后只用了半个小时，除了招来一群记者的追问外，冈村宁次没有受到任何触动。

这种难堪局面，老谋深算的蒋介石不会预料不到，他之所以要忍受这种难堪，是因为庇护冈村宁次实在不是轻而易举的事。

冈村宁次是侵略中国历史最久，罪恶最大的战犯之一，与土肥原贤二、板垣征四郎、矶谷廉介一道，被日军誉为"中国通四杰"。他参与制造过"济南惨案""上海事变"，代表日本政府在塘沽仓库楼上签订过"塘沽协定"，对中国人民犯下了累累血债。1941年担任华北方面军司令官后，为了镇压沦陷区人民，他别出心裁地推行"治安肃正"运动，把华北分为日军占领的"治安区"、建立了根据地政权的"非治安区"和双方争夺的"准治安区"，对三种地区采取了不同的残暴政策。对"治安区"以清乡为主，实行连坐法，发展伪政权，加强掠夺物资和奴化人民；对"准治安区"以蚕食为主，惨无人道地制造"无人区"，把游击区的人民赶进"人圈"，毁掉原来的村庄，割断抗日武装与人民的联系；对"非治安区"以"扫荡"为主，实行野蛮的烧光、杀光、抢光的"三光"政策。在河北省丰润县的潘家峪大屠杀中，全村有 1035 人遇害，其中妇女儿童有 658 人，幸存者无几；而在阜平县的平阳村持续屠杀了 87 天，700 多人魂断，5000 余房屋化为废墟。1941 年 8 月，冈村宁次调动 10 万日伪军，对晋察冀边区进行了一次空前规模的大"扫荡"，共烧毁民房 15 万间，抢掠粮食 5800 多万斤、牲畜 1 万多头，杀害抗日军民 4500 余人。

钢刀的白光一闪，一位 16 岁少女的头落地有声。兽兵将它放入少女的母亲的怀中。女儿睁大死去的眼睛，看着母亲怎样悲痛欲绝。女儿最后的鲜血在母亲怀中凝固成浆块。

一位孕妇被按在棺材里，棺材四周围着 20 多名赤身裸体的青年妇女，刺刀慢慢地切进孕妇，切进了青年妇女们的知觉。刚成形的胎儿被挖了出来。

冈村宁次有一颗长着狼毛的心脏，他是地狱的象征，他走到哪里，就把地狱带到哪里。

比之一般的恶魔，冈村宁次更擅长使用残忍的智慧。在"扫荡"中，他怪招迭出地创造出了一个又一个的新异战术，什么"铁壁合围""梳篦清剿""马蹄形堡垒线""鱼鳞式包围阵"，等等，尽管在与八路军试阵时连遭败绩，却足以使蒋介石眼花缭乱，自叹弗如，钦敬有加。

所以蒋介石要把他当成个宝贝来保护，而为这个宝贝蒋介石也确实费尽了心机。

蒋介石的心思被监狱长孙介君抖搂了出来。14 日预审结束后，冈村宁次初进监狱，孙介君就带着翻译来套近乎。孙介君说："蒋总统本无意使先生受审。然考虑国内外影响，不得不这样做。但绝不会处以极刑，至于无期也好，有期也罢，结果都一样，请先生安心受审。不过，希望先生在受审时对中国人民所受灾难，要以表示痛心为宜。判决后可根据病情请求保释监外治疗。无论是审理或入狱都只是形式而已。"

既然是狼狈为奸的一出戏，那就要配合着演才好。而且还要发旁听券，招待中外记者、外交使团和国内社会名流。敲锣打鼓，鸣金放号，大戏要开演了。

8月23日上午，上海吴淞路商会礼堂前三步一岗、五步一哨，气氛极为冷峻。礼堂内聚着1000多名前来旁听的中外人士和新闻记者，座无虚席，坐在第一排的两名全身戎装的少将高参显得尤为突出。石美瑜感到纳闷，过去在南京审判战犯，国防部从未有人来旁听，此次远在上海，国防部缘何反倒派人来旁听了呢?

冈村宁次出庭了。短小精悍的冈村浑身透出矜持和傲慢。这也怪不得他，被告席一侧的那把舒适宽大的扶手椅就证明了他有资格端架子。那把椅子是特为他预备的，好让他在感到累了的时候坐在上面休息。随他而来的还有落合甚九郎等4名作为证人的在押战犯。

开庭后，检察官宣读起诉书、质询被告及证人。当进入与律师的辩论阶段，气氛趋于紧张激烈。

中午休庭的时候，石美瑜宣布辩论结束，下午宣读判决。法官们按惯例到四川北路海宁路口的凯福饭店进餐。石美瑜与陆超、叶在增、林建鹏、张体坤几位上校法官喜形于色。冈村宁次已被内定判无期徒刑，就要对这个罪大恶极的刽子手绳之以法了。这时饭店招待进来请石美瑜去接电话。石美瑜回来时，脸上变了气候。"刚才接到国防部秦次长的电话，冈村宁次一案暂停审理，听候命令，法庭人员一律不能擅离职守。"饭菜像锯末一样难以下咽。

在另一处，冈村宁次与4个证人对丰盛的午餐而大为满意。

下午开庭后只得继续辩论。江一平、杨鹏和钱龙生三个律师可谓咄咄逼人。尤其是江一平，他老子还要个老脸，又开膀子挡他，以免遭万世唾骂。江一平一把将他老子掀到一边，跑到法庭上大放厥词，竟然说冈村宁次任华北方面军司令官时曾为供给农民棉布而打击过奸商。旁听者嗤之以鼻，冈村宁次感激铭心。

对冈村宁次战犯案的审理又搁置下来。

《申报》披露了审判中断的缘由："由于证据不足，审判可能延期。又因经费不足，须待申请批准后才能重新开庭。"

这个理由是疲倦而脆弱的。真正的原因是原定的无期徒刑不符合蒋介石的心情，而改判无罪一是太突然，二是时机未到。孙典狱长向冈村宁次透露："远东国际军事法庭将于10月以后结束，故而对先生的公审势必推迟。"预定的8月23日的公审闹出了声势，又不好取消，于是又演了一出过场戏。

不多日，由国防部两名少将高参联名具保"准予保外就医"，冈村宁次又出狱住进了邵式军宅邸。

11月23日，远东国际军事法庭终于对甲级战犯作出了最后判决。

蒋介石紧接着主持召开了高级会议。参加会议的有国防部长、次长、司法部长、军法局长、法庭庭长等人。

第一种意见认为：自停战以来，冈村宁次有功于民国，应判其无罪。

第二种意见认为：根据国内外舆论，特别是远东国际军事法庭对东条英机等人的判处，对冈村宁次量刑应当一致，可判其无期徒刑。

国防部长何应钦对蒋介石琢磨得最透，他说："此事应慎重考虑，国内外舆论不得不予以关注，且有国际关系须要借鉴，为此不可立即宣布冈村宁次无罪，可以徐图善策，以待时机。"

这正是蒋介石要把握的尺度，他因此首肯道："敬之言之在理，就这么办吧。"

一切均在蒋介石的玩握之中。

石美瑜默察于心，感到了自己的渺小与悲哀。

石美瑜号可珍，福建闽侯县人，曾因民国二十一年在司法考试中名列榜首而声名鹊起，原系江苏高等法院院长朱焕彪的班底之一，任刑事庭推事。战后在承办陈公博、缪斌等汉奸案中，锋芒锐利，刚正执法，出手漂亮利落，广得同行老少的称道。国防部审判战犯军事法庭成立时，他被推荐升任为该庭庭长。官阶陡升三级，大大地鼓舞了他的雄心。此番他想抓住办冈村宁次这个难得的机遇大显身手，为自己铺下锦绣前程，同时也使自己的民族自尊心得到满足。始料不及的是，他竟跌入了如此肮脏的旋涡，他的命运面临着巨大的危险。三十六计走为上，但他的请调报告没有得到上峰的允准。

12月23日，各报都以欢呼的姿态，用粗大的标题报道了一个震撼人心的消息：东条英机等7名大战犯已在东京被绞死！

不久，石美瑜收到了一份密级极高的代电，电文大意为：据沪淞警备司令汤恩伯呈请将冈村宁次宣判无罪，应予照准，云云。文首他的衔名与文末"中正"的署名，使他明白，蒋介石已将他提拔为国防部检察局处长，衔至中将；而作为报偿，他必须帮蒋介石放了冈村宁次。船驶近了孤岛，把你推下水，再抛给你个救生圈，由不得你不抱住救生圈往孤岛挣扎。

办完这件事，内外交困、四面楚歌的蒋介石就实施他下野的权宜之计，辞去总统职务，飞返奉化老家静想拳经去了。总统由李宗仁代任。这就是时机。这就是蒋介石高人一筹的歹毒之处。

蒋介石临走前，于1月21日正午约宴了五院院长。散席后在他离开时，老态龙钟的于右任追了上去，口中连声喊着："总统！总统！"

蒋介石驻步问道："何事？"

于右任颤巍巍地说："为和谈方便起见，可否在总统离京之前，下个手令把张学良和杨虎城放出来？"

蒋介石不耐烦把手向后一甩："你找德邻办去！"

说罢，便头也不回地加快脚步走了。拖着一大把胡须的70岁老人于右任，在众目睽睽之下满脸尴尬，慢腾腾地离开了总统官邸。

爱国将领杨虎城全家后来被蒋介石杀害。张学良被软禁数十年。而杀中国人杀红了眼的一号大战犯冈村宁次却在蒋介石的竭力庇护下逍遥法外，1950年摇身一变，成为蒋介石"革命实践研究院"的高级教官。

傀儡戏该收尾了。1949年1月26日，军事法庭对冈村宁次进行最后的公审。这是一次秘密的"公审"，只有20余位新闻记者被允许旁听，三名律师有两名迟迟未到。法官们是心虚的，冈村宁次是胸有成竹的。

石美瑜："请被告对检察官论罪理由进行申辩。"

冈村宁次："本人同意各辩护律师的申辩。"

石美瑜："请律师补充申辩。"

钱龙生："申辩理由前已详述，应判冈村宁次无罪！"

石美瑜："冈村宁次有何最后陈述？"

冈村宁次："本人对法庭审判无意见。由于日本官兵的罪行，给多数中国国民造成物质、精神上的灾难，本人深表歉意；对于法庭因本人健康原因而推迟审判，造成工作困难，本人深表感谢！"

他不忘给蒋介石作脸。然而此时说这种话更像是在讽刺，显得荒诞不经。

中午休庭本该去饭店，边吃边合议案件的判决。石美瑜却把大家请进庭长室里，关紧房门，沉起面孔说："今天辛苦诸位，让肚子受点委屈，先合议好对本案的处理意见再吃饭。"

也许法官们还蒙在鼓里，大家议论纷纷：冈村宁次罪大恶极，即令九死也难赎万一！石美瑜苦叽叽地打断众人的发言："案件拖了那么久，诸位怎么还揣度不出实情？"他打开公文包，取出两份命令，一份是代总统李宗仁的，一份是京沪警备司令汤恩伯的，内容无异："冈村宁次遭俘有功，法庭应宣判其无罪。"一阵冷风扫过，给众人的脸上蒙上了寒霜。

"那判决书怎么办？"张体坤脱口问道。

石美瑜苦笑。他从包里取出抄写工整的《判决书》，上面盖着国防部长徐永昌的朱红大印。"据实以告吧，此案上峰已拍了板，我也是身不由己。现在请诸位在《判决书》上签字吧。"

气愤，痛苦，屈辱，困惑，法官们被骤至的严寒速冻住了。石美瑜见状叹息一声，说："诸位不肯签字，我也不能强迫。不过我可以告诉诸位，国防部派来的5位军法官已在隔壁房间等候，要是我们不签字，他们将立即接办此案，宣布重新审理，结果还是一样。而我们都得去警备司令部的地下室，后果是可想而知的。"

整个房间屏住了呼吸，静得像死。石美瑜的眼光在法官们的脸上流动，最后在老资格的陆超脸上停住："陆法官，你年纪大，资历深，就带头签个字吧。"

陆超以夹杂着几分痛苦和几分无奈的语气说："如果一定要签，那也没有办法，不过我要在评议本上写下保留意见。"

陆超颤抖着手签下自己的名字。最后签字的是石美瑜，他脸色铁青，咬着嘴唇。

下午4时重新开庭，庭长石美瑜宣布了另外两名战犯的判决之后，开始宣读对冈村宁次的《判决书》。

　　国防部审判战犯军事法庭判决书（民国三十七年度战审字第28号）

公诉人：本庭检察官

被告：冈村宁次，男，66岁，日本东京人，前日本驻华派遣军总司令官，陆军大将。

指定辩护人：江一平律师

杨鹏律师

钱龙生律师

上述被告因战犯案件，经本庭检察官起诉，本庭判决如下：

主文：

冈村宁次无罪。

理由：

按战争罪犯之成立，系以在作战期间，肆施屠杀、强奸、抢劫等暴行，或违反国际公约，计划阴谋发动或支持侵略战争为要件，并非一经参加作战，即应认为战犯，此观于国际公法及我国战争罪犯审判条例第二、第三各条之规定，至为明显。本案被告于民国三十三年11月26日，受日军统帅之命，充任中国派遣军总司令官，所有长沙、徐州各大会战日军之暴行，以及酒隆在港澳，松井石根、谷寿夫等在南京之大屠杀，均系发生于被告任期之前，原与被告无涉。且当时盟军已在欧洲诺曼底及太平洋塞班岛先后登陆，轴心即行瓦解，日军陷于孤立，故自被告受命之日，以迄日本投降时止，历时8年，所有散驻我国各地之日军，多因斗志消沉，鲜有进展。迨日本政府正式宣布投降，该被告乃息戈就范，率百万大军，听命纳降。迹其所为，既无上述之屠杀、强奸、抢劫，或计划阴谋发动，或支持侵略战争等罪行，自不能仅因其身份系敌军总司令官，遽以战罪相绳。至在被告任期内虽驻扎江西莲花、湖南邵阳、浙江永嘉等县日军尚有零星暴动发生，然此应由行为及各该辖区之直接监督长官落合甚九郎、菱田元四郎等负责。该落合甚九郎等业经本庭判处罪行，奉准执行有案。此项各地之偶发事件，既不能证明被告有犯意之联络，自亦不能使负共犯之责。

综上所述，被告既无触犯战规、或其他违反国际公法之行为。应予谕知无罪，以期平允。根据以上结论，按战争罪犯审判条例第一条第一项，刑事诉讼法第二百九十三条第一项，判决如主文。

本案经本庭检察官施泳苼庭执行职务。

中华民国三十八年1月26日

国防部审判战犯军事法庭

审判长：石美瑜

审判官：陆超

审判官：林健鹏

审判官：叶在增

审判官：张体坤

扯谎，诡诈，怯弱，蛮横，出卖！用道义上的一切致命缺点拼凑起来的《判决书》，引发了狂涛般的怒吼。石美瑜等人退进了庭长室，激怒的记者们不顾宪兵的阻拦冲了进去，向黑暗的法庭提出强烈的抗议和谴责。石美瑜自知理屈，只是含糊其词地说："此次判决当否，有待社会及历史公论。"

无罪！连冈村宁次也感到吃惊。事后他在日记中写道："对我的判决，军方以外各方面有的主张判无期徒刑，石审判长曾拟判徒刑7年，我自己也希望如此判处。实际上由于种种条件即使服刑也等于零，但做做表面文章也好。"

冈村宁次要求向庭长致谢，但混乱的场面使他难以遂愿。正当他手足无措之时，一个法庭副官走过来对他耳语道："先生还是乘机走脱为妙。"

太突然了，冈村宁次甚至没有意识到自己已获得了自由。他猛地省过神来，向副官颔首一笑，从后门溜出了法庭。

1月30日上午10时，由数百名美军戒备的约翰·W.维克斯号美轮驶出了吴淞港，以冈村宁次为首的300名日本战犯向日本国挺进了。他们将由罪人一变而成为英雄。

"不准把日本战犯运走！"上海的大街小巷贴满了标语。

"在华全体日本战犯正在返回日本途中。"东京广播电台及时报道。

中国共产党提出抗议，强烈谴责国民党政府对冈村宁次的判决，要求将其引渡，并以此作为维持国内和平的条件之一。

迫于压力，李宗仁代总统下令重新逮捕冈村宁次。上海警备司令汤恩伯扣压命令不发。与此同时，石美瑜考虑到自己的责任，飞到南京请示对策。李宗仁获知冈村宁次已驶抵公海，下令驻日代表团团长商震等船到日本后即将其扣押。商震前往驻日盟军总司令部交涉，被美方拒绝。

冈村宁次到达东京，麦克阿瑟打破禁令，悬挂起日本国旗，以示欢迎和慰问。

次年，冈村宁次与蒋介石公开合流。

"剃刀将军"贪恋人间饭菜

东条英机对准自己的心脏开了一枪。他躺在一张长沙发上，用虚弱的声音对赶来抢救的日本医生说："我没有朝脑袋开枪，因为我要让人们认出我的容貌，知道我已经死了。"

美国医生救活了他。美国医生风趣地说："我设法使他活下来，是要通过法庭对他所犯的罪行进行审判，让他受到应有的惩罚，否则太便宜他了。"

曾在东条英机手下吃过败仗，被迫逃离菲律宾的麦克阿瑟怀着私仇，把东条英机救活后，又恨不得即刻把他掐死。他一再要求把东条英机等人作为乙级战犯，由美国单独审判。麦克阿瑟及美国法官们把复仇情绪都灌注在袭击珍珠港及屠杀美国人的战犯身上。但美国参谋长联席会议没有允准。

东条英机被带上了东京国际军事法庭。这个短小敏锐、目光炯灼、凶狠张狂的头号战犯一出场，就以其非人格的明亮和锋利吸引了所有人的注意力。大概还令余悸未消的基南们打了个寒噤。

东条英机的父亲东条英教曾在打败清军、吞并朝鲜、攻击沙俄的战争中立过战功，是天皇手中的一把好刀。他决心把儿子铸造得更加锋利。他强迫在贵族学校就读的儿子自带木食盒，徒步上学；请著名武士日比野雷风教授儿子"神刀流剑舞"。日渗夜浃，东条英机上中学时就以"打架大王"出名。15 岁之后，他依次进入陆军幼年学校、陆军士官学校和陆军大学，盛夏穿着厚装在烈日下操练，严冬穿一身单衣在寒风中挺立，他忍受着火与冰的淬炼，拼命吸收着军国主义的毒素。1915 年他脱鞘而出，以其异化的忠诚和激情残酷砍杀军内外反对派和中国军民，而赢得了"剃刀将军"的恶称。

东条英机于 1935 年来到中国，任关东军宪兵司令官兼警务部部长。甫一上任，他就以"治安肃正"为名，扩充宪兵，把魔爪密如蛛网地布满东北各地，疯狂屠杀东北爱国同胞和抗日志士。不到一年工夫，我抗日人员就有 5999 人被害，伤 5431 人，惨遭涂炭的无辜百姓不计其数。

1936 年，前外相广田弘毅组阁，日本军事法西斯体制完成。东条英机镇压中国抗日军民有功，接替板垣征四郎担任关东军参谋长。1937年，近卫文麿组阁，东条英机力倡尽早对华发动大规模进攻。

"卢沟桥事变"爆发，东条英机按捺不住地呼啸而起，立即指挥关东军最精锐的"察哈尔兵团"左冲右杀，击溃国民党军队，以闪电战术攻占了承德、张家口及大同等地。8月中旬，东条英机的兵团在50门大炮、40多辆坦克和数十架飞机的配合下，向南口镇发起潮水般的进攻，一日内发射炮弹5000余发，中国一个团守军的上千官兵英勇牺牲，全镇百姓无人幸免于难。"剃刀将军"寒气袭人。

东条英机踏着中国人的血和尸体拾级而上。1940年担任了第二次近卫内阁的陆军大臣。大权在握，东条英机的"剃刀"性格再无阻遏。他捏着拳头喊叫要把整个中国置于死地，捏着另一只拳头张扬要向东南亚扩张。为了实现狂妄的理想，他扩充了细菌部队，拟定发布了法西斯军人精神教规《战阵训》。"皇军军纪之精髓，存于诚惶诚恐大元帅陛下（天皇）之绝对服从之崇高精神""处于生死困苦之间，命令一下，欣然投身于死地""生当不受囚虏之辱"……《战阵训》渗入士兵们的灵肉，要使他们也异化为"剃刀"，或者"肉弹"。

东条英机终于达到了罪恶的顶峰。1941年10月18日，他逼退了近卫文麿，登上了首相的宝座。他一上台就实行法西斯独裁，打击排斥异己，独揽军事财政大权，一身兼任内务大臣、陆军大臣，后又兼任了外务大臣、军需大臣、商工大臣、文部大臣及参谋总长等要职。他自我斗争着、协调着，把日本所有的力量都压进了大炮的炮膛，向一切能够得着的地方轰击。这时他并没忘了已经叼在嘴里的肥肉。当上首相的第一天，他就在施政演说中指出："完成中国事变，确立大东亚共荣圈，以贡献于世界和平，为帝国既定的国策。而今政府面临空前严重的局势，务期对外愈益敦厚与盟邦之友谊，对内愈益完备国防国家体制，在皇威之下，举国一致，为完成圣业而迈进。"东条英机高举战刀，发出了战争的总号令。

"以日本为工业国，以其他各国为资源国，则举东亚共存共荣之实矣。"这就是东条英机为"大东亚共荣圈"确定的"共存共荣"的原则。为此，东条内阁专门成立了一个大东亚省。大东亚省下设4个局：总务局、满洲事务局、中国事务局、东南亚和南洋局，其职能就是专事掠夺中国和东南亚各国的丰富资源，榨取这些国家劳动人民的血汗以繁荣日本经济。

日本挥刀砍杀中国，日本吮嚼中国的血脂血膏，东条英机是主谋，一直都是。《判决书》判明："东条在1937年6月任关东军参谋长，自此以后，几乎所有的阴谋活动，他都以首谋者之一而与他人互相勾结。""他对于日本邻邦的犯罪攻击，负有主要责任。"

东条英机拒不认罪，他保持着"剃刀"性格，把一切推得干干净净。在1947年12月26日的庭审中，东条英机通过他的英籍律师勃鲁德宣读了他的供词。东条狡辩说："'大东亚共荣圈'不是侵略，日本对外战争是'自卫自存'，是为了'解放东亚民族'。"法官质问道："杀戮200万以上的中国人，都是出于自卫的考虑吗？"东条无言以对。供词洋洋5万余言，叙述了他当首相的4年中有关国家决策动机及军事决策等问题，他想方设法回避自己是主要决策者的事实，千方百计推脱责任，否认侵略活动，把侵略行动硬说成是自卫。

法庭对东条英机进行了多次讯问，东条英机的态度一直是坚决而肯定的。

法官："你是否承认犯有发动战争罪？"

东条："这次战争实在是日本的自卫战争……"

法官："日本为何肆意破坏华盛顿关于限制海军军备的'九国公约'？"

东条："先打个比方：给 10 岁的孩子一套合身的衣服，可当他满 18 岁的时候，衣服绽开了。"

法官："但有可能将那件衣服缝缝补补使它合身——难道你不认为这样吗？"

东条："但个子长得太快，孩子的双亲来不及缝补……"

法官："1942 年的'巴塔安死亡行军'，强迫战俘在酷热的气候中长途跋涉，大批被弄得筋疲力尽的俘虏在'行军'中遭到毒打、刺杀和枪杀。对此你负有什么责任？"

东条："按照日本的习惯，执行特定任务的司令官不受东京具体命令的约束，享有相当大的独立性。"

《判决书》："这只能意味着根据日本政府进行战争的方法，对这类暴行是提倡或至少是允许的……"

法官："据我们所知，经日本最高当局批准，强迫战俘在恶劣的条件下用双手修建泰缅铁路，路基两旁遗下成千上万战俘的白骨，是这样的吗？"

东条："我们没料到会做出这样的事来。按日本人的性格，他们相信无论天上还是地下都不能容忍犯下这种罪行。"

《判决书》："1942 年 3 月 31 日颁发了《战俘待遇条例》。东条通过军务局长武藤实施监督和指导。各战俘营长官应每月向陆军省军务局战俘事务行政管理课提出报告，报告的内容有战俘营高死亡率的统计数据……"

东条英机的战争罪行多得无法结计。对 28 名甲级战犯长达数十万字的《起诉书》共提出了 55 项罪状，对他的指控超过了所有的战犯，除侵略苏联的"诺门坎事件"外，其他 54 项均有份。

东条英机在法庭上的"剃刀"风格，激怒了众法官，受刺激最深的，恐怕要算傲慢的美国人。

1941 年夏秋间东条英机上台时，国际形势发生了重大的变化。

希特勒吞并法国和重创英国之后，旋即向苏联发动了全面进攻。作为轴心国成员的日本由于南进战略受到英美阻扰，而与英美的矛盾激化。东条决心制服美国，成为真正的战争巨人。12月7日，他命令海军联合舰队偷袭美国海军基地珍珠港，任务完成得相当出色：美国太平洋舰队的8艘战列舰被炸沉4艘、重创4艘；炸沉3艘轻巡洋舰和3艘驱逐舰；炸毁飞机约180架；死伤3500余人，而日军只付出了很小的代价。这一辉煌的战果轰动了全世界，使美国人蒙受了史无前例的耻辱，也冲昏了东条英机的头脑。

东条英机的时代来临了。日军所向披靡，12月25日，从英军手中夺得香港；1942年1月2日，从海上登陆攻占了菲律宾的马尼拉；2月15日，拿下新加坡，接着荷属殖民地印度尼西亚易主；3月8日，攻克了缅甸的仰光，北上侵入中国云南境内。不到3个月，日军横扫西太平洋，占领了印支半岛、马来半岛和东印度群岛的大部。澳大利亚暴露于战火的边缘。美国、英国、荷兰的战舰和商船屡被击沉。亚洲10多个国家被蹂躏，人民惨遭屠戮。南京大屠杀的惨剧在马来亚的亚历山大医院、泰国的琼蓬阁、东印度群岛中的望涯群岛、苏门答腊的库拉查、爪哇的巴加达尔巴士等10多处重演，还有前述的马尼拉与香港。战俘们被灌水、炮烙、电击、悬吊、坐钉板等种种酷刑驱赶着去筑铁路公路，他们成批地饿死、累死、病死，身体被虫蚁蚀空，只剩下白花花的骨骸。

日军开始吃人了！一名日本战俘在受讯时供认："第十六军司令部允许部队吃人肉，但不得吃自己同胞的肉。"参加这种盛大酒宴的还有那些毛烘烘浑身散发着腥膻气的将军。他们沉溺于甜美咀嚼中的愉快超了热带丛林中四条腿的野兽。

同时被所有的法官视为不共戴天的仇敌，在甲级战犯中几乎只有东条英机一个。

中国人咬牙切齿："杀死他！"

美国人暴跳如雷："杀死他！"

英国人耸肩摊手："杀死他！"

日本人也勾起双拳："杀死他！"这其中竟然夹杂着日本阴谋家和战犯们的声音。

东条英机是个战争狂。他上台后不顾日本经济衰微的实情，仅一次性临时追加军费就达38亿日元，人民经受着饥寒，最后干脆被作为"一亿玉碎"的赌注，被推到了死亡的边缘。人民一边往防空洞里钻，一边愤愤地低吼："击落英机！"

东条英机是个独裁狂。对于不听他使唤的将帅，他像"剃刀"一样果断地将他们彻底清洗，迫使他们退出现役，或降职后送到炮火纷飞的前线。他直言不讳地要杉山元辞去参谋总长的职务，由他兼任。杉山元气急败坏地反抗："如果你这样干，陆军内部的秩序将无法维持！"东条英机满脸杀气："谁敢反对，我立即撤换他！"海军一些部门居然挂出这样的木牌："杀死东条！"

东条英机还是个领袖狂。他身兼多种要职，把天皇挡在自己的背后，不许任何人接近天皇，甚至切断了皇族和重臣与天皇的通路。他说"我的床上不要绣花枕头"，破除惯例，把重臣统统逐出内阁。谁要流露出不满，他就派人暗中盯梢与威胁，连唯一敢于在天皇面前跷二郎腿的近卫文麿也不例外。"天皇东条化"的趋势终于使裕仁沉不住气了，他忧愤交加地说："把日本交给东条一个人掌握命运，可以吗？"

日本海军在中途岛遭到了近一个世纪来最惨重的失败，尤其是战略要地塞班岛守岛日军全军覆没，敲响了日本法西斯的丧钟。危机向核心聚涌。近卫联合重臣加紧了倒阁阴谋。天皇裕仁的御弟们开始使用极端的手段。

谋杀东条英机一波三折。

最早下手谋杀东条的是中野正刚议员。1943年秋，当他得知皇族避开东条秘密酝酿停战策略、东条被剥离出来时，便组织了一批退役军人密谋刺杀计划，但计划还未付诸实施，就因同伙在女巫面前泄密而遭逮捕，被迫自杀。中野正刚的被杀，煽起裕仁的二弟高松宫亲王谋刺的激情。在高松宫的支持下，教育局局长高木少将制订了完整的计划：在海军中物色5名刺客，7月中旬，当东条上班路经海军省时，用机枪前后夹击射杀，事成后飞往台湾避风；同时由高松宫上奏天皇，由裕仁发令赦准。就在这前后，另有人也准备在东条上班的途中杀死他，时间也在7月中旬。他是三笠宫亲王的亲信津野田，三笠宫是天皇裕仁的三弟。津野田从陆军习志野毒气学校搞到一枚反坦克用的氰氢酸炸弹，准备在东条的车驶至祝田桥一带减速时投掷。然而事到临头，津野田不明不白地突然被调往中国战场。生性多疑的三笠宫担心事已败露，便出卖了津野田，计划遂告流产。而裕仁二弟高松宫的计划因种种原因，也终未能付诸实施。

东条的办公室里烟雾弥漫。军务局局长佐藤贤了推门进来。东条把烟蒂狠狠地按进烟缸，垂头丧气地说："我将在明天上午谒见天皇，请你用书面写下我的辞呈吧。"

次日，东条英机肩缀参谋绶带，以参谋总长身份径直进宫晋见天皇。直到这时，他仍抱着侥幸的心理。阴冷幽暗的气氛充满了暗示，天皇无声地流露着对他的厌憎和嫌弃。刚愎自用的东条英机这才突然地意识到自己的孤独。

就在当天，也就是1944年7月18日，在内外交困、上下弹挤的强大压力之下，东条英机被迫率领内阁总辞职，从权势的巅峰滚落下来。

无论东条英机怎样狡赖，远东国际军事法庭最终认定了他的罪行。仅在第一类"破坏和平罪"中，他就犯有对华实行侵略战争、对美实行侵略战争、对英实行侵略战争、对荷兰实行侵略战争、对法实行侵略战争、18年间一贯为控制东亚及太平洋进行阴谋活动等6项罪行。在东京受审的甲级战犯中，东条英机是罪状最严重者之一。

1948年4月16日，韦伯庭长终于宣布庭审工作结束。审判进入了最后的秘密量刑阶段。走上被告席的28名甲级战犯，因外交官松冈洋佑与海军大将永野修身痼疾而亡、大川周明发疯而中止了对他们的审判，此时实际还有25人。由于远东国际军事法庭只规定了统一的诉讼等程序，而没有共同的量刑根据，11名法官对量刑的尺度产生了严重的分歧。他们各自援引本国的法律条款，各执己见，争得不可开交。尤其对于死刑，法官们的分歧更大，那些已废除了死刑的国度的法官，自然就不习惯考虑以此作为一种刑罚。法庭庭长韦伯根据其澳大利亚的刑罚条文，主张把战犯们流放到荒岛上去；而来自佛教国度印度的法官帕尔更为极端，他大概决意以佛祖慈悲为怀、普度众生的修持实践为榜样，主张"世人需以宽宏、谅解、慈悲为怀，不应该以正义的名义来实施报复"，竟然要无罪开释全体战犯。占多数的法官不赞成处死刑。这是极为危险的。经过法官们日夜磋商、磨合，最后终于以6票赞成、5票反对，通过了对东条英机处以绞刑的议案。

1948年11月4日上午，韦伯庭长开始宣读长达1200页的《判决书》，一直到12日下午才读完。接着宣布对25名被告的判决。平沼骐一郎、白岛敏夫、梅津美治郎因病缺席，所以只有22名战犯出庭。被告被一一叫出来听取对本人的审判，3名缺席者由辩护律师站起来代听。东条英机被判处绞刑。另外还有6人被判以绞刑，即前述的板垣征四郎、土肥原贤二、松井石根、广田弘毅、木村兵太郎及武藤章。为了严惩板垣、土肥原及松井这几个双手沾满了中国人民鲜血的战犯，在量刑期间，中国首席法官梅汝璈表示，如达不到目的，他只有蹈海一死以谢国人。他废寝忘食地做了大量的工作，为公正判决做出了贡献。

在宣判后执行前的时间里，东条英机独居一室，受到严格监管。也许是"剃刀"精神已在他的内心折断了，他的饭量骤减，体重急剧下降。但他此时还能克制住内心，表面依然显得冷静。他赋词曰："此一去，尘世高山从头越，弥勒佛边唯去处，何其乐。明日始，无人畏惧无人愁，弥勒佛边唯寝处，何其悠。"12月21日晚，东条英机收到了即将执行死刑的通知后，他把这首辞赋交给了教诲师花山信胜博士，说："想起一直处在100瓦的灯光昼夜照射下，竟未能得神经衰弱，一直到最后都能保持身心健康，觉得正是因为有了信仰。"为了证实这一点，他提出了一个特别的要求：临死之前再吃一顿日本式的饭菜。

东条英机确实具有法西斯头目的胸襟与见识。他以透露遗言的方式，顽固地为其侵略罪行辩护，蛊惑与煽动日本人民要耐心等待，以图东山再起。他说"日本曾是亚洲唯一的反共堡垒，现在满洲却已成为使亚洲共产化的基地"，强烈呼吁美国人要重视这个问题。

东条英机保持住了"剃刀将军"的形象。后来他以伟人的面目被搬上了美化军国主义的影片《大日本帝国》。

绞索不意味着结局

东京国际军事法庭的行刑室设在巢鸭监狱的一间方形的屋子里。绞刑台高与宽各有8英尺，通向它要登上13级台阶。4台绞架垂下黑色的吊索。

1948年12月22日午夜23时30分，7个剃着光头、身穿灰色死囚服的大战犯被美国宪兵带到了一个小佛堂里。花山信胜教诲师为死囚们忏悔，为他们诵经祷告，低沉的声音仿佛来自遥远的彼岸。东条英机的脸像一张风中的白纸在痉挛着，昔日假以逞威的小胡子上挂下了白色的鼻涕。但他的眼睛里依然燃烧着仇恨。他用战抖的笔迹，在"赴死簿"上签下了罪恶的名字。

7个大战犯双手反绑，被押进了行刑室。东条英机大口大口地吃着最后的晚餐。大米饭，豆汁汤，烧鱼……

时间到了，第一批上绞架的东条英机、土肥原贤二、松井石根和武藤章被验明正身，引上13级台阶。

东条英机提议道："请松井君带领大家三呼天皇陛下万岁！"

松井石根歇斯底里地喊了一声："天皇陛下万岁！"

另三人随声应和："万岁！万岁！万万岁！"

这种场面与在纽伦堡的情形是何等相似呵。担任行刑手的美军中士约翰·伍德一定会这样想。他曾在纽伦堡对德国主要战犯执行了同样的使命。当时屠杀犹太人的头号刽子手斯特雷切在验明正身后，像玻璃碎裂般地尖叫一声："希特勒万岁！"凯特尔元帅高呼："一切为了德意志！"

东条英机、土肥原贤二、松井石根、武藤章站在了绞刑台上，头上被蒙上黑布罩，绞索套在了他们的脖子上。盟国管制日本委员会的中国代表商震及美、苏、英的代表到场监刑。总行刑官向监刑官报告准备工作已经就绪。随之发布了执行命令。

死囚脚下的活门猛地弹开，死囚倏地掉了下去，吊索刷地绷直了。

吊索剧烈地抽搐着。陷坑里传出痛苦的呻吟声。

监刑官与行刑官在冰冷的气氛中站立着。美军人员有的无声地走动，有的悄悄地咬耳朵。

过了几分钟，一位美国法医和一位苏联法医戴着听诊器走到行刑台的后面。0时11分，他们走了出来，同一位身材壮实、足蹬马靴的美军上校低语了几句。上校转过身来，面向监刑官咔地立正："罪犯业已毙命！"

美军士兵抬着担架走进行刑台的下面。约翰·伍德从腰间的刀鞘里拔出伞兵刀，以刚劲的动作割断了绳索。尸体被抬了出去，它们的脖子上仍勒着黑色的索扣。

板垣征四郎、广田弘毅、木村兵太郎作为第二批被引上了绞架。

7名甲级战犯的尸体当即被秘密运往横滨市西区的久保山火葬场焚化。为了不给日本军国主义分子留下可作悼念的遗物，骨灰被美军用军舰载于100海里以外，弃之于海中。

东京审判的25名甲级战犯除7人被判处绞刑外，还有16人被判处无期徒刑，20年徒刑和7年徒刑各一人。

被判无期徒刑的是：木户幸一、平沼骐一郎、贺屋兴宜、坞田繁太郎、白鸟敏夫、大岛浩、荒木贞夫、星野直树、小矶国昭、畑俊六、梅津美治郎、南次郎、铃木贞一、佐藤贤了、桥本欣五郎、冈敬纯。

东乡茂德被处以20年徒刑；重光葵为7年。

梅津美治郎是陆军中有名的死硬派，任天津驻屯军司令官期间故意制造事端，用武力逼迫中国签订《何梅协定》，接替东条英机出任参谋总长后，指挥过日军在中国的桂柳会战、老河口战役及芷江战役，并指挥过冲绳战役等太平洋战场的诸战事，走投无路之际还拒绝投降；在受审期间他坐在第一排，戴着金边眼镜，始终一言不发。病死的永野修身是策划上海"一·二八"事变的元凶之一，使3.48万多名中国军民伤亡或失踪；后任海军军令部部长，策划偷袭珍珠港，直接促成了太平洋战争；他是甲级战犯中唯一的海军元帅。两任首相平沼骐一郎和小矶国昭都是实行侵略战争的魁首：平沼是最隐蔽的法西斯组织"国本社"的头目，被公认为"日本法西斯之父"；小矶曾参与操纵建立伪满洲国，支持全面对华侵略战争和太平洋战争。木户幸一才华横溢、擅长权术，是天皇的宠臣，任文部大臣时费尽心思地推行军国主义教育；他激赞东条英机"手腕强硬"，在他的力荐下，东条英机得势，点燃了太平洋战火；木户在受审中竭力为天皇开脱，说"责任全部在军部"；当他读到起诉书中对自己的指控时愤然地说："审判相当不公平，可以说是侵犯人权！"佐藤贤了、冈敬纯和坶田繁太郎均是东条英机的得力幕僚，鼓吹进行太平洋战争并指挥作战，还犯下了虐待俘虏的罪行；佐藤出狱后仍顽固地宣扬："只有东条内阁是正确的。"重光葵、大岛浩、白鸟敏夫和东乡茂德则都是法西斯化的外交官，不择手段地粉饰侵略行径，缔结法西斯联盟，推行阴谋外交，不遗余力地为侵略战争卖命。

他们都犯下过天诛地灭的罪行，受到了应有的惩罚。

天网恢恢，疏而不漏。

东京国际军事法庭自1946年5月开庭，至1948年12月执行判决，前后长达两年半之久，公开庭审818次、秘审131次，受理各类文件证据4330件，证人证词1194件。法庭在公审庭上作出了56件裁定，在法官内部会议上作出了175件裁定。审判记录共计48412页，判决书长达1200多页，耗资750万美元。不管怎么说，这旷日持久的审判与卷帙浩繁的文件材料，包含着各国法官们巨大的劳动和心血。

在东京国际军事法庭开庭审判甲级战犯的同时，南京的国防部审判战犯军事法庭对侵华的乙、丙级战犯进行了审判。自始至终共办案52件，其中有对中国人民犯下滔天罪行的谷寿夫、矶谷廉介、酒井隆、高桥坦等4名日军高级将领；有疯狂屠杀中国民众的田中军吉、野田岩、向井敏明、松本洁、三岛光义等凶手。日本宪兵松本洁与三岛光义一个在浙江嘉善、一个在江苏无锡，他们无恶不作，杀人如麻，被当地民众称为活阎王。

设在广州、武汉、上海、台湾等地的9个军事法庭也对乙、丙级战犯进行了逮捕和审理。如田中久一和近藤新八两个陆军中将师团长等，因纵兵屠杀俘虏及强奸、抢劫、滥杀平民，被广州行辕军事法庭处决；宪兵大佐队长膳英熊及大尉中队长古性与三郎等因直接参与抢劫和杀人，被徐州绥署军事法庭枪决；辎重兵中队长增木欣一等因共谋杀害军夫及施酷刑致死人命，被武汉行辕军事法庭处以极刑；陆军少佐营长木村龟登等因杀人与抢劫被沈阳军事法庭严惩……日本战犯的脑壳崩裂，污血喷溅，乓，乓，虽然枪声并不稠密，但毕竟四方都有动静。

从1946年初至1949年1月，全国各地受理案件共计2200余件，处死刑者计145人，处有期徒刑或无期徒刑的约有400人。要指出的是，各地的审判工作同样受到国民党高层卖国分子的干扰。冈村宁次在日记中不无为自己评功摆好之意地写道："广州军事法庭一次判处40人死刑，因太过分，经联络班向国防部恳切要求，乃将被告全部移交上海军事法庭再审，结果40人全部无罪返国。"冈村宁次却从没有把他指挥日军成千上万地屠杀中国人视为过分。

另如一个叫斋藤弼州的战犯，也就是冈村宁次刚进监狱时，孙典狱长来见他带着的那个翻译。此人霸占了徐州柳泉煤矿，为了逼迫矿工在恶劣的条件下日夜不停地挖煤，他雇用了一些流氓打手，动不动就对矿工施以拳棒与酷刑，致死者被抛入山沟里喂野狗。冈村宁次听说他被判无期徒刑，就出来为他申辩，硬说此人雇用打手是为了保卫矿产，还自制炸药奋不顾身地与来袭的匪贼进行搏斗，俨然是个英雄。判他无期徒刑，是因为有人向煤矿索取钱财被他拒绝，因而虚构罪名诬告他。冈村宁次是有影响力的。他小费口舌，便使无期徒刑改为有期徒刑10年。

各受害国及与日本交战国也都建立了军事法庭，对在各地犯下了罪行的战犯进行了惩罚。大体的情况是：

美国占领区及巢鸭军事法庭：判刑2678人，其中处死501人。

英国占领区军事法庭：判刑818人，执行死刑者240人。

菲律宾军事法庭：判刑197人，其中死刑80人。

澳大利亚军事法庭：判刑533人，处决120人。

苏联判处了12名日本细菌战犯的有期徒刑。另有千余名日本战犯于后来被引渡到中华人民共和国审判。

疯狂嗜血的战犯终于受到了正义的惩罚。

日本军国主义的战争狂人们祭起滚滚的红火黑烟，夺去了5000万亚洲人民的生命，毁掉了无数人和美宁馨的家园，仅在8年全面侵华战争中，就屠杀了我数以千万计的同胞，在我们原本就贫穷落后的国土上又毁掉了600多亿美元的财产！而日本由于倾注国力于战争，造成了人民的赤贫，近200万人殒命他乡，战争后期本土遭轰炸，亦有900万人失去了家园，损失了95.6亿日元的财产。日本军国主义发动的这场战争，给亚洲各国人民，包括日本人民带来了惨重的灾难，对和平、正义和人道犯下了不可饶恕的罪行。

对此，各国法庭依据一系列关于战争与和平的国际公约、惯例、协议和誓约，对战犯进行广泛的审判，严惩了丧心病狂、罪大恶极的战争元凶，伸张了国际正义，抚慰和鼓舞了各国人民，为死难者复仇雪恨，无论从法律还是从道义上讲，无疑是必须的、正当的，符合各国爱好和平的人民的愿望和要求。

不仅仅如此。对战犯的一系列审判，尤其是国际军事法庭的审判，首次正式判定了侵略战争本身的犯罪性质，而且是最大的国际性犯罪，是全部罪恶的集大成者，一切计划和准备侵略战争的行为和参与者都要负刑事责任。这对于藏在幕后预谋和策动战争的领袖人物是一个威慑。其次，判定了违反人道罪，即"战时或战前对于非武装人民的屠杀、灭种、奴役、放逐及其他不人道的行为，或基于政治的、人种的或宗教的理由而施加的迫害"，都是犯罪行为。这就使得为了战争而发生在战争之前，或发生在其本国的犯罪，也同样逃脱不了国际正义的惩戒。这次大审判以实践的方式，把以往的国际公约加以发展，并以法律的形式予以固定，成为国际上确认战争责任、惩治战争罪犯的普遍准则，这对于反对侵略、防止战争、维护和平有着更加深远的意义。

然而，要紧接着说出第二句话：那些疯狂嗜血的战犯全都受到正义的惩罚了吗？

基南说，审判是象征性的，如果对所有的罪犯都进行审判，豁上一辈子也办不到。因此审判是不彻底的。由于美国对日本的单独占领，美国在东京的审判中起到了主导作用，法庭的组织、法官的任命、战犯名单的确定均由麦克阿瑟定夺。作为战胜国之一，作为时代普遍声音的幕前人物，美国部分地反映了千百万人的意愿，保证了东京审判的进行，并富于象征性地处罚了部分罪大恶极的战犯。正因为是象征性的，所以就有了选择性。美国出于愈演愈烈的冷战需要，也是出于麦克阿瑟的一己好恶，从一开始就把惩治的锋芒对准与美国交战直接相关的战犯，别的战犯能从轻发落就从轻发落。而对于能为其所用的战犯，哪怕是罪恶昭彰，也不惜代价地予以庇护，对天皇与细菌战战犯就是这样。

为了达到目的，美国采用了政治高压、技术干扰等手段，甚至暗纵律师在法庭上胡搅蛮缠，以延宕时日。被告的日、美籍辩护律

师有 90 多人，日籍律师有不少本身就是激进分子，辩护团的总辩
护人清濑一郎原系专为侵略出谋划策的"国策研究会"成员；而美
籍律师中有不少人更像是泼赖。1947 年 2 月辩护方的反证阶段开始
后，时空就出现了混乱。清濑一郎等人颠倒黑白地说："九·一八"
事变是中国挑起的，成立"满洲国"是民族独立运动，"上海事
变"、"七·七"事变、南京大屠杀的责任都在中方，经济掠夺是帮
助中国"恢复"和"开发"经济，"大东亚共荣圈"是世界主义的
口号。辩护团还煞有介事地召来许多证人，这些证人多是在战争期
间活跃的政治家、军人、官僚、财界要员、右翼分子乃至皇族。他
们串通一气，表演了一幕幕的丑剧、闹剧。

美籍律师一口一个"将军"地称呼着战犯，在一旁挖空心思地
帮腔，竟然与战犯们如出一辙地说日本是为了"自卫自存"而战。
为了诋毁检察方证人的证言，他们肆意侮辱对方的人格。辩护律师
罗格这样斥问田中隆吉："你患精神病了吗？""如果你作出有利于
检察方面的证言，你就会免予追究责任，检察官这样许诺过你，对
吗？"有的律师甚至蔑视法庭，如史密斯与柯宁汉。在各国法官的
强烈要求下，他们先后被取消了辩护的资格。

这里不得不特别注意到，辩护方面的证人竟然有原参谋总长、
时任国务卿的马歇尔和其他美国高级将领。有的辩护证件竟来自美
国国务院。

反证阶段一拖就是近一年。这种不正常的现象引起了各国人民
和进步舆论的焦虑与猜忌，他们通过各种渠道发出了呼吁。盟军总
部收到国民党政府转来的一份电报，电报是杭州市参议会议长张衡
打给蒋介石的。

查远东国际法庭成立已有两载，对于日本战犯还未有
所处决。近且昌言和议，不复提议。及此一旦事过境迁，

恐将成为悬案。回顾德国战犯早经分别惩处，两相比较，宽严迥异。日本侵略战争，吾国受害最烈，人民水深火热迄未解除，吾国追维以往，余悸犹存，更应据理力争，以杜乱源，唯图永久和平。爰经提交本会第六次大会第八次会议决议一致通过记录在卷，特电查核采择施行。

美国给东京审判投下了阴影，蒋介石又何尝没给中国的审判敷衍乌云？张老先生的电报里，责怨之意是显见的。

麦克阿瑟和蒋介石们一意孤行，后来把全部的在押战犯尽悉释放。

中国有两则民间传说：一个说的是有一位东郭先生，连踩死蚂蚁都不忍心，听了狼的乞怜，他把装入布袋中的狼放了出来。另一则是说一位渔夫，在打鱼的时候打上来一只很沉的瓶子，瓶塞打开后，随着一股黑烟钻出来一个魔鬼。当狼和魔鬼露出本相时，人们又设法将它们重新装回到了布袋和瓶子里。麦克阿瑟和蒋介石当然不是心慈手软的东郭与渔夫。但从更大的范围看，或是从历史的角度看，他们又未尝不是与战犯联体欺骗了人民。所以，问题在于，一旦他们作祟的时候，怎样把他们装入布袋与瓶子里。

矛盾与复杂，是世界进程内部的规律和动力。人民懂得这一点。并且人民本身就是最高的法官，人民的理智和情绪判明正义与非正义，给法庭以根据、基础和力量，也给它以制约与压力。远东国际军事法庭的宣判受到了世界舆论积极的肯定和欢迎。苏联《消息报》刊载的论文具有一定的代表性：

> 东京审判战犯的结果，无疑是值得肯定的。尽管这次审判毫无理由地拖延了两年半之久，法庭在开审的过程中，时常对被告及其辩护律师表露偏袒之情，后者利用法

庭来宣传其嫉视人类的观点和挑衅的企图，但判决书还是令人满意的。……虽然存在许多缺点，判决书还是表达了万千人民的意愿。他们密切地注视着今后的审判，等待着公布严峻而公正的判决。一切真诚的和平与进步之友，一切有志于维护持久与巩固的和平之士，都热诚欢迎国际军事法庭的判决。

东条英机等7名大战犯被绞死三天后的深夜，三文字正平、飞田美善和市川伊雄3个人身披黑斗篷，乘着夜色突破了美军的严密监视，秘密潜入久保山火葬场。他们钻进一个混凝土的洞穴，屏住呼吸，把东条英机等7名战犯的散碎的骨灰收拢，装入黑色的提包里，又悄悄地溜出来，将骨灰临时藏进了兴禅寺。

原来，7名战犯被绞死后，盟军当日就把尸体拉到火葬场，准备火化后把骨灰扔进太平洋。没等完全火化，偷懒的美国士兵就叫来火葬场的场长飞田美善，命令他将尸骨完全化为灰烬。与此同时，东京法庭的律师三文字正平和林逸郎正在密谋把遗骨运出。

三文字得到飞田的情报，在飞田和邻近火葬场的兴禅寺住持市川伊雄的协助下，把7个战犯的遗骨分别收拾妥当。正当焚香合掌做祷告时，美国士兵闻到了焚香的气味，一拥而入。他们慌忙中将遗骨像麻将牌一样混杂在一起，放入一只黑色的箱子里。美国士兵拿走了这只箱子。

但由于美国士兵的马虎和粗糙，他们把大约有一骨灰盒的中小骨、细骨和骨灰当作垃圾扔进了一个混凝土的洞穴。

三文字、飞田和市川把这些骨灰藏进了兴禅寺。但这里离火葬场太近，藏在这里是危险的。他们3人与战犯的遗属密商后，决定暂时将骨灰挪到位于热海的松井石根家中，然后伺机再移至伊豆鸣泽山的兴亚观音寺。

次年 5 月 3 日，三文字等来到松井石根建的兴亚观音寺，对伊丹夫妇说："这是知己者的遗骨，希望能暂时秘藏在这里。在时机到来之前，绝对不能叫任何人知道。"

伊丹夫妇心领神会。他们瞒着自己的孩子们，于深夜在日莲宗塔后面挖了个深穴，藏好骨灰后又在上面栽了些杂草。后来又不断转移地方，时而放在观音像后面，时而放进殿堂，都是深夜干的勾当。

10 年之后，堂堂正正修起了"七士之碑"，前首相吉田茂题写了碑名。

绞索追逐着天皇

1971 年 10 月 12 日，天皇裕仁夫妇抵达德国波恩，开始对那里进行访问。这次访问的经历对天皇来说是异常痛苦的。他到达那里后，德国学生和侨居在那里的亚洲人举行了声势浩大的示威，反对天皇的访问。人们举着的标语牌上写道："希特勒屠杀了六百万犹太人，裕仁屠杀了五千万亚洲人！""希特勒！墨索里尼！裕仁！"题为"战争罪犯裕仁在波恩"的传单凌空飞舞，"裕仁是法西斯分子"的口号不绝于耳。

神经羸弱的天皇裕仁又一次被历史击中。奢侈的酒宴，豪华的宾馆，精心安排的游览，一切都变得黯淡无光。他感到自己如同被囚在凉风飕飕的牢中，面对锈迹斑斑的铁栏杆。

永远的铁栏杆。

战争结束前夕的 1945 年 6 月，美国政府依靠盖洛普社作了舆论调查，对战后该如何处置天皇的民意表明：一、杀死或刑讯使其饿死的占 7%；二、24% 的人认为应加以处罚或流放；三、进行审判给以定罪处罚或作为战犯加以制裁的回答占 17%；四、3% 的人回答可作为傀儡加以利用；五、不做任何处置的回答为 4%；六、回答不知道的占 16%。在被调查者中共计有 77% 的人要求对天皇进行处罚或审判。在冲绳战役中，浑身伤迹和烟痕的美军士兵一面高喊着"裕仁！裕仁！"，一面做出斩落首级的手势。

中国是日本战争罪行的最大受害国。制造"九·一八"事变，成立伪满洲国，入关侵占华北，发动卢沟桥事变，全面扩大侵华战争，以及暴行、惨案、饥荒、废墟，一桩桩一件件，哪一件不渗透着天皇的阴影和罪行？战后中国自然要把天皇裕仁列入战犯名单。国民党行政院院长孙科发表讲话称："为使这几年的惨祸不致在中国重演，为使无数先烈的鲜血不致白流，必须从日本除掉军阀这颗毒瘤，同时必须消灭天皇制度！"

漫长的战争，对日本人民也是一场巨大的灾难。日本投降时兵员已达 720 万人，平均两户人家就有一个当兵的。据日本政府远非完整的统计，确认的战死者超过了 156 万，永远伤残和下落不明者 55 万。1937 年至战败，仅临时军费即高达 1870 亿日元。沉重的军费使课税严苛，物价猛涨，黑市广延。东京的粮食、衣物、燃料的价格上涨了三四倍以上，对劳动人民来说，一束棉纱变得异常贵重。饭吃不饱，往往是几户邻居分吃一只小南瓜，有时为了一棵葱发生争吵。就当人民的精神和肉体在痛苦中煎熬的时候，那些在战争中发了财的军阀、官员和大资本家们，却仍然耽于纸醉金迷的腐朽生活。

他们挣破宗教般浑噩而坚固的束缚，从心底发出了呐喊："打倒天皇制！"

这是在天皇的皇座下爆发的火山和洪水。在战后于东京举行的一次"追究战犯人民大会"上，演说者尖锐地指出："天皇是最高的战争犯！"台下立即电火交织，爆发出雷鸣般的掌声。

至于究竟怎样确定天皇的战争责任，当时的币原内阁会议提出了如此见解：

> （1）深信帝国鉴于周围之形势不得不进行大东亚战争。
>
> （2）天皇陛下极为希望对美、英的谈判应始终坚持达成和平解决。
>
> （3）有关决定开战、贯彻执行作战计划等，天皇陛下只有遵从实行宪法中形成的惯例，不能驳回大本营、政府已决定的事项。

天皇自己也走到了幕前，他说："怎样才能避免这次战争，我曾煞费苦心地凡能想到的都已想到了，能采取的手段也都采取了。虽尽了力所能及的一切努力也终未奏效，战争还是爆发了。"

如出一辙，美国国务院的一份《对日白皮书》也在为天皇开脱罪责，竟然说"天皇曾力阻日本军进攻美英"。

然而天皇号称是创造日本国家之神的万世一系的子孙。天皇裕仁是神，是日本的天空和东方，照耀着日本的古今和道路。

他决定着日本。

日本从公元3世纪起，出现了象征王和豪族地位的古坟。在大和地方，作为部族同盟首领的天皇一族，也开始获得了君主的世袭地位。在刀光剑影浊雾迷蒙的漫长历史中，天皇的权势曾经旁落。19世纪随着"尊王攘夷"运动的胜利，明治天皇走上政治舞台，为天皇重新夺得了神圣而不可侵犯的极权。也是明治天皇，于1869年发表御笔信宣布："开拓万里波涛，布国威于四方。"

1889年2月21日颁布的大日本帝国宪法的第一条规定："大日本帝国由万世一系的天皇统治之。"第十一条"天皇统率陆海军"

中，规定军令属于帷幄大权，在一般国务大臣权限之外，由天皇直接把持。20世纪30年代右翼少壮派军官的一系列政变活动，否定了元老、重臣、政党乃至议会的作用，以天皇名义建立了军部独裁，完成了"天皇制法西斯主义"。

天皇作为统军大元帅，他的《告陆海军人敕谕》开头就写道："我国军队世世代代受天皇统率。"在这篇长文的结尾，天皇裹挟着雄劲的大风直上云端：

> 朕统率兵马大权，委任臣下各司其职。其统治大权须由朕亲自总揽，此非臣下所宜过问者。朕之子孙须永远牢记此要旨，切记天子须掌握文武大权，不得再出现中世纪以来丧失体制之混乱局面。朕为汝等军人之大元帅。而朕亦赖汝等为股肱，汝等应仰承朕意，加深君臣之间亲密关系。朕能否答上天之惠，报祖宗之恩，均赖汝等军人能否恪尽职守。

《军人敕谕》是军人至高无上的精神圣典。天皇的存在塞满了军队的一切空间——从枪支到靴底上的每一颗钉子。士兵是盲目的，出征前他们要面向城宫遥拜，归来时他们的头领要乘特别挂在火车后的头等车到东京车站，再搭乘宫内省特别差遣的马车，经二重桥进宫觐见天皇。士兵的生命不属于他本人，为了天皇他们可以投入"神风特攻队"，像飞蛾一样扑向熊熊燃烧的大火。死后他们的灵魂仍在合唱：

> 跨过大海，尸浮海面，
> 跨过高山，尸横遍野，
> 为天皇捐躯，视死如归。

那些在冰天雪地和亚热带雨林中战死的士兵尸骨，与《军人敕谕》小册子一道腐烂为尘泥。

日本发动全面侵华战争和太平洋战争，天皇不可能是无所作为的，更不可能是无奈的。撕开烟雾蒙蒙、谎言重重的严密铁幕，历史把一切告诉了人们。

1936年12月，蒋介石飞到西安督战，前线司令官张学良向他提出立即停止内战进行抗日的要求。他在遭到拒绝后扣押了蒋介石。中国共产党迅速派周恩来飞往西安，说服蒋介石达成停止内战的协议，实现了国共合作的抗日民族统一战线。而日本帝国主义仍在重温以腐败的清朝为对象时胜券在握的旧梦，急于侵蚀中国。1937年7月7日，滋衅挑起了"卢沟桥事变"。

日本政府于8日晚声明采取不扩大的方针，但在11日上午却批准了陆军大臣杉山元关于向华北派遣5个师团的提案，并向国民表明了这个"重大决心"。

11日晨，当参谋总长闲院宫要见天皇时，内大臣建议天皇先见总理大臣。但天皇认为首先要解决的是调兵遣将的问题，执意先见了闲院宫。

深谋远虑的天皇担忧的是能否取胜，他问闲院宫："如果苏联从背后进攻怎么办？"

总长回答："陆军认为苏联不会进攻。"

在此前后，天皇多次召见陆军大臣、参谋总长、海军军令部总长。陆军大臣杉山元信誓旦旦地说："一次派出大量军队，一个月就可将中国击败。"

天皇经过反复考虑，确信日军能取胜后，批准了向华北派遣大军的方案。参谋总长遵照天皇的旨意，发出进攻并占领北平、天津地区的命令。

8月13日，日本海军又在上海挑起了战争。14日，日本政府发出"惩罚中国军队暴行"的声明，并作出派遣大量陆军部队的决定。15 日，海军航空部队从九州基地出击，轰炸了南京。

日本全面侵华战争爆发。

历史翻到乌云沉沉的另一页。

1941 年，日本穷兵黩武大肆南进，危及美英等西方列强的势力范围，与美英形成对立。日本与德意法西斯结成军事同盟，确立了大东亚侵略战争的方针。日本与美英的对立激化，战争一触即发。天皇起用战争狂人东条英机。

日本一边与美国谈判，一边策划对美军的袭击。裕仁天皇在这段时间每天拜诵明治天皇的诗句："四海皆兄弟，何事起风波？"这反映了他的矛盾和他奸猾的策略。他在暗中时时助推着阴谋的进展。

11 月 1 日深夜，东条内阁召开的政府和大本营联席会议，对"帝国国策执行要领"的研究作出结论："帝国为打开目前危局，保证生存和自卫，建立大东亚新秩序，现下定决心对美、英、荷开战"，并确定了进攻的时间。

次日，东条英机和杉山、永野陆海军两总长向天皇上奏了上述决定，天皇即问："怎样才不至于师出无名呢？"这似乎是他最关心的问题。

东条表明："当前正在研究，很快就上奏陛下。"

11 月 3 日，天皇又向杉山和永野详细询问了诸如进攻时间、天气条件等一些具体问题。天皇还问"海军哪一天开始作战"，永野答是 12 月 8 日。

在 11 月 5 日的御前会议上，天皇批准了新的"帝国国策执行要领"。会后陆军大臣杉山元单独向天皇说明作战计划，天皇表示完全了解，还特别嘱咐关于奇袭的企图绝不能让对方发觉。

随着战事的迫近，天皇对胜败的问题极为关心，向军方询问多次。11月30日上午，天皇在海军任军官的弟弟高松宫进宫对他说："海军的确应付不了，我总是在想，要尽可能避免日美之间的战争。"天皇不悦，即又召见东条等人商议。午后6点半，天皇召见木户并命令他："关于能否战胜的问题，经询问海军大臣和总长，都说有相当的把握，所以命令你通知首相，按照预定（战争）计划行事。"

日美谈判按照天皇预定的那样，于12月1日零时破裂。当日下午2点，天皇决定对美开战。

天皇以"极为爽朗的神色"鼓励陆海军两总长："这样做是不得已的。望陆海军双方合作，努力干！"

12月7日，日本违反国际法，日本海军在政府对美最后通牒送交对方之前，以强大的舰载飞机和极残酷的手段，偷袭美国珍珠港海军基地。在火山爆发般的轰响和烈焰中，3.26万吨的"亚利桑那"号巨型战舰几乎蹦离了海面，裂成两半。偷袭使美国太平洋舰队18艘军舰沉没或受重创，188架飞机被毁，美军死亡2403人、重伤和失踪2233人。

太平洋战争爆发。

天皇就是这样直接、具体、有效地指导了战争。在偷袭珍珠港后的第三天，天皇颁发敕语表彰联合舰队的"丰功伟绩"："联合舰队，开战伊始，善谋能战，大破夏威夷方面敌人之舰队与航空兵力，建树丰功，朕至为嘉许，望将士再接再厉，以期今后之大胜。"1932年1月8日，天皇也曾颁发敕语表彰关东军在"九·一八"事变中的出色行动："尔等行动果断神速，以寡制众，速讨顽敌……勇敢奋战，拔除祸根，皇军威武，得扬中外。"战争期间，天皇每年必到靖国神社"亲拜"，他身穿大元帅军服，手持玉串，大祭战死者的亡灵。

> 啊，靖国神社，
> 光荣的神社，
> 我们的大君也向您敬礼。

军国主义精神和着袅袅香烟有力地弥漫，渗入日本军人和国民的血液，激发着他们为天皇而献出生命的崇高感情。

天皇驱赶着军人去夺去抢去死，驱赶着国民到龟裂的荒土上去悲哭流浪。他们的血泪涂染了天空和岁月，汇成冰冷的河。在这帝王的景色中，天皇拥着宫女坐于血泪河畔，慢条斯理地品饮和欣赏。那些苦命人真苦，那些冤魂真冤，他们不知道天皇拥有占全国22.7%的土地和15.8%的森林；不知道天皇在几千家股份公司拥有60亿美元的私人资产；不知道天皇在日本侵华战争期间私人财产增加了275%！"神"的身上散发着血腥和铜臭的气息。

天皇的战争罪责是重大而清晰的，包括日本在内的各国人民对天皇抱着普遍的仇恨和恐惧心理，国际舆论强烈要求把天皇作为战犯处罚，澳大利亚和中国法官指称天皇是第一号战犯，应在东条之前上绞架。在强大的压力下，前首相近卫文麿曾一度主张裕仁退位，以保皇室安泰。

天皇惊慌终日，绞尽脑汁保全自己。当内大臣木户接到逮捕令后，天皇假意设宴安抚，并假惺惺地说："美国方面看来有罪的人，我国看来则是有功之臣。木户随我多年了，朕要为他把酒饯行。"木户一直侍奉于他的左右，所有底细全知。

木户感激涕零。他着一身簇新的和服往皇宫赴宴。菜肴丰富有加，宾客只他一人。席间多有抚语和陈情。

中心话题自然是天皇的战争责任问题。木户对此似乎有点悲观："我想与陛下相见，这是最后一次了。我想直言不讳地谈谈我的想法。战争责任有国内和国外两方面的，国内您有责任，我也说过有关您退位的话。话说回来，终战之事因为是由陛下的圣断而决定的，所以陛下您就有了履行《波茨坦公告》的责任。"他不是不知道，裕仁是抱着同明治天皇受到三国干涉时誓报此仇于来日一样的心情，来接受《波茨坦公告》的。因此他在谈话结束时说："陛下的地位能否维持，我没有自信。"

宴毕临行时，天皇起身相送，复又叮嘱："木户君你实在不幸，万望保重身体。我的心境你当然明白，所以想请你为我说明。"

木户心如明镜，进监狱前即向他的律师交代自己的辩护基点，其第一条、第二条均是为天皇开脱罪责。

天皇一边在自己内部封口销迹，一边竭力巴结掌握着生杀大权的麦克阿瑟将军。1945 年 9 月 27 日，天皇第一次拜会了麦克阿瑟，表情含屈地说："人们似乎认为我们完全信奉法西斯主义，这是最令人难以忍受的。实际上应该说因为过分地用立宪制处理政事，而成了现在的状况，战争过程中，我不得不听取了希望天皇再坚持一下的要求……"此后他们又会见了 10 次。

据说麦克阿瑟被天皇"纯正"的心所打动。第一次会谈结束后，报纸刊发了大幅照片：麦克阿瑟漫不经意地穿一件开领衬衫，两手叉腰，分腿而立，满脸高傲狂妄的气势。而个子矮了一大截的天皇却毕恭毕敬地身着礼服，肃然站立在麦克阿瑟的右边，一副低三下四的神情。

这张照片是一个绝妙的象征。昔日溥仪的皇老子而今成了麦克阿瑟的儿皇帝。美国需要这个儿皇帝。一向说话直率的麦克阿瑟说："天皇在盟军进驻和解除日本陆海军武装方面给了很大帮助，所以完全没有考虑退位问题。天皇存在与否，完全由日本人自己决定。"

麦克阿瑟在与天皇第一次会谈后，就拿定了主意：为了顺利实行占领统治，要最大限度地庇护和利用天皇。不料美国参谋长联席会议通知麦克阿瑟：在伦敦同盟国战争犯罪委员会中，澳大利亚代表要求起诉天皇。澳大利亚政府的有关备忘录写道："按照帝国的宪法规定，宣战、讲和及缔结条约的权力在于天皇"，"他如果真是和平主义者，就能够制止战争。他本来是能够通过退位或自杀来抗议的。哪怕本人并不喜欢战争，可是，仅仅由于他批准了战争，他便要承担责任。"

麦克阿瑟急速回电："给我印象至深的是，在停战前天皇虽然处理国事，但其责任基本上都应自动归属于大臣以及枢密顾问官们。"电报的后半部简直是要挟了："如将天皇作为战犯起诉，占领日本的计划就要做重大修改；为了对付日本人的游击活动，起码需要100万军队和几十万行政官员，并需建立战时补给体制。"

美国需要天皇作为它统治日本的工具，更主要的是，美国根据自己的战略需要，日后要重新扶植日本军国主义，把它作为反共的堡垒和前沿阵地。至于这一点，性格豪爽的麦克阿瑟并没有说出。

美国驻日当局的《星条报》直言不讳地写道："美国的方针就是变日本为反共堡垒。"

其实这场阴暗的交易早在中国仍处于战争的灾祸中就已达成。在开罗会议上，蒋介石就对罗斯福表示："日本失败后如果能忏悔，可以允许日本人建立自己所希望的政治体制。"

抗战胜利前夕，国民党第15集团军司令官何柱国上将在与今井武夫的一次晤谈中说："日本战败，结果衰亡，这绝非中国所希望的。我们宁愿日本即使在战后仍作为东亚的一个强国而存在，和中国携手合力维持东亚和平。"他嫌说得还不够明白，进一步透露："特别是蒋介石主席对日本天皇制的继续存在表示善意，并已向各国首脑表明了这个意向。"

至于美国，曾在日本任过十年大使的代理国务卿格鲁起草《波茨坦公告》时，就反复与总统商议，寻求为天皇开释罪责的办法。

国际军事法庭首席法官韦伯接受了这种结局，他说："天皇是有战争责任的，他之所以没有被起诉，是由于政治上的考虑。"

发动战争的罪魁祸首天皇裕仁就这样逃脱了法律的制裁。

对这样的结果，连东条英机似乎也难以接受。东条英机有一个信条："以吾皇为吾行动借鉴。"天皇是东条英机的镜子，每当他手执火把与屠刀出征之前，都要走到这面镜子面前反照一番，如果他在镜子中的形象完全是他想象的那样，他就大胆出征，如果镜子是晦暗的，他就要改变计划。根据赤松秘书官的记录，东条曾这样说："由于宪法上规定'天皇是神圣不可侵犯的'，学者们便分析论证说，天皇不承担任何责任。可是从太平洋战争开战前直到做出决策期间，根据我个人的体会，天皇好像内心痛感到对于皇祖在天之灵负有重大责任。作为臣子的我们仅仅考虑到能否打胜这场战争，而天皇却是在与此不能比拟的肩负着重大责任的情况下，做出了决定。"

东条英机的怨怼是有根据的。但他不敢说得太深，不敢伤筋动骨。东条在辞去首相与陆军参谋总长的职务时，天皇曾向他颁发了一份诏书。诏书曰："你作为参谋总长，在困难的战局下，参与了我对战局的指挥，充分履行了参谋总长的职责，现在当你辞去（参谋总长的）职务时，想到你在任职时的功绩与辛劳，我甚为高兴。时局日趋严峻，期望你今后也要更加致力于军务，以不负我的信任。"落款为1944年7月20日。天皇在这份诏书里不打自招，而东条英机把天皇的这个罪证烂在了肚子里。直到1990年11月《昭和天皇自白录》公之于世，这份诏书才得以披露。

第一次世界大战结束后，在国内外的一片讨伐声中，德国皇帝威廉二世逃往荷兰的边琪克伯爵城堡，由于帝国主义国家相互间的默契，逃脱了审判。这起码是一种精神的持续，使后来的纳粹统治集团有恃无恐，终酿大祸。裕仁天皇与威廉二世的同样命运，会不会也造成日本乃至亚洲与世界重复的命运？

1950年特别是1954年以来，日本军国主义开始死灰复燃。复活的军国主义想再次假借天皇的权威。1973年5月26日，天皇听取了增原惠吉防卫厅长官关于日本军事情况的内奏，鼓励他说，要吸收旧军队的优点，应该使军备进一步有所发展。

历史的教训在于不吸取历史的教训。

（原载2013年8月中国青年出版社出版的报告文学《东方大审判：审判侵华日军战犯纪实》，此作品获第一届鲁迅文学奖）

【散文】

钟馗驾到

　　走进钟馗文化园的馗风塔，当门是一尊钟馗的沉铜铸像。三十年前，我曾拜访画家徐升隆，钟馗画挂满他的客厅兼画室，我一边欣赏，一边听他讲钟馗其人其事以及作品的构图意绪，算是接受启蒙教育。馗风塔往上七层，内壁皆钟馗画展廊，且皆为灵璧当地画家所作，虽构图角度及背景故事各异，但总的印象，钟馗君豹头环眼，铁面虬鬓，正气凛然，杀气沸腾。移步间，忽觉锣鼓家伙四起，喳喳喳喳——钟馗驾到！如黑李逵，如猛张飞，猛张飞长坂坡一声霹雳断喝，致敌将夏侯杰肝胆崩裂，栽于马下。

　　眼前这幅《钟馗打鬼图》，钟馗一手执剑，一手拧捏一污糟小鬼。此情境出自唐玄宗李隆基的一个梦，徐升隆先生告诉我，传说那年唐玄宗李隆基久病不愈，卧床梦见小鬼骚扰，正悚惕间，一丑莽大汉旋至，一把抓住小鬼，将其塞进嘴里。玄宗梦醒，病即痊愈。回想梦中，大汉说他曾赴京应试，因貌丑不第，羞愤撞死殿阶，玄宗爷爷的爷爷知情后，赐以状元礼序安葬。大汉说，此番杀鬼就是为了报恩来的！想到自己身边鬼影幢幢，玄宗即命吴道子画出梦中情形，并赐给钟馗"镇宅圣君"大位，悬于宫中镇鬼克邪。

此后，唐玄宗又命吴道子画钟馗像赏赐重臣；命翰林镂版印制，赏赐各级官员，并诏告天下，遍悬《钟馗赐福镇宅图》，"以祛邪魅，益静妖氛"。后又经道教封神，挂钟馗像逐鬼辟邪，遂沿为民俗洪流，城市乡村，家家户户供奉。尤其到了端午和春节，钟馗画的需求更是大增。与此伴生的是，情志相合的画家也涓涓汇集，率领钟馗画的创作走向大境界、大气象，大开大合，赓续至今。

灵璧钟馗画源远流长，2003 年，被文化部授予"中国民间艺术（钟馗画）之乡"的美誉，并列入安徽省非物质文化遗产。移步馗风塔画廊间，在神灵和美感的浓郁氛围中穿行，果觉奇幻瑰异而又韵致有宗。当地朋友介绍说，这些画的作者有白发老者，也有稚憨孩童，有所谓民间派，也有院校派，计百人之多。"你看这一幅，其耐看处就在不失吴道子的原格。"顺着朋友的指点，我凑近细看，画中钟馗力能拔山，目可剖石，冲击力极强。见我点头点得半明半昧，朋友说，原格就是真传，清代才子齐周华曾评价说，吴道子画的神韵已渐失，唯灵璧所画不失吴道子原格，故受推崇。朋友说："能如此，跟几位先贤有关，一是北宋居淮楚画家杨斐；二是南宋淮阴画家龚开，他俩深得吴道子之法，都热心传授灵璧画家；三是清初指画家高其佩，在知州任上大力扶掖钟馗画家，推动和提升了创作。"

说到灵璧钟馗画的滥觞和传承，从未忽略一个历史的呼应。灵璧县地处古汴河流经地，自古饱受旱涝灾害袭扰。旧《灵璧县志》载，民众"岁岁逃亡，十不存五"，惨状可睹。民众无力抵御，视灾祸如恶鬼，只得求助上天，求助捉鬼大神钟馗。可以说，灵璧钟馗画发端和发展的驱动力，在于钟馗的职能，在于民间的需求，一些无以维生的人因此把画钟馗当作生计，在北宋灵璧设县时，这里已聚集了一批人专事钟馗画。至清代乾隆年间，"每岁可售数万纸""画工衣食于斯"。

国中民俗的流变也同样，初于除夕将钟馗像贴在门上，明末清初重心移至端午，后来凡开工、开盘、开业、开庙、谢土、乔迁、庆丰、婚寿等活动，都要供奉钟馗像，目的也无非是要驱赶年兽大魔、遏止五毒小鬼，无非是因为钟馗身为驱鬼逐恶的判官，要借助钟馗打鬼辟邪。

我打小被教育世间无鬼，小学课文里就有鲁迅坟头踢鬼的故事。那么，唐玄宗心头的鬼是什么？古刑法所列罪不可赦之"十恶"，前六宗谋反、谋大逆、谋叛、恶逆、不道、大不敬，都是在他心头晃动的"鬼"影。他虽治"开元盛世"，但从他祖上靠政变建立王朝后，宫廷倾轧、官宦内斗和外族侵扰从未消停过，他如何能安生？当时的老百姓更是"鬼魅"缠身，那些为非作歹的官老爷，欺压百姓的恶势力，社会的不公和黑暗，还有灾异、疾病、战祸、离乱，还有阴险、诡诈、陷害，一切威胁和摧残人的生存和生命的恶人恶行恶事，都被视作"恶鬼"。

鬼是恶的喻象，钟馗必是善与正义力量的化身，是与信义之神关公、清正之神包拯并列的匡扶正义、逐鬼除恶之神。因为恶的化身"鬼"凶残、阴险诡异、青面獠牙、牛头马面，钟馗就必是魁伟、狰狞、猛悍，一出手必置"鬼"于死地。"钟馗打鬼"是最见性情的绘画题材，每位画家笔下的钟馗，既是社会的，更是自己的，他们为表达和宣泄心头不满、愤怒和恐惧，要借助钟馗打鬼，要借身钟馗打鬼。我在北京，画家徐升隆在我的家乡南京，长我近二十岁，视我为忘年交。每回家乡，我必前往拜访。他虽身为画家，文学功底却也了得，背古诗词似有童子功，张口就来，但聊着聊着，话题就转向社会现实，他铁肩担道义，历数物欲横流、假冒伪劣、坑蒙拐骗、贪污腐败等丑恶现象，而大加抨击。他横眉怒目，疾恶如仇，越讲火气越大，脸上五官随着话语而错动扭曲。喳喳喳喳——，好像钟馗从画上御风而下，举起蒲剑一通横劈竖砍。威武如钟馗，却又似大义凛然的文天祥，那段时间，他进京举办了文天祥《正气颂》个人画展，他笔下的文天祥与钟馗、与他自己的气质有着叠加效应。

擅长阐释钟馗画的清人郑绩说："画鬼神前辈名手多作之，俗眼视为奇怪，不思古人作画，并非以描摹悦事为能事，实借笔墨以写胸中怀抱耳。"实际上，自打唐玄宗梦里出世，钟馗就是一个诗性意象，"钟馗打鬼"自始就是一个抒发人性、随性写意的母本。在画家笔下，"大鬼小鬼"皆现实之恶人、恶行、恶事，而钟馗代表的是正义，是画家情绪的镜像。比如对于外侵外侮，人们就屡屡借助钟馗倾吐胸中块垒、伸张民族大义。明朝成化年间，北方蒙古族瓦剌部大举南下，逼近京师。想起父皇被瓦剌部俘为囚徒，明宪宗朱见深深为忧虑，画了一幅《岁朝佳兆图》，图中钟馗势状雄峻，双目喷焰，把一落拓小鬼按于胯侧，小鬼双手举着托盘，盘里盛着供果。晚清大画家任伯年生于鸦片战争爆发那一年，"钟馗打鬼杀鬼"是他一生擅长的题材，其画中钟馗须眉四射，目光如炬，投射着对西方殖民侵略和清政府屈辱无能的不满和抨击。而他的画友钱慧安和吴友如笔下的恶"鬼"，直接就是高鼻蓝眼青面獠牙的洋鬼子。现代大家徐悲鸿和张大千等更是深得此道。在日寇侵华期间，钟馗常见于徐悲鸿笔下，一幅《钟馗小鬼图》，落款"戊寅端午午时写于重庆沙坪坝"，其时 1938 年，日本鬼子在中国烧杀抢掠，罪恶滔天，画中钟馗侧目而视，目光中有不服，有轻蔑，有仇恨，透出勇毅刚强，透出杀尽天下"鬼"的决意。张大千也是，他在 1932 年日寇侵占东北时画了一幅《打鬼钟馗像》，题款"作虎艾之饬，聊同避兵之符"。1945 年 8 月 15 日，日本天皇宣布投降之日，他一气画了《钟馗斩蛇图》和《钟馗兄妹图》,参与普天欢庆。1936 年端午,张大千画钟馗,其弟张善子题跋:"大千每于天中节,戏以钟进士貌己像,以应友人之索。"原来钟馗就是张大千的自画像,而此类自画像他竟画了十幅之多。

钟馗画有极大的功用性,而恰恰是这种功用性,使得钟馗画的创作往往是真诚投入想象、激情和思想的创作,是真正意义上的艺术创作。钟馗是一个诗性意象,一个踏虚的实在,画钟馗不是描摹,不是仿古,更不是考古,不求表征的像,而求思想感情的真,用丰富的艺术手段熔古铸情、铸意、铸魂,这样的表达和追求,不断阐释和丰富着钟馗画的内涵和生命。在馗风塔画廊盘旋而上,一幅幅钟馗像,面目、气质、形体、动势各有新意,从中可察——狰狞中蕴温柔,凶猛中显儒雅。题材也寄情民俗、投射时代,诸如钟馗坐轿、骑驴、执笏、嫁妹、弹琴、醉酒等,刚柔相济,幽默诙谐,从感性形象探及内在的善与美,融入了淮北大地的人格元素,却又万变不离根本,你看孙淮滨的这幅《烟霞散人钟馗图》,钟馗豹眼虎牙,背执青锋,红袍鼓荡,弓腿前冲,恨不能把一切鬼魅赶尽杀绝。孙先生是灵璧钟馗画的代表性传人,其作品被评为民间文化珍贵艺术品,并被选作"新中国国礼"。在画廊前流连,你能感受到灵璧钟馗画的瑰异和魅力,你能感受到钟馗画乡丰厚的积淀和传承,你能感受到作品折射的世界,你能感受到钟馗画的艺术价值、社会价值和精神文化价值。一百年前,灵璧画家翟光远的钟馗画在巴拿马万国博览会上荣膺金奖;当今的画家又获荷兰凡·高奖、加拿大枫叶奖、新加坡华人艺术奖等奖项,众多画作在日本、韩国、东南亚和北美展出,把灵璧钟馗画的影响传到了海外。

绕着画廊边走边看,不觉就登临塔的最高层——第七层。馗风塔立于钟馗文化园中心的台地。绕室外挑廊一周,可见钟馗文化园的全貌,往南是一座石牌坊,经三座拱桥直通大门,四角有华亭,三面有廊庑馆舍、亭台楼阁、山水景观，格局雄浑开阔，尽显钟馗文化的厚重和强力气场。在塔的第三层，我看了钟馗身世的图文介绍，大意是说，钟馗出生在灵璧小花山北麓，由东岳古刹的高僧取名，自小跟高僧习文练武，性情疾恶如仇，唐开元年间赴京大比，途经开封客栈斩鬼，至洛阳又降五个尾随报复的鬼祟，自己也坠入丑陋形貌。大考之日，作《瀛洲待宴》，主考官惊为绝世英才，但因其相貌奇丑，唐明皇弃之不取，钟馗羞愤撞阶而死。自受徐升隆先生启蒙，我知道的钟馗是长安终南山人，今说是灵璧人（年代也有异），并以清初学者金埴录有"钟（馗）乃灵璧人"为证，不免有点踌躇，但转念又想，钟馗本就是梦中人物，民俗文化人物，但凡一种文化的滥觞和传承，无不以历史文化想象的创造为载体，无不是超越感性时空，以一代代人浸淫其中的现实生活与历史传统对话，不断丰富现实与历史内涵，获得更新的力量，才得以根深叶茂、充满生机活力的。如此说，钟馗文化园堪称是文化想象创造的理想之作。

七层塔上，朔风割面。往南远眺东岳庙山，想着钟馗文化园，想着馗风塔，想着钟馗画……忽又闻锣鼓家伙四起，由近至远，由远而近，锵锵锵锵，喳喳喳喳——钟馗驾到！

（原载《西安晚报》2021 年 6 月 20 日）

岳庙里的耻像

　　走进汤阴县城的岳飞庙，一股血火熬炼的悲壮气氛扑面而来。古柏下昨夜一场秋雨遗留下潮湿冷峭的气息，加重着这种气氛。

　　岳飞征战所向披靡，岳飞情怀气吞山河，岳飞的盖世功业和精神气概穿越时空，千百年来一路高蹈着信仰的火焰，何以含悲？当看到庙内一侧用铁铸成的五个跪像时，脑子里猛地蹦出一个字：耻！尤其是秦桧老婆袒胸暴脐的丑态，耻到了地狱。

　　岳飞之死是一大悲剧。这位大英雄不是死于战场，而是死于冤屈；不是死于敌酋之手，而是死于国人之手；不是死于战败，而是死于战功显赫。

　　进庙不远，右侧一字儿跪着的五个人，是谋杀岳飞的凶手。居中跪着元凶秦桧，此大奸曾做过金人俘虏，在金期间渐露无耻本相，金人为在南宋安插内奸，故意纵他"逃"回国，条件是必须为金做事。果然，秦桧回国后百般阻挠破坏抗金活动，包括使高宗赵构收回让岳飞拥有更多兵权的成命。1140 年五六月间，金兵精锐拐子马和铁浮图在朱仙镇被岳家军打得落花流水，岳飞决意挥师北上，"这一次，我们要直捣黄龙，与诸君痛饮黄龙府"。在此关键时刻，金兀术密信秦桧，说你们嘴上老是求和，岳飞却杀了我的女婿，此仇必报，你们必须杀了岳飞。秦桧慌了手脚，在一天之内连下十二道金牌催逼岳飞撤军，断送了大好战局。此后，秦桧又代表皇帝罢了岳飞的兵权，最终又以莫须有的罪名用毒酒将岳飞杀害（一说勒杀）。秦桧下手极狠，不但连带腰斩了岳飞的儿子岳云和部将张宪，还追杀流放岳飞的亲戚族人。我在汤阴县城东出 16 公里的程岗村岳飞故里了解到，当年的岳家庄如今竟没有一家人姓岳。

岳飞被害后，出使金国的洪皓密报朝廷："金人所畏服者惟飞，至以父呼之。诸酋闻其死，酌酒相贺。"金国遂明令南宋不得随便更换大臣。于是秦桧"挟强房以要君"，安安稳稳做了 18 年宰相，一直做到死。

秦桧是杀害岳飞的元凶，是个十恶不赦的大奸。建岳飞庙必须铸秦桧的耻像，扒掉上衣，反绑双臂，跪在地上，供国人羞辱唾骂。在秦桧身后，还立着一位身披盔甲、手举利剑的施全。当年施全谋刺秦桧未成，而今他大义凛然地举剑欲劈秦桧，表达着国人对秦桧的万杀之心和万世之恨。

岳飞死后二十年，宋孝宗赵昚为岳飞平反，他不平反，历史也会为岳飞平反。岳飞从此成为民族精神的象征，就连融入了汉文化的元朝和清朝都对岳飞敬畏有加，而秦桧却跪成了汉奸的代名词。抗日战争期间，岳飞手书的"还我河山"四个大字贴满大街小巷，其慷慨激昂的《满江红》被谱上曲，简直就成了中国军民的战歌。这时偏偏是那个甘做日本傀儡的汪精卫，敢于指责岳飞是一个无法无天的军阀。恰似秦桧借尸还魂，秦屈膝向挞懒求和，汪哈腰向日本求和。秦诬称坚持抗战的岳飞谋反，汪谬指坚决抗日是共产党的阴谋。秦给自己的汉奸行为找理由，他纵容赵构说，陛下之所以蒙受屈辱议和，都是为了能够迎回父亲的遗体及接回太后与哥哥。汪也百般辩解，说自己委曲求全顺应日本，才保存了中国一点复兴的种子，为抗日获得了喘息的机会。

我想汪精卫自当上日本的贰臣后，是断然不愿或不敢迈入岳庙一步，面对正殿中气宇轩昂的岳飞像和阶下一身糟晦的秦桧耻像的。别人怎么说不管，他自己就与秦桧对上了号。他的汉奸帮手陈公博安慰他说，现在有人把汪先生比作秦桧，说秦桧和汪先生是卖国，但卖国至少还能换回一点东西，有人（指蒋介石）一天逃跑100公里，岂止是卖国，简直就是送国。汪精卫大言不惭地说："人家送国没有限度，我汪精卫卖国是有限度的。"真是不知人间有"羞耻"二字。

据汤阴的朋友讲，他们那儿有一个民间方子，说谁要是犯了头痛病，只要跑到岳庙去用棍子狠敲秦桧夫妇的头，头痛立消。在杭州，相传清代进士秦涧泉做了抚台，此秦桧后人感到他的祖先跪在岳飞墓前任人侮辱丢人现眼，就派人偷偷把秦桧耻像扔进了西湖，不料人们马上把秦桧耻像失踪之事告到他的抚台衙门，秦涧泉假装糊涂，却不得不赶紧叫人把耻像打捞上来，放回原处。后来秦涧泉在岳飞墓前作一联自嘲："人从宋后少名桧，我到坟前愧姓秦。"连秦桧早已出服的后人都自领耻名，汪精卫本人何以就无视打到头上的诘棍？

无羞恶之心，非人也。国人自古就注重耻感，中国传统文化里本有耻感文化的因子。战国管仲说"四维不张，国乃灭亡"，四维即礼义廉耻。清末龚自珍也说"士皆知有耻，则国家永无耻矣；士不知耻，为国之大耻"。知耻被提升到关乎国家兴亡的高度。特别是在国难当头的动荡岁月，耻感更被视为撑持民族脊梁的钢筋。汪精卫也曾是个血性汉子，为驱除鞑虏，恢复中华，他曾于1910年潜入北京用炸药刺杀清廷摄政王载沣，事败入狱后更写下"慷慨歌燕市，从容作楚囚；引刀成一快，不负少年头"的壮歌。秦桧原来也并不贱，金人掠走徽、钦二帝后，要立北宋遗臣张邦昌为"大楚"皇帝，秦桧因反对此事被金人抓捕，据说秦桧在南宋二次称相时，群臣争相道贺，以为国家从此有希望了。同样是这么两个人，怎么后来都变得口言善，身行恶，击穿人格底线，说出"我汪精卫卖国是有限度的"这样的话也不知脸红呢？

秦桧有理由杀岳飞，岳飞不仅用言论和行动坚决反击秦桧力主的议和，还曾指桑骂槐地痛斥曹操奸贼误国，直斥身为宰相的秦桧谋国不臧，加上同金人的交易，他不把岳飞往死里整才怪。然而单一个秦桧没这个能耐，也没这个胆，杀岳飞说到底是皇帝的意思。照理说，高宗赵构与金国不共戴天。公元1127年，也就是靖康二年，金军攻陷北宋京城开封，将全城钱财文物搜掠一空，并将徽、钦二帝及皇室成员、后妃宫女14000多人像驱赶牲口一样掳持北上，女人不让穿裤子，任兽兵随意强暴淫乐，致使赤身露体被踩躏至死者不绝于途。蒙受如此奇耻大辱，本该雪耻图报，但赵构不管什么雪耻不雪耻，他想的是他自己，他怕岳飞功高盖主，怕金朝放归哥哥钦宗，威胁他的皇帝宝座，因而就当岳飞连战皆捷光复中原有望的时候，却按金人的旨意杀了岳飞。靖康之耻是国之大耻，岳飞的死是更大的国耻。

岳飞讲到底是被封建专制杀害的。专制的本质是家天下，只有利害算计而没有终极追求，所谓的"与天地合其德"在欲望的迷雾中没有常规，当皇上的利益与民族利益相冲突时，欲望就能借助权势击穿人格的底线。你皇帝老儿可以无耻，我秦桧就不能？我汪精卫就不能？德有几两重，耻感值几个钱？此时耻感文化就像书呆子的傻气，只有被耻笑的份儿了。耻不上皇上，也因为孝宗赵昚不能让他老子留下千古骂名，就把责任一股脑推给了秦桧，让秦桧顶这个雷。所以秦桧为自己跪着，也是替皇上跪着。

今人不识古时月，今月曾经照古人。正殿里气宇轩昂的岳飞坐像与在阶下跪着的秦桧们的耻像相得益彰。有荣就有耻，知耻才知荣；有勇就有耻，知耻才知勇；有信就有耻，知耻才知信。讲荣就要讲耻。荣与耻，崇高与卑劣，构成了人格的框架。纵观众多的庙堂，多是用来拜菩萨祈吉求福，以满足一己私欲的。岳飞庙是少有的例外。去岳庙拜岳飞是对崇高精神的弘尚，斥耻像是对耻感文化的渴求。如此说来，岳飞庙是不是一个祈拜和修持荣辱观的圣地呢？我们真的应该多去感受感受岳飞庙的气氛。

穿行于爽净的阳光和冷湿的秋阴，我们拜谒了端坐着岳飞彩塑的正殿，东西厢房五贤祠和部将祠，陈列着岳母刺字组塑的寝殿，供奉着岳飞祖上的三代祠，诉说着一个悲戚故事的孝娥祠等殿庑和镌刻着古今中外名人志士颂扬岳飞文字的碑林。孝娥据传是岳飞的小女儿，父兄遇害后，十三岁的她含愤申冤，受到阻拦后她决然怀抱银瓶投井自尽。

在岳庙里走了一圈，又回到距大门不远处的五个跪像前。我不禁想到，秦桧等人的耻像，是岳庙中一道独特的风景，如果没有它，走进岳庙，我们的胸臆断然不会生发如此的电闪雷鸣、壮怀激烈。

（原载《人民文学》2009 年第 12 期）

葡萄一日

　　这些年来，车轮下的交通网和掌中的互联网不断分蘖蔓延，其间的流量却仍似穿过窄谷夺路争流。这不奇怪，诗和远方的传说早已如报春鸟传遍天涯海角，追梦的欲望拍打着城乡的每扇窗棂以至山间每一片瘠壤。此番我们来云南迪庆藏族自治州，追赴远方之远的德钦县梅里雪山山麓，自然也怀抱被诱惑的向往和新奇，带着对所见所闻的审美探求和期许。

　　2020年9月4日上午，我们从飞来寺驱车出发。司机是位藏族小伙，车前窗遮阳罩只能遮半截脸，他的脸鼻子以上白净，以下酱紫。车子伴着不远处的梅里山脉行驶了20多公里，拐入了一条水泥道。此为梅里酒庄的专用道，盘山开凿铺筑，另一侧是大峡谷，路基下的梯田和零碎台地里，密密匝匝排列着间有自动喷灌设施的葡萄藤架。抵达酒庄本部，眼前是一栋中正端庄的褚红描边建筑，门前仃立着一溜白塔。技术员赵先生热情地迎上来，稍事寒暄，便径直把我们领入葡萄酒生产车间。

几个相连的车间里大大小小的罐状设施紧挨着，几乎没有多余空间。相信一位俄罗斯飞机设计大师说的，从一架飞机的外观就可判断出其性能。眼前这些不锈钢设施焕发出锃亮的现代化气息。赵先生证实说，这些设备有国产的，也有进口的，是目前同类设施的先进组合。它们看上去那么让人信赖，采摘来的葡萄即经由它们破碎、发酵、压榨、醇化、过滤，而后装瓶，经陈酿后，端到我们面前。

每人都端起一杯葡萄酒。赵先生介绍说，此酒叫梅里冰红葡萄酒。在短暂而富于仪式感的品鉴后，有人说，好酒，入口丰赡甘爽。有人说，好酒，有我喜欢的黑莓味。又有人说好酒，瞧这挂杯度，入口余味绵长。我也好酒，虽然独自在家从不碰酒，但与朋友聚餐却从来不能不喝酒。我好的是白酒，虽略知品尝红酒的雅序，却并无什么心得。但我咂了一口冰红葡萄酒，马上也称赞说，好酒！爽口！这绝非客套，此时我的视觉嗅觉味觉感知到的，除了酒的品质，还有其赖以命名的梅里雪山。

梅里雪山早就因其宏丽壮观美冠名山，又因被藏传佛教赋予了神性，被英国作家希尔顿在关于香格里拉的小说中描述得美轮美奂，而成为一个传奇。为一睹心仪山景，今晨我早早登上了酒店观景台。我看到了晨光下巅连的白雪山脉，看到了耸立云海的卡瓦格博峰主峰，同想象叠加，仿佛还看到了澄澈湖泊雨崩瀑布从千米悬崖跌宕而下腾起的水雾，看到了茂密森林奇花异木摇曳的大白花杜鹃和攀缘的金丝猴。

我从冰红葡萄酒中品出的是纯正的梅里雪山生态。

这就前往云岭乡的布村，生产酿酒原料的葡萄园。同去酒庄一样，沿途的村前山后江岸峡畔远近大小地块都种植了葡萄。下了水泥村路，绕过一棵上百年的核桃树，来到一座葡萄园。这是一家个体农户的地，十几垄葡萄架，油绿藤蔓间挂满了墨紫的葡萄串。种植户阿珠玛和儿子白玛扎西正在干活。村干部培布向双方作了介绍。高鼻黄发的白玛扎西有点怯生，蹲在一边。黄咏梅踱过去，弯下腰，用关护小孩子的口吻同他搭讪。孩子懂事地从垄沟里站起来，呼啦站成了个大小伙子，与他的脸相比，是不是长得太快啦？他十九岁，在技校上学，放假来地里帮忙。

接过主人现摘的葡萄，我们一边品尝，一边同阿珠玛母子交谈。阿珠玛告诉我们，这块山地有两亩，是她家承包的，现在流转给经营葡萄酒的公司，仍由自家打理，每亩两千元的流转费，加上出工费，每年有两万多元收入，另外，丈夫在外打工也有一笔收入。村干部培布说，村民们进山采松茸、虫草也是一笔收入，过去也就指望这个，现在不一样了，现在家家都种葡萄，最多的种了17亩，年收入有十几万元呢。

这地过去种的是什么？阿珠玛回答说，过去种青稞、种小麦，收入同现在是没法比的。问起种葡萄的成本，阿珠玛笑了，说你看这些喷灌头和水管，还有苗木、搭架子的水泥杆和铁丝，都是政府花钱支援的。

说起葡萄品种，阿珠玛说这地里种的叫赤霞珠，就是梅里酒庄酿造冰红酒的赤霞珠。方才在酒庄，技术员赵先生介绍说，用赤霞珠酿制的葡萄酒，酒体色如深宝石红，丰满圆润，因发酵中产生的风味物质，入口干果香和蜜香突出，甜而不腻，在国内外市场大受欢迎，是走高端的酒品。

我又拈起一颗葡萄。浑圆，饱满，蒙着细细果霜。剥去墨紫色的果皮，放入口中。倏忽间我眯上眼，有一种迷醉之感，随后才回味到甜酸。迷醉之感从何而来？葡萄，酒，梅里雪山？我想这不仅来自眼鼻舌的滋味，还应有美感的滋味、想象的滋味，村民和我们自己生活的滋味、心情的滋味。这或许可以叫作诗意的滋味吧？由

"象"而"意"，由"显"而"隐"，由官能感受体悟到内心的获得感、幸福感。其实当今世俗也正趋向这样的自觉，人们的追求正从不愁温饱转向精神愉悦，从生理满足转向生活的诗意。

靠种植葡萄增收脱贫，不仅仅在布村，还在德钦全县走出了一条生态扶贫的路子。该县在世纪之初就瞄住葡萄产业，在云岭乡布村和茨中村试种，实践表明，属于高海拔低纬度干热河谷的当地，降雨量少，光照充足，昼夜温差大，加上疏松的沙石土壤以及雪山融水滋润，产出的葡萄及酿出的红酒品质好，经济价值高。试种成功后，开始与企业合作进行公司化生产运营。在昨天的座谈会上，有关领导介绍说，近年来，县委县政府加快探索推进酿酒葡萄产业发展模式，又引进两家高端葡萄酒生产企业，同时对种植户给予资金扶持，组织技术指导和培训，种植将从1.5万亩扩充到3万亩。2019年，葡萄产量达到5925吨，成为脱贫攻坚的重要支撑，贫困发生率从2014年的20%降至0.06%，32个贫困村全部摘帽。

出了阿珠玛家的葡萄园，进了村子。沿街的住房都不像是老房子。走进一户人家，厅堂宽敞豁亮，墙壁镶板精雕着花饰图案，壁龛内挂着工艺炊具，桌柜古朴华丽，显出家底殷实。厅堂一侧摆放着五六张茶几，另一侧排列着几十只酒坛。一看便知，这户人家开了个家庭酒庄。主人追格热情地斟酒相迎，顿时酒香四溢。两相正聊得投缘，有买客登门，三言两语便提走两坛红酒。

走访的第二家，是一座带院子的二层小楼。院子里的葡萄架上挂满成熟的葡萄，弥散着浓浓的甜馨。这是不是他们生活的滋味？我想在庭院中栽种葡萄，更多的不为收获，而在于赏悦和表达。主人从桌上端起一盘葡萄请大家品尝，说尝尝这个，霞多丽，口感好，也是酿红酒的好原料。我们得知，德钦种植的葡萄有赤霞珠、霞多丽、黑美人、西拉、玫瑰蜜等十多个优质品种呢。

看着拈在指间的一颗葡萄。没错，这是一颗诗意的葡萄。

从这样的一颗葡萄中，你可以发挥诗的想象，去捕捉蕴含其间的意象乃至意境，你可从中看到美轮美奂的梅里雪山，三江并流的金沙江、澜沧江和怒江，原始森林中的珍稀花木、飞禽走兽；看到宁静湖泊边悠闲的牛羊，深藏秘境净土的民俗遗存；看到寺庙、多彩经幡和玛尼堆，拜山的人群；看到花园般优美的一座座高原酒庄，风格独特的村镇房舍；看到衣饰华丽姿势奔放边唱边跳的锅庄舞，村村镇镇起伏的弦子、酒歌、情舞……

从一颗葡萄中，你可看到那条穿过隧洞飞越高桥盘山越岭翻过4292米白马雪山山脊的道路。

此路四通八达，把每个村镇乃至只有三两户人家的偏僻小村，同全省各地，同全国各地连在了一起。

当车子九曲回环翻越白马雪山时，云南省作协副主席胡性能说，李白他老人家是没来过云南，如果来过，"蜀道难"就不会是"蜀"道难了。同感，此前我曾三涉云南西部山区，对山路的险峻深有体会，1993年那次，盘山道还又急又窄，险要处不时会冷不丁冒出一块诸如"小心行驶，此处有五人升天"的警示牌，把同行一位女诗人吓得脸煞白，伏在车座上不敢抬头，嘴里直嘟囔"我们回去吧"。

望着车窗外的袅袅雾岚，我想着这里的路，往远想到了作为滇藏茶马古道枢纽的德钦，想到了茶马古道，这条比千年更久远更原始的古道，就在并不遥远的半个多世纪前，一队队马脚子还赶着背驮茶、羊皮和药材的骡马，在这条崎岖坎坷的碎石古道上顶风冒雪、艰难地跋涉。

我想着路。我想到了《天路》，听到了韩红的歌声。

那是一条神奇的天路，带我们走进人间天堂，
青稞酒酥油茶会更加香甜，幸福的歌声传遍四方。

我喜欢这歌声。这一次是以葡萄的音色和唱法，唱出的雪山和蓝天之声，明澈，邈远，如诗如梦。

（创作于 2020 年 12 月 2 日）

半边月

地图上的峨边呈半月形。几天采访下来，我想象峨边就如同一把云袖半掩的月琴，斜依四川盆地和云贵高原的襟抱，那嵯峨山峦、纵横川壑、浩渺云雾、澄澈晴空汇成的旋律，自贯穿县境的大渡河之弦上滔滔汩汩奔流而下，时而激越，时而低回，时而急促，时而舒缓，抒发着这块土地的历史沧桑和时代变迁。

抱琴的人是谁？谁在倾情弹拨着奔往岷江奔往长江的大渡河？

那天下午甫抵峨边，县长栗那针尔便在入境口迎了过来。他身穿彝族黑色镶彩布褂，与此处的电子屏、广告橱窗、园圃山水和微缩民俗村落一道，一下子把我们带入佳支依达的风土人情和城乡新局。栗那针尔县长着重讲解了长卷风景墙上的连环壁画。这是一则关于本地文化精神和生活愿景的寓言，其灵魂是一位叫甘嫫阿妞的女神，她的故事类似阿诗玛和刘三姐，为了自由和真爱，她以惊人的美冲破混沌晦暗，绽放出永恒的生命之炬。随着采访深入，我感到在峨边人的心目中，甘嬷阿妞是峨边之美的人格化身，是未来峨边之美的镜像，她坚贞的信念和百折不挠的勇气更是峨边人追求创造美好生活的内驱动力。当离开展示区时，我的面前已然打开了双重空间，一是目力所及空间，一是文化和想象的空间。

次日采风第一站是五渡镇胡坝村。这应该就是壁画上反映现实的那一篇吧？绕过村口的环岛花园，一条柏油村街宽坦光洁，从相对两扇艺术照壁间进村，沿街两侧是花树辉映的连排二层平房，房形美观舒展，颇具现代气息，一层多为门面房，有些饭馆、木工作坊等已开业。路遇村民脸上的神情多从容满足，聊上几句，方觉出浓浓的老村味道。转到一侧平房身后，当面一泓湖水，走上湖边木栈台，恰见几只白色大鸟与水中倒影对舞，为对岸的丛林秋色与远处葱郁山脉蓝天白云点染出一幅田园诗意境。今夕何夕？这就是我们这次文化扶贫采风活动的采访对象吗？这就是为水库库区移民建的新村吗？我简直就不敢相信自己的眼睛！但眼前的一切是毋庸置疑的。峨边和大渡河的琴弦上正奔腾着华彩乐章！后来又参观了几个村寨，我一直感到莫名的惊讶。在采访结束时的座谈会上，我说我最大的感受是恍惚！因为一路上我的眼睛抗拒着我的常识和想象，或者说我的常识和想象抗拒着眼前所见。我不太了解农村，不太了解贫困村，但也并非全无了解，但无论如何也没想到，我们的贫困村能建成这个样。令我恍惚的还不仅是那一座座美观宽敞功能齐全的村舍，不仅是房屋道路绿化坪坝规划有致的村景，还有村中电商微商、幼儿园、村中医疗、村民活动室和村史馆，等等，哪哪都同贫字挂不上钩，哪怕这个贫字是过去时，哪怕这些村寨在某种程度上具有样板性。在大堡镇九家村幼儿园，老师领着孩子们做游戏、学习，其活动设施和方式与大城市没什么差别。参观黑竹沟镇底底古村，适逢两位镇卫生院医生，她们告诉我，她们正在村里巡诊，为村民诊断看病是不收费的。住房舒适，吃穿不愁，孩子上幼儿园，医疗保障积极跟进，如果不是身临其境，如果这一切是在影视屏幕上所见，我或许会怀疑导演和策划的职业操守。由此我想到当地的扶贫力度之大，功效之显著。由此我想到在此背后国家、当地党组织、政府和民众齐心协力的付出和艰苦努力。由此我也深感汗颜，老实讲我每天都读报看新闻，现在看来我对时代发展的认知显得迟滞迂腐，人说国家文明进程的真正底色在县城和乡村，而它却照出了我的懵懂和恍惚！

　　此次采风的另一个重点是黑竹沟。从县城前往黑竹沟，车沿水走，水绕山转，身旁浓荫沁心，眼前云雾怡神。入住景区迷都酒店，稍事休息后去餐厅吃午饭。正吃着，有几位同行叽叽喳喳闹嚷着撞进餐厅。他们不知经谁指点，跑到山溪边拣回了一些石块，说这些石块有的含玉，有的藏金，运气好的话没准能拣个彩头。细看这些石块，椭圆浅绿，大不过二指，小的如指肚。这同我家乡南京的雨花石相似，小时候我常同小伙伴们跑到雨花台，在丘陵的边角断沟里拣拾这种美丽的石头。据说雨花石是古河床的遗存，由于地壳的造山运动才浮出地表。眼前这些椭圆浅绿的石头牵动了我的遐想。早就听到黑竹沟和甘嫫阿妞之美相叠加的描述，我想很久很久以前的黑竹沟和峨边会是什么样？在宇宙万有引力的作用下，这块土地曾经历过怎样山呼海啸、熔岩喷发、尘埃蔽日的造山运动，经历过怎样的沧海桑田的战争，经历过怎样的大搏斗、大狂欢、生死离合、爱恨情仇，方奠定了其地质轮廓？又经历了怎样漫长艰难的天地化育和日月精华的浸润，方形成今天这般山河形貌？大自然有自身的生成和进化法则，人类社会也有自身的发展理性和星空。1949 年，中国社会也发生了一场天崩地裂的造山运动，致日月更新，人间翻覆。大小凉山彝族地区尤甚，小凉山的峨边县 1949 年解放，1956 年实行土地改革，从茹毛饮血、刀耕火种的奴隶制社会直接迈入社会主义社会，可谓一步跨越千年。人与自然的存在形态迥异，但自人类诞生后，人类的命运从来就与自然息息相关，并越来越趋向于互融互渗天人合一。比如，同一地球上有游牧民族，有农耕民族，有海盗国家，有礼仪之邦，有移民国度，也有资源输出国，以及不同的体格、发肤、性格，不同的饮食、衣饰和歌舞；以及不同的宗教信仰，不同的文明进程；以及西方的节日多与人文相关，中国的传统节日多与四季节气相关，等等，其差异无不是与地理环境互动的结果。

参观点是黑竹沟的马里冷旧景区。作为导游志愿者的小樊姑娘介绍说，黑竹沟是国内最完整、最原始的生态群落之一，由于环境原因，沟内活跃着许多野生的国家重点保护动物，其中的大熊猫、羚牛、云豹都是一级保护动物呢。我问我们有没有可能遇到大熊猫？她说有人碰到过，沟里发现的大熊猫有五十多只，能不能碰上就要看运气了。我们踏着石板路或木栈道，有时越过流水，有时潜入树林，道旁的珍稀树种都有石作或木牌上的文字介绍，时而可见活化石珙桐、可见1200岁银鹊树这样的沧桑老者，不禁心生肃穆和敬畏。来到一泓叫沁心泉的清泉旁，说是此水有祛病延寿的功效，同行都竞相捧饮，我不想活得太老，八十岁以上再活上个八十岁，每天对着夕阳絮叨肯定很难熬，但不能拂了这片土地的美意，便也弓身掬饮，只觉一股甘爽在体内打了个通关。走上缓坡，极目宽广斑斓的草甸，秋花秋树，牧篷和沼泽，飞鸟和悠闲的牛马，还有云雾山峦，还有炫目的蓝天。有人动不动就说地中海的蓝天，为何就不能说黑竹沟的蓝天！此时的观感该怎样表述？彝族传世长诗《甘嫫阿妞》描述甘嫫阿妞的美，"长辫黑油油，蜂腰细又直，大眼亮汪汪，睫毛黑又翘，鼻梁高又直，脸蛋红润润，长脖白生生，嘴唇似樱桃，含笑吐芬芳，体态轻盈身柔软"，这正可用来比兴眼前的景色，反过来说也镜照出了甘嫫阿妞摄人心魄的美。黑竹沟按彝语的说法是云雾停留的地方，此说不虚，千顷万顷云涛雾海处处渡口、道道迷津，让远山连同我们脚下的大地飘浮起来。马里冷旧也是彝语音译，意为铺满鲜花的草地，此时不在花期，却正好放飞遍地灿红的想象。甘嫫阿妞，浩渺云雾，想象的花海，亦虚亦实，再加上呼吸着90万单位的负氧离子，让我渐感醉意，心生恍惚和朦胧。此为诗意的朦胧，为"水光潋滟晴方好，山色空蒙雨亦奇"的意境。黑竹沟的美是西湖比西子之美，还是甘嫫阿妞之美？彝家新村新寨之美？峨边人的愿景之美？她们的互镜之美？在伸往一片碧水的栈桥上，我邀导游姑娘小樊背依这首大诗留影，存为珍念。

一路上小樊姑娘为我们讲解着风景之妙处。她说黑竹沟不仅美，而且神秘。我问怎么个神秘法。她讲了一些自然奇观奇闻，又讲了发现野人的故事、测绘队员失踪的故事，加上黑竹沟的地理纬度与百慕大三角、埃及金字塔相似，因此有"中国百慕大"和"世界迷都"之称。说到神秘，我想起了毕摩。昨天下午，原本安排乘直升机观光，同行的火箭军创作室主任徐剑有意去探访毕摩，上午已探访过，还不过瘾，我和军旅作家祁建青便一同随往。由民宗局水落木沙局长领着，我们又一次来到古井村，来到村中唯一的一座木瓦老屋。毕摩名叫尼里左曲，身披被岁月洗白的黑色察尔瓦，虽年望八十，却目力有神，声气充足。老人是真诚的。我想毕摩对天、地、人是真诚的，其始创和传承的动机也应该是真诚的。峨边地处冷僻，大雨、冰雹、洪水、泥石流频发，交通极为不便，"走了七天七夜，还看到自家的鸡在晒坝吃谷子"（叙事长诗《甘嫫阿妞》），以至1990年代成稿的县志还把峨边地理表述为穷山恶水。不仅是过去，就是今天，彝族同胞的生活中还有没有三锅庄的投影？三块石头垒的火塘自原始社会就是一家人的活动中心，至今还有没有对它的依恋？还有没有靠天吃饭的被动甚或惰性？1997年，有关人士认为，凉山的贫困还是原始的贫困。峨边的穷山恶水造成了贫困，可峨边的大堡镇化林坪也诞生了甘嫫阿妞。昨天的甘嫫阿妞是苦情，是旧时代每个阿妞的宿命，如今的甘嫫阿妞则是峨边人追求自由和幸福的诗意化身。甘嫫阿妞陪伴着峨边一路走来，从穷山恶水走到青山绿水，从穷山沟走成了金饭碗。人与自然是命运共同体，而今富裕地区的人们开始向往诗和远方，听到了峨边月琴的琴声。而陷入雾霾的人们想着逃离，想着用青山绿水洗眼、洗身、洗五脏六腑。方才我们分享了在三锅庄上烤熟的土豆，不要说彝族同胞，若回转身去，我也断然不能从土豆里吃出香味扑鼻、黏糯可口的滋味来的。还有这座毕摩的世代旧居，要感谢水落木沙局长们的坚持，在新寨建设中保留了这座老屋，留下了旧峨边的谜面和谜底。

天下起了小雨。半走半跃地越过一块块漂在水面的青石板，我们出了"马里冷旧"景区。听小樊姑娘说，"马里冷旧"不足黑竹沟的十分之一。这像是一个喻示。几天里我们看到的青山绿水，看到的新村、新寨、新城区，看到的甘嫫阿妞美女——接待人员小郭和小樊姑娘，还有红衣女郎成部长，都是一上街就能把整条街照亮的佳丽——又何尝不是新峨边的一小部分？但我更想说，这喻示着新峨边发展前景宏丽，而今仅是迈出了第一步。这次采风是"峨边发现之旅"活动的前奏。在启动仪式上，县委书记说："峨边还有这许许多多不为人知的美景正期待着我们一同去发现，我们要在一叶一花中去发现风光之美、一砖一瓦中去发现建筑之美、一针一线中去发现彝绣之美、一菜一肴中去发现美食之美，这些都是千年文明传承留给我们的精华，是彝汉先祖在战胜恶劣自然环境中留给我们的力量，需要我们不断地去发现、去提炼、去升华。"这是对我们说的，更是对峨边人说的。这不能不让人感到，以审美的眼光和想象去发现大自然的美和前人创造积淀为文化自然的美，从而进一步去创造美，创造美的经济、美的人文、美的生活，是一个堪称具有现代视野和识见的方略。

发现孪生命名。道德经曰：无名，万物之始；有名，万物之母。命名予天地万物以纲目，也于其中注入了人的能动性。比如对云雾如归的"黑竹沟"的命名，对花漫草海的"马里冷旧"的命名，对花草树木、飞禽走兽、经济作物的命名。比如对彝族男神"支格阿鲁"的命名，他射落天上五个太阳和六个月亮，留下一个太阳和一个月亮的神话，蕴含着人与自然共创一个和谐家园的夙愿。比如对"中国百慕大"和"世界迷都"的命名，黑竹沟古老原始的生态固然藏有地质气候及生物的神奇和奥秘，我想冠以神秘的命名，是不是还意在加大诱惑的张力，是不是还寓意发现美的道路艰难曲折，要以坚韧不拔的毅力，拨开重重云雾去探险去创造？又如对扶贫干部李机布"拼命三郎"的命名，他常年奔走在高山陡坡，他的汗水在2000多个建设项目中闪烁，他是一个群体的投影，他们是这块土地日渐彰显的气质。再如对鲁仁沙彝"自强之星"和对胡清容"最美园丁"的命名。彝族少年鲁仁沙彝自小失怙，与母亲相依为命，他肩负着家庭的风雨，在知识的阳光下恣意奔跑；山村教师胡清容扎根山乡十七年，青春化乳，哺育着一代代新人去追求理想。这一对命名含有一个目标，预示着峨边人在与自然的互动中将变得更加自觉和主动。

命名在继续。新峨边也将得到新的命名。在全国整体布局、重点整治、层层设防，各省市大打环境保卫战之时，峨边决意将生态优势转变为生产力，打响了生态产业化及扶贫攻坚的进攻战。我不时会想起这一幕，采访毕摩时，屋外传来直升机的引擎声，他停了下来，走出屋子，抬眼朝着飞过依乌湖上空的直升机眺望了很久。世世代代，峨边人以脚下这块土地为舟在岁月之川上漂泊，而今峨边人正怀揣名片，带着这块土地乘高铁乘飞机走向全国，乃至走出国门，盛邀五湖四海的朋友都到峨边来，一起以审美的眼光参与人与自然的发现之旅。

又是一个甘嫫阿妞之夜。谁徜徉在羊竹坝大渡河畔，抱着月琴边弹边唱：

　　半个月亮爬上来，咿啦啦爬上来，照着我的姑娘梳妆台，咿啦啦梳妆台，请你把那纱窗快打开，咿啦啦快打开，再把你那玫瑰摘一朵，轻轻地——扔下来……

远远近近的青山绿水灯火人家，都抱着月琴在轻轻地摇曳、伴和。

（原载《中国作家》2019 年第 2 期）

人与自然的杰作

我喜欢有个性的山水，它们或者大开大合，大起大落，以其雄奇险犷的气势壮人胸怀；或似笼罩着细雨轻雾，以秀丽清幽给人们的心灵以滋养。云台山有拔地擎天的主峰，有自云空直扑而下的高瀑，有天然植被在山壁上挥洒大写意龙凤，有烟波浩渺一望无际的平湖。它的陡壁深峡披挂着绿色铠甲，裸露的部分肤色赤红，肌腱魁硕。如果把它比作武将，云台山当属立于君王之右的一员猛将。

可是它还有另一番景致。

八年前我曾游访过云台山，这次重游，当进入小寨沟（潭瀑峡），我再次被三步一泉、五步一瀑、十步一潭的玲珑巧设所陶醉，再次为一路的凤尾串珠、白蛇出洞、神龟吐珠、苍龙喷雾等水景及蝴蝶石等奇石的变幻多姿叹奇。游赏红石峡也是，沿着一条依山傍水精心构筑的弯曲石径，移步换景，渐次欣赏着水家族中的泉、瀑、溪、潭，欣赏她们的婀娜多姿，欣赏她们的纯净清澈，欣赏她们纤纤玉指拨弄出的天籁之音，欣赏穿石洞、相吻石、双狮汲水、孔雀开屏、棋盘石在水中千姿百态的投影，人绕山水，山水缠人，加上金风送爽，空气湿润，游到忘情处，不禁生发出漫步在苏州园林的恍惚。

《旅游指南》说红石峡素有"盆景峡谷"美誉。我感觉它就像放大的苏州园林，或者说苏州园林就像是它的浓缩版。

说起苏州园林，自然就会想到那是人造园林，是由园艺师用审美的眼光设计，由能工巧匠精心施工，叠山理水、栽花植木营造的。而云台山的景观却是天造地设之境。就如同修武县长在这次"时代·中国万里行"活动开启仪式上的致辞，云台山物华天宝，得天独厚，是得万千宠爱于一身的福地。

说得不错，但细想又不尽然。苏州园林也是脱胎于自然，归于自然，它的优美，它所用山石水泉、花草树木也统统来自大自然。而云台山的风景也是能工巧匠们情缘活水意拢青山，登高探幽开山辟路，经过艰苦勘测和巧思妙构，用汗水、智慧甚至生命的代价一片片开发出来的；那一个个景点的精微处也是集土石之灵性、采林泉之精华，依山傍水借势取利的杰作，并运心用巧铺路搭桥穿针引线把这一颗颗明珠串联起来，才有了今天这般人与自然和谐相处，人们以最舒适的方式、从最佳的角度欣赏绝美风景的好心情。

可以说，无论是苏州园林，还是云台山，都不全赖天赐，更非全靠人为，而是人亲近自然，拥抱自然，与自然共创的"人化自然"。

正如老庄主张道法自然，儒家主张天人合一，我们的文化自古就敬畏自然，亲近自然，我们的祖先很早就积极参与天地化育，参与大化流行，与天地共同创造着理想的家园。云台山胜境何时被发现是理想的游赏和憩息之地，并有意识地从事建设开发，不得而知，但因其风景秀丽、环境幽雅，汉献帝曾在此避暑休闲，魏晋时期嵇康等竹林七贤来云台山百家岩一带隐居，几乎是尽人皆知的美传。就是说在他们之前，也许是在他们之前很久，我们的先人就在这里参与了天地化育的活动。那么在生产力十分低下的当时，要在这高壁深峡的僻远之地建设道路、住所和园林，我们的先人要付出怎样的艰辛呢？也不得而知，但我们可以用今天的建设者艰苦卓绝的付出来回照反推。

云台山有一大奇观——叠彩洞，它因 19 个穿山而过的隧道而得名，它既是连接茱萸峰和小寨沟等景点的纽带，又能一路于洞隙间远观平川，近观悬崖，上观奇石，下观深谷，领略山河的壮美。焦作市作协主席介绍说，打通这些山洞，是由一斗水村的党支书郭麦旺发起的。20 世纪七八十年代，郭麦旺带领 12 个自然村的村民攀山越岭，凭着一根根钢钎，一把把铁锤，日出日落，严冬酷暑，蚂蚁啃骨头般地凿石开洞，一寸寸推进。施工可说是处处艰险，步步惊心。冬季的一天，在勘测 3 号洞时，把郭麦旺吊到半山腰的绳子突然脱落，他被滞留在仅有一脚宽的山石上，上是悬崖峭壁，下是陡峭深谷，他硬是抠着石缝，拽着荆棘树根，一步步挪到了 200 多米深的沟底。当后半夜回到村里，整个村子竟空无一人，原来，乡亲们正在漫山遍野地呼唤着他的名字寻找他呢。所以村民就把 3 号洞叫作"喊回洞"。一斗水村的壮举后来得到了全县上下的大力支持，这条近 5 公里长的伟大工程终于 1989 年竣工通车。这个伟大工程的背后，共有 23 个人付出了生命的代价，这其中包括郭麦旺的弟弟郭秋旺和叔叔郭珠礼。

八年前第一次游访云台山时，我曾被这个故事深深打动，写下过一首诗：

> 一切已被证明。没有什么不可能
> 比如像苹果树，让绿叶间结出乌亮的

煤，这果肉赤红的金子在召唤
一把钢钎顶住了赭红色的
岩石，因沉睡得太久而布满苔藓
惰性和岁月擦痕。一把钢钎
一锤子砸向千万年的阻隔
碎石哗啦啦散落。钢钎是急切的
绿叶中的煤在召唤，赤金在召唤
一把把钢钎交响轰鸣

大片大片的岩层碎裂，崩坍
钢钎在阴冷坚硬的山腹中掘进
遇到顽强的抵抗。重重抵抗来自
千万年幽暗凝聚的力量。迂回
是必要的。钢钎钝秃，折断了
它撤退之前，新的钢钎顶了上去
粉尘昏暗中的快速轮替

像不可动摇的决心，反复冲击
握钢钎的手虎口绽开，鲜血刺痛
手上暴突的青筋鼓动着
全身筋络透露出必胜的意志
呵，绿叶上的煤！钢钎呼啸着
汗水与火星飞舞。岩石在溃败
哗啦啦的溃败震彻群山

一把把钢钎猛烈冲击。一把钢钎
一锤子砸开了千万年的阻隔
漫天的霞光喷涌。又是一重新天地
又一重新的阻隔……这一切就是希望

叠彩洞竣工后，人们又根据眼里看到的和心里想到的，一一给山洞命名。如位于云台山南大门的 1 号洞叫山水迎宾；2 号洞左上方青竹辉映，故名翠屏清晖；3 号洞旁峭壁上点缀着珍稀的白色太行花，起名太行苍壁；4 号洞入口处有一根天然石柱，传说真武祖师曾在此给溺于凡尘的弟子传道解惑，遂曰指点迷津；出了 4 号洞，见一座山峰酷似帆船，传说天上的神仙云游到此，曾泊舟赏景，5 号洞得名云海仙舟；为纪念为施工献出生命的 23 位男女青年，7 号洞被命名为华峰遗梦；而 10 号洞取名脉望西辰，则是为了纪念两位功臣，一位是领头人村书记郭麦旺，另一位是这条隧洞的设计规划者，土专家张有辰，"脉望西辰"取自两个人名字的谐音……总之，十九个山洞的每一个都被赋予了意味深长的洞名。

　　云想衣裳花想容。在我们的文化想象中，大自然也是有生命的，自然之物像人一样，也渴望美，渴望悦人怡情。从叠彩洞的故事便可看出，而今千奇百幻、美不胜收的云台山，不独是天地的造化，也积淀着千百年来人们为了把这方山水装扮得更美丽动人而付出的辛劳和智慧。而这种付出也不仅体现在其外观上，还在其文化内涵上。

　　讲到云台山的文化，自有历数不尽的史载、遗存、诗文、掌故和传说。你看竹林七贤，生性放达的他们带着不同的故事聚合于此，相偕出游山野林泉，不计远近，无论时日，随兴而至，尽兴而归；他们在竹林之下赏乐纵歌，下棋论画，肆意欢宴，留下清雅的气场。你看大诗人王维、白居易云游此地即兴写的诗，王维登临茱萸峰，写下"独在异乡为异客，每逢佳节倍思亲。遥知兄弟登高处，遍插茱萸少一人"的千古绝句。你看孙思邈采药炼丹的药王洞和他的坐骑石虎。你看百家岩的孙登啸台、王烈泉、孝女塔、刘伶醒酒台、嵇康淬剑池。你看李世民试剑在青石上留下的剑痕。你看万善寺和玄帝宫里缭绕了数百年的香火。你看山水间的那些石头和匾额上的碑文、题字……

这样的创造甚至渗透在云台山的缝隙旮旯里。

我们到一斗水村时，见到村口有一个玻璃柜陈列着的大石块，石壁上天然地呈现一条飞龙。村民告诉我们这叫龙显石。说是很久以前有一年大旱，庄稼枯死，人畜绝饮，村民们不甘等死，于是随一位老者来到村口坡地上的关帝庙，祈求关圣老爷显灵搭救。关圣老爷并无降雨职能，情急之中他摇动手中的青龙偃月刀大呼：青龙何在？奇迹出现了，只见大刀上的青龙腾空而起，天空随之乌云密布、电闪雷鸣，继而大雨如注，一方生灵百姓就这样度过了绝境。村民指着龙显石说："就是这条龙，不信你看庙里关圣老爷的青龙偃月刀，上面还有龙吗？它已经显灵飞出来了。"

千百年来积淀的人的故事、人的想象和创造，为青山绿水赋予了悠远浓厚的文化内涵，从而使得山水的灵性、山水的意蕴、山水的美，延展得汪洋恣肆、无边无际。

由此想起小寨沟入口不远处的一片大水上，袒露着一个以太极阴阳鱼为图案的圆形平台，伴着悠扬的乐曲，一位白衣拳师在台上行云流水般地表演着太极拳。

我想这是一个寓意。

这个寓意告诉我们，在我们这个星球上，人与天地万物是一个整体，人与天地万物你中有我，我中有你，人的美是自然美的一部分，自然的美也是人的美的一部分。据地质学家考证，红石峡的紫红砂岩属中元古代的石英砂岩，十几亿年前，这儿曾是一片海滩，经过亿万年沧海桑田的造山运动，大自然按照自身的美学原则，创造出了这片险峻奇美的山水。而人类没有辜负自然造化，人类依循这片山水的气脉形貌，用辛劳和智慧，为其画眼描眉，整容美体，赋予其秩序和内涵，使得这片山水呈现出更加丰饶多元的美——雄伟、秀丽、挺拔、温润、险峻、清朗、浑朴、幽婉……人们享受着这一切，并继续与大自然相互感通，相互补益，共同创造着彼此共同的美好家园。

在云台山的石板小路上，我总是想放慢脚步。我想走得慢一点，再慢一点，想在路边坐下来，沏一壶茶慢慢地品，甚至像竹林七贤那样，邀几位朋友临风把盏，等一等在身后落下了很多路程的灵魂。

（创作于 2016 年 11 月 11 日）

山里表情

我一向以为游览观光是诗性的，是与内心和大千世界的一次诗性相遇，所以一般情况下，多显得漫不经心，要讲有什么提神的感触，那要等到事后，比如写文章，比如聚友闲聊，不假回味，那些值得感叹的物事就自然浮出来了。

这次走毕节七星关却不太一般。

7月28日上午去燕子口镇大南山苗寨。三伏已入中伏，各地的天气都跟进了蒸煮模式，这里的风却像从树荫底下吹过来，带着阵阵凉意。车经燕子口镇转入盘山道不久，后车提醒我们开过了点，司机师傅在两车宽的道上熟练地掉转车头，即拐入被一大蓬高枝绿云密密实实遮掩的村路，顺着一个大斜坡急转直下。

大南山苗寨迎接客人的方式热情而特别。来到村中学校，等在操场上的一群青年男女便迎上来，吹响芦笙跳起了蹉步舞。开始是一男一女两个人跳，继而十来个年轻人一起跳，从台下跳到了台上。姑娘们身穿苗家五彩盛装，轻拈红纸伞，舞姿欢快，小伙子捧着芦笙边吹边跺脚，格步跳得奔放洒脱。"你来到我的家乡，就不要走了，这里山美水美，还有人更美"。青年男女成双捉对打着旋转着圈跳。一时间鲜花围着彩云开放，彩云绕着鲜花飘飞，波浪聚拢又张弛，从脸上从心头荡漾开来。客人们也忍不住踮起脚亦步亦趋，怪模怪样的另有一番喜感。

这种热烈喜庆的气氛是朋友的、亲人的、家庭的。其实，他们在舞蹈里还表达了民族的历史和自信。同行的邹芝桦女士是本地作家，又是民俗专家，除了村干部，她也开讲了。她说："你看到女孩裙子上的两条彩线了吗？它们一条代表长江，一条代表黄河。苗族的先人很早就生活在长江及黄河沿岸一带，后来被乱世和战争所迫，他们从华中到中原、从中原到中南、从中南到西南，几千年来经历过大迁徙。你看舞蹈中刚健有力、乐观开朗的动作，就表达了他们对命运的感悟和呼应。"

恍若遭遇到一场晃动着刀剑、甲胄，扬起声声马嘶的大雾，抑或探入一条无始无终深沉诉说的暗河！我感到了那些遥远又抵近的身世和灵魂的气息，感受到了命运感隐约而有力的撞击。毋庸置疑，民俗文化的表情，名胜古迹的表情，是有血有肉、有表有里、有身世和灵魂的，而这些都不能从外部硬贴上去，否则就显得空，显得荒芜，甚至像可疑的美女，她的妆化得太浓艳了，她整容了，她的鼻梁、下巴和身体靠硅胶和钛合金撑着，她显得假，显得做作，假得令人索然无味，你还要赔着笑脸，那有多么累多么憋屈。

在接下来的参观里，这种命运感一直笼罩着我，改变了我的心情，让我对眼前的人事景观平添了几分想象和敬畏。就好像我走进了一个传说，我不知道被叙述的是什么，只知道往前走很远很远，往后走也很远很远。

出了学校，村路基本上都是往下的。就像在大山上开出的梯田，村民的房屋建在一层一层梯级上。道旁房屋虽保留着传统格局，却多为青瓦白墙，粉白的墙壁上绘着一幅幅民俗风情画。在一座大屋前，一群妇女正坐在宽敞的前廊里做活计。她们有的剥麻理麻，两位姑娘在刺绣，还有一位在麻布上设计图案。除了兽皮，麻葛要算人类最早的制衣材料了吧？在交谈中她们告诉我们，她们的衣饰都是自己用天然麻做的。一件成衣要经过剥麻、纺线、织布、打磨、上蜡、染色、刺绣等多个工序，这些她们个个都会，打小就上手学，过去四五岁的小孩就学织布绣朵了。说着，一位领头的祖母起身，取过一杆麻，撸掉翠叶，三下两下剥皮，拉扯梳理甩打，利利落落挽成了一束柔韧的麻丝，赢得客人们一阵赞叹。

再细看她们的头饰和身上的衣裙、披肩、围腰，那上面的精美图案五颜六色，令人眼花缭乱，毫不夸张地讲，单是衣袖上就不下几十种。这些图案多有寓意，邹芝桦女士介绍说，苗族没有文字，这些图案就发挥着文字的作用，被用来记录历史，所以她们的衣饰被誉为穿在身上的史诗。我颇感吃惊，问这么有想象力、创造力的民族怎么会没有文字？邹芝桦回答说，他们曾有过文字，后来在战乱中为了避免暴露转移和迁徙的秘密，忍痛毁弃了文字。但大南山苗寨的语言是幸运的，大南山苗族人和连绵大山保持了原始纯正。两年前，曾有十多位美国康克迪亚大学的外籍苗族学生来访，见翻译人员听当地人的话很吃力，两下里就试着用苗语沟通，让他们惊喜的是竟沟通得十分顺畅。邹女士说，早在 20 世纪 50 年代，全国苗语科研机构就通过考证确认大南山苗寨为"苗语川黔滇方言标准音点"，也就是包括流迁到东南亚及美洲各地的川黔滇苗族的方言地标。20 世纪 80 年代，美国学者南亚丹考察后如获至宝，赞誉大南山苗语是"天下最美的蓝宝石"。

我眼前大雾再起。举族翻山越岭的大迁徙及无休止的支流蔓延，其中埋藏着怎样的电闪雷鸣和惊涛骇浪呀！苗族同胞没有举起火把登上山头表达血液燃烧，没有挥舞弓刀呐喊，没有用山石雕成战神，他们像青山绿水、花草树木，无论经历怎样的沧海桑田、祸福轮回，他们始终面朝蓝天和远方顽强地生长。人性本善本恶？他们把沉重的历史编织成美好梦想，穿在身上，把千回百转、跌宕奔腾的长江、黄河绣在裙裾上，让生活和花朵一年四季沿两岸盛开。他们没有离开过长江、黄河，他们带着美追逐美，即使遇到穷山恶水，也要在那里开辟出幸福家园。

一位身穿橘红与宝蓝衣裙的姑娘站起身，把做完一道工序的衣料晾到台地边沿的绳子上。我跟过去，欣赏那一溜不同花色的衣料。从衣料间的空隙望出去，只见山谷和对面山坡上绿意盈盈，出没的阡陌徐缓走向田畴、流水和人家。淡淡岚气中有背背篓的人走动。我身后传来的孩子嬉闹声使山间更显幽静。我想起《桃花源记》。难怪海内外苗族人把这儿称作现代世界苗族人的故乡，纷纷打老远来寻根问祖。难怪海内外学者和中央电视台等媒体竞相来这儿考察采访，掇菁撷华，大南山苗寨活脱脱就是一个现代版的桃花源。

来时向下走，回程往上走。陡处青石台阶，缓处水泥铺路。拐弯处转出一群人，有老汉和孩子，老妇和少女，他们都穿着各自性别、年龄的盛装，形成一道风景。到村口大家依依告别。带头祖母拉住我的手，说："远方的客人不要急忙走，我煮新鲜的玉米给你们吃。"道旁密匝匝的玉米棵和梨树、白杨树，空中的气息也同声说："这是最新鲜的玉米。"不是我不想留，可你也不能走。我想我不会走出这个传说了，我将继续走，往前走很远很远，往后走也很远很远。

离别大南山，午饭后前往相隔几十公里的大屯土司庄园。跟到大南山一样，车子在宽敞平坦的国道上跑着，不经意间就拐进了山路，昨天去古道摩崖、雷音殿等处也一样。我想起古彩戏法表演，七星关就如同古彩戏法大师，搂起袍襟一个翻滚，从怀里捧出一座碧玉湖，又一翻滚，捧出一条落花溪，身上不知道藏着多少风光和稀罕。

大屯彝族崇虎敬虎，以虎为图腾，土司庄园依大黄山伏虎头部而建。展览馆馆长是一位身材敦实、皮肤褐亮的彝族青年。他手持扩音喇叭介绍庄园主人的身份说："土司是个什么官？通俗讲就是土皇帝，按现在的叫法，相当于香港和澳门特别行政区特首。"一边介绍，一边领众人沿高高的围墙登上几十级台阶。进入高大门楼，果然，一座恢宏气派的大殿赫然在上。拾级而上进入大堂，高棚大柱和满眼带着强烈暗示的石作木作虎纹雕饰，穿堂而过可见的重重殿门，无不使人感到逼人的尊贵和威严，唤醒当年土司迎接宾客、举行庆典和升堂断案的景况。接下来参观的堂宇内都布展有图片、解说文字和实物。随着移步换景，岁月迅速被做旧，大屯土司的家族史和庄园建筑史也渐次展开。

大屯土司庄园极尽显赫威势，可为何要建在这山高水远的冷僻之地呢？这不能不说到奢崇明。彝人奢崇明是明代雄霸一方的永宁宣抚使，统辖赤水河两岸广大区域。明朝天启元年（1621 年），朝廷征调他的兵马急援辽东，却在抵达重庆时发生兵变，与水西土官安邦彦联手，建年号设丞相和五府官职，与明朝分庭抗礼，后自称大梁王，最终在与朝廷打杀了 9 年之后兵败身死。奢崇明死后，其子孙为躲避祸端隐姓埋名，次子奢辰改名为余保寿，背井离乡，流落本属水西土官领地的大屯山地潜居。直到余保寿的第八代孙余家驹时期，家族运势向上，余家驹本人也当上大屯土千总，便动心思开建家族宅院，名"时园"。往后余家驹的孙子余象仪当上彝族土司，时园经扩建形成庄园布局。再往后余象仪养子余达父再次大兴土木，据说动用工匠近 300 人，历时 3 年，遂成今天这般气象。

我隐隐感到一种气场，这气场舒张着余氏十几代人对命运的无奈和不甘。可以不可以说，正是因为奢崇明兵败，他的后代才会在这冷僻苍茫之野修建庄园？又正是因为祖上永宁奢宣抚使的威势和流贯在血脉中的霸气，在这冷僻苍茫之野建的这座庄园才如此气势不凡、蔚为壮观？

穿过二堂进入天井，宽大的场地一色青石铺就，是家丁训兵习武之所。与右边回廊相接的一个庭院，相对设有遂雅堂和祠堂。遂雅堂里满壁字画，正中横匾下是古朴厚重的台案和八仙桌，两侧各置宽大座椅和茶几。最吸引人的是横匾下的一张画像和端坐屋角挥毫的真人蜡像。此人方额重眉，神情忧郁，气质中透出20世纪二三十年代知识分子的率真、茫然和饱学。造像所示旧文人正是余达父，遂雅堂是他会宾客、与文友诗词酬对的客堂。

虽然血脉中仍流贯霸气、心存豪门幻象，但家族势衰和受到各方势力缠压，从开建庄园的余家驹开始，余氏子孙都无心做官，而沉迷诗酒，殚心典籍。余达父的一生也坎坷多艰。他生在四川叙永，少年聪颖，过继给伯父余象仪来到大屯，曾拜本地进士葛子惠研习经史子集、诗词文赋。1905年，其兄余若煌因不配合清军镇压苗沟百姓，获罪下狱，一为避祸，二为援救兄长，他于次年远渡日本，入江户和佛法律大学学习法律，其间与贵州辛亥革命领导人平刚结为挚友。回国后，先后与人创办报纸，当教员，开办律师事务所。也曾当选省立法院议员，出任立法院副议长、省政府名誉顾问等公职。但世事无常，关键是他正直刚烈的性情为官场所不容，几番请辞，终随陶渊明归隐林泉。

"身是羲皇人，性爱山林叟。东篱种野菊，前门植高柳"。余达父自此潜心诗文，感悟人生，传世诗文集便有《遂雅堂诗集》等6种之多。余达父自称"诗人余遂雅"，他的诗人情怀和造诣，也体现在他大兴土木营建的庄园里。如遂雅堂前的庭院里，巧设双环亭鱼池、风雨桥、飞来椅、美人靠、花坛和回廊，在浓荫繁花掩映下更显玲珑清雅。天井另一端的东花园，也建有三组花圃，是庄园另一只千娇百媚的彩翼。环环庭院各有妙构美观，人说十步一个景，一景一重天。东花园的曲径通往绣楼，绣楼四面回廊，悬山顶木结构，二楼是习女红诗书、娱乐休闲的闺阁。站在二楼一角可越过院墙俯视二堂与正堂之间的天井。据说，进出绣楼须通过主人住的正堂，女孩子接触不到外人，就喜欢聚在这角上，偷窥过往天井的来客。这多少带有一点悲剧色彩。置身琼楼玉宇又怎样？"我欲乘风归去，又恐琼楼玉宇，高处不胜寒。起舞弄清影，何似在人间？"最美的风景还是在人间。

整座庄园既有州府衙门的威严庄肃，又兼苏州园林的诗情画意。其总体以大堂、二堂和正堂为中轴，中左右三进主体建筑，9个庭院，房檐鳞次栉比，楼台和谐相依，且工艺精湛、瑰丽多姿，其石阶、柱础、栏板、望柱、门板、门斗以及山墙上，都精心雕饰绘制有虎头等图纹。值得庆幸的是，这座在夕阳下闪光的庄园至今保存完好，不负土司庄园文化，不负今人和往后，也算是告慰了余氏土司家族 300 年的破碎繁华梦了吧。

想起美国学者把大南山苗语比作天下最美的蓝宝石，我要说大屯彝族土司庄园堪称天下最奇特的黑宝石。

我还要说七星关还有天下最美最奇特的红宝石、绿宝石、黄宝石、紫宝石。比如鸡鸣三省。在这个俯临峭壁深峡奔流赤水、远眺浩荡大山的小村庄，1935 年 2 月 5 日，继遵义会议后，中央红军再次召开关系到前途命运的会议，从而拨云见日踏上漫漫征程。比如吞天井和雷音殿。亿万斯年天工神力，在山间劈出一口阔 400 米、深 300 米的大井和一座千米广场，前者叠瀑交响，内藏百趣；后者芳草铺地，广场尽头高壁上现一个巨型石龛，供着一尊或隐或现如来如往的佛像，扣动着梵音之弦。再如摩崖古道。此为秦代在险隘所开五尺道，相传诸葛亮南征凯旋途中，在此与彝族首领结盟祭祀群峰，忽见七座山峰灵气凝聚宝光闪烁，排列如北斗之状，遂将此地命名为七星关。现有"汉诸葛武侯祭七星处"等摩崖及古津渡、马蹄印遗存。这五个马蹄印是真的吗？我蹲下身子抚摸琢磨，觉得青石石阶是老石，马蹄印痕呈杂黑的蟹壳青色，经岁月沁染光泽暗润，氤氲着遥远又抵近的身世和灵魂的气息。

出了庄园来到坪坝上，众人余兴不减，年轻的馆长兴致大发，张开双臂，亮开嗓门唱起了山歌。他唱的是彝语，我一句也没听懂，却从声音里听出了高山深涧的豪壮、自信和丝丝缕缕的苍凉。

（创作于 2018 年 8 月 29 日）

寻访阿诗玛

想起来还真有点后怕。6月19日，我们飞抵腾冲时，建在低矮山头上的机场云雾滚沸，飞机没能落地。拉起通场后再一次降落，我坐在机舱尾部，看到飞机肚子差个几米就要磕在山头的边坎上。就我们这一架，当天飞来的十多架飞机全都在天上转个身返回了昆明。

当地有一首民歌，"有心摘花莫怕刺哎，有心唱歌莫多问；有心撒网莫怕水哟，见面好相认"。都说云南的大自然有灵性，腾冲以这样的方式迎接我们采风团，还真的很浪漫。不经意间，我们就好似唱着情歌的阿黑哥了。

我们访问的第一站是鸦乌山现代烟草种植区。走进一片起伏徐缓的丘陵地，只见绿莹莹泛着波花的烟田一直漫进远处高地上的云霾间。领略着山色空蒙雨亦奇的情致，尽管下着细雨，尽管被低矮的雨云挤压着，心境仍很通透熨帖。想起早些日子在电视中看到，今年云南等地遭遇了奇有大旱，土地喝干池塘的水，又嚼干了植物身上的汁液，便不由地感叹，这真是一块旱涝保收的风水宝地呀。

"宝地？"一旁的农民笑着摇摇头，说，"我们这地方原叫乌鸦山，但不是因为名字，是因为穷，方圆几十里的人都嫌这儿晦气。"他掏出包红塔山，递给我一支，说："早几年你要是给我这么一支，我只会抽半截，得留半截回家孝敬我老爹。"我说："怎么那么穷？"这位壮年汉子说："穷就穷在一个水上，移栽烟叶时天若不下雨，只能到 30 公里外的云峰山上运雪山的水，人背，马驮，拖拉机运，大桶小桶叮叮咚咚，那叫热闹！要是遇上今年这样的旱情——"汉子幽默地仰起脸，看着天，双手捧成个碗上下簸动着。

烟叶娇气，冷不得，热不得，旱不得，涝不得，虫灾、雹灾那更是下山虎。靠天吃饭，烟农的光景就像掷骰子，赌命。

我猛然想起罗中立的名画《父亲》，想起画中老农捧着半碗浊汤的粗糙开裂的手，想起他在苦旱中撕开千百条伤口的脸和嘴唇，想起先祖和红土地录在那张脸上的艰难命运以及千百年不甘而无奈的诉求。

现在好了。汉子手上的碗变成了一根指示棒，指点着万顷绿涛说，现在修建了 30 公里的引水管道，还有一个 2500 立方米的蓄水池，地里装了 5000 多个水龙头，云峰山的水被直接引到了田里。其实你说得也不错，还真的是块风水宝地，这儿的土壤是极肥沃的火山土，地力旺着呢。

手心手背，覆过去是火山赤荒，翻过来是火山沃土。

这要得益于烟草行业对农业的反哺。经介绍我们得知，近几年来，烟草行业以至诚爱心，反哺烟草农业，与地方政府深度合作，大力投入烟水建设，而今，田里渠相通，管成网，旱灌，涝排，再也不用乞怜老天了。烟水还只是一部分，反哺有一个宏大的梦，目前腾冲正全面推动烟水、烟田、烟路、烤房、农机、育苗、生态、防灾等综合配套工程，今年又要上一批机耕路、密集烤房、农机具和改造中低产田项目。

烟草行业人士坦言，烟工与烟农相互依存，相濡以沫，反哺烟农势所必然。

诚哉斯言，没有天哪有地，没有你哪有我，地把天吃了，是一片黑暗和死寂，天把地吞了，是一片混沌和虚无，反哺以真爱之举，善人之善，善善与共，方是功在当代、利在千秋的发展之道。

在蒙蒙细雨中，我跳下农田，看到含着微微天光的烟叶像一片片质地剔透的翡翠，却远比翡翠生动，似乎律动着温婉的旋律。我心头被撩起一阵莫名的感动。

返回昆明，隔天的参观点在石林。

我曾去过石林的风景区，而今仍心向往之，那儿有天工造化的美轮美奂的景观，那些景观又创造着人们美轮美奂的奇思妙想。但日程紧凑，这次不安排游览风景区，难免心生憾意，但总感到这次采风与那儿有关，究竟有何关系却又模糊。

进入石林天生关烟草种植区，与腾冲一样，车子如游艇徜徉在碧波荡漾的湖上。那一片片仿佛用尺子量出来的规整，又让你有一种置身园圃的赏心悦目。

在天生关现代烟草农业服务中心下车，迎面是一块二三十米长的展示板，上面绘有烟叶从育苗到收购的整个流程。转身走进一间大屋，只见几个小伙子正操纵电脑。我们被告知这儿是信息化生产管理部门。

我不禁感叹，今夕何夕，怎么跟参观现代工厂似的？

把烟田变成第一车间，我们正在探索路子。服务中心的负责人讲，烟草行业反哺农业不是权宜之计，他给你的不光是金子，更是点金术；不光是路，更是走路的腿，是眼界、观念，是先进的生产方式。他介绍，时下天生关成立了 5 个技术服务专业合作社，每个合作社下设育苗、农机、植保、烘烤4个分社，为生产的关键环节提供专业化服务。

再看看那几位小伙子，从他们身上已然看不出是农民还是技术工人。

随后，我们来到一座光线通透的育苗大棚。进了大棚，一眼看去，密密匝匝的幼苗拥挤在一起，像喧闹的孩子，煞是可爱。主人介绍起科学育苗的做法，什么按出苗后55天左右的苗龄，倒排出播种时间啦；什么把握施肥时机，并在第一次剪叶前5天施第二次肥啦；什么要在第一次剪叶前7天在肥料中加入适度的硫酸铜和生石灰，以控制主根生长，促进侧根发育啦；什么要在茎高长到4厘米—5厘米时剪第一次叶，控大苗，促小苗，提高成苗率啦；还有掐叶露秆时要增加通风透光量，以增强茎秆柔韧性啦，等等。

太专业了，实在是太专业了！我听得一头雾水。

专业就是讲科学，每个环节都是这样。主人面露得意之情，说，移秧时，专业队用移秧机，一台每天能移30亩。起垄、施肥、盖膜、培土也都是专业队干，起垄机一天可作业8亩。俗话说，烤得好一窑宝，烤不好一窑草，过去烟叶运回家，夫妻轮流熬夜烘烤，烤砸了，一年的辛苦就收个辛酸。现在好了，烤房是智能的，只消输个数据，一按电钮，你就等着色泽金黄的优质烟叶出炉吧，它能自动调温、自动排湿。

见我们咋舌称绝，主人得意地扬起眉梢。生产效率高了，钱挣多了，下的力反倒少了，有的年轻人活泛，一年还插空出去打几个月的工呢。像今年这样的大旱要是放在以往，你看吧，一家子拴在地里一浇就是10多个小时，最后是喜是悲还难讲，现如今只消打开水龙头，白水柱子哗哗的，看着都替烟棵子清爽。

好个第一车间！真的替烟农高兴，来的路上还听说，有的地方已经打卡上下班了。

此后，一路又参观了曲靖、陆良和泸西的现代烟草农业种植区。

随着参观深入，我们对烟草农业转型期生机勃勃的大气象和更为宏丽的前景有了更深切的了解，最重要的是感受到了人发生着的深刻变化，烟农正从沉重的土地上解放出来，从农业文明走向工业文明，从必然王国大跨度地走向自由王国。

这或许已经超出烟田发展自身了。在工业反哺农业、城市支持农村初潮涌动的大背景下，烟草行业以独具的优势，更以至诚真爱的情怀，大展身手，具有先锋的意义。

最后一站，我们来到红塔工业园区。

车间厂房、办公大楼与花树绿茵相拥，呈现一派宁静和谐的气氛。当目光触及亭亭玉立的阿诗玛雕像时，我的心头一亮。

美伊花一样美、石竹花一样清香的阿诗玛，真爱的女神，当她敞开爱，当她把定情的山茶花投入溪水中时，溪水便会倒流。真爱的力量能让溪水倒流。

前几日在阿诗玛的诞生地和归宿地石林萌生的朦胧意识一下被点亮了。

我们这趟温馨的采风行，不就是在寻访阿诗玛吗？

（原载《中国烟草学报》2010 年 11 月 2 日）